작가와 비평

2009년 하반기

10호

은수미

김원

정은경

김정남

서희원

전성태

이선우

2009년 하반기

편집동인 최강민 이경수 고봉준 정은경 김미정 김정남 이선우
전자우편 writercritic@chol.com
홈페이지 http://user.chol.com/~writercritic

이소연

최강민

강희철

고봉준

정의진

전성욱

류신

작가와 비평 10

2009

하반기

작가와 비평

10호를 발간하면서

　수상한 시절이 계속되고 있다. 반년간지 『작가와비평』이 지난 호를 출간한 후 불과 6개월 사이에 참 많은 일이 있었다. 고 노무현 전 대통령의 충격적 서거가 사회 전체에 파장을 일으켰고, 각계각층에서 시국선언이 잇달았다. 시대적 행보로 치자면 느리다고 할 수 있는 대학교수 사회와 문인들의 움직임을 불러일으켰다는 것은 역설적으로 그만큼 수상한 시절에 대한 위기의식이 사회 전체에 팽배해 있는 것이라고 볼 수 있겠다. 사회 비판의 주축이 되었던 세대가 이제 비판의 대상으로 전락한 감이 없지 않지만, 386세대가 자신들의 청춘을 담보로 어렵게 쟁취한 민주주의라는 가치는 여전히 지켜져야 할 소중한 것이다. 그 가치가 위기에 처한 것을 목도했기 때문에 시국선언이라는 이름의 움직임이 이어진 것이라고 생각한다.

　얼마 전에 『친일인명사전』의 편찬을 둘러싸고 진보 진영과 보수 진영의 대립은 다시 한 번 점화되었다. 단 한 번도 치열하고 냉정한 반성의 역사를 제대로 가져 보지 못한 우리 근현대사를 생각해 볼 때 『친일인명사전』의 발간이라는 성과는 역사적 의미를 지니는 것이라고 볼 수 있다. 진작에 거쳐야 했을 과정을 뒤늦게나마 거치고 있어서 다행이라고 생각한다. 늦었다고 생각할 때가 가장 빠른 때라는 말은 이 경우에도 적용되는 말이 아닌가 싶다. 사실을 사실로서 대하는 냉정한 거리를 확보하기 위해서는 역사적 사실을 정확히 알 필요가 있다. 그런 점에서 『친일인명사전』에 등재된 파인 김동환의 후손 김영식 씨가 선친의 잘못을 대신 사죄한다는 발언을 한 것은 신선한 충격이었다. 가족과 친지라면 무조건 옹호부터 하고 보는 가족이기주의 문화가 우리 사회 곳곳에 만연된 비리의 배후를 형성하고 있었던 게 사실이다. 그런 점에서 김영식 씨를 비롯한 친일인사 유가족들의 용기 있고 소신 있는 발언은 적잖은 사람들의 마음을 움직였을 거라고 생각한다.

대학 현장에서 체감하는 우리 사회의 현실도 어둡기는 매한가지다. 학생들은 입학할 때 품었던 꿈을 조용히 호주머니에 접어 넣은 채 스펙 쌓기에 골몰하거나 취업 불황의 현실 앞에 두려워하고 있다. 꿈을 잃어버리면 안 된다고, 정말 잘할 수 있는 것을 해야 한다고 말해 주면서도 학생들이 느끼는 두려움과 절망감에 공감하고 있다. 386세대의 끄트머리에 위치했던 우리 세대가 가엾다는 생각을 가끔 했었는데, 그것 역시 자기연민이었을 수도 있겠다는 생각이 든다. 그래도 희망이라는 단어를 입에 올릴 수 있었던 우리 세대는 조금은 행복했었는지도 모르겠다. 공동체에 대한 믿음, 다 함께 무언가를 성취해본 경험을 가지고 있다는 점에서 그래도 우린 행복한 세대였다.

철저히 혼자라는 느낌으로 버려진 요즘 젊은 세대는 신입생 시절부터 삶에 지쳐 보이는 경우가 적지 않다. 고해를 건너고 있는 초점 잃은 눈빛 앞에서 무엇을 말하고 가르쳐야 하는지 막막해질 때가 있다. 어쩌면 기성세대에 대한 믿음과 기대 자체를 일찌감치 버린 세대일 수도 있지만, 우리가 청춘을 담보로 싸워온 세월 동안 세를 확장해 온 실용주의적 가치가 이들을 무한경쟁체제에 내몬 건 아닐까 이제는 물어야 할 때인 것 같다. 실용주의적 가치가 우선시되고 현실 논리가 앞서갈 때 무한경쟁체제에서 살아남을 길은 경쟁에서 이기는 길밖에 없을 것이다. 이런 사회에서 인간적 가치는 붕괴될 수밖에 없다. 아무

것도 하지 않아도 그 체제의 논리에 순응하는 것 자체가 이미 다른 누군가의 삶을 짓밟는 것을 용인했다는 뜻이 될 테니 말이다.

머잖아 인간적 가치가 회복되고 새롭게 추구될 때가 올 거라고 아직도 믿고 싶다. 그것이 꼭 허황된 믿음이라고 생각하지는 않는다. 생존 본능과 자정 능력이 뛰어난 인간은 어쩌면 살기 위해서라도 인간적 가치의 회복을 열망하게 될 것이다. 그런 열망이 사라지지 않는 한 문학에 대한 열망 역시 사그라지지 않을 거라고 믿어 본다. 그 꿈에 『작가와비평』도 동참할 수 있기를 바란다.

텍스트에 대한 매혹과 비판의 공존 속에서 새로운 담론을 생산해 내는 비평전문지를 꿈꾸며 출간한 『작가와비평』이 어느새 10호를 맞이하게 되었다. 동인 체제로 출발해 그 동안 두 차례에 걸쳐 동인을 늘려 왔는데, 이번 호부터 소설가이자 문학평론가로 활동하고 있는 김정남 씨, 평론가 이선우 씨가 새로운 동인으로 참여하게 되었다. 앞으로도 뜻을 함께 할 수 있는 동인들을 늘려갈 생각이다. 『작가와비평』은 10호를 출간하면서 초심을 잃지 않으려 애써 왔지만, 새로운 담론을 창출해내는 데는 적잖은 어려움이 따랐던 것도 사실이다. 건강한 비평 정신을 지니고 있는 젊은 동인들이 가세함으로써 『작가와비평』에도 쇄신의 길이 열리기를 기대한다. 독자 여러분께서도 지켜봐 주시기를 바란다.

『작가와비평』 10호는 특집으로 '국가와 광장을 논하다'를 꾸려 보았다. 1997년 경제위기 이후 한국 자본주의 사회는 여러 가지 변화를 겪어 왔다. 신자유주의를 필두로 한 경쟁체제의 본격화와 실용주의 이데올로기의 대두, 그에 따른 인문주의 및 인간적 가치 추구의 위기를 무엇보다 먼저 들지 않을 수 없다. 최근에 다시 촛불로 광장이 뜨겁게 달궈지는 사건과 잇단 시국 선언이 있었는데, 이 역시 민주주의의 위기에 대한 감지의 결과였다고 생각한다. 이러한 사회 변화의 맥락 속에서, 이번 호 특집에서는 전 지구적 자본주의 사회에서 국가와 광장이 갖는 의미를 재조명해 보고자 했다.

　은수미의 「국가와 위험사회」는 1997년의 경제위기와 2008년의 경제위기를 비교 분석함으로써 위험이 반복되고 커질수록 위험을 감수해야 하는 집단이 보다 분명해짐을 밝힌 글이다. 풍요가 그런 만큼 위험도 비민주적이고 불평등함을 깨달을 때 사회의 자기보호운동, 혹은 호혜성의 원리의 실현가능성도 열릴 것이라고 이 글에서는 전망하고 있다. 김원의 「인문학의 위기와 광장의 위축」은 과거 인문학이 상실했던 광장을 다른 방식으로 전유할 가능성을 각종 소수자를 대상으로 한 인문강좌와 자기역사쓰기 등의 실험을 통해 찾고 있다. 인문학 연구자가 광장을 만들어 주는 주체가 되는 것이 아니라 소수자들 스스로가 광장을 열어 나아가는 주체가 될 수 있도록 도와주는 인문학의 변신을 언급한 점은 중요해 보인다.

　정은경의 「중년의 ‘신세대’, ‘분단’과 ‘통일’을 사유하다」는 김영하의 『빛의 제국』과 이응준의 『국가의 사생활』을 중심으로 90년대 신세대 작가들의 최근 작품에서 발견되는 분단과 통일에 대한 사유에 비판적으로 접근하고 있는 글이다. 정은경은 이 두 작품에서 궁극적인 타자란 없으며, 따라서 분단도 통일도 없고 오로지 자본과 욕망만이 있을 뿐임을 정확히 직시하고 있다. 김정남의 「수사의 논리, 혹은 식자우환의 세계」는 최근 10년간 문단의 주목을 한 몸에 받은 작가 김애란, 박민규, 김연수, 김훈, 정지아의 작품을 중심으로 최근 우리 소설의 공과와 앞으로의 전망에 대해 허심탄회하게 서술한 글이다. 넘쳐나는 말들의 비린내, 그 수사의 현란한 장식과 현학의 장광설로는 이 시대의 비극을 한 조각도 제대로 비출 수 없다는, 이 시대의 시인, 작가, 평론가를 향한 그의 단언은 뼈아프다. 서희원의 「'네이션'에 대한 사유의 심화와 재현의 실패」는 정도상의 『찔레꽃』과 전성태의 『늑대』를 중심으로 이들이 인식한 네이션과 국가의 문제, 그리고 이에 대한 작가들의 미학적 대응을 살펴보고 있다. 서희원은 민족문학을 지지하는 문학종사자들의 순박한 바람과는 달리 네이션의 미학적 재현은 기존의 민족문학에서 중요하게 설파한 중심 서사에 대한 패러디와 탈신비화로 진행될 것이며, 네이션이 은폐하고 있는 자본과 국가 시스템의 문제에 대한 심층적 고찰을 통해 이들의 견고한 결합에 균열을 가하는 방식으로 진행될 것이라고 전망한다.

'우리 시대의 상상력' 꼭지에서는 최근에 『늑대』를 출간한 소설가 전성태를 다루었다. 먼저 소설가 전성태와 평론가 이선우가 자유롭게 주고받은 풍성한 내용의 대담 「'전성태'에 대해 알 만큼 안다고 생각하신다면」을 마련하였으니 즐겁게 읽어 보시기 바란다. 이소연의 「상실과 부재의 언저리에서―경계를 향한 글쓰기」에서는 전성태의 소설 속에 등장하는 고향이 결핍의 대상으로서, 더디게 애도되기 위해 그 자리에 존재하며, 전성태의 인물들이 국외자의 입장에서 바라만 볼 뿐 욕망의 한복판에 내던져져 뜨겁게 산화하는 법이 없음을 언급하고 있다. 최강민의 「변경의 상상력과 낭만적 리얼리즘」에서는 전성태의 소설은 낭만성이 현실 극복 의지로 전이되고, 동시에 리얼리즘의 치열한 비판정신과 구체적인 산문화가 결합할 경우 빛을 발해 왔다고 본다. 그는 전성태 소설의 특징을 농촌소설, 액자소설, 이야기꾼의 서사, 기억의 서사 등으로 요약하면서, 전성태가 즐겨 사용하는 서사의 기본 공식인 이야기꾼의 서사 방식이 한계에 부딪혔음을 지적하고, 이야기꾼이라는 매개항을 버리고 직접 서사의 중심으로 뛰어들기를 조언하고 있다.

'이 작가를 주목한다' 꼭지에서는 장편소설 『여덟 번째 방』을 출간할 예정인 소설가 김미월과 최근에 두 번째 시집 『우리들의 진화』를 출간한 이근화 시인에 대해 다루었다. 강희철은 「위무의 수사학, 그 이중적 효과에 대하여」에서 김미월을 비롯한 많은 여성 작가들이 우화적 성격에 기대어 대상을 표현하는 방식에 대해 고민할 필요가 있음을 지적한다. 위무의 수사학이 공포의 엄습에 무력하며, 타자를 위무하는 것은 타자의 무한성을 긍정하는 방식으로 살피는 윤리를 담보하지 못한다는 것이 그의 생각이다. 고봉준은 「소울 메이트, '우리'

라는 이름의 공동체」에서 이근화의 시를 감각, 사이, 진화, 비유, 우리 등의 키워드를 가지고 읽어 낸다. 그는 이근화의 '우리'가 배제를 의미하는 호명방식이 아니라 모든 타자들을 불러들이는 '우리'라는 공명의 형식을 취하고 있음을 파악하고, 이근화의 시에서 '우리'는 이미 존재하는 대상이 아니라 감정의 공명을 통해 결성되어야 할 관계이며 심연에 의해 찢긴 채로 함께 존재하는 관계임을 밝히고 있다.

지난 호부터 새롭게 마련한 '우리 시대의 이론 읽기' 꼭지에서는 자크 랑시에르의 『문학의 정치』를 새롭게 읽은 정의진의 「문학의 특수한 정치와 문학적 민주주의」를 실었다. '쟁점 비평' 꼭지에서는 전성욱의 「블로그에 소설이 어쨌다구?」라는 글을 통해 동물화하는 한국 소설에 대해 비판적으로 점검해 보았다. 그밖에 투고 평론으로 류신의 「이카루스 멜랑콜리쿠스」를 실었다. 흥미로운 글이니 읽어 보시기 바란다.

반년간지로 비평 전문지를 발간하다 보니 원고 수합에 적잖은 어려움이 있다. 이번 호도 사실 더 풍성한 특집으로 꾸려졌었는데, 원고 수합의 어려움으로 특집 원고의 일부는 싣지 못했다. 문학의 독자도 줄어드는 시대에 비평 전문지를 지속적으로 내는 일이 쉽지는 않다. 서로 독려하면서 어렵게 10호까지 비평 전문지『작가와비평』을 꾸려왔다. 앞으로도 어려움은 계속되겠지만, 그럴수록『작가와비평』을 살리는 길은 생산적인 목소리를 지속적으로 내는 것이라고 생각한다. 독자 여러분의 애정 어린 비판을 기다린다.

2009년 11월 편집동인을 대표해서 이경수 쓰다

『작가와비평』 동인: 최강민·이경수·고봉준·정은경·김미정·김정남·이선우

※ 지난 호 바로잡음: '비평 대 비평' 꼭지에 실린 박대현의 글의 제목을 「문학의 '시취'를 둘러싼 추문 혹은 추도: 고진과 랑시에르의 '결핍'을 넘어서」로 바로잡습니다.

2009년
한국 사회를
돌이켜 보건대,

군부독재시대 이후로 지금처럼 정치·경제·사회·문화적인 스트레스가 국민들에게 가중된 적은 없었던 듯하다. 2008년부터 이어진 경제위기, 노무현 전 대통령의 서거, 용산학살 피해자들의 유죄 판결, 미디어법 강행, 4대강 사업의 졸속 처리, 진보적 인사들의 대거 퇴출 등, 2009년 한국 사회는 그 이전까지 하나 하나 쌓아왔던 소중한 민주주의적 가치가 일거에 붕괴되고 고통과 치욕 속에서 하루 하루를 버틸 수밖에 없는 비참한 상황에 직면해있는 실정이다.

한국 문학이 미학적 쇄신의 가능성을 넘어 정치적 윤전의 가능성을 탐색해야 하는 중차대한 과제를 수행해야 하는 이유를 여기서 찾을 수 있다. 미학적 탐색에만 몰두해왔다고 여겨지던 많은 작가들이 '6·9 작가선언'에 동참한 것은 주체의 고통이 어떻게 미학적 가능성을 넘어 정치적 인간으로 윤전할 수 있는지를 보여준 하나의 사례이자 역사적 실천 과정의 일환으로 생각될 수 있는 터이다.

이에 『오늘의문예비평』에서는 특집으로 **2009년, 문학의 고통과 치욕**이라는 제목으로, 미학적 인간에서 정치적 인간으로 전화하는 주체의 가능성을 탐색해보기로 했다.

오늘의 문예 비평
Korean Critical Review

2009 겨울 **75**

http://book0485.com TEL : 051-441-0485 FAX : 051-465-0485 E-mail:book0485@hanmail.net

특집

국가와 광장을 논하다

국가와 위험사회

은수미

1. 머리말

마이클 만 감독의 〈퍼블릭 에너미Public Enemies〉는 1929년 전 세계 대공황을 배경으로 한다. 경제위기와 같은 위험이 개별 국가가 아닌 전 세계적 수준으로 확장된 상황에서 위험의 주범인 은행(가)만을 습격하여 '공공의 적'이 된 전설적인 갱 존 딜린저의 마지막 13개월이 이 영화의 밑그림이다.

이 영화에 따르면 '공공The Public'이란 전혀 다른 두 가지 의미가 있다. 하나는 지구인에게 기생하던 외계인 즉 에일리언이 갑자기 튀어나오듯이 사회로부터 튀어나와 자유로워진 (시장)경제와 이 경제를 주도하는 은행가 등을 뜻하는 공공이다. 그런 의미에서 존 딜린저는 '공공의 적'이며 FBI가 사력을 다해 쫓는 위험인물이다.

또 다른 의미에서의 공공은 (시장)경제의 횡포에 의해 삶이 위험해진 서민과 그들의 삶, 은행에 돈을 맡긴다는 것은 상상하기 어려웠던 당시의 민중, 그래서 존 딜린저에게 환호하는 공공이다. 그 때문에 존 딜린저는 '공공의 영웅'이며 그가 FBI에 의해 사살되었을 때 주변의 사람들 즉 서민들은 손과 옷에 존 딜린저의 피를 묻히고 그를 추억한다. 그와 같은 점에서 이 영화는 위험에 빠진 것은 '공공의 적'으로서의 공공인가 아니면 '공공의 영웅'으로서의 공공인가를 묻는다.

이것은 '위험사회'가 회자되는 전 세계 그리고 한국에서도 유효한 질문이다. 도대체 무엇이 위험한 것일까? 효율성과 합리성을 통해 부를 양산하던 기존의 시스템과 제도의 위험이라면 시스템과 제도의 복원이 필요하다. 만약 그것이 아니라면 삶의 불안정이나 양극화 현상을 의미하는 것일까 혹은 그 양자일까?

1997년 경제위기와 2008년 경제위기를 겪으면서 한국에서는 '위험사회'라는 단어가 회자되었다. 또한 2008년 미국산 쇠고기 수입반대로 촉발된 촛불시위가 알려지면서 안전하지 않은 먹거리나 환경 등이 위험의 핵심으로 지적되기도 하였다. 하지만 한국 사회에서 '위험'의 실체를 규명하는 작업은 충분하지 않다.

때문에 이 글은 다음과 같은 문제제기로부터 시작한다. '위험'은 무엇을 의미하며 누구의 위험인가? 왜 위험에 빠진 것이며 무엇이 위험을 낳고 있는가? 한국사회의 위험이 가지는 특징은 무엇이며 그것이 다른 사회의 위험과 어떻게 다른가?

만약 위험사회가 최근의 현상이고 반복적인 것이라면 최소한 유사한 위험을 겪지 않기 위해 또한 위험을 줄이기 위해 위험의 실체를 규명하는 것은 의미 있는 일일 것이다.

2. 위험에 대한 두 가지 접근

독일의 사회학자 울리히 벡은 1986년에 현대사회를 '위험사회'로 지칭한 바 있다. 그는 2009년 4월 한국을 방문하였을 당시 ≪조선일보≫와의 인터뷰에서 현대 사회의 '위험'을 다시 한번 정의하였다.

"일반적으로 '위험'은 자기 스스로 통제할 수 없다는 데서 비롯되는 감정이다. 내가 말하는 위험은 끔찍한 범죄 자체가 아니라, 그 범죄가 반복적으로 일어날 수 있다는 것이다. 사람들이 그 반복성을 느낄 때 그것이 바로 '위험'이다."

또한 그는 위험이 계급적이기도 하지만 누구에게나 닥칠 수 있다는 점에서 민주적이기도 하다고 지적한다.

"위험도 '수출'이 된다. 통상 문맹률이 높거나 가난한 나라들로 옮겨가게 마련이다. 그런 위험국가일수록 위험이 더 발생하기 쉽다. 이런 경우 위험은 '계급적'이라고 할 수 있다. 내가 위험을 '민주적'이라고 한 것은, 기후재앙 같은 위험이 극대화된 때를 말한다. 그때는 모든 사람에게 '공평하게' 위험이 적용된다. 그런 위험에서는 부자들조차 돈으로 자신을 안전하게 지킬 수 없다."

위험은 매우 다양하게 정의되지만 대체적으로 환경오염이나 기후변화와 같은 생태적 변화에 따른 재난이나 전쟁, 대량실업, 빈곤, 기아와 같은 사회적이고 정치적인 현상을 의미한다. 또한 과거의 천재지변과 달리 교통, 통신, 새로운 생산기술의 발전 등에 근거한다는 점에서 인위적이다. 또한 항상적이고 반복적이며 전 세계적이라는 점에서 과거와 차이가 있다. 그리고 대량실업이나 빈곤 등은 사회적 취약계층에게 보다 빈발한다는 점에서 계급적이지만 특정 재난의 경우 어느 누구도 피하기 어렵다는 점에서 보편적이고 평등하며 민주적이라고까지 한다. SF 영화의 소재로 다루어지는 지역, 국가 혹은 지구적 재난의 묘사는 위험의 민주성을 가장 잘 드러내는 사례일 것이다.

현대사회의 특징이 위험의 보편성, 즉 위험으로부터 어느 누구도 자유로울 수 없는 것이라는 지적은 상당히 설득력이 있다. 2008년 1월 부자들의 고급 국제사교장이라는 비판을 받고 있는 세계경제포럼의 연차회의인 다보스 포럼에서 빌 게이츠Bill Gates 마이크로소프트사 회장은 "가난한 사람들을 위한 자본주의"를 주장한 바 있다. 가난한 사람들의 빈곤과 실업은 소수의 부유한 사람들까지 위험에 빠뜨릴 것이기 때문에 위험을 민주적으로 공유하고 치유해야 한다는 것이다. 다른 한편 2008년 10월 발생한 미국발 전 세계 경제위기는 이와 같은 주장에 힘을 실어준다.

과연 위험의 계급성과 민주성이 동전의 양면일까? 오히려 계급성의 측면이 더 많은 것은 아닌가? 기후변화나 전쟁의 경우 나라별로 계층별로 전혀 다른 충격을 낳는다. 박노해는 쓰나미에 할퀸 인도네시아 아체를 방문한 후 쓴 책『아체는 너무 오래 울고 있다』에서 아체의 고통은 쓰나미 만이 아니라고 했다. 아체는 2003년부터 계엄상태에 들어가 밤마다 총소리가 울리고 헤아릴 수 없는 아체인들이 학살당했다. 그 때문에 인도네시아에서 가장 풍요로워야 할 땅이 가장 빈곤한 곳이 되어 버렸고 쓰나미는 그 이후의 문제였다. 그는 "재앙은 결코 평등하지 않다"고 한다. "쓰나미가 휩쓸어 간 아체 바닷가 마을은 가난한 사람들이 모여 살았던 곳이다. 죽은 것은 모두 가난한 자들이었다. 부자 마을과 잘 지은 집들은 파손되긴 했어도 모두 건재했다."

또 한 가지. 1997년 동아시아 경제위기는 투기적 금융자본의 공격에 의한 것이지만 그 고통은 개발도상국을 비롯한 일부 국가에 집중되었다. 2008년 전 세계 경제위기에도 위기가 평등하게 민주적으로 공유된 것은 아니며 위험의 강도가 나라별, 집단별로 달랐다. 위험에 먼저 빠진 사람과 위험에 나중에 빠진 사람이 있을 뿐만 아니라 위험에 반복적으로 빠지는 집단, 위험으로부터 벗어나기 어려운 집단이 있는 반면 종종 위험과는 상당한 거리에 있는 집단이 동시에 존재하는 것이다.

예를 들어 한국의 1997년 경제위기의 충격과 2008년 경제위기의 충격은 그 양상도 다르고 고통 상황도 집단별로 다르다. 1997년부터

1998년까지의 경제위기 시기에 가장 먼저 그리고 가장 많이 감소한 것은 상용직 일자리였으며 그 뒤를 일용직, 자영업, 임시직이 뒤따랐다. 적어도 당시 경제위기는 일자리의 측면에서 상당수의 집단에게 영향을 끼쳤고 국가적 재난으로 느껴졌다. 전 국민이 금모으기 운동에 동참한 것도 이와 같은 공감대의 발로였을 것이다. 하지만 2008년부터 2009년 현재까지 가장 많이 감소한 것은 자영업, 임시직, 일용직 등 상대적으로 취약한 집단의 일자리이고 상용직 일자리는 지속적으로 증가추세이다. 경제위기의 충격이 국민의 일부에게 집중된 것이다.

왜 이렇게 다른 양상이 나타난 것일까? 1997년 경제위기는 대마불사大馬不死의 신화 즉 재벌 등의 대기업은 결코 망하지 않을 것이라는 그동안의 믿음을 무너뜨렸다. 과잉투자 등의 경영부실과 외환위기로 대기업은 도산의 위험에 직면하거나 해고를 포함한 구조조정을 감행하였다. 때문에 상당수 상용직이 일자리를 잃은 것이다.

하지만 경제위기의 경험은 대기업이나 정부에게 항상적인 위기관리로서 유연성, 효율성을 선택하게 하였고 이것은 특정 집단에게 항상적인 위험을 의미하는 것이다. 2000년대 이후 임시, 일용직 등 비

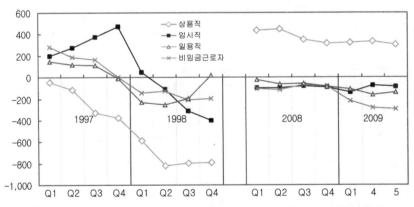

자료: 경제활동인구조사 각년도. 이병희, 「근로빈곤: 노동시장 불안정이 빈곤에 미치는 영향」, 미발표 논문, 2009.
단위: 1,000명.

[그림 1] 종사상 지위별 증감(전년 동기 대비)

정규직 일자리가 급속하게 늘어난 것이나 상용직이나 정규직 일자리가 크게 줄어든 것이 대표적인 예이다. 1997년에 물에 빠진 사람들 상당수는 예전의 큰 배를 다시 탈 수 없었으며 일부는 뗏목으로 바꿔 타거나 아니면 여전히 물 속에서 허우적대야 했다. 그리고 10년 만에 다시 경제위기가 몰아닥친 것이고 이번의 위기는 1997년 이후 10년 간 한국사회에서 누가 가장 위험한 상황에 빠졌는가를 뚜렷하게 보여준다. 위험이 반복되고 커질수록 위험을 감수해야 하는 집단이 보다 분명해진다는 사실은 한국에서도 예외가 아닌 것이다.

그렇다면 앞으로 10년 후에는 어떻게 될까. 물에 빠진 사람은 구원될까. 위험에 빠진 집단에게 안전지대가 있을까. 적어도 한국의 현실에서 그 대답은 긍정적이지 않다. 위험이 누구에게나 평등하다는 것은 법은 누구에게나 평등하다는 것만큼이나 잘못된 진실일 수 있다. 무전유죄, 유전무죄無錢有罪, 有錢無罪는 위험에서도 마찬가지일 수 있기 때문이다.

3. 위험과 한국 사회

칼 폴라니는 그의 대표작인 『거대한 전환』(1944)에서 시장 경제의 전일적 지배에 따른 사회적 위험을 거론하였다. 그에 따르면 원래 상품이 아니던 토지·노동·화폐가 상품이 되고 인간과 자연환경의 운명이 순전히 시장 메커니즘 하나에 좌우되면 사회는 완전히 폐허가 된다.

노동이 상품이 된다는 것은 사람이라는 육체적·심리적·도덕적 실체를 소유자 마음대로 처리하는 것을 뜻한다. 토지 역시 마찬가지여서 자연의 다른 이름일 뿐인 토지가 상품이 되면서 인간들은 최소한의 사회적 안전마저 빼앗긴다. 얼마 전 벌어진 용산 참사가 대표적인 예일 것이다. '용산 철거민 사망사건 진상조사단' 1차 조사결과 및 요구사항 발표 기자회견에 따르면, 2009년 1월 20일 경찰의 진압 과정에서 시민 5명과 경찰관 1명이 불에 타 죽은 이 사건은 10개월이 지난 지금도 사태 규명조차 이루어지지 않고 있다. 자연의 일부이자 거주 장소인 토지가 시장에서 거래되면서 더 많은 돈 더 많은 이익을 위해 삶과 생명은 종속적이고 부차적인 것이 되어 버렸다. 상품으로서의 토지의 시장거래를 전면적으로 허용하는 한 용산참사와 같은 사건은 다시 일어날 수 있다. 구매력의 징표에 불과한 화폐 상품화의 폐해가 2008년 금융위기에서와 같이 반복적으로 나타나는 것과 같다.

그 결과 인간들은 갖가지 문화적 제도라는 보호막이 모두 벗겨진 채 사회에 알몸으로 노출되고 쇠락해 간다. 악덕·인격파탄·범죄·굶주림 등을 거치면서 격심한 사회적 혼란의 희생양이 되어 간다. 그런 점에서 자본주의적 시장거래의 전면화는 인류를 다른 종으로 만드는 일종의 바이러스일 지도 모른다.

다른 한편 세계은행IBRD 부총재를 지내고 2001년 노벨 경제학상을 수상한 컬럼비아대 교수 조지프 스티글리츠Joseph Stigliz는 세계화 및 그것의 반민주성을 지적하면서 그로부터 사회적 위험을 찾는다. 그는 2002년에 발간된 『세계화와 그 불만』에서 "세계화를 비판하는 사람들은 종종 그 혜택을 간과한다. 하지만 세계화 지지자들은 그들보다 더한 불균형적인 시각을 가지고 있다"고 단언한다. 세계화의 결과 빈부 격차는 더욱 심화되었으며, "하루 1달러 미만의 돈으로 생활하는 제3세계의 극빈자들이 점점 더 많아졌다. 빈곤을 줄이겠다는 약속이 20세기의 마지막 10년 동안 거듭되었음에도 불구하고, 실제로 빈곤층 인구는 1억명이나 늘었다. 그것도 세계 전체의 소득이 연평균 2.5% 증가한 기간 동안 발생했다"고 강조한다.

스티글리츠는 그 원인을 세계화 자체보다는 세계화 과정의 비민주성에서 찾는다. IMF와 같은 기관에서의 정책결정 과정이 "이념과 나쁜 경제학의 기이한 혼합"이고, 투명성이 낮으며, 오직 한 가지 처방만 있을 뿐 대안적인 견해는 추구되지 않고 공개적이면서 솔직한 논의가 위축되는 등 반민주적이라는 것이다. 그래서 IMF 정책은 시장전일주의 일변도이며 긴급 자금을 받는 대가로 IMF의 권고를 따라야 했던 개발도상국들 국민들이 겪은 고통의 정도는 필요 이상으로 엄청나게 컸다는 것이 그의 견해이다.

폴라니가 보다 급진적인 결론을 내리고 있다면 스티글리츠는 상당히 온건하다. 그러나 고삐 풀린 시장이 위험의 중요한 원인이라는 것에는 양 자 모두 유사하다.

사실 시장의 공격에 따른 사회적 위험의 증가는 한국사회에서 지난 10년간 수없이 많은 증거를 통해 입증된 바 있다. 한국은 전쟁 이후 수십 년간 놀라운 경제성장을 이룩하였고 그로 인해 성장담론 이외의 다른 가치가 사회에 깊숙이 심어지기 어려웠다. 그러나 한국인들은 1987년 민주화를 이루어내 성장 이외의 민주주의적 가치가 자리 잡을 공간을 만들어내고, 최소한 금융시장을 단단히 통제하여 시장의 미친 듯한 공격을 일정 부분 막아내기도 하였다. 하지만 1990년대 초 OECD에 가입하면서 시장에 대한 통제는 급속히 약화되었고 그것이 1997년 외환위기를 낳았으며 그것은 민주주의적 가치를 급속하게 망가뜨렸다.

스티글리츠는 투기적 금융자본이 동아시아 경제위기의 주범일 뿐만 아니라 구원투수로 나선 IMF가 사실은 '병 주고 약 주기' 식 원인제공자라고 강도 높게 비난한다. 그는 한국과 태국을 비교하면서 IMF의 처방을 완벽하게 따른 태국은 경제위기에서 벗어나지 못했지만 표준 IMF 처방을 준수하지 않은 한국은 회복이 빨랐다고 한다. "IMF 충고를 따랐더라면 회복은 훨씬 더뎠을 것이다"라는 그의 결론은 매우 흥미롭다. 하지만 스티글리츠가 간과한 것이 있다. 비록 회복은 빨랐으나 한국 역시 IMF 처방으로부터 자유롭지 않았으며 그 이후 10년간 아주 비싼 대가를 치루고 있다는 사실이다.

한국에서 시장의 공격은 그 이전에도 있었다. 1970년대 말의 경제위기처럼 위기가 반복되었다. 또한 1971년 정부가 2만 1,372가구 10만 1,325명을 광주대단지(지금의 성남시)로 강제 이주시키면서 대규모 폭동이 발생한 바 있다. 만연한 토지 투기에도 불구하고 무리하게 이주계획을 실시한 정부와 이로 인해 이득을 얻는 가진 자들에 대한 이주민의 불만이 터져나온 것이다. 시장원리를 전 사회에 강제한 정부계획이자 시장 경제의 활성화를 위한 일종의 땅고르기라는 점에서 간접적인 방식의 시장의 공격일 것이다.

하지만 1997년 이후에는 일종의 시장 숭배가 이루어졌다. 땅 투기는 그 어느 때보다 심하여 강남 모 아파트 단지의 개발이 아침뉴스의 초점이고 2007년과 2008년 대선 및 총선을 '뉴타운 선거'라고 요약하는 신문 기사에 상당수가 고개를 끄덕인다. 또한 한국의 비정규직 비중은 전 세계 1위이며 이들은 법제도적 보호의 사각지대에 위치한다. 상대적 불평등은 너욱 높아져 한국은 빈곤율 제7위의 나라이며, 특히 한국에서 실직은 곧바로 빈곤의 나락이다.

가구주가 실직을 할 경우 빈곤으로 떨어질 비율은 52.9%이며, 이 경우 가구주가 취업을 해도 중하층의 60%는 장기간 빈곤상태에서 벗어나지 못한다. 기존의 구빈곤 즉 노령이나 질병으로 인해 근로능력이 없어져서 발생하는 빈곤의 문제보다 신빈곤 즉 근로능력이 있어도 빈곤한 집단의 증가, 근로빈곤working poor의 문제가 심각한 것이다.

게다가 한국에서는 실직할 가능성이 특정 집단에 몰려 있다. 1년 동안 실직을 할 가능성이 남성 15.6%인 반면 여성은 27.6%로 여성의 실직위험이 2배 더 높다. 또한 대졸이 8.9%인 반면 고졸은 22.2%로 학력이 낮을 경우 3배 정도 실직위험이 커진다. 그리고 상용직의 실직가능성은 8.5%이나 일용직은 53.6%, 임시직은 27.1%이고 정규직의 실직가능성은 13.3%이지만 비정규직은 33.7%가 실직한다. 또한 사업체 규모별로도 차이가 있어 300인 이상의 기업 종사자들의 경우 실직비중이 6.5%인 반면 30인 이하의 규모는 30% 수준이다. 결국 '사회적 취약계층=실직=빈곤'의 연쇄고리 때문에 근로빈곤의 덫에 한번

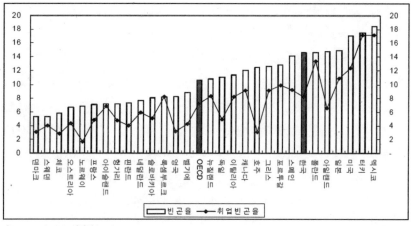

자료: OECD(2009), 이병희(2009)
단위: %

[그림 2] 빈곤율 국제비교

빠지면 헤어나오기가 어렵다.

　해고에 대한 쌍용자동차 노동자의 저항이 그렇게 강했던 것은 이 때문이다. 쌍용차라는 대기업 정규직 혹은 상용직 일자리를 잃는 그 순간 이들의 과반수 이상이 빈곤으로 떨어질 수 있다는 것을 노동자들은 안다. 지난 10년간 보아왔기 때문에 그것은 상식이다. 더군다나 한번 떨어지면 벗어나기 어렵다는 것도 동료와 이웃을 통해 충분히 확인하였는데 어떻게 정리해고를 받아들일 수 있겠는가.

　결론적으로 한국에서는 스스로 통제할 수 없다는 감정을 더욱 자주 더욱 많이 반복적으로 느끼는 특정 집단이 존재한다. 해당 사회의 모두가 위험을 느끼지는 않으며, 먹거리나 자연 환경의 파괴로부터 발생하는 위험이 적지 않다하더라도 매일의 생존 자체를 위협받고 있는 특정 집단의 고통보다 크다고 하기 어렵다. 안전한 먹거리를 확보하기 위한 촛불시위가 옳다고 생각하지만 미국산 쇠고기가 들어온다면 어쩔 수 없이 먹어야 한다는 사람들에게 위험은 전혀 다른 의미이다.

　환경 문제만 해도 그렇다. 박승규는 그의 저서 『일상의 지리학—

인간과 공간의 관계를 묻다』에서 환경에 대한 관심이 계급적이라는 사실을 지적한다. 그는 "열악한 삶의 조건을 갖고 있는 노동자에게, 홈리스에게, 공동 화장실 앞에서 줄을 서 기다리는 달동네 사람에게 맑은 공기를 마시며 새소리에 눈을 뜨는 것이 환경 문제의 해결책이라고 이야기할 수 있겠는가"라고 묻는다. 또한 "환경문제는 계급의 문제를 반영"하는 것인데, 대부분 환경에 접근할 때 "누구의 환경문제"인지에 대한 인식이 없다는 사실에 비판적이다. 그리고 "인간이 소거된 환경 인식과 환경을 자연환경으로만 환원해서 생각"하는 것의 문제점을 지적하면서 환경문제는 단수가 아니라 복수여야 한다고 강조한다.

환경을 자연만이 아니라 주거환경, 출퇴근환경, 작업환경 등으로 넓혀서 생각한다면 환경의 훼손이나 열악한 환경에 의해 더 많은 고통을 받는 집단이 누구인가가 분명해지는 것이다. 그런 점에서 위험이 민주적이고 누구에게 닥칠 수 있는 문제라는 주장을 100% 수용하기 어렵다. 풍요를 함께 하기도 힘들지만 위험 역시 함께 하지 않는다. 풍요가 비민주적인 만큼 위험도 비민주적이고 풍요가 불평등한 만큼 위험도 불평등하다.

4. 정부, 시민운동, 위험사회

위험사회에 대처하는 방법은 크게 두 가지이다. 하나는 시장의 보이지 않는 손을 믿는 것이며 다른 하나는 국가와 시민사회의 적극적 개입에 의존하는 것이다. 위험사회의 원인을 포악한 시장이라고 본다면 시장에 맡겨두자는 이야기는 대처방법이 되기 어렵고 적어도 이 글의 관점과는 다르다. 때문에 여기서는 후자 즉 시민사회와 국가의 개입을 중심으로 살펴볼 것이다.

폴라니는 시장의 효율성 원리와 달리 사회는 호혜성의 원리를 갖고 있다고 한다. 또한 사회로부터 경제가 분리되어 사회를 지배하는 것은 유토피아에 불과하다고 주장한다. 그런데 사회의 일부에 불과하였던 시장=경제가 사회를 지배하려 하면서, 즉 유토피아를 추구하면서 효율성의 원리가 사회의 유일한 원리인 것처럼 확대되고, 경제와 불가분의 관계인 사회가 심각한 피해를 입게 되어 불가피하게 '자기 보호운동'을 하게 된다는 것이다. 사회의 자기 보호운동이란 토지·노동·화폐와 같은 허구의 상품이 시장의 물결에 휩쓸리는 것을 제한하는 과정이며 개인 혹은 집단에 의해, 저항에서부터 제도화의 다양한 방식으로 이루어진다.

그런데 이와 같은 사회의 자기 보호는 파시즘과 같은 형태로도 나타난다는 점에서 반드시 긍정적인 결과로 이어지는 것은 아니라고 그는 경고한다. 따라서 자기보호 운동의 진보적 계기가 필요한데 그것은 '호혜성' 원리의 구축이며, 자본주의의 역사에서 호혜성에 기초하여 인간성 회복을 위한 위대한 도전이 지속된다는 사실을 동시에 지적한다.

프랑스의 대표적 사회학자인 뒤르껭의 조카이자 사회철학자인 모스Mauss에 따르면 호혜성의 원리는 줄 의무, 받을 의무, 되돌려줄 의무로 이루어진 일종의 타원형의 상호관계이다.

[그림 3]은 호혜성의 원리에 의해 조직된 공동체를 보여준다. 다섯 명의 사람 혹은 집단 간에 상품이 아니라 일종의 선물이 교환되는데

[그림 3] 호혜성의 원리에 의한 사회관계

이때 많은 선물을 주는 사람이나 집단이 해당 사회에서 가장 높은 평판과 지위를 얻게 된다. 또한 개인적 부의 축적을 하지 않는 대신 전 사회적 부의 축적이 발생할 가능성이 크다. 왜냐하면 남보다 혹은 다른 집단보다 더 많이 주기 위하여 노동하고 생산하는 것이 불가피하기 때문이다.

이를 위해서는 한 사회가 경쟁과 효율성의 원리만큼이나 호혜성의 원리를 공통의 가치로 추구하고 그것을 위한 제도를 마련하는 것이 필요하다. 물론 이것이 일종의 이상이나 꿈에 불과하다는 지적도 있다. 하지만 우리의 일상생활을 찬찬히 살펴보면 호혜성에 대한 이상이 단순한 이상만은 아닐 수 있다. 후배에게 식사를 제공하거나 정보를 제공하는 선후배관계, 시민사회단체의 일상적 활동 방식에서 이와 같은 호혜성의 원리를 확인할 수 있기 때문이다. 보편적 인권의 추구와 이에 기초한 법제도 개선활동에서부터 수많은 자원봉사활동의 이면에는 호혜성의 원리가 숨겨져 있다.

또한 고 노무현 대통령이 즐겨 읽은 도서로 소개된 제러미 리프킨의 저서 『유러피안 드림』이 한국인의 관심을 끈 것을 노무현 대통령에 대한 추모만으로 해석하기 어렵다. 『유러피안 드림』은 한국인이 익숙한 아메리칸 드림과는 전혀 다른 길을 추구하고 있다는 점에서, 일종의 자기 보호운동으로서의 관심일 수도 있다. 저자는 아메리칸 드림과 유러피안 드림을 비교하면서 유러피안 드림은 개인의 자유보다 공동체 내의 관계를, 동화보다는 문화적 다양성을, 부의 축적보다 삶의 질을, 무제한적 발전보다 환경 보존을 염두에 둔 지속 가능한 개발을, 재산권보다 보편적 인권과 자연의 권리를, 일방적 무력 행사보다 다원적 협력을 강조한다고 단언한다.

물론 한국 사회가 이와 같은 이상을 실현할 사회적 문화적 자산을 갖고 있느냐는 질문에 쉽게 '그렇다'고 대답할 수 있는 사람은 많지 않을 것이다. 왜냐하면 한국사회는 유러피안 드림보다는 아메리칸 드림에 좀 더 가깝게 보이기 때문이다. 예를 들어 아메리카 드림은 애국주의에 집착하는 반면 유러피언 드림은 세계주의적인 색채가 강하고, 아메리칸 드림은 일하기 위해 살며 유러피언 드림은 살기 위해 일한다. 아메리칸 드림에서 자연은 인간에 의해 사용됨으로써 그 의미가 있다면 유러피언 드림에서 자연은 그 자체로 가치가 있다. 미국인들은 효율성이 높을수록 더욱 하나님께 가까워지고 하나님은 가장 효율적인 조물주인 반면 유럽인들은 종교에 대한 관심이 적다. 여기서 아메리칸 드림 혹은 미국을 한국으로 바꾸어도 크게 어색하지 않다. 게다가 유러피안 드림이 조직율이 높은 강한 노조, 사회민주주의 정당의 존립이라는 한국과는 전혀 다른 조건에서 추구된다는 사실을 간과해서는 안 된다.

하지만 한국 사회에 나와 가족을 넘어선 공동체, 사회적 관계 혹은 사회적 연대에 대한 존중이 없다고 할 수 없다. 비록 사각지대가 있긴 하지만 한국이 갖고 있는 건강보험체계가 대표적이다. 대다수의 한국인은 상대적으로 저렴한 건강보험료만을 지불하면 계층이나 소득에 큰 구애를 받지 않고 어느 병원에나 찾아가 진료를 받을 수 있다. 상대적으로 젊고 건강하며 소득정도가 높은 사람들이 낸 보험이 그렇지 않은 집단의 의료비로도 사용되는 일종의 사회연대 원리가 녹아들어가 있는 것이다. 단지 개인인은 직단의 활동만이 아니라 제도의 조직원리로서 호혜성은 찾아보면 꽤 존재한다.

다른 한편 사회의 자기보호운동에서 정부의 역할을 빼놓을 수 없다. 여기서 정부의 역할은 시민사회 단체와 달리 이중적일 수 있다. 정부는 외계인(에일리언)으로서의 경제가 사회로부터 튀어나와 거꾸로 그 사회를 지배하는 것을 적극 지원하는 방식으로도 개입하지만, 다른 한편 사회의 자기보호를 위해서도 개입하기 때문이다. 즉 퍼블릭 애너미에서 미국 연방정부가 '공공'=시장경제를 위협하는 존 딜린저를 사살하기 위해서도 개입하지만, 전 세계적인 대공황에 휩쓸린 서민들의 삶(또 다른 '공공')을 보호하기 위해서도 개입한 것과 마찬가지이다.

사실 한국에서의 정부의 역할은 다른 어떤 나라보다 크다. 왜냐하면 한국은 정부의 개입에 익숙한 사회일 뿐만 아니라 자율적인 시민사회가 충분히 형성되어 있지 않고 노조의 조직율 역시 현저하게 낮기 때문이다. 또한 경제위기와 같이 위험이 증가하는 경우 정부의 역할은 더욱 중요해진다. 따라서 위험사회에 대처하는 방법으로서의 정부의 역할을 적극적으로 검토하지 않을 수 없다.

외국의 경우를 보면 경제위기 시기 전 세계 정부는 '공공=시장경제'의 보호보다는 '공공=서민의 삶'의 보호에 집중하였다. 많은 나라에서 해당 정부가 사회안정망의 확충에 주목한 것이 대표적인 예이다. 가까운 일본에서는 이미 자민당 정부 시기 특별 대부의 형식으로 제2의 안정망을 만든 바 있으며 민주당으로의 전환 이후에는 제2의 사회안정망을 실업부조의 형태로 구축하겠다고 단언한 바 있다. 실업부조는 고용보험 내상이 아닌 노동자나, 고용보험에서 제외되는 영세자영업자가 실직을 할 경우 생활과 취업을 위한 비용을 제공하는 것이다. 또한 이 비용을 정부가 국민의 세금에 의해 부담한다는 점에서 호혜성의 일환이라 하겠다. 한국의 경우도 2,300만 명의 취업인구 중 최소 800만 정도가 실직시 어떠한 지원도 받지 못한다. 한국에서 실직이 곧 빈곤인 중요한 이유 중의 하나가 사회안정망의 미흡이라는 점에서 만약 한국 정부가 제2의 사회안정망 혹은 실업부조 형태의 제도를 도입한다면 특정집단에 집중되는 위험의 정도를 완화할 수 있고 호혜성의 원리를 확대할 수 있을 것이다.

5. 글을 맺으며

지금까지 1997년 이후 증가한 한국사회의 '위험'과 그 대안으로서 사회의 자기보호운동 혹은 호혜성의 원리의 실현가능성을 살펴보았다. 이 글은 모두가 위험을 피할 수 없다는 점에서 위험은 평등하며 민주적이라는 관점에 대해 현대 사회의 위험은 최소한 한국의 경우 명확히 계급적 성격을 좀 더 많이 띠고 있다는 사실을 지적하였다. 비정규직, 실업, 빈곤 등의 측면에서 볼 때 특정 계층이나 집단은 반복적인 위험에 직면하고 있으며 최근 사회양극화나 비정규직 문제가 쟁점으로 떠오른 것처럼 사회적 취약계층은 사회적 위험계층이다. 또한 환경오염이나 자연재해에서도 빈곤층이 부유한 계층보다 훨씬 더 위험하다. 한국에서도 장마로 인한 피해가 발생하는 지역은 대체적으로 빈곤층 밀집지역인 경우가 많다.

때문에 정부, 노동조합을 포함한 시민사회단체가 경쟁과 효율성의 원리 외에 호혜성의 원리에 기초하여 제도를 만들고 사람들을 보호할 경우 위험을 완화시킬 수 있다. 사회적 취약계층이 위험으로부터 벗어나는 정도는 한 사회가 보다 안정해지는 정도와 밀접한 연관이 있다. 그런 점에서 사회권 지표와 같은 안전성 지표를 개발하고 정부와 시민사회가 함께 노력을 경주하는 것이 중요한 과제일 것이다.

제러미 리프킨 등의 GDP 비판은 그런 점에서 경청할 만하다. 그는 모든 경제활동을 유효한 것으로 간주하기 때문에 실업과 빈곤으로 인한 범죄의 증가에 따른 경찰력의 확충비용, 대량 재난에 따른 각종 구호활동 장비 확충비용 등도 GDP에 포함된다는 사실에 주목한다. 이것은 사회적 위험이 증가한 현대의 경제지표로서 부적절한 면이 있기 때문에 대체할 도구가 필요하다는 것이다. 참진보지표GPI: Genuine Progress Indicator, 지속가능한 경제복지지수SEW: Index of Sustainable Economic Welfare, UN의 인간개발지수HDI: Human Development Index 등이 그것이다.

얼마 전 프랑스 사르코지 대통령의 요청으로 조지프 스티글리츠와 아마르티아 센 등이 구성한 '경제 성과와 사회 진보 측정을 위한 위원회'는 첫 보고서를 내고 삶의 질을 포괄하는 대안적 국민총생산 설계 작업에 들어갔다. 한국의 언론은 행복GDP 등의 용어를 써가며 이 내용을 보도한 바 있으며 만약 그것이 실현된다면 한 사회는 엄청난 변화에 직면하게 된다. 가능할지 알 수 없지만 위험이 적은 새로운 사회에 대한 꿈을 꾸는 사람들이 늘어난다는 것은 2009년의 가장 기쁜 뉴스일 것이다. 🈁

은수미
1963년생. 한국노동연구원 연구위원. 저서로 『IMF 위기』 등이 있음. esumi@kli.re.kr

인문학의 위기와 광장의 위축

김 원

1. <광장>을 걷다, 2009

광장은 오래 전부터 사람들이 모이는 곳이었다. 광장은 놀이, 여가, 의사소통 그리고 정보교환 등 민民의 일상을 주조하는 '역사적 공간'이었다. 서구에서도 광장 혹은 거리가 지니는 의미는 유사했다. 서구 노동자계급은 고단한 노동을 일시적으로 잊기 위해 금요일 저녁부터 술과 여흥을 즐겼고, 거리에서 자신들만의 민중문화를 즐겼다. 그리고 술과 피곤이 덜깬 월요일은 '숙취의 월요일St. Monday'이라고 해서, 관습적으로 일하지 않은 것이 보통이었다. 전근대 시기 한국에서도 광장은 아니었지만, 시장 판 곳곳에서는 민의 의사소통, 물물교환 그리고 일상에서 억눌림을 표출하는 마당극 등이 펼쳐져, 그들만의 공간을 채워나갔다.

도시화가 진행된 이후 광장의 의미는 다채롭게 변모했다. 1961년 군사쿠데타 이후 국군의 날마다 군사정권의 정당성을 내세우기 위한 퍼레이드가 벌어지기도 했으며, 미국 대통령이 오면 광장 주변에서 태극기와 성조기를 흔들며 '우방에 대한 열정'을 과시하는 곳이기도 했다. 또 80년대 들어서는 다시 광장의 의미는 변했다. 80년 서울의

봄, 서울역 등 광장에서는 신군부의 집권에 반대하는 대규모 시위가 벌어졌으며, 비록 일시적으로 여의도 광장에서 "국풍 81" 같은 관제 행사가 벌어지기도 했으나, 광장은 점차 대중이 스스로 만들어간 '정치 공간'으로 재현되었다.

대표적인 사례가 87년 6월 항쟁 이후 시기였다. 서울역, 시청, 을지로 등 서울 시내 각 곳에서 대중들이 스스로 만든 광장이 나타났으며, 그 속에서는 군부독재와 정권 타도의 외침이 울려 퍼졌다. 비단 서울과 수도권뿐만이 아니라, 전국 각지에서 대중들은 스스로의 불만과 대안을 이야기하는 정치집회, 자유발언 등을 통해 자신들의 언어를 내뱉었다. 80년대와 90년대 초반 광장은 경계 지워진 공간이 아닌, 구조로 설명이 불가능한 우발적인 사건 속에서 대중들의 목소리가 발화되어 나오는 곳이었다. 그 안에는 민주주의, 노동해방 그리고 열사, 죽음 등 복잡한 언어들이 뒤엉켜 있었다.

하지만 광장은 물리적 공간뿐만이 아니었다. 80년대와 90년대 초중반 인문사회과학계에도 광장은 존재했다. 그 광장은 '지식의 광장'이었다. 오랜 시간 동안 자유로운 지적인 토론과 대안적 패러다임 형성에 목말라했던 대학 내 지식인들은 제도권 외부에 대안적 지식공동체를 주조해내기 시작했다. 각 분과학문별로 대안적 학문공동체가 형성되었고, 대학 사회에서 생산해내지 못하는 지식을 진보적 학문공동체를 통해 만들어내고, 이를 사회운동이라는 또 다른 공론장으로 확산시켰다. 하지만 진보적 학문공동체가 만든 광장의 힘은 오래 가지는 못했다. 90년대 하반기부터 지식사회 지형도는 근본적으로 변화하기 시작했기 때문이었다.

사회의 신자유주의적 개편뿐 아니라 지식사회도 마찬가지로 변해 갔다. 등재지, 각종 학술진흥재단(현재 한국연구재단) 프로젝트, 규격화된 글쓰기, 계량화된 시장주의적 평가 체계 도입 등 몇 년 사이에 급격한 변화가 났다.[1] 더불어 2007년 즈음에는 인문학의 위기가 공공연히 운위되면서 이른바 '인문한국HK' 연구 사업이 출범하기도 했다.

그러나 인문학 위기가 공감된 지 3~4년이 지났으며, 많은 연구자들이 무엇이 문제인지는 알고 있지만, 문제가 해결되는 기미가 보이지는 않는다. 올해 국정감사 제출 자료에 따르면, 2008년 국내에서 8829명, 미국, 일본, 독일 등 해외에서 3만 4791명의 박사가 배출됐으며, 현재까지 박사 학위자 수는 최소 15만 8082명을 넘어서 인구 309명 당 1명이 박사학위자로 집계됐다. 그리고 현재 3만 명에서 5만 명 이상의 박사실업자가 있을 것으로 추정하고 있다.

하지만 문제는 이른바 '놀박'이라는 이름으로 불리는 비정규직 박사 학위자들에 대한 '일시적 대책'으로 상당수 학문정책이 구성되고 있다는 점이며, 오히려 이런 경향이 인문학의 위기를 근본적으로 풀어가는 데 장애물이 되고 있다는 점이다. 인문학의 위기는 미취업 박사 학위자들과 인문학 지원정책, 지원비의 부족이기도 했지만, 그것에서 그치는 것은 아니다. 사회와 대중의 흐름을 착목하고 이에 대한 비판적 성찰을 찾아내는 것이 인문학이 해야 할 길이다. 하지만 시간이 지날수록 인문학 위기는 인문학 지원비 액수—물론 지원 자체가 불필요하다는 의미는 아니지만—자체로 환치되어 인식되고 있다.

인문학 위기가 대두된 뒤 실시된 인문한국 연구 사업을 포함한 프로젝트에 대해 아직 쉽게 평가하기 어렵다. 다만 아직까지 근본적인 인문학 위기의 대안을 형성하기보다, 이전 프로젝트들이 가진 문제들을 마찬가지로 지니고 있다는 것이 일각에서 제기되는 평가이다. 이 점에서 인문학의 위기는 다른 측면에서도 살펴봐야 한다. 기존에 비판적 학문공동체가 지향했던 사회와의 교류, 소통 기능이 학문공동체의 변화에 따라 자기폐쇄적인 공동체 혹은 대중과 소통하기 어려운 학술 언어로 장식되었다. 물론 긴 호흡의 사회적 비판과 성찰을 위한 독자적인 연구 작업은 반드시 필요하다.[2] 다만 이것이 연구자

---

1) 이상의 내용에 관해서는 김원(2007; 2008)을 참조.
2) 역설적 현상은 대중과 소통, 학문의 대중화라는 이름으로 검증되지 않은 일부 선정주의적 인문학 대중서가 범람하고 있다는 사실이다. 대중과의 소통은 내용적 평준화를 의미하는 것이 아닌, 대중이 미처 인식하지 못한 사실과 현상에 대한 비판적이고 예지적인 소

들만이 이해할 수 있는 '암호화'될 때, 소위 '번역 가능성'이 낮은 그들만의 언어로 전락될 때 문제는 심각해지는 것이다.

물론 인문학은 더 이상 사회구조로 설명이 불가능한 시점에서 발생하는 역사적 사건에 대한 설명과 해석이 중요한 기능이기도 하다. 하지만 중요한 것은 인문학이 사회로부터 버려진 개인들의 목소리를 찾아줌으로써 이들이 주체성을 회복할 수 있도록 하는 작업이다. 그리고 이런 작업은 과거 인문학이 상실했던 광장을 다른 방식으로 전유하는 것이기도 하다. 우리는 각종 소수자와 인문강좌와 자기역사쓰기 등 실험을 통해 그 가능성을 엿볼 수 있다.

2. 새로운 <광장>을 찾아서: 인문강좌와 자기역사쓰기[3]

최근 인문학이 발견한 새로운 광장 가운데 하나가 대중들이나 소수자들을 대상으로 한 인문학 강좌이다. 이전에도 인문학 강좌가 없었던 것은 아니다. 최근 한국연구재단도 인문강좌를 대규모로 실시하고 있는 실정이고, 박물관, 미술관, 인문주간 등을 통해 대중과 소통하려는 움직임은 주목할 만하다. 다만 우리가 주목해야 할 인문강좌는 소수자들에 대한 인문강좌이다.[4] 이른바 재소자, 노숙인, 실업자 등 경제위기 이후 한국 사회에서 버림받은 소수자에 대한 인문학 교육 및 강좌가 그것이다. 개인적으로 경제적으로 여유가 있으며 자기개발의 일환으로 문화, 역사 등에 대한 관심을 지닌 개인, 소모임 등은 이제 적지 않다. 이미 존재하는 강좌 속에서 이들의 요구는 점차 수용될 것으로 추측된다. 그러나 비정규직, 여성, 노숙인, 실업자, 재소자 등은 이런 기회를 제공받을 기회가 거의 없다. 이러한 저간

통의 형식으로 이루어져야 할 것이다.
3) 제2장의 일부는 김원(2009)에서 일부를 수정, 보완해서 작성했음을 밝힌다.
4) 인문강좌 실험에 대한 소개는 임철우 외(2008), 이명원(2008)을 참조.

사정이 소수자에 대한 인문학 강좌가 제기된 소박한 배경이다.

하지만 이들 소수자에 대한 인문학 강좌에 대해서는 여러 의견이 분분하다. 아직은 실험중인 개척해야 할 광장이지만, 일시적인 유행으로 보기도 하고 인문학 위기의 대안으로 만들어야 할 장으로 사고되기도 한다. 그 평가가 어쨌든 간에 시민/평화 인문학 등 여러 이름으로 진행되는 소수자에 대한 인문학 강좌가 사회 및 각계에서 하나의 '현상'으로 받아들여지고 있는 것은 사실이다.

소수자에 대한 인문학 강좌는 대학 강의와 분명한 차이를 지니며, 지녀야 한다. 학점 경쟁과 자격증 경쟁 등 황폐화되고 있는 대학교육과 달리, 현장 인문학 교육은 지식 전달이 주된 목적이 아닌, 자신의 삶의 원천에서 무언가를 공감하고, 서로가 관계를 맺어 나아가는 감정노동의 영역이다. 이를 반영하듯이 한 인문학 강좌에서는 강의 목표를 ① 글씨기와 자기 표현에 대한 자신감, ② 자신의 삶을 성찰하는 동시에 타인과 관계에 대한 성찰, ③ 문학적 감수성을 스스로 개발하도록 하는 일 등을 들고 있다. 얼 쇼리스도 일찍이 클레멘트 코스 프로그램을 통하여 가난한 이들과 세상 사이의 올바른 대화와 소통의 통로를 찾아내기 위한 작업을 미국에서 시도했다. 물론 그 접근 방법에서 한국에 어떻게 정착시킬 것인가를 논의가 필요하지만, 많은 시사점을 준다. 그가 쓴 〈희망의 인문학〉에서는 정치적인 삶에 대해 참여자 자신이 검증해야 할 질문을 다음과 같이 던지고 있다(쇼리스, 203~204쪽).

A. 가난한 사람들이 정치적으로 살 수 있도록 도와줄 수 있는 방법이 있는가? 그리고 그것을 제도화할 수 있는가?

B. 인문학은 가난한 사람들이 정치적 삶을 사는 데 있어서 필수 단계인 성찰적 사고를 할 수 있도록 이끌 수 있는가?

C. 만일 앞의 두 질문에 자신 있게 '그렇다'라고 대답했다면, 그것은 오랜 기간 동안 가난에 찌들려 살아온 사람들 역시 인간이고, 동등하며 능력이 있

다는 사실을, 그리고 하층민이나 빈곤의 문화 같은 것은 존재하지 않는다
는 것을 강하게 암시하는 것인가?

D. 가난한 이들이 정치에 관심을 갖도록 이끌어주는 여타 방법들이 존재하고
있는 터에 굳이 인문학을 가르치는 게 가난한 이들을 공적 세계로 들이는
데 있어서 과연 상대적으로 더 효과적이고 효율적인가? 아니면 심리학 영
역에서는 이미 매우 진부한 이야기가 되어버린 '우리가 어떤 사람에게 주
의를 집중하면 그 사람들은 다른 행동을 보일 것'이라는 사실을 인문학 강
좌에서도 반복적으로 확인해보고 싶은 것인가?

이처럼 소수자를 위한 인문학 강좌에서 자주 사용되는 방식이 '글
쓰기'이다. 그간 강좌에서도 시나 소설, 에세이 읽기, 현대사와 나 등
문학, 역사 매체와 자신의 경험을 연결시키고, 이를 짧은 글이나 창
작으로 이어가는 시도들이 적지 않았다. 문헌과 문사 중심의 기록문
화 전통이 강한 한국 사회에서 역사가가 아닌 대중이 자기 역사를 쓴
다는 것은 드물었다. 이런 와중에 학계에서 구술사oral history가 연구방
법론으로 등장하게 되고, 더 나아가 자기 언어와 역사를 지니지 못한
보통 사람들이 스스로 자기 역사를 쓰고, 이것이 인문교육과 역사쓰
기에 적극 도입되어야 한다는 논의가 일각에서 진행되었다.

자기역사쓰기나 구술 연구는 서유럽에서도 많지는 않다. 독일의
경우 70년대 후반 미국, 영국, 스웨덴 등지로부터 구술사가 소개되면
서 비조직노동자, 하녀, 농민, 실업여성 등이 목소리를 담아내기 시
작했으며, 특정한 지역 공동체의 구체적인 정황을 재구성하는 데 목
표를 둔 역사운동으로 발전하면서, 전문 역사가와 아마추어 역사가
를 연결하는 지역사 연구 써클 등이 결성되어 활발한 움직임을 보였
다(이유재·이상록, 2006). 한편 영국에서도 '역사작업장History Workshop' 운동
이 지역사 프로젝트, 민중사, 이야기역사, 텔레비전 다큐멘터리, 연
극, 영화, 수필, 주민박물관 등으로 역사의 시야를 넓히면서, 시민사
회의 역사학을 확립시키는 데 기여했다. 이를 통해 대중들은 역사의

생산자이자 연구자이며 소비자가 되었다(임지현, 1998).

이러한 유럽적 경험과 달리 한국에서는 개인 연구자나 연구기관에 의한 구술수집 작업이 활발했다. 이에 비해 보통 사람들이 자기 역사를 작성하는 일은 노동자 수기 등을 제외하고 거의 존재하지 않았다. 이런 와중에 필자는 한 인권단체가 주도하여 2008~2009년 안양, 수원 교도소에서 재소자를 위한 〈평화인문학〉 강좌에 참여하게 되었다. 다른 유경험자들과 마찬가지로 처음에는 교정시설 강좌가 처음이어서 매우 긴장했으며, 어떻게 수강생들과 대화를 해야 할 지조차 스스로 의문스러웠다.

하지만 간략한 현대사 강의, 글쓰기 실습 그리고 자기 역사/자기역사 연표 만들기 과정은 아직은 초보적이고 부족하지만 수강생들로 하여금 '자기성찰'과 '자기치유'의 과정이었다. 예상과 달리 자신의 삶의 굴곡, 고통, 안타까움 등을 진솔하게 이야기하면서, 눈물을 글썽이며 자기성찰을 하는 수강생들의 모습을 보면서, 말하기와 쓰기의 간극은 존재하지만 글로 자기 역사를 적는 자기역사쓰기가 무망한 작업은 아니라고 생각했다.

'자기역사쓰기'란 글쓰기 주체가 자신의 관점으로 자신의 삶을 재구성하는 자전적 역사이다. 자기역사쓰기는 개인의 주관적 관점으로 서술되며 그 주관성이 자기역사 쓰기의 특징이다. 바로 자기역사 쓰기에서 중요한 점은 타자의 언어와 문화에 대한 심층적인 이해 과정, 이른바 '치유'기능 이다. 앞서 언급한 바와 같이 대부분 독자적인 자기 언어를 지니지 못하거나, 폭력, 좌절, 피해의식, 무의식적 증언 기피 등 트라우마를 지닌 이들과 대화를 통해 이를 함께 극복하는 '자기성찰적 의미'를 자기역사쓰기는 지닌다. 마치 정신분석학자와 심리학자가 인간의 내면을 유년기 억압기제로 포착, 치유를 전개하듯이 구술자 혹은 기억 주체와의 대화 역시 이들의 내면에 자리 잡은 것을 들추어 조정하고 치유와 연대의 방법을 모색하는 작업이다. 이러한 점에서 누구든 자기역사를 씀으로써 스스로를 치유하고, 가족사를 작성하면서 가족의 상처를, 마을의 역사를 씀으로써 자유로운 개인들의 연대로 구성된 '임상역사가'가 될 수 있다(이영남, 2008: 300~301쪽).

구술사와 마찬가지로 자기역사쓰기를 둘러싼 중요한 쟁점 가운데 한 가지가 자기역사를 쓰는 자와 연구자 간의 관계형성, 상호작용 등 '공동작업'이라는 성격이다. 구술텍스트를 생산하든 혹은 자기역사쓰기를 하든 간에 이 작업은 개인의 과제가 아니라, 연구자와 구술자/자기역사를 쓰는 자의 긴밀한 상호작용의 결과인 동시에, 과거 자기 경험, 즉 '타자의 언어'를 이해하는 과정이기도 하다. 하지만 연구자와 기억의 주체간의 권력관계는 이를 더욱 어렵게 한다. 예를 들어, "… 연구하는 것은 실제로 권력과 불평등의 관계이기도 한 사회적 분업에 일치하고, 실제로 그 분업을 심화시킬지도 모르기 때문이다. 물론 여기에서 중요한 것은 문화적 권력이다…"(Popular Memory Group, 1982).

실제로 연구자가 처음 보는 사람을 이해하거나 소통하는 일은 쉽지 않다. 하지만 지속적인 신뢰와 대화 과정에서 연구자는 구술자가 처한 현실, 문화전통에 기반한 인식세계, 현재 사회·경제적인 조건, 구술 진행 당시 상황 등을 총괄적으로 이해하도록 해야 한다. 이는 유경순(2007; 2008)의 작업에서 확인할 수 있다. 그는 2005년 구로동맹파업 20주년 행사를 계기로 당시 직간접적인 관련자들과 구술생애사 작업을 수행했다. 초기에는 정확한 사실 확인이 구술의 목적이었으나, 그들과 대화가 반복되고 분노, 아픔, 고통, 공감 등을 거치면서 자신과 구술자를 이해하는 과정이 만들어졌다. 유경순의 회고를 보면 아래와 같다(유경순, 2008).

"… 구술자들은 구술작업에서 자신의 상처를 드러내면서 감정적 반응을 보이기도 하고, 면담자의 감성적 지지와 공감, 또 면담자와 이야기 과정을 통해 일정하게 자신이 가졌던 상처나 상처준 이에 대한 분노를 다시 돌아보기도 했다. 다른 한편 구술작업과 기록 작업, 주체들의 자기역사쓰기 과정에서 면담자도 영향을 받았다. 시대와 개인의 삶에 대해 소통하지 못했던 개인적 감성을 다시 돌아볼 수 있었고, 특히 학출을 처음 구술을 하면서 면담자 개인의 경험과 판단 속에 있던 편견을 다시 돌아보거나 정정할 수 있었으며, 1980년대 노동운동이 개인에게 각기 다르게 자리매김한 현실을 새롭게 받아들이기도 했다…."

이 점에서 자기역사쓰기와 구술사 작업에서 타자의 언어와 문화에 대한 심층적인 이해 과정, 이른바 '치유'기능을 강조할 필요가 있다. 대부분 구술자들은 독자적인 자기 언어를 지니지 못하거나, 국가폭력으로 인한 트라우마를 지니고 있다. 사회적 약자나 소수자들은 생활의 유목성, 의존성, 심리적 불안, 삶의 박탈감과 체념 등으로 인해 주체의식이 많이 약해져 있다. 이러한 어려움을 스스로 극복하도록 도와주는 과정이 자기역사쓰기의 또 다른 중요 기능이다.

한국에서도 "자기역사쓰기" 실험의 대표적인 예 가운데 하나가 역사학연구소 지음, 『노동자, 자기 역사를 말하다』(서해문집, 2005)로, 이 작업은 학계에서 소개된 연구 성과와는 괘를 달리한다. 이들의 접근은 자기역사쓰기라는 생생한 교육과 현실에 대한 실천적 개입의 결과를 반영했다. 이들은 자기역사 쓰기에 대해 "…누구나 자신의 관점으로 자신의 삶을 재구성하는 일이 가능하며 이것이 자기역사 쓰기다. 노동자가 자기 역사를 쓸 때는 자전적 역사이므로 주관적 관점을 가지고 쓰면 된다. 그 주관성이 개인 역사 쓰기의 특징이 되는 것이다. … 기록을 통해 자기성찰의 과정을 밟는 것이 곧 역사쓰기의 시작이다 …"(정경원, 2005: 88쪽)라고 말하고 있다.

이들은 역사쓰기의 주체로서 노동자들의 집합적 자기성찰을 각종 백서 작업과정에서 조합원의 변화를 통해 확인했으며, 구술자들은 스스로 엄청난 변화의 한 주체였음을 백서작업 과정을 통해 기억할 수 있게 되었다. 이렇게 "과거는 조합원들의 기억과 기록 속에서 현재로, 미래로 이어지고 있으며, 개별 참여 주체들의 대화 과정, 주관적인 자기 역사의 진술 자체가 반성적 실천의 과정이다. 어떤 의미에서 백서는 일종의 '교육학'적 요소를 내재하고 있던 것이다(정경원, 2005: 85쪽).

그러나 학계에서 제기되는 유사한 문제를 자기역사쓰기 작업도 직면하고 있는데, 이는 객관성의 문제이다. 전통적인 역사 서술에서 주체의 개별성은 뒤로 밀리거나 함몰되고 말았다. 그러나 자기역사쓰기는 서술의 방향이 주체들의 경험과 그 결에 맞추어져 있는데, "…누가 봐도 객관적인 백서는 사실상 불가능하다는 점을 인정하자는 것이다. 주체들의 경험과 판단을 충실하게 묶어내는 것이 바로 객관성에 접근하는 길이라고 보았다. …"(정경원, 2005: 92쪽). 바로 주체들의 환원 불가능한 개별성―언어, 경험, 문화, 일상, 자기성찰 등―을 자기 역사쓰기에서 강조하고 있는 것이다.

이 점에서 구술과 기억은 텍스트화와 연구로 종료되는 것이 아니다. 기억 주체의 고통이나 곤경, 희생 등의 과도한 강조는 그들에 대한 '연민sympathy'만을 강화시킬 뿐, 연구자와 연구 성과를 바탕으로 한 교육과정에서 이를 '자기문제'로 인식하지 못하게 만들었다. 이제 연민이 아닌 '공감empathy'이 필요하다.5) 주의해야 할 지점은 자기 역사쓰기 자체가 '타자의 관점'을 견지한 것은 아니라는 점이다. 다시 말해서 연구자와 기억주체 간의 상호작용과정 자체가 신비화되어서는 안되며, 동시에 양자 간의 관계 형성 자체가 의식의 변화나 공감 이후의 실천 조건을 보장하는 것 역시 아니다. 이러한 맥락에서 타자의 관점이란 세밀하게 이들 간의 차이를 서술해주는 것이 필수적으로 동반되어야 한다. 예를 들어서 "그들은 다 민족의 희생양이죠" 혹은 "참, 힘들게 살아온 사람들이죠"라고 타자를 '일반화'시키는 경우가 적지 않은데, 이러한 일반화는 타자에 대한 폭력이 될 수도 있다. 이른바 일반성을 위해 특수성을 희생하는 것이나, 특수성에만 관심을 집중하는 양자택일 식의 역사 서술은 부적절하다. 침묵하는 개인과

---

5) '공감'이란 자기 자신과 연관되지 못한 문제에 대해 자기 감성을 개입시켜 '자기화'하는 과정을 의미한다.

집단 간의 차이를 인정하지 않는 것은 이들의 가치를 인정하지 않는 것일 수도 있으며, 일반화 과정 속에서 타자의 개별적 가치는 사상되기 쉽기 때문이다. 바로 이 점이 기존 근대적 역사학과 차이인데, 근대역사학은 주관을 배제하고 객관적인 것의 서술을 역사서술로 규정했지만, 구술과 자기역사쓰기는 객관적인 것과 실증성 자체를 부정하지는 않지만, 기록이 부재한 주체와 공감하려고 노력한다(진즈부르그, 2002a; 레비, 2002; 이영남, 2008: 92·101쪽).

이러한 맥락에서 새로운 자기역사 쓰기는 '역사의 자기화'란 의미뿐만이 아니라, 자신의 삶을 사회적인 것이자 정치적인 것으로 만드는 작업의 일환이다. 역사 속에서 침묵하는 타자나 비정상인들에게 필요한 것은 재취업 등 일자리나 직업교육 등이 아니라, 스스로의 위치를 사유할 수 있게 하는 '비판적인 인문학의 힘'이다. 자기역사 쓰기는 저명인사들이 쓰는 자서전이 아닌, 침묵을 강요받던 이들이 정치적인 삶을 사는 데 필수적인 성찰적인 사유를 가능하게 해주는 동시에, 이들을 공적인 세계로 진입시키는 효과적인 방법론인 것이다(이영남, 2008: 326~327쪽). 이들에게는 자기역사쓰기를 포함하는 인문학을 공부하는 것 자체가 매우 급진적 행동이다. 이들에게 사회, 역사, 문학 그리고 예술과 자신 간의 관계를 성찰하게 함으로써 진정한 힘을 지닌 공적인 세계인 광장으로 이들을 이끌어낼 수 있다.

결국 자기역사 쓰기란 새로이 발견한 역사적 사료에 의해 이루어지는 것이 아니다. 오히려 당대 지배적 역사 서술의 패러다임을 거슬러 갈 때, '다른 역사 서술'의 가능성이 열릴 수 있다. 국내에서도 이러한 자기역사쓰기 지원의 한 방법으로 2007년 〈삶이 보이는 창〉에서 주최하여 2개월에 걸쳐 '제4기 여성노동자 글쓰기교실―여성노동자, 우리 삶을 우리가 쓴다'(8회)가 진행되었다. 또 '역사와 사회' 속에서 자신을 돌아보기 위한 방법으로 2008년 구로시민센터는 〈역사와 함께하는 삶의 글쓰기〉(유경순, 8회)가 시도되었다. 이상의 프로그램을 간략히 소개하면 다음과 같다(유경순, 2008).

〈여성노동자 글쓰기교실－여성노동자, 우리 삶을 우리가 쓴다〉 프로그램

1강 생활글쓰기1(안미선): 생활글 소개와 삶에서 글감 찾기

2강 생활글쓰기2(안미선): 글 구성과 내용완성: 익히기와 쓰기

3강 생활글쓰기3(안미선): 단락 나누기와 문장쓰기, 교정: 익히기와 쓰기

4강 여성노동자 자기역사쓰기1(유경순): 여성노동자 자기역사쓰기가 왜 중요
한지와 방법을 말한다.

5강 여성노동자 자기역사쓰기2(유경순): 역사와 내 삶말하기: 현대 노동운동
사 속에서 내삶 돌아보기

6강 여성노동자 자기역사쓰기3(유경순): 쓰기와 이야기 나누기

7강 비정규 여성노동자의 투쟁과 기록(연정)

8강 우리가 쓴 글 나누기(안미선, 유경순, 연정): 발표와 함께 느끼기, 그리고
서로 북돋우기

〈역사와 함께하는 삶의 글쓰기〉

1강 여성의 자기 역사, 왜, 써야하고 어떻게 쓸 것인가

2강 1950년대 한국사회와 나: 이승만 독재 정권과 원조경제, 내가 태어난 가
족이 처한 조건

3강 1960년대 한국사회와 나: 박정희 군사독재와 경제개발의 그늘, 내가 태어
난 가족이 처한 조건

4강 1970년대 한국사회와 나: 유신체제와 민주화운동, 성장기 나의 10대
  * 시대속의 인물－다큐멘터리 보기 '어머니의 힘, 이소선'(KBS. 인물 현대
  사, 2004.5.21)

5강 1980년대 한국사회와 나: 전두환 정권과 1987년 6월 민중 항쟁, 나의 20대

6강 1990년대~ 한국사회와 나: 문민정부 등장과 신자유주의, 나의 30대 그리
고 현재

7강 전체 마무리하기: 토론과 글 마무리

8강 발표: 서로의 삶, 돌아보기

특히 최근에는 노동자 역사기록을 위한 움직임이 2008년 '역사 대중화'를 내걸고 노동자 스스로 역사를 기록하고, 그를 지원하기 위한 집단적 움직임으로 현장에서 나타났다. 2008년 노동자 역사 '한내'가 그것인데, 한내는 그동안 노동운동역사자료실을 위한 움직임과 노동자 자기역사쓰기를 지원했던 연구자들이 모여 집단적 시도를 하고 있으며, 향후 유사한 경험을 지닌 여성, 불안정노동자, 지역민 등을 대상으로 자기역사쓰기의 실험을 지속적으로 추진할 예정이다.

3. 비판적 인문학, 소수자와 소통을 위하여

이상에서 살펴본 바와 같이, 인문학은 개인을 변하게 해준다. 폭력적이며 소통이 어렵고 알코올 없이 하루 하루를 견디기 어려운 사람도 인문학 교육을 통해 술과 담배를 줄이고 욕설 등 언어적 소통이 가능해지는 등 많은 변화를 목격할 수 있었다. 물론 이런 변화가 지속되기도 하고, 중간에 다시 원상태로 돌아가기도 한다. 그만큼 가변성이 크며 일희일비할 문제가 아니라는 말이다.

동시에 여전히 경계해야 할 문제들은 적지 않다. 과거 소외 계층 교육은 '의식화 교육'이란 이름으로 이루어졌는데, 이는 지도자와 피지도자 등 지식노동을 둘러싼 분할을 전제해 놓고 교육이 진행되었다. 그 결과로 이는 필연적으로 문화, 언어 등 여러 차원에서 '억압적 성격'을 내장했으며, 소수자의 주체화보다 또 다른 타자화와 트라우마를 낳기도 했다.[6] 물론 지식노동 내 차이를 평등화되기 쉽지 않다. 다만 소수자들이, 자기 역사를 쓸 언어를 지니지 못한 이들이 스스로 역사를 써나아가기 시작할 '가이드' 정도로 연구자들은 스스로의 역할을 조정해야 할 것이다.

---

6) 1980년대 노동자, 여성에 대한 의식화 교육이 낳은 문제를 당사자들이 자기역사쓰기를 통해 성찰한 글은 유경순(2007)을 참조.

결론적으로 현재 인문학이 과거 '운동/비판으로서 인문학'적 힘을 상실하였고, 과거 이를 주도했던 주체들 역시 '현실론'에 의해 새로운 인문학의 광장을 개척하려는 시도는 부차적인 행사로 전락하는 것이 아닌가 싶다. 하지만 소수지만 인문학의 새로운 광장인 소수자와 인문학 강좌에 열정을 지닌 개인은 존재한다. 다만 소수자에 대한 인문학 교육이후 고민되는 바는 이후 사회적 전망이다. 인문학 교육이 단지 가난한 이들의 인문학 지식을 습득하게 해주는 것이 목적이 아니라면 운동적 전망이 모색되어야 한다. 시장적 가치와 일원화된 지표로 인간이 평가되는 사회에서 자신을 성찰하고 타인과 관계를 사색하는 소통적 공동체, 스스로 만든 자치에 의해 운영되는 사회, 지역 간의 연대가 가능한 사회 등 인문학이 나아갈 길이 보여야 할 것이다. 이 점에서 지역사회와 인문학 연구자 그리고 지역 사회운동 단체기 결합해서 '지역역사 쓰기', '일상과 결합한 인문학 답사' 등 중산층의 소일거리가 아닌, 지역운동으로서 전망을 지닌 인문강좌를 체계적으로 전개하는 것이 필요하다.[7] 이제 연구자나 운동가들이 광장을 만들어 주는 것이 아니라, 그들이 스스로 광장을 열어나아갈 수 있도록 공동의 실험을 모색하는 것이 시급하다. ▣

---

7) 최근 지행네트워크(http://jihaeng.net/home)는 '지식협동조합'을 목표로 지역, 생활, 조합원 등을 결합한 실험을 모색하고 있다. 기존 대안적 지식공동체가 강좌, 특강 등을 중심으로 꾸려졌다면, 지행네트워크의 실험은 운동으로서 대안적 지식형태를 고민하는 모색 가운데 하나일 것이다. 자세한 내용은 지행네트워크 홈페이지를 참조.

<참고문헌>

김　원, 2006. 『여공 1970, 그녀들의 반역사』, 이매진.

――――, 2007. 「1987년 이후 진보적 지식생산의 변화」, 『경제와사회』 봄호.

――――, 2008. 「대학속의 지식인」, 『광장의 문화에서 현실의 정치로』, 산책자.

――――, 2009. 「서벌턴은 왜 침묵하는가?–구술, 기억 그리고 재현을 중심으로」, 『사회과학연구』 17집 1호, 서강대 사회과학연구소.

김택현, 2003. 『서발턴과 역사학 비판』, 박종철출판사.

유경순, 2005. 「노동자, 스스로를 말하다–구술로 살펴본 청계노조의 역사」, 『노동자, 자기 역사를 말하다–현장에서 기록한 노동운동과 노동자교육의 역사』, 서해문집.

――――, 2007. 『같은 시대, 다른 이야기–구로동맹파업의 주역들, 삶을 말하다』, 메이데이.

――――, 2008. 「구로동맹파업과 노동자 자기역사쓰기–아름다운 연대, 『같은 시대 다른 이야기』를 중심으로」, 역사학연구소 창립 20주년 심포지움 위기에 선 역사학: 민중사의 새로운 모색(주최: 역사학연구소, 장소: 한국방송통신대학교 별관 2층 세미나실).

이명원, 2008. 『시장권력과 인문정신』, 로크미디어.

이영남, 2008. 『푸코에게 역사의 문법을 배우다–한 젊은 역사가의 사색 노트』, 푸른역사.

이유재·이상록, 2006. 「국경 넘는 일상사」, 『일상사로 보는 한국근현대사–한국과 독일 일상사의 새로운 만남』, 책과함께.

이희영, 2005. 「사회학 방법론으로서의 생애사 재구성」, 『한국사회학』 제39집 3호, 2005.6, 120~148쪽.

임지현, 1998. 「역사의 대중화, 대중의 역사화」, 『중앙사론』 10·11호.

임철우 외, 2009. 『행복한 인문학』, 이매진.

정경원, 2005. 「노동자 자기 역사 쓰기–백서작업을 중심으로」, 『노동자, 자기 역사를 말하다–현장에서 기록한 노동운동과 노동자교육의 역사』, 서해문집.

Popular Memory Group, 1982. "Popular Memory", Johnson, et al, eds., *Making Histories*. Mineeapolis: Univ. of Minnesota.

게리 헨치·조셉 칠더즈 엮음, 황종연 옮김, 1999. 『현대 문학: 문화 비평 용어사전』, 문학동네.

나탈리 데이비스, 2005. 『선물의 역사―16세기 프랑스의 선물 문화』, 서해문집.

레비 지오반디, 2002. 「미시사에 대하여」, 곽차섭 엮음, 『미시사란 무엇인가』, 푸른역사.

진즈부르그 카를로, 2002. 「미시사에 대하여 내가 알고 있는 두세 가지 것들」, 곽차섭 엮음, 『미시사란 무엇인가』, 푸른역사.

──────, 2002. 「이름과 시합: 불평등 교환과 역사책 시장」, 곽차섭 엮음, 『미시사란 무엇인가』, 푸른역사.

──────, 2004. 『마녀와 베난단티의 밤의 전투』, 길.

──────, 김정하·유제분 옮김, 2001, 『치즈와 구더기: 16세기 한 방앗간 주인의 우주관』, 문학과지성사.

김원
1970년생. 한국학중앙연구원 사회과학부 교수. 저서로 『87년 6월 항쟁』, 『여공 1970, 그녀들의 반역사』 등이 있음. labor2003@naver.com

중년의 '신세대', '분단'과 '통일'을 사유하다

정은경

1. 다시 '광장'으로?

한국 분단 문학사에 길이 남을 『광장』을 『새벽』에 처음 발표하면서, 최인훈은 서문에 다음과 같은 말을 남겼다.

> 인생을 풍문 듣듯 산다는 건 슬픈 일입니다. 풍문에 만족지 않고 현장을 찾아갈 때 우리는 운명을 만납니다. 운명을 만나는 자리를 광장이라고 합시다. 광장에 대한 풍문도 구구합니다. 제가 여기 전하는 것은 풍문에 만족지 못하고 현장에 있으려고 한 우리 친구의 얘기입니다.[1]

작가 최인훈이 '관념 철학자의 달걀' 이명준을 "수인(囚人)의 독방처럼, 복수(複數)가 들어가지 못하는 단 한 사람을 위한 방"(63쪽)에서 끄집어내어 '광장'에 서게 했을 때, 그것은 개인의 삶을 구속하고 이끌어가고 있는 보다 큰 사회의 테두리 속에서 운명을 조감하게 하기 위한 것이었다. 작가의 말대로, "개인의 밀실과 광장이 맞물려있던"

---

[1] 『새벽』, 1960년 10월호; 『광장/구운몽』(『최인훈 전집』 1, 문학과지성사, 1995), 19쪽에서 재인용.

원시 공동체가 사라지고, 밀실과 광장이 갈라지던 날부터 근대 인간의 괴로움은 시작되었을 터이지만, '광장에 나서지 않고서는 살지 못하며', 또한 '밀실로 물러서지 않고서도 살지 못하는 것'이 현대인의 비극적인 삶의 조건인바, 개인과 공동체의 조화는 근대 정치와 문학의 가장 핵심적인 '문제'가 아닐 수 없다.

90년대 이후의 한국문학에 대한 비평적 수사가 대개 '개인의 내면성'으로 수렴된다는 점에서, 그것은 일종의 '밀실'의 만개였다고 할 수 있다. 물론, 그것은 '비루한 욕망'의 자기탐닉에만 그친 것이 아니라 온갖 공식적, 집단적 이데올로기에 의해 조작되고 짓눌린 '주체'를 폐기하고 '있는 그대로의 개인'을 복원하려는 행보이기도 했다는 점에서 소중하다. 그럼에도 불구하고 대개는 지극히 작은 단위의 공간에서 '주체'를 분할하고 미분한, '복수적 주체'들의 고투였다는 점에서 현실을 총체적으로 조망할 수 없는 '밀실'의 문학이었다고 할 수 있다. 그런데 2000년대 이후 한국문학은 이러한 개인주의 편향에서 벗어나, 광장을 사유하기 시작했다는 소문이 들린다. 2000년대 이후 '탈국경'의 서사들과 최근의 문학과 정치에 대한 담론들이 그 예가 될 수 있는데, 물론 그 방식은 과거의 것과 동일하지는 않다. 가령, 김영하의 『검은꽃』이나 김연수의 『밤은 노래한다』 등이 민족 국가를 화두로 내세워 애니깽과 민생단을 다루고 있다고 하더라도 개인에 앞서 '집단적 주체성'을 강조하기 위한 것이 아니라는 점에서, 과거의 '광장 문학'과는 그 성질을 달리한다.

어찌되었든, 2000년대 우리 작가들의 '사회적 상상력'은 조금씩 재가동되기 시작했다는 것은 사실인 듯하다. 개인의 삶이 어쩔 수 없이 사회 제도와 정치에 의해 강제된다는 점에서, 이 '광장'의 현장 검증을 통한 '운명'에 대한 탐색은 자유로운 개인들의 자기 추구가 필연적으로 마주할 수밖에 없는 과정이다. 이 광장에 대한 탐색은, 내 삶을 내 의지와 무관한 방향으로 이끄는 '내 안의 타자성'이 아니라, 개체와 개체를 초월하는 어떤 것, 즉 주체 바깥의 타자성과 상호관계에 대한 질문이다. 물론 이 질문은 그간 과거 '자명'했던 것들을 뿌리째 흔들어놓는 '회의주의'적 방식으로 작동되어 왔다. 그리고 현재 세계화의 흐름을 타고, 이 해체의 영역은 더욱 확장되고 있는 듯하다. 국가나 민족이라는 단위가 삶의 가장 중요하고 절대적인 테두리라는 것은 이제 한낱 풍문에 불과하다. 그렇다면, 보다 실제적인 삶의 근간을 규명하기 위해 광장에 나선 작가들이 도달한 이 시대의 '38선'이란 무엇인가? 실제적, 비유적 의미에서 우리 삶을 한정짓는 '38선'에 대한 성찰을 보여주고 있는, 2000년대식 분단 문학을 살펴보자.

남파 간첩의 딜레마를 다룬 『빛의 제국』과 통일 이후 가상현실을 그리고 있는 『국가의 사생활』은 90년대에 스포트라이트를 받으며 등장한 '신세대' 작가들의 작품이다. '나는 나를 파괴할 권리가 있다'라는 도발적인 선언을 통해 개인의 무한 권리를 주장했던 김영하와 「달의 뒤편으로 가는 자전거」와 같은 작품을 통해 고독한 실존을 탐미적 문체로 천착해 왔던 이응준이 그들이다. 90년대를 거쳐 2000년대 말에 이제 중견에 이른, 이른바 '90년대 신세대' 작가들은 왜 분단과 통일을 사유하기 시작한 것일까? '골방'에서의 탈출인가, 아니면 인간의 삶을 기획하는, 복합적이고 전체적인 맥락에 대한 진지한 성찰인가? 또한 이들 작품의 주인공이 아슬아슬한 모험을 통해 도달한 곳에서 만난 운명이란 무엇인가? 이들에게 운명을 선고하고 있는 광장이란, 진정한 의미에서 우리의 현재와 미래를 구속하고 있는 바로 그 '공동체의 현장'인가? 궁극적으로, 그들이 가리키고 있는 것이 진정 우리의 운명인가?

분단현실을 살고 있으면서, 이 핍진한 실제에 대해 그간 (90년대 이후) 문학이 등한시하였다는 점에서 이들의 '분단'과 '통일'에 대한 사유는 우선, 고무적인 일이라고 할 수 있다. 그런 점에서 이들 작품은 분단 이후, 우리 문학의 한 주류를 이루었던 분단문학의 맥을 잇는다고도 할 수 있으나, 다음과 같은 측면에서 과거와는 커다란 차이

점을 보여준다. 해방 이후, 분단현실을 탐색하고 있는 소설들은 대체로 한국 전쟁의 상흔, 이데올로기적 대립, 전후 세대의 갈등, 가족 공동체의 파괴, 분단으로 인한 신식민적 현실 등을 주로 다루고 있다. 이호철, 박완서, 박경리, 김원일, 윤흥길, 조정래 등은 이렇듯 '분단 상황'에서 발생하는 문제들에 천착하고 있는 대표적인 작가라고 할 수 있으나, 과거 우리 문학의 중요한 이념이었던 '민족문학'이라는 큰 범주에서 보면, 민족국가와 민중의 주체적 삶을 기획하는 많은 작품들은 '분단' 극복을 위한 '통일 문학'이었다고 할 수 있다. 그런데, 김영하와 이응준의 '분단 문학'은 가족 공동체 파괴 및 전쟁비극 등 과거의 '역사적 기억'과는 무관하다. 70년대를 전후로 하여 태어난 이들, 분단 세대의 한계이자 새로움이라고 할 수 있는데, 과거 역사적 기억과 단절된 이들에게 '분단'이란 구체적 일상에서 비롯되는 '문제'적 현실이 아니라, 추상에 가깝다. 즉, 개체적 생존을 구성하고 있는 생활세계에서 분단의 상흔을 직접 목도하지 못하거나 혹은 공감하지 못한다고 했을 때, 이들에게 '분단'은 그 구체적 일상의 모순이 아니라, 사회적 전체의 모순된 제약이라는 다소 추상화된 형태를 띨 수밖에 없다는 것이다. 그것은 사실, 생활세계와는 다소 먼 거리에 있는 '정치'를 사유한다는 것을 의미한다.

2. 타자(북)는 어떻게 동화되는가?: 내면없는 인간의 향로

계간 『문학동네』에 연재되었다가 2006년 출간된 『빛의 세계』는 2000년 6.15 공동 선언과 2005년 남북 작가의 만남 등, 일련의 탈분단과 평화통일 무드에서 탄생된 작품이다. 그러나 이 작품은 발표 당시의 시대적 흐름에 순항하는 '탈분단'의 전망이나 남북 화해 협력 등과는 무관하다. 당겨 말하면, 『빛의 제국』은 긍정적인 의미에서 '남한 자본주의'에 대한 비판이자, '남한 자본주의'의 완전한 승리에 대한 예견이다. 그 내용을 살펴보자.

　주인공 김기영은 표면적으로 보자면, 대한민국의 평균적인 중년에 해당한다. 7시에 잠에서 깨어, 이갈이용 마우스피스를 빼고, 딸과 일상적인 대화를 나누고, 출근한 뒤 이메일을 체크하고 사무를 보는 그저 평범한 소시민. 이 사내의 이력 또한 서울 중산층의 전형적인 모습을 담고 있다. 67년생 김기영은 85년 노량진에서 검정고시와 대입고사를 준비하여 86년에 연세대 수학과에 입학한다. '정치경제연구회'라는 동아리에 가입하여 학생운동을 하고, 거기에서 만난 '장마리'와 결혼하여 딸을 낳고, 과거 '학생운동' 따위는 잊고 영화수입업자로 돈을 벌고, 대출을 얻어 삼십 평 대 아파트를 장만하고 사십인치 TV로 월드컵을 시청하고, 부에나비스타 소셜클럽과 초밥과, 샘 페킨파, 미시마 유키오를 즐긴다. 요컨대 그는 "배는 불룩 나오고 가슴은 빈약하며 팔에는 물살이 출렁대는", "모든 꿈과 희망을 잃어버리고" '자본주의적 권태와 허무에 찌든 남한의 평균적인 중년 남성을 대표하고 있는 것이다. 수입자동차 영업사원으로 화려한 쇼룸을 휘저으며, 이십대의 젊은 남자와 바람을 피우는 아내 장마리 또한, 흔히 있을 수 있는 서울 중산층의 풍속을 대변하고 있다고 할 수 있다. 그러나, 겉으로 보이는 이 매끄러운 남한 자본주의적 일상의 내부에는 이 안온한 동일성의 체계를 위반하는 '타자'가 존재한다. 그것은 김기영이라는 '짝퉁 남한 중년의 숨겨진 정체성'이다.

　짝퉁 김기영이 아니라 오리지널 '김성훈'은 63년생으로 평양 외국어 대학 수학과에 다니고 남파공작원 훈련소인 130연락소를 거쳐 1984년에 남한에 내려온다. 그때부터 '옮겨 심어진' 삶을 살아온 김기영의 진짜 정체성은 단 한번도, 그의 표면적인 남한 자본주의 삶을 불가능하게 하거나, 방해하지 않았다. 김기영의 또 다른 정체성은, 남한 자본주의에 잘 봉합되어 있었던, '묻혀지고 잊혀진 타자성'이었던 것이다. 그런데 이 사화산처럼 죽은 김기영의 '고유성'이 다시 '활화산'처럼 작동하기 시작하게 되는데, 그것은 김기영이 북으로부터 받은 '귀환명령'에 의해서이다. "문어 단지여/허무한 꿈을 꾸네/하늘 긴 여름달"이라는 하이쿠가 암시하는 4번 명령은 김기영에게 "모든 것을 청산하고 즉시 귀환"하기를 명령한다. 이 귀환명령은 남한에 동화되어 권태로운 일상을 영위하는 김기영에게 지난 20년의 자신을, 그리고 남한의 삶을 통째로 떼어내고자 하는 폭력과도 같은 것이다. '귀환명령'에 의해 호명된 그의 정체성은 이제 '타자성'으로 변질되어 다시 살아나 단단하고 매끄러웠던 그의 일상을 헤집어놓기 시작한다. 마치 "바늘 하나가 머릿속을 돌아다니는 것 같은" 두통처럼. 『빛의 제국』은 이 공비로 위장한 타자를 침투시켜 이것이 어떻게 자본의 풍요로움에 감염되고 동화되는지를 보여주는 실험적 보고서이다.

머릿속을 돌아다니는 이 '바늘' 하나를 어찌할 것인가? '귀환할 것인가, 거부할 것인가, 거부한다면 어떻게?' 더 이상 자신의 것일 수 없는 '북의 정체성'은 김기영에게 '남한'의 권태로운 일상을 새삼 향수하게 만든다. 남한에서의 삶이 단 하루밖에 주어지지 않은 김기영에게 현재 남한은 과거 북에서 느꼈던 타락한 욕망과 속물성으로 가득 찬 미제국주의의 점령지가 아니다. '권태와 허무'와 '자본주의의 엄혹함'은 이제 그에게 끔찍한 현실이 아니라, 너무나도 익숙하고 안온한 '그 자신'인 것이다.

이 세계에 있을 시간이 하루밖에 없을 수도 있다고 생각하자 그의 눈앞에서 펼쳐지는 모든 장면들, 하나의 상투성에 불과했던 이미지들이 살아서 꿈틀대기 시작했다. 그는 바싹 마른 재생지가 되어 세상이라는 만년필이 자신에게 휘갈기는 모든 것을 탐욕스럽게 빨아들였다. 창작열에 불타는 얼치기 시인처럼, 엉겁결에 첫 키스를 하게 된 소년처럼, 그를 둘러싼 모든 것이 시적인 것으로 몸을 바꿨다. 사물들은 대구를 이루거나(바트 심슨과 체 게바라) 갑자기 비유로 변신하여 시침을 뗐다(청바지 광고모델과 깃발을 든 추레한 노동자들). 그들은 현실이 아니라 마치 자본주의사회에 대한 그의 감수성을 일깨우기 위해 갑자기 등장한 연극배우들 같았다.

（『빛의 제국』, 문학동네, 2006, 96~97쪽, 이하 쪽수만 표기）

위 인용문에서 김기영이 보여주는 '노스탤지어'의 시선은 남한의 자본주의 풍경에 감각적 활력을 불어넣는다. 그것은 더 이상 환멸이 아니라, 향수어린 대상이 되어버린 것이다. 즉, 김기영은 더 이상 자본주의 체제 바깥의 '타자'가 아니라, 완전히 동화된 자본주의 '원주민'인 것이다. 그리하여 김기영에게 귀환명령에 의해 되살아난 자신의 '본래면목'은 거꾸로, 자신의 것이 아닌 섬뜩한 '타자성'으로 감각된다.

『빛의 제국』은, 이 완전히 죽지 않은 '타자성'에 대한 최종적인 선고이자, 확인사살이다. 이 타자성은 김기영의 고유성이면서, 동시에 자본주의의 타자성이기도 하다. 즉, '빛'이라는 자본주의 체계 안에 '구멍, 얼룩, 어둠'으로 존재하는 이, '타자성'에 대한 무자비한 폭격과 사살한 폭격과 최종 봉합이 『빛의 제국』의 최종적인 의미인 것이다. 어떻게 덮이는가? 다음의 인용문을 보자.

① 공산주의와 혁명, 붉은색과 기계에서 풍기는 이미지가 좋았다. 그 넷은 잘 어울리는 조합이었다. 바쿠닌 식 무정부주의보다 마오쩌둥이나 스탈린 식 혁명관이 더 근사해보였다. 거대한 건축물이 굽어보는 널찍한 광장을 〈스타워즈〉의 클론들처럼 행진해가는 끝없는 잿빛 유니폼과 붉은 깃발의 물결, 기름칠한 방직기처럼 한 치의 오차도 없이 착착착 진행되는 퍼레이드를 볼 때마다 가벼운 성적 흥분을 느꼈다. 그것은 히틀러 제3제국의 친위대 SS의 유니폼을 사모으는 페티시즘과 궤를 같이하는 것이었다. (135쪽)

② 사람마다 원하는 게 다르고, 그래서 그걸 교환해서 서로 이득을 얻는 게 자본주의사회란다. 당장은 싫어도 지나고 보면 모두에게 이득이 되지.…… 남자는 옷을 벗고 화장실에 누웠다. 몸을 오들오들 떨며 눈을 감았다. 그녀

는 그 남자의 얼굴 위에 버티고 서서 오줌을 누었다. 그녀의 뜨거운 오줌이 공안수사 전문 총경의 얼굴을 적시고 바닥으로 흘러내려 배수구로 흘러갔다. …… 그러나 공권력의 상징과도 같은 고위 경찰관료의 얼굴에 오줌을 내갈긴 행위가 가져다주는 원초적 쾌감마저 부인할 수는 없었다. (61쪽)

③ 화려한 간판들, 한껏 차려입은 여자들이 승용차를 몰고 넓게 뚫린 대로를 운전해가는 곳이었다. 그녀는 단박에 강남에 매료되었다. ……만약 다시 스무 살이 된다면 어떻게 할 것인가? …… 학생운동 같은 건 하지 않았을 거야. 영어를 배우고, 주말이면 테니스를 치고, 여름에는 요트부의 남학생들과 캠프를 떠나는거야. 곧 유학을 떠날 부유한 집안의 아들과 연애를 하다가 옆에서 그를 질투하는 더 부유한 집안의 아들과 결혼해서 멀리 떠나는 거지. (170~172쪽)

④ 안정된 삶을 살아가는, 너무 늙지도, 그렇다고 젊지도 않은 매력없는 남자처럼 안전한 존재는 없을 것이다. 이들은 대체로 가족을 부양하고 있으나 동시에 그 가족으로부터 경원시 된다. 가끔은 위험한 거래를 제안받고 아슬아슬한 마음으로 가담한다. (…중략…) 어쨌든 그 부정의 폐쇄회로 어딘가에 접속되어 있으며, 거기에서 벗어나려는 헛된 꿈은 이제 품지 않는다. ……한때 현행법이 금하는 사상에 매료되었다가 이내 자본주의의 엄혹함을 깨닫고 그 세계로 기꺼이 투항한 그의 대학 동창들의 삶도 그의 삶과 크게 다르지 않을 것이었다. (92쪽)

인용문 ①은 장마리와 불륜 관계에 있는 고성욱의 시선이다. 에드가 스노우의 『중국의 붉은별』을 탐독하며 장마리와 밀애를 즐기는 어린 법대생 고성욱의 시선은, "가장 자본주의적인 국가에서 유포되는 극좌적 이념의 가사들"이 어떻게 자본주의 사회에 '통용'되고 있는지를 적나라하게 드러낸다. 즉 그에게 체 게바라, 마오쩌뚱, 히틀러 제3제국의 친위대 SS는 바트 심슨과 다르지 않은 세련된 취향이

자, 성적 흥분을 일으키는 미적 대상이다. 극좌적 이념들은 미국 펜시 상품하고 별 다른 차이를 지니지 않은, 상품들인 것이다. 인용문 ②는 대학 시절 운동권 활동을 하다 체포된 소지현이 고위 경찰간부와 성적 거래를 하는 장면이다. 중소지가 남한의 경찰 간부와 주고받는 것은 좌파, 우익 등의 이데올로기적 대립이 아니라, 그것들의 차이를 지우는 '욕망'과 '섹스'라는 최종심급이다. ③은 장마리가 자신의 현재를 한탄하며 과거 학생운동 시절을 후회하는 장면이다. '차밍 워크 스쿨'에 다니기 위해 강남에 갔던 장마리가 발은 삐는 바람에 강남에 대한 적의를 느끼고 운동권에 투신한다는 설정도 터무니없지만, 어쨌든 그녀를 통해 386세대의 과거 운동경력은 젊은이들의 감상적, 낭만적 치기로 변질된다. ④의 김기영의 시선 또한 이와 다르지 않다. '전향한 386세대'의 현재의식은, 김기영과 장마리로 대변되고, 자본주의 현실에 대항한 모든 의지와 대안은 '헛된 꿈'으로 폐기처분된다.

요컨대, 위 인용문들은 자본주의 체제 바깥에 있는 것들(타자성)과 고유성(사용가치)이 어떻게 이 '자본과 욕망'(교환가치)이라는 동일성에 봉합되고 있는지를 보여주는 것이다. 그 모든 고유성과 진정성은 '돈'과 '욕망'이라는 최종심급 X에 의해 치환되고 수렴되어 사라진다. 이 '욕망'의 위력은 '귀환명령'으로 궁지에 몰린 김기영이 고군분투하고 있는 그 시각에 모텔에서 어린 두 남자와 정사를 벌이는 장마리의 난교에서 클라이맥스를 이룬다. 김기영이 귀환명령을 거부하고, 이명준처럼 제3국으로 떠나려고 방콕행 티켓을 끊었으나 여권이 만료되었다는 것은, 자본주의 세계 그 바깥의 어떤 것도 불가능하다는 것을 의미하며, 이 최종 선고는 장마리의 마조히스트적인 '난교'와 대비되어 축포처럼 터지면서 모든 어둠을 몰아내고 제국의 하늘을 빛으로 채운다. 간첩 김기영을 쫓던 국정원 직원이 그에게 '소득세' '세무사' 운운하며 다른 두 간첩과 함께 신분 세탁해 줄 것을 건의하는 장면은, 이데올로기는커녕 어떤 사회정의나 공권력도 존재하지 않는 '자본'의 완전정복을 보여주는 빛의 제국의 대단원이다.

그렇다면, 간첩 김기영 혹은 김성훈이란 누구인가? 그의 자아란, 고유성이란, 주체성이란 무엇인가? 이 작품에 따르자면, 그것은 '없다'. 김기영이든, 김성훈이든, '개인'은 없다. 있다면, 체제를 학습하고, 체제에 의해 길들여진, 국화빵 같은 '욕망'의 단위로서의 '개인'만이 있을 뿐이다. 김기영은 스파이라는 직업을 위해 '존재감이 없는 사람'으로 훈련된다. "경지에 이를 때까지 자신을 지워라. 보면 보이지만 인상은 남기지 않는 사람이 돼라. 매력을 없애고 따분해져라. 언제나 공손하고 누구와도 절대로 논쟁하지 마라." "사람들의 기억에 남는다는 것은 곧 거슬린다는 것을 의미한다"와 같은 공식을 통해 '아상我相'을 철저히 벗어던지기를 종용받은 김기영의 정체성은 마치 이창래의 『네이티브 스피커』의 주인공 헨리와 유사하다.[2] 침묵 당하기를 강요받은 존재, 그것은 존재하지 않는 것과 마찬가지이다. "재생 처리된 사이보그처럼 그의 눈, 심장 그리고 하드디스크가 어느새 이 세계의 것으로 자신도 모르는 새 철저히 바뀌어" 버린 존재, "오직 생존과 통제력, 이 두 가지만이 관심사인 남자가 존재한다는 게 경이로울 따름, 내면도 없고 신이나 초자연적 존재에 대한 관심은 물론 내세도 믿지 않는 사람"은 곧 어떤 것과도 교체·교환 가능한 기계이자 부품이며, 자본이다. 이는 단적으로 "내면없는 인간"[3]으로 정의되는데, 그것은 간첩 김기영만이 아니라 현대 사회의 대다수의 인간들의 특징이라는 것, 요컨대 "어떤 윤리적인 중심"[4]도 갖지 못한 채, 변화하는 시대에 적절하게 적응하고 동화되는 우리들 모두가 '김기영'이라고 작가는 말하고 있는 것이다. 김기영처럼, 남한의 대다수는 '카인'의 표식을 팔아먹고, "살기 위해 오직 살아남기 위해" 존재하는 그런 인간이라는 것이다.

---

2) 정체성에 대해 고민하고 이를 추구하기 시작한 헨리와 그것을 끝내 지워버린 김기영은 두 작품을 전혀 다른 결말로 이끌고 있다.
3) 대담 「내면 없는 인간의 내면을 위하여」, 김영하·서영채, 『문학동네』, 2006년 가을호.
4) 위의 글, 105쪽.

"인간의 창의성, 의식성, 자주성을 가진 존재로서 자기 운명은 자기가 결정한다"는 혁명사상, 주체사상에 대해 김기영의 아버지는 다음과 같이 반문한다. "정말 인간이 그렇게 대단한 것 같으냐?" 그리고 이러한 아버지의 유산을 이어받아 김기영은 마침내, 철저히 시장 전체주의에 봉합된 자신의 정체성을 수긍하고 "자기 운명을 긍정하게" 된다. 130 연락소의 서울 거리의 미니어처처럼 정교하게 구성된 이 자본주의 메카니즘에서 인간의 주체성이나, 의지란 존재할 수 없다는 것. 인간은 자신의 뜻대로 운명을 개척해나가는 '주인공'들이 아니라, 이 촬영 세트장 폐쇄회로에 내던져진 '모르모트' 같은 존재라는 것. '이곳'을 아무리 벗어나려 해봐도 그것은 영화 〈트루먼쇼〉처럼 불가능하다는 것. 작가는 김기영의 '간첩'이라는 신분을 자본에 묻으면서 이렇게 선고하고 있는 것이다.

그러나 정녕 386세대란, 나아가 인간이란, 작가가 말하듯, '80년대의 변혁 운동에서 90년대의 혁명 이론 폐기와 현실 사회주의 붕괴, IMF 시대로' 전이되는 시대상황에 적절하게 몸 바꾸어 대응하는, '내면 없이' '이식'되기만 하는 존재일까? 그렇다면 이 작가의 이러한 세계인식은 과연 황폐한 현실에 대한 비탄인가, 혹은 풍자인가, 아니면 냉소인가?

변화하는 시대에 맞춰 날렵하게 몸을 바꾸는 사이보그가 우리 시대의 정체성이라면, 그것은 '내면이 없어서'가 아니다. 그것에는 단 하나의 내면이 있다. 지배자의 용모, 시대의 흐름을 따라 중심에 있고자 하는 치열한 욕망이라는 단 하나의 내면. 이것이 문제 삼는 것은 '생존'이 아니라 낙오, 패배, 파탄, 성공 같은 것이며, 이 구도는 이념의 진정성, 윤리성, 이상, 가치 같은 것을 허용하지 않는다. 요컨대, "아무 생각없이 제 할 일만 하는" 혹은 "시대가 시키는 대로 고분고분" 살아가는, 내면 없는, 또는 생존의 내면만 있는 인간이란, 김기영이 국정원 직원 위성곤에게 일갈하고, 평론가 서영채가 예리하게 지적했던 "바로 개새끼"의 정체성이라는 것이다.

결론적으로, 『빛의 제국』이라는 분단 문학에 '분단'은 없다. 38선이라는 이쪽과 저쪽을 가름하고 차이 지우는 경계란 '빛의 제국'에 존재할 수 없다. 그것은 민족이라는 동일성에서 오는 경계지음이 아니다. 온갖 이질적인 것들, 차이들을 지우고 매끄럽게 봉합하는 것은 욕망과 자본이라는 최종심급이다. "양극화, 학력차별, 부의 세습, 팔십 대 이십"의 자본주의라는 전체성, 「전태일과 쇼걸」처럼 모든 가치와 이념들이 미학적으로 펼쳐지는 도시 풍경, 그리고 운동권 세대들이 구령하는 '김정일 수령님'을 "성기의 비속어가 공공연히 발음될 때처럼 어딘가 음란한 구석"이 있는 '금기에 대한 위반'으로 치환시켜 놓고 있는 작가의 시선에는 일말의 사실성이 존재한다. 그러나 그것은 모든 차이를 지우는 또 하나의 '전체주의'일 것이다. 한 가지 더 언급하자면, 이러한 세계를 바라보는 작가의 태도는, 비탄이나 풍자보다는 쿨한 냉소에 가깝다. 이 '쿨과 냉소'는 작품에서의 한 대목처럼 "속물이 속물인 것을 감추려는" 전략의 일종일 수도 있다.

3. 타자(북)는 어떻게 흡수되는가?: 통일, 그 대재앙을 그린 재난소설

이응준의 『국가의 사생활』은 통일 이후의 대한민국이라는 가상현실을 그린 소설이다. 2011년 5월 9일의 평화통일 이후 5년이 지난 시점인 2016년 4월 10일에서 출발하고 있는 이 소설은 이미 널리 유포되어 있는 생각, 즉 통일에 대한 사유는 '우리의 소원은 통일'로 상징되는 낭만주의적 민족담론과 소박한 염원에서의 당위론적 차원을 넘어선 것이어야 한다는 것에 바탕하고 있다. 무조건적인 통일이 능사가 아니라는 생각은 '낮은 단계의 연방제'인 두 개의 체제 인정에 합의한 2000년 6.15 남북공동선언을 그 정점으로 하여 이미 우리 사회에 보편적으로 확산된 통일 논의의 수준이라고 할 수 있다. 그러나 그 후, 다시 냉각된 남북상황은 6.15의 화해 분위기와 통일에 대한 희망을 얼어붙게 했으며, 한반도 전역에 불던 통일바람마저 38선 대치선으로 돌려보내버리고 말았다. 이응준의『국가의 사생활』은 바로 이러한 현실에서 길어올린 근미래의 통일국가에 대한 것이다. 그가 그리고 있는 통일 대한민국의 모습은 다음과 같다.

지하 3층, 지상 6층의 광복 빌딩은 두 개의 세계로 이루어져 있다. 이남 상류층 남자들이 이북 여성 접대부들을 만끽하는 최고급 룸살롱 은좌라는 지상의 세계(지하 1층까지 포함하여)와 희대 미문의 조선인민군 출신 폭력조직이 스너프 필름에 뒤지지 않는 리얼 잔혹극을 펼치는 지하의 세계이다. '대한민국의 모델하우스'라고 칭하는 이 광복빌딩이 압축적으로 보여주는 것처럼, 통일 대한민국이란 이북 여성은 이남 남자들에게 유린당하고, 이북의 인민군은 온갖 폭력과 범죄로 사회에 보복하는 정신착란적 현실이다. 북한의 120만 대군의 해체에 따라 대량 무기는 분실되어 암시장에 거래되고, 이들 대부분은 조직폭력배로 흡수되었으며 많은 북한 인민이 '주민등록'에서 누락된 대포인간이 되어 어두운 골목과 놀이터를 배회한다. 이남의 기업과 부자들은 이북의 땅을 사재기하기 위해 몰려가고, 초상류층인 북한의 아나운서였던 할머니는 잠실야구장의 청소부로 전락하여 자살하고, 김일성 종합대학의 철학부 소장파 교수는 조폭의 집사가 된다. 인육을 먹던 이북 사람들이 내려와 이남 사람들을 잡아먹는다는 소문이 횡행하고, 김일성 훈장과 레닌의 어금니 같은 사회주의 유산들은 조잡한 기념품이 되어 거리에서 팔린다. 그리고 공원에는 극빈자인 이북 출신들에게 무료 급식을 배급하는 풍경들이 일상화된다. 요컨대, 남한 자본주의에 의해 흡수된 통일 대한민국이란 혼란을 넘어선 '대재앙'이라는 것이다.

작가의 이러한 상상은 물론, 완전한 공상은 아니다. '아펜젤러라는 선교사가 인간 생체실험을 하여 장기를 미국에 팔아먹었다'거나,

이북 사람들이 인육을 먹는다거나, 혹은 북한 수용소에서 "이빨을 뽑고 막대기로 손가락을 꺾는 온갖 고문"이 자행되고 있다거나 하는 등의 날조된 사실과 풍문들, 그리고 90년 통일 이후 겪고 있는 독일의 곤궁함들5)이 이 상상력의 원재료라고 할 수 있다. 동독 기업이 85%가 사라져 버렸고, 동독 인문학자들이 80%가 자리에서 쫓겨났다6)는 통계 자료, 구동독에 대해 향수를 느끼는 이른바 오스텔지어 Ostalgie현상, '게으른 동독놈들Ossi 역겨운 서독놈들Wessi'이라는 욕설의 유행, 2004년 베를린 알렉산더 광장에서 시위하던 동독 주민들의 외침, "우리는 베를린 장벽이 다시 세워지기를 원한다. 그것도 그전보다 더 높은 벽을!"에서 확인되는 동독인들의 박탈감과 사회문화적 분열은 통일 대한민국의 미래상을 "대재앙"으로 상상할 수 있게 하는, 충분히 근거 있는 자료일 수 있다. 그렇다면 이 소설은 반통일 세력의 유려한 미학적 상상물인가? 아니면 흡수통일의 가능성을 더 높이고 있는 작금의 시장 전체주의에 대한 경고인가? 그것도 아니라면?

작품에 좀더 깊숙이 들어가보자. 주인공은 혁명 원로의 손자이자 엘리트 군인인 리강이다. 리강은 통일 이후 조직 폭력배인 대동강에 흡수되어 제2인자가 된다. 북조선에서는 출신성분이 미약하였으나 통일 후 세상의 덕을 톡톡히 누리고 있는 조명도는 리강과 줄곧 신경

---

5) 가령 다음과 같은 자료들. "구동독에서 공무원의 요직이었던 국가 안전부와 사회주의 통일당의 일자리가 모두 사라졌으며, 연구와 개발 분야에서는 80%이상, 방송국과 사법부에서는 각각 70% 이상의 공무원이 해고되었다. 인문과학과 사회 과학 분야의 교수 중에는 90% 이상이 해직되었으며, 그 빈 자리는 서독에서 온 엘리트로 채워졌다. 특히 주정부 고위 관리의 경우는 3/4 이상이 서독인으로 대체되었다." 김누리, 「정치경제적 통합과 사회문화적 분열」, 『머릿 속의 장벽』(통일독일을 말한다 1), 한울아카데미, 2006, 109쪽. 물론 이러한 통일 비용을 대가로 정치경제적 통합은 성공했다는 다음과 같은 자료들도 있다. "구동독 지역은 실질 임금은 1991년 대비 26% 상승하였고, 1인당 국내총생산도 75% 상승하여 비약적인 발전을 이루었다. 동서독의 소득 격차도 빠른 속도로 해소되고 있다. 1999년 구동독 지역의 평균 순가계소득은 구서독 지역의 80%를 넘었고 1인당 가처분 소득도 서독의 82%에 이르렀다. (…중략…) 구동독의 소득 수준은 서독 지역의 90%에 이르는 것으로 추정된다."(같은 글, 같은 책, 20~21쪽)
6) 「볼프 비어만─독일분단사의 상징」(안성찬의 인터뷰), 『변화를 통한 접근』(통일독일을 말한다 2), 한울아카데미, 2006, 179~181쪽.

전을 벌이는 '넘버쓰리'이다. 그 위에 '대동강' 보스인 오남철이 있다. 오남철은 북한의 통치자금을 총괄 운영하던 '당39호실'의 좌장으로 북한 조선 국방위원장 살해 쿠데타 기도로 체포되어 오랫동안 수용소에 감금되어 있었으나 통일 후 5년 동안 숱한 이권과 사업을 대동강 밑에 포섭한다. 사건은 '리강이 평양에서 돌아온 지 ~째' 등의 장 제목에서 알 수 있듯, 리강의 평양 방문을 전후하여 벌어진다.

리강이 평양에 가 있는 동안, 대동강 단원이자 리강의 최측근인 림병모가 살해당한 사건이 벌어진다. 리강은 서울로 돌아온 후, 표면적으로 정리된 림병모의 죽음을 파헤치면서 오남철이 추진하고 있는 음모를 알게 된다. 통일배급소에 배달될 음식물에 '페스트'균을 넣어 이북 사람들의 폭동을 일으키게 하려는 것이 바로 오남철의 '혁명 기도'. 이 기도의 핵심 실무자인 림병모가 죄책감으로 망설이자 오남철이 그를 제거한 것이 사건의 실체이다. 결국 리강은 자신에 맞선 또 다른 적대 세력인 조명도를 물리치고, 오남철의 폭동 기도를 막아낸다. 그러나 그 와중에 윤상희라는 사랑하는 여인을 잃는다. 이것이 이 작품의 전체적인 플롯이다.

이 플롯이 의미하는 바는, 이 작품의 핵심이 '통일'이나 '분단'에 있는 것이 아니라 조직 폭력배들의 난투극에 있다는 것이다. 독일은 통일 후 비로소 '분단'되었다는 말이 공공연히 떠돌고 있는 것처럼, 통일 후의 절감될 수 있는 남북 갈등과 반목은 이 작품에서 조직 폭력배의 텅 빈 내면을 비극적 사실감으로 채울 수 있는 중요한 소재가 된다. 아직 다 처분되지 않는 청년의 순수함을 지니고 혼란과 상실감을 '레드아이'라는 신종 환각제로 달래는 냉혹한 킬러 리강, 가족을 잃은 적개심과 울분으로 맹목적 살인 행위를 저지르는 통일 희생자인 17세 소년 김동철, 은좌의 제일 잘 나가는 매춘부로 전락한 북조선 최고 인민회의 대의원의 딸 서일화, 대동강 조직에 '신'으로 군림하는 15세 소년 무당 '장군도령' 등, 이들의 실루엣은 조폭 영화의 그것을 그대로 본 딴 것이긴 하지만, 이들 인물들의 내면과 운명에 육중한 비감을 부여하고 있는 것은, 분단과 통일 국가에서 비롯된 현실 메카니즘인 것이다. 이들 캐릭터들은 이 현실성을 통해 더욱 매혹적인 어둠으로 음각된다.

"정교한 복선과 빠른 전개, 긴장감" "선 굵은 느와르"라는 출판사 서평에서 짐작할 수 있듯, 이 작품에서 '통일'이나 '분단'은 영화 〈쉬리〉에서처럼, 적대관계를 만들기에 좋은 소재일 뿐이다. 물론, 곳곳에서 묻어나는 남한 우파와 좌파, 북한 사회주의에 대한 냉정한 성찰과 흡수통일에 대한 침통한 우려 등은 300권의 논문과 책들을 섭렵한 이 작가의 노고에 값할 만한 중요한 지점들을 보여주고 있지만, 이 '느와르적' 작풍은 이 모든 현실적 무게감을 들어내어 영화세트장의 그것으로 바꾸어놓는다. 요컨대, 분단과 통일에 대한 진지한 사유는 이 작품에서 휘발되어 버리고 키치로 변질된다는 것이다. '국가의 사생활'이란 실재 국가와 광장에서 난무하고 있는 온갖 풍문들을 〈대부〉 버전으로 재가공하여 스크린에 투사해 놓은 착란적 '밀실'에 다름 아니다.

이 작품의 맨 첫머리에는 "인간은 자신의 역사를 만든다. 하지만 자신이 원하는 그대로는 아니다. 인간은 스스로 선택한 환경이 아니라 과거로부터 직접 발견되고 주어지며 이전된 환경 속에서 역사를 만드는 것이기 때문이다"라는 마르크스의 구절이 인용되어 있다. 미래란 우리의 열망과 무관하게 완강한 현실에서 열린다는 이 말은, 미래의 통일은 새로운 삶의 가능성이 아니라, 현재적 삶의 연장이자 그 극치일 뿐이라는 사실을 가리킨다. 그렇다면 이 신념에 바탕 한 작가 이응준이 실제로 겨냥하고 있는 것은, "여긴 원래 이랬어. 그게 통일 때문에 극심해져서 확연히 드러난 것 뿐이지"에서 함의되고 있는 "괴력의 자본주의"[7]일 것이다. 즉 "종교인들과 예술가들까지 전부 자기 잇속만 챙기는 회사원이 되어버린 현실", "큰 정의에 대해서

---

7) 백지은, 「통일―디스토피아, 누구나 알지만 아무도 모르는」, 『세계의문학』, 2009년 여름호.

는 솔깃해하지만 신체 장애인이나 정신 장애인은 수치스럽게 생각하는 허위로 가득찬" 현실에 대한 비판이다. 하여 이 작품은 온갖 이데올로기와 가치, 삶의 온존성과 개인의 진정성 등 자본 바깥에 있는 모든 타자성을 탐욕스럽게 소화하여 룸쌀롱과 스너프 필름으로 토해놓는 괴력난신의 자본주의의 완전정복에 대한 또 하나의 기록이 될 것이다. 통일 된 이후의 대한민국과 그 재난에 대한 보고서이지만, 사실 그 재난이란 작금의 신자유주의 경제질서라는 것이다. 그러나 재난으로서의 자본주의 현실, 이 설득력 있는 절망은 이 작가만의 것은 아니다. 그것은 '진단'이랄 것도 없는, 이제는 너무나도 닳고 닳은 진부한 사실이자 상식적인 탄식이다. "삶은 죽음보다 안전하지가 않아"라는 지독한 염세는 통일 이후의 것도, 작가의 것도, 우리 시대의 것도 아니다. 그것은 유사 이래 줄기차게 지속되었던 인류의 생의 조건이다.

4. 다시 '밀실'에서

김영하의 『빛의 제국』과 이응준의 『국가의 사생활』은 잊고 있던 분단상황과 통일문제를 중요한 작중 현실로 그리고 있다는 점에서 공통된다. 김기영이라는 공비 침투와 통일이라는 전면적 타자와의 마주침이라는 설정에서 출발한 이들 작품이 나아간 곳이 결국 모든 타자성과 경계를 지운 자본의 완전정복이라는 점에서 또한 동일한 현실인식 위에 있다. 이 현실인식은 두 작품이 출발하고 있는 질문, "너는 네 운명의 주인이 맞는가"에 대한 최종선고이다. 즉 우리의 운명의 주인은 우리 자신이 될 수 없으며, 민족, 국가도 아닌, 자본주의라는 최종심급이라는 것이다. 그렇다면, '자본주의'란 개인의 자유로운 생을 억압하는 인간의, 우리의 진정한 적이자 '타자성'인가? 두 작가의 대답은 '그렇지 않다'이다. 남한의 모든 인간을 성과 상품에 대한 욕망에 몰두하는 존재로 파악하고 있는 『빛의 제국』이나 북한 사회주의 체제가 이것을 억누르고 있었다[8]고 보는 『국가의 사생활』에서 자본주의적 욕망은 인간 바깥이 아닌, 인간 내부의 것이다. 이 내부의 에일리언 혹은 고유성은 바깥의 메커니즘과 접속하여 야합하면서 그 괴력을 키우고, 자본주의 영토를 확장시킨다. 그러므로 이 두 작품의 질문과 답은 잘못 되었다. 왜냐하면, 주인이 되고자 하는 '운명'에 대한 밑그림이 없기 때문이다. 김기영, 혹은 리강은 어떤 삶을 살고 싶어하는가? 그들이 주인이 되고자 하는 자신의 욕망이란, 그들이 추구하는 삶이란 무엇인가? 자본주의는 이것을 어떻게 방해하는가? 또는 이들은 여기에 어떻게 저항하는가? 이러한 본질적인 내용이 빠져 있기 때문에 이들은 비극적인 영웅이 될 수 없는 것이다. 김기영이나 리강은 그 어떤 '현실 사회'와 싸우는 영웅들이 아니리, 기기에서 성공을 염려하는 투정꾼들이며 투항꾼이다. 완전한 '빛의 제국'의 그림자이며, 부패한 '국가'에서 나온 사생아인 것이다. 이 두 작품에서 궁극적인 '타자'란 없다. 분단도 없고, 따라서 통일도 없다. 자본과 욕망만이 있을 뿐이다. 그 안에서 우리는 모두 오염되어 있는 질병의 보균자일 뿐이다. 이러한 완전한 밀실에서 광장은 능욕되고, 상영되고, 유포되어 소비된다.

광장을 사유하는 것은, 앞서 언급한대로 우리의 운명을 만나기 위한 것이다. 그리고 그 도정의 끝에서 우리는 '38선'을 만날 수밖에 없다. 그러나 우리 시대의 '분단문학'은 더 이상 '인간해방을 위한 모든 문학 행위의 제1과제일 수밖에 없는, 원초적인 보다 인간의 순수한 갈망에서 비롯'[9]된다고는 말할 수 없을 것이다. 분단의 상흔, 아

---

8) 가령 리강의 다음과 같은 생각. "사람은 어느 시대 어디서건 제 천성과 욕망에 따라 다분화되기 마련이다. 체제가 인간을 가두고 억압할 수는 있어도 창조할 수는 없다. 왜냐. 인간은 이미 몇만 년전에 이 지경으로 창조됐기 때문이다. 갇히고 억압당한 인간의 시간은 일단 변한 척 응축되어 있다가 언젠가는 반드시 폭발한다. 그런 걸 부정하고 획일화시키려 했으니 그 체제는 망하고 그 인간들은 기이하게 일그러져 버린 것이다." 「국가의 사생활」, 『세계의문학』, 2008년 겨울호, 401쪽.
9) 현길언, 「분단문학의 현황과 그 문제—소설을 중심으로」, 『한국학논집』, 한양대학교 한국

폼과 통일, 유토피아는 우리 세대의 것이 아니기 때문이다. 나날의 일상에 사로잡혀 있는 우리에게 '분단'은 극복 대상이 아니라, 주어진 삶의 외면적 조건 중에 하나이고 통일 또한 그만큼 원거리에 있는 것이다. 그렇다면, 우리 문학은 어떻게 분단과 통일을 만날 수 있을까? 그것은 아마, 현실에는 '없는 자유'에 대한 상상력을 통해서일 것이다. 그 '없는 자유'란 자본주의적 풍요로움의 향락과 소비의 부자유가 아니라, 획일화된 삶 바깥을 사유할 수 없는 부자유를 말하는 것이고, 부재하는 그 바깥의 가능성을 말하는 것이다. 분단은 단지 국토와 정치에만 있는 것이 아니라, 사실 우리의 미시적인 일상을 완강하게 규율하고 있는 보이지 않는 힘이다. 인터넷 포털 사이트를 조금이라도 살펴본다면, 지금 현실에 대한 비판적 목소리와 논쟁이 어떻게 좌우와 남북을 가르고 있는지 알 수 있다. 우리의 삶을 자본제적 일편향성에서 벗어날 수 없도록 만드는 것은, 미국발 세계 자본주의체제가 아니라, 38선발 위협과 공포이다. 그것으로 인해, 우리는 일차적으로 다른 꿈을 꿀 수 없다. 삶은 자본주의와 사회주의로 나뉘어 있지 않다. 희망이나 절망 또한 자본이나 좌우 이데올로기의 독점물이 아니다. 부재하는 자유를 상상한다는 것은, 현재가 부여하는 "근거 있는 희망과 근거 있는 절망" 사이에서 다른 것을 사유한다는 것을 의미한다. 이를 가리켜 '멜랑콜리'라고 말한, 독일 시인 볼프만의 다음과 같은 언급은 여전히 분단시대를 살아가는 우리들에게 소중한 아포리즘이 될 것이다.

통일을 위해 노력하려면 그런 종류의 희망을 가지고 그것을 추구하십시오. 다시 말해 남북한의 통일이 낙원을 가져오리라는 믿음이 아니라, 지옥에 이르지 않게 하리라는 희망을 가지고 통일을 추구하라는 것입니다. 한 마디로 이제 나의 희망은 천상적이고 이상적인 것이 아니라 지상적이고 현실적인 것

학연구소, 1994, 399~400쪽.

에 근거를 두고 있습니다. 지상을 천국으로 만드는 것이 아니라 지옥에 이르지 않게 하는 것이 이제 나의 희망이라는 말입니다. 내 노래 가사를 인용하면 "희망을 설교하는 자는 거짓말쟁이다. 하지만 희망을 죽이는 자는 개자식이다"라는 것이지요. 이것이 내가 말한 멜랑콜리의 의미입니다.10) 🔳

정은경
1969년생. 문학평론가. 원광대 문창과 교수. 본지 편집동인. 2003년 ≪세계일보≫ 신춘문예 문학평론 당선. 평론집으로 『디아스포라 문학』 등이 있음. lenestrase@hanmail.net

10) 「독일 분단사 상징, 볼프 비어만」, 앞의 책, 143쪽.

수사修辭의 논리, 혹은 식자우환의 세계

'원로가수' 살리기 프로젝트 1

김정남

지금 문학은 아무래도 원로가수의 신세다. 지난날의 권위를 인정해서 여기저기 끼워주기는 하나, 어디서나 뻘쭘(?)하다. 아이돌 가수들 틈바구니에 끼어서 썰렁한 농담으로 한껏 뜬 분위기를 가라앉히기 일쑤다. 마이동풍의 전략으로 소통 부재의 정치적 퇴행을 거듭하고 있는 현 정권의 치안police 상황에서, 문학은 무기력하다. 노익장을 과시하고 있으나, 힘은 달리고, 고민은 깊다. 188명의 젊은 문인이 현 시국을 아우슈비츠라고 규정하고 뜨거운 선언을 하였으나, 아무 일도 일어나지 않았다. 집권세력이 문인들을 두려워한 것인지, 아니면 그들조차도 이제 문인들의 노쇠한 언변을 무시하기 시작한 것인지 알아서 판단할 일이나, 갈수록 입이 바짝바짝 마른다.

시청 앞을 가득 메운 촛불의 물결을 앞에 두고, 문학은 무엇을 했고 또 무엇을 할 수 있었을까. 삶과 예술, 시와 정치를 새로운 화두로 삼고, 깊은 식자우환 속에 빠진 한국문단은 그 어떤 고민과 실천을 하고 있는가. 미학의 좁은 울타리에 갇힌 문학이 아니라 온몸으로 밀고나가는 문학 행위는 어디에서 그 가능성을 찾을 수 있는가. 철거민들을 분사의 참극으로 내몬 용산의 악몽과 한 정치인을 타발적他發的 자살에 이르게 한 현실을 앞에 두고, 우리는 무엇을 말하고 또 무엇

을 썼는가. 자본의 논리와 삽질 토건±建으로 인권과 환경을 유린하는
현실에서 문학은 무엇을 할 수 있는가.

1. 현학과 침묵 사이에서

그 대항의 논리를 만들기 위하여 최근 철학자 랑시에르Jacques Rancière
가 직수입된 바 있고, 비평의 각주로 활발하게 초대되고 있다. 감각
적인 용어와 예민한 시선을 지닌 철학의 박래품 앞에서, 문학계의 논
객들은 홀린 듯 그를 인용하기에 바빴지만, 국가 폭력 앞에 정치적·
사회적 퇴보를 거듭하는 우리의 황폐한 현실은, 그 무성한 담론의 휘
황함 뒤에 묻혀 버린 듯하다. 무엇이 담론이고 또 무엇이 실천인가.
예술과 징치에 대한 랑시에르의 철학적 견해는 미학의 정치성이라는
원론적인 의미에 모아진다.

> 예술이 정치적인 것은 예술이 이 기능들에 대해 두는 간격 때문이고, 예술
> 이 설립하는 시간과 공간의 유형 때문이며, 예술이 이 시간을 분할하고 이 공
> 간을 채우는 방식 때문이다. (…중략…) 예술의 목적은 물질적이고 상징적인
> 공간을 재분할하는 것이다. 그리고 바로 그것을 통해 예술은 정치를 건드린
> 다. (『미학 안의 불편함』, 53쪽)

'자리들과 기능들을 위계적으로 분배하는 것'(『정치적인 것의 가장자리』)
에 핵심을 두고 있는 '치안police'은 감각적인 것을 구획하고 있는, 일종
의 국가와 사회의 관리망이라고 할 수 있다. 이에 예술은 이러한 상
징적인 공간 분할을 재분할한다. 바로 이것이 문학이 정치와 관계하
는 길항의 방식이다. 이 유려하고 세심한 논리의 전개에도 불구하고,
이 주장은 근대미학이 가지는 사회적 위상학topology의 가장 본질적인
자리를 가리키는 것처럼 보인다.

문학을 위시한 예술은 감각적으로 분배된 대상에 대한 지각 원칙에 대해 철저하게 무관심하다. 이러한 예술의 미학적 대응방식은 새로운 질서와 형태를 재분배하고 재발견하게 한다. 이는 작가가 속한 사회와 그 사회가 그에게 요구하는 금제禁制들을 관찰하고 반성하는 행위에 다름 아니다(김현, 「문학이란 무엇인가」). 정치와 치안, 감각과 그 분할이라는 개념으로 논리를 전개하는 랑시에르의 예술에 대한 중심 사유는, 예술과 정치의 관계에 미학성의 개념을 도입했다는 데 의의가 있다. 그러나 '볼 수 있는 것과 볼 수 없는 것'을 분배하여 감각을 구획하는 치안의 논리가 금제(혹은 프로이트 식으로 현실원칙, 경제적으로는 배분원칙)와 무엇이 다른가. 예술의 '정치'가 하는 임무는 감각적 경험의 정상적 정보들을 중지시키는 것(『미학 안의 불편함』, 56쪽)이라는 주장은, 근대미학의 생소화 원리와 무엇이 다른가. '문화상품에 맞선 작품의 방어'와 '시뮬라크르에 맞선 기호들의 방어를 같은 편을 두는'(『미학 안의 불편함』, 79쪽) 그의 대항 담론은, "예술 작품은 교환에 의해 더 이상 손상되지 않은 사물들의 대변인이다"(『미학이론』, 352쪽)라는 아도르노 미학에서 말하는 '사회적 사실과 자율성'으로부터 얼마나 발전된 논의인가.

　주요 문예지를 돌며 작년부터 수차례 필진을 바꿔가며 논의된, 친애하는 평단의 주요 화두인 '예술의 삶-되기'와 '일상적 삶의 예술-되기'는 이제 어디서 그 논쟁의 닻을 내릴 것인가. "정치적 주체들의 이견적(dissensuelle) 발명들이 만들어내는 형태들에 맞서 그 자신의 형태들을 대립시키는"(『미학 안의 불편함』, 66쪽) 미적 아방가르드의 메타-정치적 요소가, 곧 실제적인 정치적 아방가르드와 연결될 수 있는가. 지난 세기, 다다이스트들이 추구했던 미적 규범의 파괴나 초현실주의자들이 국가주의적 파시즘에 대항했던 자리를 무시하는 것이 아니다. 그러나 감각의 혁신과 정치적 실천 사이의 간극은 그리 쉽게 메워지는 것이 아니다. 물 건너온 랑시에르 씨가 참 고생이 많다. 복제에 복제를 거듭하는 수많은 비평의 주어 자리에 올라, 이 나라의 절망과 고뇌를 당신이 모두 짊어지고 있으니. 쓴 웃음이 나오는 이유가 바로 여기에 있다. 나는 이 자리에서 단순하게 우리 인문학의 서구 콤플렉스를 거론하는 것이 아니다. 조금 더 오랜 시간 깊은 호흡으로 외래 사상가의 공과 과를 엄밀하게 가리고, 그 의미를 우리 사회의 토양에 합당하게 이해하고 적용하는 게 필요하다는 말이다.

나는 최근 말하지 않고 글 쓰지 않는 것도 또 하나의 위대한(?) 실천이라는 사실을 깨달았다. 이는 지극히 사소한 에피소드다. 나는 최근 시인이자 평론가인 어느 분에게 1년간의 계간시평을 청탁한 일이 있었다. 그러나 어쩐 일인지, 그가 올 여름호 원고를 펑크내고 말았다. 편집장이 마감 시간을 계속 연장해 주어도 원고는 끝내 들어오지 않았다. 나는 솔직히 불쾌했고, 그 감정이 사그라질 즈음 그를 만났다. 이유를 묻자, 그는 이렇게 말했다. '노통'이 죽고 나서 한 자도 글을 쓸 수가 없었다고. 이런 상황에서 문학이 어떻고, 떠드는 것 자체가 고통스러웠다고. 결국 잡지 후기에는 이런 문장이 씌었다. "「계간시평」은 필자의 사정으로 이번 한 호 쉽니다." 나는 그의 무책임을 옹호하려는 것이 아니다. 고통을 떠벌이지도, 요란한 말로 미화하지도 않는, 그의 행동이 나에겐 오히려 '문학하는 자'답다고 생각되었다. 차라리 이게 온몸으로 고뇌한 자의 흔적인 것 같았다. 이런 허튼소리를 하는 것은, 내가 평단의 특수한 식별체제 안에 끼어들어 있지 않은 존재이기 때문이다. 랑시에르 씨는 이렇게 말했다. 무지 속에 오히려 해방의 가능성이 있다고!

2. 낭만적 상상력과 그 재현적 한계: 김애란의 경우

우선, 새로운 세기 벽두에 화려하게 문단에 진입한 김애란 씨의 작품으로부터 얘기를 풀어가 볼까. 그녀의 청신하고 발랄한 소설세계는, 어두운 내면의식의 골짜기를 헤매던 소설사의 지층이 이제 비로

소 '분노와 상처를 뛰어넘는 비약적인 상상력과 웃음'(김정남, 「스카이 콩콩', 그 영원한 반복운동의 세계」)이라는 새로운 단층과 만났다는 것을 의미했다. 그 푸른 발자국이 각인된 이상, 그녀의 소설은 평단의 그 어떤 비판으로부터도 자유로운 안전지대에 있어왔다.

그녀의 소설에 대한 상찬의 대열에, 나 역시 한 끄트머리에 있었다고 할 수 있다. '운명에 속박당하지 않고 스스로의 삶을 농담과 희극적 상상으로 승화시키는' 「달려라, 아비」와 「누가 해변에서 함부로 불꽃놀이를 하는가」, 일상의 아비투스와 그 소외된 삶의 풍경을 세밀하게 그려내는 「나는 편의점에 간다」와 「노크하지 않는 집」 등, 그녀의 첫 번째 작품집 『달려라, 아비』(창비, 2005)는 결코 작지 않은 외연의 넓이와 깊이를 가진다. 이러한 경향은 두 번째 작품집 『침이 고인다』(창비, 2007)에서도 그대로 변주된다. 빗물이 고여드는 반지하방(「도도한 생활」), 신림동 고시원(「기도」), 독서실(「자오선을 지나갈 때」) 등 그녀의 소설은 작은 방에 머물러 있으며, 그 관계도 가족이나 친구와 같은 인물 안에서 이루어진다. 이 '더 낮고 누추한 자리'(이광호, 「나만의 방, 그 우주 지리학」)는 단지 그 공간의 협소함만을 탓할 수는 없다. 그 안엔 우리 시대 외곽의 삶을 전전하는 이들—가령, 빈한한 취업준비생, 아르바이트생, 학원 강사 등—의 삶이 고스란히 담겨 있기 때문이다.

그러나 나는 이 자리에서 부득이 이러한 판단을 조금 유보해야겠다. 가족 로맨스로 지칭할 수 있는 그녀 소설의 인물 구도와 그 서사의 과정은 이렇다. 그녀의 대표작이자 출세작인 「달려라, 아비」에서, 임신한 아내를 버리고 도미渡美한 무책임한 아버지와 아비 없는 자식을 키우는 어머니와 그 상처를 긍정하는 화자의 이야기를 떠올려보자.

어머니는 농담으로 나를 키웠다. 어머니는 우울에 빠진 내 뒷덜미를, 재치의 두 손가락을 이용해 가뿐히 잡아올리곤 했다. (「달려라, 아비」, 15쪽)

어머니가 내게 물려준 가장 큰 유산은 자신을 연민하지 않는 법이었다. (「달려라, 아비」, 16쪽)

어머니가 화자를 농담으로 키웠다는 진술과 그 다음 제시되는 짧은 에피소드. 아버지에 대해 물어오는 화자에게 "내가 느이 아버지 얘기 몇 번이나 해준 거 알아 몰라?"라고 나무란 뒤, 주눅이 든 내가 "알지……"라고 대꾸했을 때, 어머니는 시큰둥하게 "알지는 털 없는 자지가 알지고."라고 말하며 마구 웃었다는 것. 어머니는 스스로를 연민하지 않는 법을 유산으로 물려주었다는 진술과 역시 그 다음 제시되는 짧은 에피소드. 교통사고가 나서 다리를 절게 된 아저씨를 보고 "저 아저씨는 부부관계를 어떻게 할까?"라고 질문했을 때, "다리로 하냐?"라는 어머니의 재치 있는 대답. 그녀 소설의 경쾌함이란 이런 것이었다.

그러나 이 두 개의 진술과 각각에 놓인 두 에피소드가, 버림받은 아내와 아비 없는 아이의 힘겨운 삶을 곡진하게 드러냈다고 할 수 있을까. 과연 헐벗은 삶이 농담으로 살아지는가. 나는 지극히 주관적인 질문을 하고 있는 것이지만, 여기 툭툭 내던져 있는 작은 에피소드가 이들 인물의 구체적인 삶의 아픔, 그 내밀한 고통을 짊어질 수는 없다는 얘기다. 사실, 이 작품은 구체성을 결여한 변죽의 사설이 만들어낸 희극적 서사라고 무질러 얘기할 수도 있다.

오호, 내가 감히 그녀의 소설을 비판하고 있단 말인가. 그것은 고통의 한복판에 서 본 사람만이 할 수 있는 말이다. 고통 받는 자에겐 생살이 터지는 아픔, 그 자체가 삶의 진면목이다. 어찌 이 작디작은 문장과 미미한 서사가 삶의 전체를 지탱할 수 있는가. 어딘가, 만화적이고 홈드라마적인 그녀의 소설 세계는 크고 작은 빈틈을 포함하고 있다. 물론 이 (의도되었을지도 모를) 빈틈이 그녀 소설의 매력이라 할 수도 있다. 하지만 캐리커쳐식으로 옮겨질 수 없는 게 삶이지 않은가. 그 구체성을 담보하기 위해서 작가들은 외롭고 고단한 삶에 시선을 깊이 담그는 게 아닌가.

「스카이콩콩」에 나오는 인물들이나 상황도 이에서 크게 벗어나 있지 않다. 구질구질함을 피해가는 것은 작가적 시선이겠지만, 실제 삶은 그것으로부터 벗어난다는 게 얼마나 어려운가. 무허가 조립식 주택에 살고 있는 세 식구—전파상을 하고 있는 아버지, 과학에 재능이 있다고 '믿는' 형, '스카이 콩콩'을 타는 '나'—의 일상 속에 놓여 있는 서사의 전과정은 실제 삶의 구체성을 포함하고 있는 인물이라기보다는 낭만적 상상력 속에서 성격화된 공상적 인물들 같은 느낌을 지울 수 없다.

초등학교 때, 과학경시대회에서 만든 고무동력기가 일등을 먹고(실제로는 꼬리부분을 잘못 만들어 오랫동안 빙글빙글 돌며 추락했던 것) 자신이 과학에 소질이 있다고 믿는 형과 그것을 재능으로 믿고 형을 공군사관학교에 보내야겠다고 선언하는 무지에 가까운 아버지의 캐릭터를 보아라. 공사 진학을 제안하는 아버지에게 "전 눈이 나쁜데요."라고 말하는 형과 "안되겠다. 텔레비전을 없애야겠다."라며 텔레비전을 치워버리는 아버지. 다음날 아버지의 전파상 텔레비전은 화면이 모두 망치로 깨져 있었다. 자백하는 자에게 텔레비전을 보여주겠다는 아버지의 말에, 자신이 하지도 않았으면서도 슬그머니 손을 드는 어린 화자와 이를 그흠씬 두들겨 패는 아버지. 이처럼 작위적으로 극화된 이 황당무계한 캐릭터는 엉성궂은 만화적 이미지를 떠올리게 한다. 이러한 유아기적·낭만적 몽상으로 만들어진 그녀의 소설들은 어떤 의미에서는 리얼리즘을 배반하고 있다고 말할 수도 있다.

그러나 이러한 어쭙잖은 비판에도 불구하고, 그녀의 소설의 농도는 점점 짙어가고, 시선은 보다 세밀해지고 있다. '체르니를 배우고 싶기보단 체르니라는 말을 갖고 싶었'던, 그 분수에 맞지 않는 중산층의 생활수준과 교육적 상징의 기표가, 빗물이 고인 반지하방에 수장되는 현실을 구체적으로 그려내고 있는 「도도한 생활」이나 학원강사 생활을 하고 있는 한 여자와 어느 날 그녀의 방에 찾아와 함께 생활하게 된 후배 사이의 관계를 통해 타자성에 대해 내밀하게 성찰하는「침이 고인다」등은, 그녀가 기획한 연극적 무대가 핍진함을 더해가고 있음을 여실하게 보여준다.

「침이 고인다」에서 '껌'의 상징을 보아라. 도서관에서 인삼껌 한 통을 쥐어주고 떠나버린 어머니와 그 아픔을 고스란히 간직하고 있는 후배. 그래서 후배의 '떠남'에 대한 생리적 반응은 '침이 고인다'이다. 어머니에게서 받은 인삼껌의 쌉싸름한 미각이 후배에게 이와 같은 조건반응을 심은 것이다. 후배는 그때 남은 마지막 껌 하나를 반으로 찢어 나에게 내민다. 그러나 그 상징적인 '껌 반쪽'은 나에겐 타인이라는 이름의 짐에 다름 아니다. 어서 고독해지고 싶다는 것, 혼자만의 삶 속에서 스스로를 안위하는 것만이 '그녀'의 진심이었던 것이다. 후배가 떠나고 나서야 그녀는 반쪽의 껌을 입에 넣는다. 그녀 역시 미각으로 후배가 떠난 그 공허를, 그 결여를 회복한다. '껌'에 바로 인간이 있고, 그들의 관계가 있고, 좀 더 거창하게 말하면 우주가 있다.

김애란 작가의 두 권의 창작집은, 그녀의 생활과 기억으로부터 모두 지근거리에 있는 것들이다. 부모와 형제 그리고 비슷한 나이의 친구들 사이에서 이루어지는 서사는 그 이야기의 스케일이나 진폭이 처음부터 끝까지 대동소이하다. 작가에게는 미안한 말이 되겠지만, 김애란 소설의 수많은 미덕과 가치에도 불구하고, 이 두 권의 창작집은 두 권의 연작 소설이라고 해도 과언이 아니다. 그만큼 반복적이었고, 그만큼 단물이 다 빠져 버렸다는 얘기다.

그러나 최근 발표되는 그녀의 작품들을 보면, 이 작가의 상상력이 보다 깊고 넓어졌다는 것을 확인할 수 있다. 조금 과장해서 말하면, 앞으로 오랫동안 좋은 소설을 쓰겠구나, 하는 생각이 들었다고도 말할 수 있다. 그 대표적인 예가 되는 것이「그곳에 밤 여기의 노래」(『문학과사회』, 2009년 봄호)이다. 이 작품에서 김애란은 드디어 자신의 분신인 부모와 형제와 친구들로부터 벗어나 있다.

'주위의 홀대를 받고 자란 '가문의 수치, 가문의 바보, 가문의 왕따'

인 '용대'가 '눈 깊은 조선족 여자' '명화'를 만난다. 결혼 후, 이들은 한 달 동안 반지하 방에서 몸을 섞는 일에 빠져든다. 아마도 이 시간이야말로 그들에게 허락된 최초의 휴식이었고, 그 반지하방은 최저 낙원이었을 것이다. 돈이 떨어지자 '용대'는 택시기사로 나서지만, '명화'는 위암으로 바싹 쪼그라든 채, 점점 죽어간다. 그러나 이제 그의 택시 안에선 살아생전 그녀가 남긴 중국어 테이프만이 돌아간다. 아내가 녹음해준 중국어 테이프에서 흘러나오는 이국의 말만이 그 공허한 자리를 대신하고 있을 뿐이다. 처절하게 울고 있는 현실을 아무런 환상과 비약 없이, 있는 그대로 정직하게 들여다 본, 이 작품은 아마도 작가 김애란의 새로운 지평을 약속하는 신호탄이 되지 않을까 조심스럽게 생각해 본다. 가까운 얘기는 누구나 할 수 있지만, 멀리 있는 얘기를 자기화 하는 것은 그만큼 어렵다.

3. 아방가르드적 유희와 그 정치적 한계: 박민규의 경우

90년대 소설의 문을 연, 두 작가가 신경숙과 윤대녕이었다면, 2000년대 소설을 활짝 개화시킨, 두 작가는 김애란과 박민규다. 이에는 만만찮은 반론이 있겠지만, 그들에게 쏟아진 문단 안팎의 주목과 찬사를 생각해본다면 큰 이견은 없을 것이다. 더욱이 이 두 작가의 문법은 새로움이라는 말로 표현할 수 있는 그 무엇을 분명 내장하고 있다. 김애란이 소녀티가 가시지 않은 경쾌함 속에 조숙함과 예민함을 감추고 문단에 얼굴을 내밀었다면, 박민규는 록커의 모습으로, 무원칙 이종격투기 선수의 모습으로 등장했다.

특히 근대소설의 문법을 내파內波하는 박민규의 소설은 "서사가 불가능해진 시대의 서사"(신수정, 「뒤죽박죽, 얼렁뚱땅, 장애물 넘어서기」)라는 말이 지칭하는 것처럼, 제도화를 거부하는 과격한 인디의 한 국면을 보는 듯하다. 문법을 믿는 자는 항상 권력으로부터 자유로울 수 없다, 는 말이 상기시키듯, 그는 항상 중심의 논리에 '조까라마이싱이다'의 자세를 취해 왔다. 그러한 의미에서 그의 문학적 아방가르드는 정치적 아방가르드와 연결될 수밖에 없다. 하지만, 이에는 단서를 달아야만 한다. 빈 칼의 유희가 아닌 이상, 오버 액션이 아닌 이상, 자백(?)이 아닌 이상, 이라고.

좀 지난 소설이지만, 『카스테라』(문학동네, 2005)로부터 얘기를 시작해볼까. 이 작품집의 표제작인 「카스테라」는 냉장고에 대한 얘기이며, 냉장의 역사에 관한 얘기이며, 냉장고에 한 세계를 우겨넣는 얘기다. 전생에 리버풀을 사랑한 훌리건이었던 남자는 냉장고로 환생한다. 화자는 엄청난 소음을 내며 돌아가는 이 냉장고에 이러한 인격을 부여한다. 첫 번째 수납품인 〈걸리버 여행기〉로부터, 아버지, 어머니, 학교, 동사무소, 신문사, 오락실, 대기업, 경찰간부 …… 세상의 해악害惡인 〈미국〉, 그리고 중국까지, 화자는 이렇게 냉장고 안에 한 세기를 정리한다. 세기의 마지막 밤이 지난 다음날, 냉장고가 고요하다. 냉장고 문을 열자 놀랍게도 거기엔 한 조각의 카스테라가 있었다. 화자는 이 '반듯하고 보드라운 직육면체'를 입에 넣는다. 그리고 눈물을 흘린다.

대체 어쩌자는 얘긴가. 이 말도 안 되는 이야기 속에 속절없이 빠져든 우리는, 화자와 함께 한 세기를 정리하는 일에 동참한 것인지도 모른다. 여기서 화자가 행하는 폭력적 행위를 유심히 볼 필요가 있다. 이러한 작가의 상상력은 아방가르드적인 미적 극단주의라고 말할 수 있다. 코끼리를 냉장고에 집어넣는 것과 같은 작가의 순진무구한 상상력 뒤에는 준군사적 행위를 방불케 하는 폭력이 내재한다. 부모와 학교, 그리고 국가 등으로 상징되는 관습과 치안의 요소는 작가에게 적대적 맥락에 놓여 있다. 애초에 아방가르드란 속물을 향한 미적폭력의 형식을 취했고, 그 다음으로는 참여가 증대되면서 일종의 윤리적 폭력의 형태를 취하게(바르트, 「Essais critiques」) 된다. 이것은 원론적으로 부르주아적 질서와의 싸움이다. 외젠 이오네스코가 아방가르드의 어원에 내재한 군사적 유비를 강조한 것(칼리니스쿠, 『모더니티의 다섯 얼굴』)도 이런 이유에서다. 그러나 이것은 정치적 폭력이 아니다. 아방가르드는 지향점이 없는 반미학이기 때문이다.

「몰라몰라, 개복치라니」의 경우도 미적 극단주의의 한 축을 형성한다. 화자는 그레이하운드에 올라타 비틀즈의 음악을 들으며 우주로 향한다. 그 동력은 '잭'과 '호'라는 두 사람의 '명상'의 힘이다. 아, 상상력이 바로 이들을 날아오르게 하는구나. '우주는 하나의 사유思惟'이기 때문에! 말도 안 되는 이야기, 허무맹랑한 허풍에 바로 박민규가 행하는 세계에 대한 미적 폭력이 내재해 있다. 작가는 이 이야기들을 마치 퀼트 바느질처럼 꿰매고 이어서 한 편의 허풍을 만들어 낸다. 이 때, 작가는 서사를 구성하고 편집하는 에디터의 역할을 맡으며 한 편의 이야기는 모자이크화처럼 조립된다. 바로 여기에 선조성 linearity의 서사의식에 대한 전복, 더 나아가 진보와 발전에 대한 회의가 담겨 있다고 할 수 있다.

그러나 여기서 잠깐! 이러한 아방가르드가 예술의 '상습적인 조건'이 되어 버린 오늘날, 파괴와 새로움의 수사학은 어떠한 영웅적 호소의 흔적도 잃어버리고 말았다면!(칼리니스쿠) 낡음과 새로움 사이의 이 무한의 운동은 사실 모순적이며, 때로는 미적 운동의 숙명인 것처럼 보인다. 문학과 실천, 시와 정치는 이러한 경계선 없는 운동 역학 속에 내던져 있다.

「그렇습니까? 기린입니다」에서 화자는 오후에는 주유소, 밤에는 편의점 아르바이트를 하며 일하고 있다. 집에는 무슨 상사商社에 다니는 아버지와 상가 건물을 청소하는 어머니, 그리고 병든 할머니가 있다. 그러던 중 화자는 아는 형의 소개로 지하철 푸시맨이 된다. 이들은 모두 '짜디짠 지구'에서 치열한 생존경쟁 속에 살고 있지만, 여기서 노동은 하나의 제도화된 숙명이다. 나중에 가출한 아버지가 기린의 모습으로 나타나 플랫폼에 어슬렁거리는 장면과 그에게 집안 근황을 들려주며 그만 돌아오라고 말하는 화자의 모습은 애잔한 감흥을 불러일으키지만, 상황에 대한 인물의 행동과 그 인식의 범위는 일상성 안에 매몰되어 있다. 제도 안에서 법석대는 일종의 자기반어적인 감각! 이 독특한 냉소의 시선은 작가 박민규의 트레이드마크이기도 하지만, 그가 추구하는 아방가르드의 미적 유희와 그 출구 없음의 표지로도 읽힌다. 브라운 운동에 위험스럽게 몰려드는 분자와 같이 활동과 변화로 법석대는 문화는 그럼에도 불구하고 정적일지 모른다 (레너드 마이어). 이를 마이어는 문화적 '울혈상태'로 명명했으니!

　　최근 발표된 그의 소설 「아치」(『현대문학』, 2007년 1월호)는 이 작가의 깊이와 능란함을 함께 보여준 작품이다. 혹은 내 식으로는 아방가르드의 미적 울혈상태를 극복하고자 하는 노력의 일환으로 보인다. 여기에는 삶에 대한 분노가, 뜨거운 긍정이, 눈물겨운 호소가 있다. 이 작품의 화자는, 자살하기 위해 아치에 올라간 숱한 인간들의 손을 잡고 내려온, 이 분야의 베테랑 순경이다. 그날도 누군가 다리 위에 올라갔다는 신고를 받고 현장으로 출동한다. 아치에 올라간 사람은 얼마 전 공장에서 잘려 빚더미에 앉은 비정규직 노동자. 이른바 생계형이다. 화자가 부모님의 얘기를 꺼내 회심을 유도하자 그는 어린 아이처럼 울음을 터뜨린다. 서로 담배가 오가지만, 그는 고집을 꺾지 않는다. 그러자 화자는 사진 한 장을 내민다. 그것은 6.25 때, 수많은 사람들이 오로지 살기 위해 개미떼처럼 부서진 철교 위에 매달린 채 강을 건너는 사진이다. 이에 화자는 픽션을 가미해, 갖은 이야기를 만들어 사내를 설득한다. '나 멀쩡해 보이지? 건강해 보이지? 나 후두암이야. 초기라고 해도 실은 옷 벗고… 수술받고 요양해야 할 사람이야. (…중략…) 그래도 일하고 있어. 옷 안 벗어. 비밀로 하고 계속 일해. 담배도 그냥 펴. 왜? 낙은 이거밖에 없으니까.'

　　나는 이 순경의 모습에서 한 사람의 진정한 작가의 모습을 본다. '구라'를 친다는 것. 한 사람을 살리기 위해 '뻥'을 친다는 것. '냉혹한 세상처럼 차갑고 서늘한' 아치를 쥐고 생과 사의 위태로움 사이에 서 있는 존재들이, 다시 눈물을 훔치고 땅으로 내려오기를 바라며, 선의의 거짓말을 하고 있는 뜨거운 가슴 같은 것 말이다. '비정규직 이제 지겨워. 부끄럽게 사는 것도 지긋지긋해. 날 제발 죽게 내버려둬.'라고 절규하는 우리 시대의 사케르Homo sacer들에게 말이다. 결국 사내는 '씨발과 좆같이가 더더욱 보드라운 것으로' 변해 가는 성탄제 눈발을 맞으며 아치에서 내려온다. 이윽고 사내의 몸이 움직이자 화자는 말한다. "불상(佛像)을 옮기는 기분"이라고. 이것은 단지 묵직한 무게를 의미하는 게 아니다. 벌거벗은 생명들을 대하는 작가의 낮고 곡진한 마음이다. 나는 이 대목에서, 이 작가가 오래도록 나름의 깊이를 더해 갈 것이라는 것을 안다. 반복적론적인 충동으로, 아방가르드의 울혈진 막다른 골목으로 일주하지만은 않을 것이라는 것을 안다. 그것이 무협 스타일의 장르 소설(「龍龍+龍龍」)일지언정, '입을 쥐어뜯고픈 거짓말'일지언정.

4. 식자우환을 넘어서기 위하여 : 김연수·김훈·정지아의 경우

소위, 전위라고 일컫는 미학적 혁신은 정치적으로 구획된 감식의 체계를 교란하는 데서 얻어진다. 창작의 새로움이 새로움을 양산하거나 비평적 담론이 반복적으로 복제되는 것은 과잉이거나 거품이다. 우리는 지금, 문학적으로 빈곤에 처해 있는 것이 아니다. 오히려 넘쳐나는 것에 문제가 있다. 이 흘러넘침은 대부분 수사적 범주 혹은 식자우환의 웅덩이 안에서 곪아터진, 혹은 설익은 내용물들이 쏟아져 나오는 것에 다름 아니다.

창작과 비평의 밭을 기름지게 하는 일은, 문학이라는 원로가수의 입지를 확대하는 일은, 폭넓게 세계의 현실을 과감하게 수용하는 데서 찾아야 한다. 수많은 촛불이 도도한 강물처럼 일렁이는 장면에 넋을 놓거나, 용산의 참담한 비극 앞에 눈을 감거나, 몸을 내던진 한 정치인의 죽음에 비탄의 추모시 한 수 읊는 것으로, 여전히 문학은 고민하고 있습니다, 라고 말하지 말자. 대학 안에 오종종 모여 지젝에서 재빨리 랑시에르로 옮겨 타는 신속함으로는, 이 구역질나는 시대의 한 올도 건져 올릴 수가 없다. 맥락이야 다르지만, 나는 한 세기 전, 미래파들이 왜 도서관이나 박물관으로 상징되는 아카데미를 파괴하자고 했는지를, 이젠 물리적으로 느낀다. 이것은 나에게 이미 비판을 넘어선 분노의 감정이다.

문학과 사회, 시와 정치가 어떤 관계에 있어야 하는지, 나는 여기서 김연수의 작품을 통해 그 해답을 고구해 보겠다. 「뿌넝쉬(不能說)」(『나는 유령작가입니다』, 창비, 2005)는 한국전쟁 때 중공군으로 참전했던 노인이 작가에게 말하는 독백체의 형식을 취하고 있다. 노인은 수많은 사람들이 매화꽃잎이 날리듯 처참하게 죽어갔던 전란 당시의 상황을 들려준다. 서로를 괴뢰군이라 부르며 서로에게 총질을 했던 역사. 그러나 이 작품에서 주목하는 것은 인과론으로 엮여진 집단의 역사가 아니다. "역사라는 건 책이나 기념비에 기록되는 게 아니야. 인간의 역사는 인간의 몸에 기록되는 거야. 그것만이 진짜야. 떨리는 몸이, 흘러내리는 눈물이 말해주는 게 바로 역사야. …그건 자네가 읽는 역사책도 마찬가지일 것일세. 서로는 서로를 괴뢰군이라고 부르고 서로는 서로를 격멸했다고 말하고. 그런 역사책은 하나도 의심하지 않고 믿으면서 내가 이런 말을 하면 거짓말이라고 내 얼굴에 침을 뱉지."라는 차탄(嗟歎)의 말은 육체 그 자체에 새겨진 역사적 실존을 강조한다.

역사란 무수한 우연의 행보다. 「이등박문을, 쏘지 못하다」에서 '이토'는 안중근이 아닌 우덕순에 의해서 저격될 수도 있었다. 이처럼 기록된 역사, 인과적 담론의 역사는 그에게 있어 회의의 대상이 된다. "책에 씌어진 얘기 말고. 자네가 몸으로 겪은 얘기, 뿌넝쉬. 뿌넝쉬. 그 말이 먼저 나올 수밖에 없는 얘기", 이런 이야기를 써야 하는 것이 작가의 몫이다. 역사의 한복판을 대면하는 육화된 언어! 역사의 후면에 가려진, 혹은 은폐된 작은 목소리, 가령, 살육의 들판을 가득 메우며 쏟아지는 매화 꽃잎이라든가, 그 처연한 봄비 소리에 귀를 기울여야 할 것. 여기서 새삼 기록된 역사의 허구성을 들먹이며 상식적은 얘기를 늘어놓을 필요는 없다. 문제는 허구와 현실, 문학과 역사 사이의 아포리아 앞에서 작가가 얼마나 절망했는가에 있다. 그 함량만큼이 바로 작품의 미학적 정치성을 결정짓는다. 김연수는 말해질 수 없는 역사의 허무를 말하는 것이 아니다. 작가로서 그는 오히려 그 난경을 뚫고 나오는 싱싱한 서사의 의미를 말하려 했을지 모른다.

김훈의 『남한산성』(학고재, 2007)을 다시금 떠올려보자. 베스트셀러가 된 작품을 일단 삐딱한 눈으로 보는 평단의 관습이나, 장편소설 대망론을 불러일으킨 문단의 싸구려 주장은 일단 무시하기로 하자. 누구나 아는 얘기지만, 이 작품은 병자호란 당시(인조 14년) 임금이 오랑캐를 피해 남한산성에 머물던 겨울부터 이듬해 봄까지의 이야기를 담고 있다. 사방이 적군으로 둘러싸여 주전과 주화의 논리 사이에서 갈등하는 임금과 신하, 그리고 혹심한 추위와 기근에 시달리는 성 내 민초들의 삶이 유려한 문장으로 그려져 있다. 그저 지나간 역사를 소재로 한 역사물로 보이는 이 작품은, 기실 기록된 역사 그 자체에 의존하지 않는다. 기록된 역사는 그저 허구일 뿐, 거기에는 한 올의 진실도 없다. 오히려 이 소설은 현대를 사는 우리들의 삶을 역사의 장면 속에 포개어 놓은 것이라 할 수 있다. 혼탁한 시대의 흐름 속에서 스스로의 자존을 지키며 살아가는 것이 얼마나 어려운가. 투항을 강요하는 더러운 자본의 논리를, 전기 펌프로 작동하는 청개천의 물줄기 아래, 교묘하게 은폐하고 있는 기만의 시간을 감당하는 것이 얼마나 아픈 것인가. 작품 속, 성 안에 있는 모든 존재들은 모두 치욕을 견디며 살아가는 우리들의 삶, 그 자체로 이해할 수 있다. 작가가 병자호란을 끌어들인 것도 이러한 맥락에서 일 것이다. 역사를 투시하는 작가의 눈이란 무릇 이러하여야 한다. 현실을 의식하는 작가의 눈은 통역사적인 틀 안에서 역동적으로 작용한다.

정지아의 『봄빛』(창비, 2008)에 수록된 「풍경」, 「순정」, 「세월」 등의 작품들은 작가가 응시해야 하는 역사의 뿌리가 무엇인지 곡진하게 보여준다. 작품이 매우 순도 높은 정치적 미학성을 내포하고 있음에도 불구하고 더 많은 주목을 얻지 못한 것은, 우리 평단이 몇몇 작가들을 지나치게 편식한 탓이 아닐까. 굳이 정치적이라고 명명한 것은 작가 정지아의 역사의식을 지칭하는 것이며, 미학성이란 역사적 사실을 허구적 맥락 하에 재현하는 작가의 미적 자세를 의미한다.

「풍경」은 바로 '기억'에 관한 얘기다. 더 구체적으로는, 빨치산으로 간 두 아들과 생이별하고 평생을 그 '끈끈하게 달라붙어' 있는 기억에 포로가 된 어머니에 대한 얘기다. 이념적 갈등이라는 공적 역사의 한 페이지를 장식하는 빨치산은 그 자체로 무형질의 존재다. 작가는 이 역사가 존재의 육신 속에 아로새긴 무늬를 읽는 존재다. 그런 의미에서 이 작품은 공적인 기억이 사적인 기억 속에 어떻게 내장되어 있는지, 그 기억이란 얼마나 질기고 억세고 아픈 것인지를 잘 보여준다. 노망이 든 어머니는 집에 들어온 모든 손님들을 집 나간 두 아들로 여길 뿐만 아니라, 막내아들을 쓰다듬는 손길에서도 잃어버린 아들을 느낀다.

육신의 욕망마저도 모두 사그라진 채, 백 살을 앞둔 노모 옆에서, 이제 자신도 하얗게 늙어가는, 이 작품의 화자인 막내아들은, 일생을 세상과 섞여본 일 없이, 오로지 어미 곁을 지켰다. 이제 어머니는 그 기다림도 잊어버렸다. '미움도 원망도 모두 잊'은 어머니의 머릿속은 '백지처럼 하얗게 비었다.' 오로지 먼 신작로에 시선을 걸어둔 채. 막내아들도 '강나루에서 끝나는 신작로까지'를 어머니의 품이자 자신의 세계로 여기며 살았다. 그 세상 밖은 죽음이었다. 다른 세상을 꿈꾸며 그 경계를 넘은 큰형과 작은 형도, '빨갱이 피는 못 속인갑다'고 말하는 공무원을 돌멩이로 내리치고 도망친 막내형도, 다시는 살아 돌아오지 못하지 않았는가. 결국 '외딴 집에 머문 그만 살아남았다.' 평생을 해가 뜨고 질 때를 맞춰 밥을 짓고 농사를 지은 그의 일생은 '고작 몇줄에 불과할 것이다.' 실상, 노모와 그 막내아들이 온 생을 통해 해온 일은 세월을 견디는 일이었을 것. 이 작품의 말미에 환상처럼 들려오는 노모의 말. '내 새끼, 그래 한시상 재미났는가?' 육신에 아로새긴 형언할 수 없는 상처의 무늬란 바로 이런 것이다. 한스러움도 원통함도 무상한 세월 속에 묻어버린, '영원처럼 느리게 그러나 쏜살같이 빠르게 흐'르는 세월, 말이다. 이들을 한 평생 외딴 산집에 옭아맨 역사의 공포와 그 상처는, 비로소 이렇게 드러나는 것이다. 마침내 '낡아 부스러질 듯한 두 개의 기둥' 같은 어머니와 그처럼.

「순정」도 마찬가지로 '기억'과 싸우는 이야기다. 이 작품에서 '배강우'는 '국방경비대에 가면 먹고 사는 것은 걱정없다'며 등을 떠미는 아버지 때문에, 여수14연대에 지원했지만, 제주도 반란 진압을 거부하고, 이현상 부대에 들어가 빨치산이 된다. 그러나 그는 이념에 대한 신념으로 그리한 것이 아니라, 누구 하나 죽이지 못하는 선한 성품으로 인해, 반란에 앞장섰던 친구들과 함께 지리산으로 들어오게 된 것이다. 그는 거기서 자신을 친동생처럼 귀애해주었던 이현상과 옥희 누님과 여러 동지들을 배반하고 만다. 마지막 보급투쟁을 나섰다가, 어머니의 손길에 붙잡힌 것이다. 마지막 비상미까지 털어 그를 내려보낸 이현상은 '강우야, 살 길을 뿌리치지는 마라.'는 이미 예고되었을지도 모를 위로의 말을 던지지 않았는가. 그 말이 오히려 더 큰 부채가 된 그는, 평생 그 기억의 지옥 속을 헤매야 했다. 그러나 서술자의 입을 빌어 말해지는 그 진술은, 그에게 천국이 무엇이었나를 분명하게 적시한다. 천국, 그것은 사회주의 낙원이 아니다. '목숨을 건 청춘 자체'에 있었던 것! 그리하여 천국이란 그가 '순정'의 청춘을 바친 산속에 있다는 것! 작가 정지아는 상처받은 역사의 한 페이지에서 청춘의 푸른 천국을 건져 올린다. 인간에겐 신념이 있고, 그것을 위해 싸우는 현재에 천국이 있음을.

젊은 시절, '단선반대투쟁'을 하다가 지리산으로 들어가 빨치산으로 살다, 긴 감옥살이 후, 노망 든 노인으로 돌아와 있는 '이녁'(남편)을 상대로, 길고 긴 회한의 넋두리를 풀어놓는 아낙의 이야기인 「세

월」도 같은 맥락에 놓여 있다. 막 탯줄을 끊은 핏덩이를 안고, 죽어
도 남편 곁에서 죽고 싶다는 마음으로, 지리산에 오르다가, 눈밭에
아이를 묻어버린, 그 아픈 기억에, 화자인 아낙은 세월의 감옥 속을
살 수밖에 없었다. '미음조차 삼키지 못하는 환자라' 남편 곁에 있지
못하고 도로 내려왔던 그 옛날, 모닥불이 '귀신불처럼 환한' 지리산을
바라보며, '저그 워딘가에 이녘이 있을 것'이라 생각하며 그리움을 달
랬던 아낙이다. 옥바라지 중에도 잔 정 없는 남편으로 인해 크고 작
은 상심을 얻었지만, 그런 무정한 남편을 타박하지 않고, 온 마음으
로 그를 감싸 안는다.

> 살아봉게 말이어라. 시간은 앞으로만 흘르는 것이 아니고라. 멫살부텀이었
> 능가 몰라도라. 옛 기억들이 시방의 시간 속으로 흘러들어서라. 앞도 뒤도 웂
> 이, 말하자면 제 꼬리를 문 뱀맹키 말이어라. 나는 말이어라. 갇힌 시간 속에
> 서 살아온 날의 기억을 되씹는 한 마리 소가 된 것 맹키어라. (「세월」, 234쪽)

역사적 기억은 추상적으로 존재하는 게 아니다. 반드시 역사라고
하는 시간의 무늬는 개인의 육신에 오롯이 새겨진다. 어떤 의미에서
그 사적인 영역만이 살아 있는 역사다. 그리고 '옛 기억'은 반드시 '시
방의 시간' 속으로 흐른다. 그 기억(역사)은 언제나 지금—여기에 현재
화된다. 역사란 통시적 인과관계가 아니라 미시적인 수많은 인과의
사슬이다. 작가란 무엇인가. 거듭 말하지만, 작가란 역사라는 무명의
공적 시간에서 개인이라는 실존의 시간을 건져내는 존재다. '살아온
날의 기억을 되씹는 한 마리 소'와 같은 존재다. 그 되새김질이 만든
허구의 서사는 인과의 논리틀에 갇혀 산일散逸된 개인의 실존을 토해
낸다. 작가 정지아의 질박하고 핍진한 서사는 역사의 무게를 떠안기
에 충분한 몫을 담당하고 있다.
　이제, 광장에 군중이 사라진다. 깃발이 나부낄 수 없다. 광장에 모
여 정치를 이야기하는 것은 체포와 구금 그리고 구속을 감내해야만

하는 일이 되어버렸다. 대중의 광장이 아니라 한 정치인 개인의 이념으로 도금한 광장이 되고 있다. 이 뼈아픈 현실에서, 속 깊은 작가들이여, 이 시대의 눈 밝은 비평가들이여, 어디에 서 있는가? 우리는 지금 무엇을 말하고, 무엇을 써야 하는가. 어두운 자의식의 터널에, 강박적 미의식에 숨어 있은 텐가. 상아탑의 아늑한 연구실에서 안락한 고민에 싸여 있을 텐가. 질박하고 툭 터진 언어, 의연하면서도 매서운 언어, 오물로 가득한 시대를 뚫고 오르는 싱싱한 언어! 이것이 우리들의 무기가 아닌가.

이제, 대학을 간판 삼아 만나는 공소한 식자우환의 세계에서 벗어나, 송경동 시인처럼, '저 들에 가입되어 있다고'(「사소한 물음들에 답함」) 말해야겠다. 그리하여 저 푸르른 나무에 물들어 바람의 속삼임을 듣고, 가난한 이들의 무너진 담벼락, 걷어 채인 좌판 앞에 꿇어앉아, 비천한 모든 이들의 말들 속으로 들어가야겠다고. 넘쳐나는 말들의 비린내, 그 수사의 현란한 장식과 현학의 장광설로는 이 시대의 비극을 한 조각도 제대로 비출 수 없다. 이것이 식자우환을 일삼으며 '고생 많은 당신께' 드리는 나의 마지막 말이다. 国

김정남
1970년생. 문학평론가 · 소설가. 본지 편집동인. 관동대 겸임교수. 2002년 『현대문학』 평론 신인상, 2007년 《매일신문》 신춘문예에 소설 당선. 평론집 『폐허, 이후』, 앤솔로지 『2009 젊은소설』이 있음. phdjn@hanmail.net

'네이션'에 대한 사유의 심화와 재현의 실패

전성태와 정도상의 소설

서희원

1. 네이션의 문제 그리고 작가의 미학적 대응

가라타니 고진이 충고하고 있는 것처럼, '네이션'을 사유함에 있어서 중요한 것은 그것을 "넓은 의미의 경제적 문제"(가라타니 고진, 『네이션과 미학』)로 다뤄야 한다는 점이다. 이러한 인식을 통해 가라타니 고진은 네이션을 단일한 개념이 아니라 '자본=네이션=스테이트'의 복합적 구조를 가진 것으로 설명한다. 즉 민족국가(국민국가)가 기반하고 있는 일반적 상품교환과는 다른 양식의 교환, 이를 가능하게 하는 시스템에 주목하지 않고, 정치적이거나 문화적인 것으로 간주하는 한 네이션이나 국가는 신비화될 수밖에 없다. 이런 신비화에 기여를 한 문학의 장르는 단연 소설이다. 베네딕트 엔더슨에 따르자면 민족이란 '상상의 공동체'이다. 개인에게 있어 민족이란 가족을 느끼듯이 쉽게 공감할 수 없는 추상적인 공동체이다. 사람은 쉽게 계층적·지역적·정치적 입장이 다른 타인의 호소나 고통, 희망에 귀 기울이지 않는다. 오히려 인간은 타인의 죽음을 특별한 이유가 있지 않는 한 애도하지 않으며, 추상적인 고통에 같은 목소리로 통곡하지 않는다. 카뮈가 그의 소설 『페스트』의 초반부에서 지적했듯이, "죽은 사람은 그 죽은 모습을 눈으로 보기 전까지는 아무 의미도 가지지 못한다. 역사의 장면 여기저기에 산재하는 1억의 시신들은 상상 속의 한 줄기 연기에 지나지 않는다." 인간이 이를 자신의 것으로 인식하기 위해서는 특별한 방식의 개인화가 필요하다. 카뮈가 말한 역사에 산재한 시신들을 태우는 연기에 구체적인 이름을 부여하고, 이들의 인생을 피와 정념이 깃든 육체를 통해 형상화하는 작업을 구현한 것은 문학 장르들 중에서도 소설이다. 다른 말로 하자면 소설은 "상상 속의 한 줄기 연기"를 총체적으로 묶어내는 상상력의 고안물이다.

근대 이후 계몽주의에 의해 고양된 인간은 스스로의 삶을 보편적 이성의 방식에서 사유했고, 개인이 겪고 있는 정치적 경제적 곤란과 핍박을 타개하기 위한 특정한 공동체를 상상하였다. 근대 국민국가의 공식적인 이데올로기로 고안된 민족주의도, 프롤레타리아트를 자본주의의 모순을 타개할 역사의 주체로 상정한 마르크스의 공산주의도, 네셔널 사회주의를 지향했던 파시즘도 이런 의미에서 근대적 열망이 만들어낸 '상상의 공동체'라고 할 수 있다. 이러한 공동체 중 가장 광범위한 구속력과 귀속력을 갖는, 그리고 역사적 부침 속에서도 흔들리지 않는 현실 정치의 이데올로기로 존재하는 것은 단연 '네이션'이다. 오해를 없애기 위해 말하지만 '네이션'의 생존은 그것의 방식 속에 다대한 개인의 자유와 평등에 대한 요구의 충족, 그리고 열망을 북돋아주는 어떠한 보편적 기제가 담겨 있다는 의미는 아니다. 오히려 '네이션'의 생존이 알려주는 것은 그것이 근대적 자본주의와 분리할 수 없을 만큼 친밀하게 결합하고 있다는 사실과 국가의 관료주의적 시스템이 가진 부조리하며 폭력적인 억압을 은폐하고 이를 사회통합을 위한 필연적 과정으로 인식하게 하는 사악한 이데올로기적 환상의 기제라는 진실이다. 가라티니 고진이 말한 '신비화'란 이러한 국민국가가 지닌 자본주의적 속성과 관료주의적 시스템의 문제를 인식하지 못하게 하는 방식이다. 민족주의적 사유와 지향을 통해 문학의 의미를 찾는 일군의 문학종사자들의 굳건한 바람과는 달리 이러한 '신비화'에 활용된 것이 네이션에 대한 미학적 재현이다. 물론 무엇보다 민족주의적 각성이 한국이라는 지역적 · 문화적 공동체의 구성원 다수에게 자유와 평등에 대한 요구와 개인의 주체적 열망을 성취하는 사회적 조건을 형성하는데 긴요했던 시절이 있었다. 또한 해방 이후 권위주의적 국가의 폭력적 지배방식에 저항하는 주도적 역할을 민족주의가 담당했던 시대가 있었다. 하지만 이러한 권위주의적 국가기구의 정치적 구호가 "민족중흥"이었음을 잊어서는 안 된다. 민족의 지향과 문학의 소용이 결합한 '민족문학'은 본인이 원하든 원하지 않던 간에 국민국가나 그에 저항하는 사회적 운동 모두를 겨냥할 수 있는 양날의 칼이다. 이러한 사정을 고려하지 않고 '민족문학', '분단체제', '통일시대'를 표어처럼 말하며 문학이 현실과 결합하는 중요한 방식으로 '민족'의 미학적 재현을 강조하는 논의에는 선뜻 동의하기 어렵다.

　'민족문학'을 지향하는 이들에게는 불만족스럽겠지만, 2000년대 이후 출간된 소설 중 눈에 띄는 문학적 성취를 이룬 작품들은 네이션에 대한 미학적 재현에 충실한 작품이라기보다는 오히려 국민국가가 감추고 있는 자본주의적 속성, 그리고 세계가 이러한 국민국가들의 강고한 결합—월러스틴이 "근대세계체제"라고 부르는, 보통 '신자유주의'라고 지칭하는—임을 알려주는 일군의 소설들과 국가의 관료주의적 시스템이 형성한 부조리한 현실에 놓인 개인의 비극적 모습을 형상화한 작품들이다. 이는 '네이션'에 대한 탈신비화이며, 이를 통해 확연해지는 것은 '자본=네이션=스테이트'라는 국민국가의 복합적 구조이다. 이 글은 민족문학 계열의 작가로 인식되는 정도상의 『찔레꽃』(2008) 연작과 전성태의 『늑대』(2009)에 담긴 몽골 연작에 대한 분석을 목적으로 하고 있다. 이를 통해 정도상과 전성태가 인식한 네이션과 국가의 문제, 그리고 이에 대한 작가들의 미학적 대응을 살펴보겠다.

2. 리얼리즘의 잉여를 따라: 정도상의 경우

탈북자 소녀를 주인공으로 하고 있다는 점, 이들이 탈북 이후 경험하게 되는 압도적인 폭력과 인간의 육체가 돈으로 쉽게 치환되는 자본주의 세계의 여정을 다국적인 측면에서 그리고 있다는 점에서 강영숙의 『리나』와 정도상의 『찔레꽃』은 일면 흡사해 보이는 소설이다. 그러나 강영숙의 『리나』는 리나가 떠나온 곳이 북한이라고, 그녀가 지향하는 'P국'이 남한이라고 명기하지 않는다. 리나는 어렵게 만난 가족과 다시 결합하여 'P국'으로 입국하는 대신 우애로 연계된 다국적 유사가족과 함께 대륙을 떠돈다. 또한 리나가 자신에 대해 말하는 진술을 왜곡시켜 그녀의 서사를 자본주의의 역사주의적 서사와 일치시키지 않도록 하고 있다. 이러한 알레고리와 가족에 대한 거부, 서사적 혼돈을 통해 강영숙이 의도하고 있는 것은 리나의 여정을 단순한 민족적 비극의 차원에서 해석하려는 방식에 대한 저항이다. 리나의 고난은 오히려 신자유주의의 전 지구적 확장을 통해 고향이나, 새롭게 정착한 땅에서 축출당하고 있는 난민, 망명자, 외국인 노동자들이 경험하게 되는 자본주의의 참혹한 서사이다.[1] 이에 비해 정도상의 『찔레꽃』은 충심의 이동을 설명하는 구체적인 지명의 명기를 통해 충심의 고통이 민족의 분단과 역사적 이산에서 기인하고 있음을 반복적으로 서술한다. 특히 탈북의 과정을 통해 깨어지는 가족의 모습과 남한에서의 노동을 통해 가족의 붕괴를 어떠한 방식으로든 복구하려는 충심의 열망은 『찔레꽃』의 서사가 가족이라는 원초적 공동체의 해체와 재결합을 주제로 하는 전형적 이야기의 2000년대적 판본이라는 사실을 알려준다. 가족은 민족의 대표적 치환물이다. 개인, 가족, 국가, 세계의 구조적 연속성을 지적하는 '수신제가치국평천

---

[1] 이에 대한 필자의 분석은 강영숙의 『리나』를 다룬 글 「근대세계체제의 알레고리 혹은 가능성의 비극─강영숙의 『리나』를 읽는다」(≪문화일보≫, 2009년 1월 1일)에 보다 상세하게 기술되어 있다.

하修身齊家治國平天下'라는 유교주의의 언술이나 가족, 시민사회, 국가의 구조적 연관을 변증법적으로 탐색한 헤겔의 『법철학』 등이 알려주는 것은 가족은 민족의 축소판이란 사실이며, 가족에게 느끼는 정서적 공감이 민족이라는 공동체가 상상되는 감정적 기반이라는 점이다. 이러한 사실은 『찔레꽃』의 말미에 붙은 「작가의 말」을 참조하면 더욱 확연해진다.

> 삶의 온전성은 그들 스스로 가족을 비롯해 삶을 구성하는 모든 요소를 복원하도록 지원하되 간섭하지 않는 것에서 가까스로 유지될 수 있을 것이라고 나는 생각한다. 하지만 탈북자 혹은 북한인권은 그들 스스로의 실존적 상황 때문이 아니라 누군가의 '요청과 의도'에 의해서 구성되고 존재하는 것으로 기획된 측면이 없지 않다. 국경을 넘어 떠도는 유랑민의 실존적 기반이 기획에 의한 것이 아니라 실존 그 자체에 근거하고 있는 것처럼 태연하게 선전하며 악용하는 서방의 미디어와 정치집단(시민단체의 겉모양으로 존재하는 척하는)의 반인권적이며 반평화적인 행위야말로 삶의 온전성을 파괴하는 것이다.[2]

인용한 글에 따르자면, 탈북이라는 정치적 선택은 개인의 실존마저 힘들게 하는 북한 인권에서 기인한 것이 아니라, "누군가의 '요청과 의도'에 의해 구성되고 존재하는 것으로 기획된" 사실이다. 이를 상징적으로 보여주는 것이 『찔레꽃』에서도 중요하게 다뤄지는 "인신매매"와 "기획입국"이다. 인신매매는 남한의 자본주의가 중국의 조선족 공동체를 파괴한 결과 자행되는 반인권적 행위이며, 기획입국은 북한 정권의 정치적 고립과 붕괴를 기도하는 시민단체의 외양을 띤 정치집단의 반평화적 책략이다. 이것이야 말로 "삶의 온전성"을 파괴하는 행위이다. "삶의 온전성"에 내재된 참된 의미의 재인식과 이를 회복하고자 하는 노력이야 말로 정도상이 충심의 가족(민족) 이야기

---

2) 정도상, 「작가의 말」, 『찔레꽃』, 창비, 2008, 242쪽. 앞으로 이 책에서의 인용은 인용된 구절 옆에 간략하게 쪽수를 표기하는 것으로 처리하겠다.

를 통해 그려내고 싶었던 『찔레꽃』의 중심 서사이다. 그러나 『찔레꽃』에 담긴 세목들은 정도상의 의도에 맡은 바 소임을 다하는 것 이상의 역할을 하고 있다. 이는 "있는 그대로의 현실을 재현"하여 "인간 실존의 결을 세밀하게 담아내려"(243쪽)는 정도상의 리얼리즘적인 작법이 필연적으로 기술할 수밖에 없는 세목의 잉여에서 발생한다. 정도상의 세세한 묘사와 리얼리즘적 작법에 충실한 사실의 항목들은 남한과 북한이라는 국민국가의 문제가 민족의 분단이라는 주도적 모순만을 의미하는 것이 아님을, 또한 이것이 "삶의 온전성" 회복을 통해 극복될 수 있는 사항이 아니라는 것을 확실히 한다. 오히려 이는 각각의 국민국가를 구성하고 작동시키는 '네이션'과 '자본', 그리고 '스테이트(시스템)'의 복합적 문제에 가깝다.

이를 읽기 위해서는 북한과 남한에서의 삶을 서술하고 있는 「함흥·2001·안개」와 표제작 「찔레꽃」이 유용하다. 먼저 「함흥·2001·안개」를 보자. 함흥을 점령하고 있는 안개는 북한의 체제를 지탱하는 정치적 신념과 그쪽 사람들의 실존적 확신을 흐릿하게 만든다. 충심은 "안개가 도시를 떠나지 않았으면 좋겠다고" 생각하며 이런 모호하고 불명확한 상황 속에서 발생하는 "돌연한 일"(31쪽)들이 자신의 무료한 삶을 뒤흔들기를 기대한다. "자기 운명의 주인은 자기"(38쪽)라고 배웠지만 충심은 "음악학교를 졸업하면 선전기동대에 들어가는 것밖에는 다른 미래가 없는"(47쪽) 결정된 삶에 가슴 답답해한다. 이러한 정해진 미래의 코스를 순순히 완주하며 이것이 알려주는 일정한 삶을 살기보다는 우연한 일과 충동적 행동에 쉽게 매혹되는 충심의 모습은 북한의 엘리트 코스를 밟고 있는 '충성'보다는 "왈패질과 주먹질 다른명" 한 '재춘'을 선택해 사랑을 키우고 있는 에피소드에서 잘 나타난다. 가난한 집안에 조금이라도 도움을 주기 위해 충심은 이모가 있는 남양으로 가서 장사를 하려 한다. 하지만 장사는 쉬운 일이 아니었고, 오히려 중국으로 건너가 식당에서 일하고 목돈을 벌어보지 않겠냐는 조선족 아낙네의 제안을 충심은 재빨리 거절하지 못하고 머뭇거린다.

북한이란 사회는 주체사상이 알려주는 것처럼 자신의 삶을 자의적으로 결정하고 이를 위해 노력하는 것만으로 개인적 성취를 이룰 수 있는 곳이 아니다. 오히려 그러한 기회는 출신 성분이나 당성黨性의 유무에 달린 폐쇄적 공간이기에 충심은 그런 유혹에 흔들리는 자신을 본다. 하지만 두만강의 밤안개 속을 재춘이와 산책하며 충심은 그에 대한 사랑을 확신하며 자신에게 주어진 삶을 살겠다고 결심한다. 그리고 일종의 "행복"을 느낀다. 이를 통해 충심은 "세상에는 돈보다 중요한 어떤 것들이 있"다는 것을 깨닫고 조선족 아낙네의 제안을 거절하지만 그들의 완력과 "보위부"를 들먹이는 협박에 두만강을 건넌다. 이 과정에 재춘은 국경경비대의 사격에 죽고, 충심은 자신의 생물학적 연령에 기반한 육체가 돈으로 끊임없이 치환되는 치욕적이고 고통스러운 삶을 시작한다. 정도상은 충심의 소박한 행복을 파괴하는 "인신 매매"의 참혹한 사실을 말하며 이것이 "그들 스스로의 실존적 상황 때문이 아니라 누군가의 '요청과 의도'에 의해서 구성되고 존재하는" 일종의 "기획"이라고 말하지만, 소설의 서사는 그렇게만 읽히지 않는다. 삶의 주인은 자기 자신이라는 자율성의 기획이 단절되고, 개인의 노력보다는 출신 성분이나 당성黨性이 보다 중요한 요인이 되는 사회, 체제에 대한 약간의 망설임이나 비판이 용서되지 않는 정치적 체제, 전면적 가난에 의해 자신의 육체라도 조각내 팔지 않으면 안 되는 경제적 상황, 이것을 "실존적 상황"이라고 지칭할 수 없다면 과연 무엇이라고 말할 수 있을까? 정도상의 의도와는 달리 이것은 북한의 주민을 국경 밖으로 내모는 "실존 그 자체"이다.

「찔레꽃」은 탈북자 '충심'이 남한에 정착한 후 겪게 되는 삶의 신산한 모습을 그리고 있다. 고향인 함흥에서 남양, 해림, 선양, 옌지를 거쳐 남한에 정착한 충심은 은미란 이름을 쓰며 소래포구 근처의 노래방에서 도우미 일을 하며 살고 있다. 두만강변의 밤안개 속을 거닐며 사랑하는 재춘 오빠와 "음악학교를 졸업하고, 선전대에 들어가 노동자와 인민을 위로하며 살아야겠다"(65쪽)는 소박한 포부를 속삭이던 충심의 꿈은 퇴락한 소래포구 근처의 노래방에서 "타인의 즐거운 노래에 장단을 맞추며 사는 인생"(202쪽)으로 전락한다. 인천공항으로 입국하며 "무엇이든 할 수 있을 것만 같"고, "하고 싶은 일을 하며 살 수 있다는 꿈"(202쪽)을 꾸던 충심이 탈북자 교육을 담당하는 '하나원'을 퇴소하자마자 알게 된 것은 자신이 남한이란 사회의 "이방인"에 불과하다는 사실이다. 탈북자들은 "같은 민족"이기에 남한에 거주하는 민족적 타자들보다 당연히 우월한 사회적 관계에 위치한다고 상상하지만 실제로는 "외국인노동자보다도 차별이 더 심"한 대우를 받고 있다. 충심의 진술처럼 "한국에서 산다는 것은 상상 이상으로 힘에 부쳤다." 충심의 "상상"이란 말할 것도 없이 무엇이든 할 수 있고, 하고 싶은 일을 하며 살 수 있다는 삶의 충만한 '가능성'을 남한에서 찾을 수 있다는 믿음이다. 하지만 이런 믿음은 삶을 유지하기 위해서 필요한 돈을 마련하는 냉혹한 현실에 놓이자마자 급속하게 붕괴한다. 남한에서의 가능성이란 자본의 유무에 따라 결정되는 사항이기 때문이다. 충심은 이러한 남한의 사회에서 스스로의 실존을 지키는 방법으로 모든 것이 돈으로 치환되는 시스템에 대한 저항을 선택한다. "세상에는 돈으로 해결할 수 없는 것이 하나쯤은 있어야 했다. 돈만 있으면 무엇이든 할 수 있다는 오만한 세상에서 혼자 산다는 것은 수모를 견디는 나날의 연속이었다."(203쪽) 그것은 "모멸감"을 견디기 위해 바라본 모텔의 천장에 그려진 별자리와 같은 "엄마의 목소리"이며, 자신을 존중해주고 이를 "사랑"이라고 표현하는 '최'와의 관계이다. 하지만 충심은 그 "하나"를 지키기 위해 "몸까지 팔"고, 조선족과 위장 결혼하면 "지금 당장 사만 위안"을 주겠다는 갑봉의 제안을 거절하지 못한다. 남양에 있는 엄마와 간단하게 대화한 후 "허탈감"에 빠진 충심은 스스로의 삶을 다시금 결정하겠다는 의지를 보이며 대학 입학을 준비하려 한다. 소설의 마지막은 충심의 신산한 삶과 생의 의욕을 상징하는 '찔레꽃'의 모습을 보여주며, "찔레 잎사귀가 바람에 살랑거리고 있었다"(221쪽)는 구절로 끝난다. 하지만 이것은 해체된 가족을 재결합시키려는 열망과 새로운 삶의 희망에 대한 제시를 통해 "삶의 온전성"을 회복하고 있는 충심의 모습을 낙관적으로 보여주는 결말인가? 이미 찔레꽃은 죽은 아버지처럼 "바삭바삭하게 말라 있"지 않았던가. 함께 탈북 하였지만 처참하게 죽은 이종사촌 미향의 죽음을 말하지 않고, 모멸을 참으며 살아가는 삶을 거짓으로 위장하려는 충심의 시도가 계속 진행될수록 "무언가가 울컥 치밀어"오르는 분노와 "허탈감"은 더해 갈 것이다. 가족을 회복하려는 충심의 열망이 깊어지면 깊어질수록 충심의 삶은 찔레꽃처럼 메말라 갈 것이며, 그것은 결국 충심의 생명마저 요구할 것이다.

정도상의 의도와는 달리 「찔레꽃」의 서사는 가족의 회복을 위한 충심의 노동이 진행되면 될수록 그것이 충심의 실존적 상황을 악화시키고 마침내는 원초적 "삶의 온전성"을 담보하는 육체마저 파괴할 것이라는 사실을 알려준다. 충심이 "삶의 온전성"을 지키기 위해 먼저 취해야 할 행동은 가족의 회복을 위해 미향의 죽음을 인식하지 못하게 만드는 보다 정교한 환상의 방식을 고안하는 것이나, 더 많은 돈을 마련하는 것이 아니라, 정도상이 「작가의 말」에 적은 것처럼 "그들 스스로 가족을 비롯해 삶을 구성하는 모든 요소를 복원하도록 지원하되 간섭하지 않는" 태도를 갖는 것이다. 그것은 오히려 정도상의 의도나 민족문학을 지지하는 문학종사자들의 지향과는 달리 가족의 서사를 전도하거나 탈신비화할 때 가능해 진다.

3. '자본'과 '국가'를 통한 사유의 심화: 전성태의 경우

전성태가 상상하는 민족이라는 공동체의 원상原象은 『국경을 넘는 일』(창비, 2005)에 수록된 「한국의 그림」이란 단편에 잘 표현되어 있다. 「한국의 그림」은 걸개그림의 개척자인 김대호의 이야기이다. 1986년, 한 무리의 청년화가들이 경찰서에 잡혀왔다. 그들은 도심의 빌딩 벽에 상생도相生圖라는 "한반도의 형상을 한 태극기를 배경으로 남과 북의 동포들이 서로 손을 잡고 한바탕 신명나게 춤을 추는 내용"이 담긴, "그림배경으로는 진달래가 만발"(63쪽)한 벽화를 그렸다는 이유로 연행되었다. 경찰은 이를 통해 정국의 반전을 시도하려는 의도로 "화가 간첩단 사건 조작"(63쪽)을 도모한다. 이들과 함께 연행된 김대호는 화가가 아니라, 작업대를 설치하러 온 목수라고 항변하지만 경찰은 이를 받아들이지 않고 진달래꽃의 숫자가 죽어간 열사의 숫자와 같다는 둥, 태극기의 적색이 큰 이유는 적화통일을 의미한다는 둥 사건의 조작에 골몰한다. 수감 후에 심문과 재판이, 그 후에 범죄가 저질러지는 기묘한 상황에서 김대호는 자신의 상황을 자각하며 스스로의 주체성을 감지한다. 김대호는 "피를 흘리며 쓰러진 대학생의 사진이 신문 일면에 메우고 있"는 것을 보고 "사진 속 대학생이 마치 자신의 모습이라도 되는 양 격정에 휩싸"(79쪽)여 나무판자에 판화로 신문의 사진을 새긴다. 이를 계기로 김대호는 '걸개그림'이라는 민중예술의 개척자가 된다. 부조리한 사회적 현실의 체험을 통해 자연스럽게 주체의 개인성과 역사성이 결합하고 이것이 시대의 아픔과 타인의 고통에 동감하는 예술로 승화하는 것이다. 「한국의 그림」은 전성태가 지향하는 예술과 역사의 '상생'적 결합이며, 그가 상상하는 전형적이지만 건강하고 아름다운 네이션의 재현에 해당한다. 흥미로운 것은 「한국의 그림」 이후 전성태의 소설은 익숙한 관찰과 재현의 경계를 넘어 다른 방식으로 전개된다는 사실이다. 이러한 전성태의 속내는 『국경을 넘는 일』에 수록된 「작가의 말」에 진솔하게 담겨 있다.

고향의 언어는 그런 연장이었다. 그런 언어를 입은 자는 세상을 어떻게 대할까? 올려다보고 산다는 게 맞을 것이다. 서울이 북쪽이라서가 아니라 생이 북쪽인 탓이다. 삶이나 사람을 좀처럼 맞보거나 내려다보지 못한다. 일말의 회의도 없이 경전을 대하는 신도처럼 외부세계에 대해 일단 접고 들어간다. 그래서 철두철미하다거나 본때 같은 걸 시원스레 보여줄 여지가 별로 없다.

그건 어쩌면 오늘을 살아가는 작가로서는 큰 결핍일는지 모른다.

(…중략…) 나는 때로 내 옷이 누추하다고 느끼곤 했다. 언어에서 몸에 이르기까지 나의 믿음들이 진실일까 회의했다. 나는 근대적 자의식이라는 말을 무슨 병통처럼 어금니 깊숙이 물고 지냈다. 근대적 자의식이 없거나 희미한 나 자신을 계속 들여다봐야 했다. 그건 몸의 문제였고, 따라서 실존의 문제이기도 했다. 국경을 넘는 자처럼 제 마음부터 넘고 봐야 했다. 모든 걸 새로이 극복해야 했고 자주 피로했다. 여러 군데서 균열이 생겼다. 언어는 매서워졌고 때로는 스스로 그 예각에 찔려 황폐함마저 맛보곤 했다. 걷고 있는 길이 어디로 향하는지 몰라 당황할 때도 있었다. (233~234쪽)

전성태는 이 글에서 익숙한 "고향"을 떠나 "북쪽"의 세계 속에 있었다고 말한다. 그곳에서 자신은 "일말의 회의도 없이 경전을 대하는 신도처럼 외부세계"를 전형적으로 재현하는 소설가였다. "고향", "북쪽", "경전" 등의 단어는 80년대 대학가의 주도적 사상기조였던 특정한 시각을 암시하는 어휘로 읽히지만 이에 대한 단정적 판단은 하지 않겠다. 문제는 전성태 자신이 이러한 방식을 전형적이라 판단하고, 이를 통한 문학 창 창서 어떤 "결핍"을 느끼고 있다는 점이다. 자신의 소설가적 입장이, 그 구체적 재현물인 소설이, 누추하다는 인식에서 벗어나기 위해 전성태는 "근대적 자의식"을 고민하고 이를 고통스럽게 사유한다. "몸의 문제"이고, "실존의 문제이며", 국경을 넘는 존재론적 월경越境에 비견하는 "근대적 자의식"이 어떠한 형태인지 이 글을 통해서는 어렴풋하게 짐작할 순 있지만 뭐라 단정하긴 어렵다. "근대적 자의식"이라는 말로 표현되는 회의와 자각의 과정이 무엇인지는, 그 결과가 어떻게 반영되었는지는 『국경을 넘는 일』 이후 출간된 『늑대』(창비, 2009)에서 찾아야 할 해답이다.

전성태는 세 번째 단편집 『늑대』에서 몽골을 "거울"이라고 지칭한다. 전성태에게 몽골은 광활한 대지와 인간의 상대적 고독감으로 환기되는 여행자의 장소만이 아니다. 그가 "되비춰주는 거울"이라고 표현했듯이 몽골은 타자와 자아, 외부와 내면에 대한 다각적 관찰과 성찰이 가능한 곳이다. 이 작품들에 대한 독해를 통해 전성태가 "근대적 자의식"이라고 지칭했던 특정한 사유의 방식을 살펴보는 것은 분명 흥미롭다. 이는 전성태가 고통스럽게 고백했던 예술가적 자의식의 구체적인 양상을 알려주는 것인 동시에 전성태 소설을 해석하는 데 있어 중요하게 참조할 수 있는, 말 그대로 "몸"과 "실존"의 문제이기 때문이다.

이러한 "근대적 자의식"을 가장 잘 보여주는 작품은 단연 표제작인 「늑대」이다. 대초원을 무대로 하고 있는 이 작품은 다양한 인물들의 진술이 마치 상념의 연쇄를 이어가듯 진행된다. 몽골의 대초원은 "시장경제"로 전환되는 것과 동시에 빠르게 변해 갔다. "초원에서 별들에게 길을 물었던 전통"(38쪽)은 사라지고, 손님을 맞이하던 정성과 인심도 돈으로 치환된다. 목자는 아스팔트 포장길을 내려다보며, "그 검은 혓바닥이 자본의 그것처럼 여겨"(38쪽)진다고 읊조린다. 이제 사람과 가축과 자연이 공존하던 시대는 끝났다. 그곳에 한국인 사업가가 사냥꾼과 여자를 대동하고 찾아온다. 그는 "늑대의 악령"에 들린 듯 "검은 정염"을 뿌리는 인간이다. 자연스럽게 나이를 먹어 촌장이 된 목자는 한국인 사업자가 지닌 "잉여물을 독점한 자가 필연적으로 맞게 되는 퇴폐성"에 자신의 영혼이 매혹당하고 있음을, 그로 인해 육체마저 망가지고 있음을 알게 된다. 한국인 사업가는 자수성가한 사람으로 자본의 역동성을 제어하는 국가의 시스템에 열정을 잃은 사람이다. "국가가 없어지면 얼마나 좋을까, 생각한 적이 한두 번이 아니랍니다. 도대체 누가 국가에 그런 권력을 주었는지 묻고 싶을 따름이었습니다. 국경이 사라지고 그저 자본의 의지만으로 굴러간다면 얼마나 신이 나겠습니까."(46쪽) 한국인 사업가가 다시금 활력을 느낀 곳은 몽골이라는 자본의 미개척지이다. 그는 서커스 사업을 하며 몽골의 초원을 유랑하고 자신이 가진 자본의 "검은 정염"을 통해 초원의 삶을 파괴하는 인간이다. 그는 검은 늑대를 찾아 이곳으로 왔지만 늑대는 우연히 다른 사람의 손에 죽음을 맞고 그는 자신이 사랑했던 실어증 곡예사 허와의 육체가 촌장의 딸의 손에 열리는 것을 보며 그녀를 죽인다.

각 인물의 인생여정이 담긴 방대한 서사를 압축한 것 같은 「늑대」의 이야기는 장을 달리하며 전환되는 화자의 목소리를 통해 전달된다. 몽골인 촌장, 사원의 라마승, 한국인 사냥꾼, 실어증의 곡예사 허와, 심지어 늑대의 떠도는 영혼까지 화자로 등장시키며 전성태는 둔중한 표준어의 울림을 통해 이들의 정염과 내면의 흔들림을 사변적인 방식으로 써내려간다. 과연 이러한 단어와 개념을 몽골인 촌장이 구사할 수 있을까 묻는 것은 좋은 질문이 아니다. 이러한 화법은 개인이 뿌리 내리고 있는 지역공동체의 유순한 방언을 통해 각자의 인물에게 나름의 특성을 부여하는 리얼리즘의 방식이라기보다는 유장하며 끝없이 연계되는 공통언어적인 내면의 울림이기 때문이다. 몽골 초원의 매서운 바람이 한 인간의 귓가를 스치며 그 정념을 내어 다른 인간의 들숨으로 들어가는 것처럼 언어와 그 언어를 매개로 한 사변의 무게는 때론 둔중하게 인물들 간의 관계를 내리누르고 때론 섬세하게 그들의 심적 흔들림에 공명한다. 「늑대」는 기존의 전성태 작품에서는 찾아볼 수 없는 사유를 담고 있다. 인간과 자연이 공존했던 아름다웠던 시대에 대한 진술과 이것이 역사적으로 몰락하는 과정에 대한 전성태의 시선은 단편적인 사건과 인물에 집중했던 과거의 서사와는 전혀 다르다. 전성태는 '자본'과 '국가'에 대한 탐색을 통해 역사를 재인식하고 있다. 이러한 변화를 통해 알 수 있는 것은 전성태가 고통스럽게 사유했던 "근대의 자의식"이라는 것이 인간의 육체와 실존을 관통하는 '자본'과 '국가'라는 사실이다. '자본'과 '국가'에 대한 사유는 '민족'에 경도되어 마치 "경전을 대하는 신도"처럼 전형적으로 표현했던 전성태의 서사를 보다 깊고 폭넓은 것으로 전환한다. 그중 「목란식당」은 남한과 북한의 문제를 '자본=네이션=스테이트'의 복합적 구조로 다룬 2000년대 문학의 수작秀作이다. 소설은 울란바타르 시내에 위치한 북한 직영 식당 "목란"을 공간적 배경으로, 북한의 지하 핵실험이 행해지면서 급격하게 남북관계가 냉각된 2006년을 시간적 배경으로 하고 있다. 전성태는 목란식당을 찾는 각기 다른 삶의 내력을 가진 남한의 사람들의 모습을 통해 북한과 민족에 대한 문제의식을 던지고 있다. 소설의 화자인 '나'는 울란바타르에서 여행사를 하며 살아가고 있다. '나'는 글로벌한 자본이 몽골로 진주하고 있다고 판단한다. '나'는 이러한 자본의 모습을 "새로운 문명"으로 인식하고 "왠지 기업이 국가를 능가하는 이념체제로 바뀌고 있다는 인상, 글로벌 경영이라는 개념이 막연한 구호가 아니라 자본의 의지에 의해 낡은 구조를 깨고 있다는 확신"(17쪽)을 느끼며 자신은 이러한 신자유주의적 경쟁에서 탈락하고 몽골로 도망쳤다는 자의식에 무력감만을 느낀다. 과거 "잘나가던 화가"였던 화자의 삼촌은 "십여년 전 북에 다녀온 적"이 있다. 삼촌은 "묘향산과 금강산 외에 다른 곳에서 목격한 사실을 그리면 안"(12쪽)된다는 서약을 어기고 이를 그림으로 그린다. 이를 계기로 자신을 동행했던 사람들은 정치적 처벌을 받는다. 이 사건에 대한 자책감으로 인해 삼촌은 절필을 하게 되고 울란바타르에서 그음의 조선인 화가에 대한 소식을 수소문하며 살아간다. 흥미로운 것은 화가였고 방북을 계기로 절필을 선언한 삼촌의 사연이다. 과거의 전성태라면 「한국의 그림」에서 그랬던 것처럼 이를 민족의 절절한 사연이 담긴 한편의 풍경화 같은 단아한 형태의 단편으로 완성했을 것이다. 그러나 전성태는 이러한 마음을 접고 이를 인물의 내면과 입장을 설명하기 위한 에피소드로 활용한다. 이는 전성태의 사유가 깊어지고 창작의 방식이 확실히 여유로워졌다는 사실의 단적인 반증이다. 교민신문에 실린 목란식당의 광고를 보며, "얼마나 보기 좋냐? 이런 데 나란히 실리니까 한동포라는 게 실감나지 않니?"라고 감격에 찬 어조로 말하는 삼촌과 "식당은 식당"(18쪽)이라고 말하는 '나'는 각기 다른 민족적 지향을 가지고 있다. '나'에게 목란식당은 그저 그런 한식집의 하나일 뿐이고, 삼촌에게는 민족의 "담담한 맛"을 느끼게 해주는 특별한 장소이다. 목란식당에 "공훈 냉면요리

사" 부임했다는 소식이 전해지며, '나'와 삼촌은 그곳으로 찾아간다. 목란식당에서 '나'와 삼촌은 과거 학생운동의 추억을 향유 과거목란 식당의 "접대원 동무"들을 자본주의 사회의 술집 종업원처럼 대하는 타락한 386세대, "조국의 안보"를 위한 기도회를 가지기 위해 몽골을 방문한 극우 기독교 단체, "한국 요식업계의 발전"을 설파하는 교민 식당사장 등을 만난다. 그리곤 이들의 내면에 깃든 '민족'에 대한 각기 다른 인식의 차이를 본다. 중요하게 언급하지 않을 수 없는 것은 이들이 갖고 있는 북한에 대한 상이한 인식의 기반에는 네이션에 대한 경제적 (무)의식이 있다는 사실이다. 다시 한 번 가라타니 고진을 참조하자면, 국가나 네이션은 네 가지 교환의 양식을 가지고 있다. 산업자본주의 경제가 형성한 도시적 '상품교환'과 봉건국가의 양식인 '수탈과 재분배', 공동체의 방식인 '호수제', 그리고 국가, 공동체, 자본주의를 극복하는 '유토피아'적 원리인 어소시에이션association의 교환 방식인 'X'가 그것이다. 이를 인식하지 않고 상품교환의 방식만으로 국가와 네이션을 사유하는 것은 이를 신비화하는 일과 다를 바 없다 (가라타니 고진,『네이션과 미학』). 국가나 네이션이 형성하는 숭고함이나 강력한 종속감은 사실 호수적인 교환에서 발생한다. 국가는 권력의 지속을 위해 '수탈과 재분배'를 '증여와 답례'라는 호수적 교환의 모습으로 위장한다. 호수제에 기반한 증여와 답례는 상대적으로 교환의 의무를 다하지 못한 타자에 대한 지배—피지배의 관계를 형성한다. 북한이 정치적으로 기반하고 있는 국가에 의한 생산물의 분배는 당연히 증여의 형식을 갖는다. 이것을 고려하지 않고 북한 주민이 국가에 대해 갖는 과도한 감정을 이해하려 하는 것은 쉽게 종교적 신비화에 대한 오해로 변질된다. 타락한 386세대로 읽히는 취객들은 "북한 동포들은 우리를 너무 몰라. 우리가 세금을 얼마나 많이 바쳐서 북으로 보내는 줄 모를 거야. 동포들을 위해서 군소리 없이 보낸단 말이야. 근데 당신들은 그걸 모르는 것 같애. 아, 속상해요"(23쪽)라고 속내를 가감 없이 내비친다. 취객들은 대북지원사업이 형성한 '증여'의 관계로 남한과 북한을 인식한다. 그들이 북한의 접대원들을 술집의 종업원처럼 대하는 태도—여기에는 '팁'이라는 자본주의적 증여가 형성한 지배관계가 담겨 있다—와 어린 아이를 달래는 듯한 거만한 말투에는 이러한 증여가 수반한 지배적 권위가 담겨 있다. 이에 비해 기독교 단체의 목사는 북한을 폭압적 수탈과 불균등한 재분배의 교환양식을 가진 후진 사회로 인식하고 있다. "당신네 장군님", "조국", "민족", "백성", "사탄" 운운하는 그의 어휘는 그가 기본적으로 봉건적이며 종교적 사유구조를 통해 국가를 파악하고 있다는 사실을 알려준다. 반면 "식당은 정치적으로 휘둘려선 안됩니다. 식당은 식당입니다"라고 말하며 "한인 요식업계의 발전"(30쪽)을 외치는 교민 사장은 산업자본주의가 형성한 상품 교환의 관계에서만 남한과 북한을 바라보고 있다. 이는 식당을 나가는 기독교인들에게 "여긴 그저 밥 먹는 식당입니다"라고 다독이는 삼촌의 태도나 "목란은 그냥 식당인데"라고 혼잣말을 하는 '나'의 인식과 같다. 국가의 다른 교환 양식을 이해하지 못하는 삼촌에게 네이션은 정서적 교감이나 미각을 통해 환기되는 아득한 정념의 공동체이다. 하지만 자본이 국가를 능가하는 이념의 체계로 전환하고 있다고 판단하는 '나'에게 있어 국가는 갑갑한 과거의 시스템에 불과하다. 「목란식당」에 대한 분석에서 확연하게 인지할 수 있는 것은 '네이션'을 바라보는 전성태의 시각이 '자본'과 '국가'의 사유를 통해 과거와는 비교도 할 수 없을 만큼 깊어지고 넓어졌다는 사실이다. 지금의 전성태에게 '네이션'은 「한국의 그림」에 등장하는 '상생도'처럼 민족적 당위를 담고 있는 순박한 방식으로 재현될 수 있는 사항이 아니다. 「목란식당」의 다종한 인물 군상이 설파하는 것처럼 전성태를 이를 '자본=네이션=스테이트'의 복잡한 구조로 파악하고 있다. 분명한 것은 이러한 전성태의 "근대적 자의식"이 보다 정치하고 섬세한 방식으로 국가와 네이션의 문제를 다룰 것이라는 사실이다. 이는 한 단계 격상된 한국문학의 사례가 될 것이다.

4. 산개와 실재의 상상력

2000년대 이후 문학에 있어 '민중'이란 역사적 주체 인식, '민족'이란 공동체의 구속력은 그 힘을 잃고 있다. '민족문학'의 상상력이 옅어진 이후 등장한 소설의 면모를 살펴보는 것은 이러한 이탈적 경향의 윤곽을 잘 보여준다. 은희경의『비밀과 거짓말』(2005)이나 신경숙의『엄마를 부탁해』(2008)는 민족문학의 대표적 내러티브였던 가족 이야기를 다시 쓰며 민족의 축소판이라고 여겨지던 가족의 의미에 회의적 시선을 던지고 있다. 2000년대 한국문단에 혜성과 같이 등장한 박민규는『삼미 슈퍼스타즈의 마지막 팬클럽』(2003)을 비롯한 일련의 작품들에서 '민중'이라는 역사적 주체와는 구별되는 이방인, 낙오자를 전면에 내세우며 이들의 희망과 절망을 섬세한 필치로 그리고 있다. 강영숙의『리나』(2006)는 어떤가? 강영숙은 국경을 넘은 어린 소녀의 고통스런 여정을 치밀하게 탐색하며, 탈북과 남한으로의 정착이라는 통속적 해석에 저항하는 방식으로 이주와 망명, 자본의 폭력과 착취를 전 지구적 사태로 인식하고 있다. 김영하의『빛의 제국』(2006)은 갑자기 귀환을 명령받은 남한의 고정간첩 김기영의 하루를 조이스의『율리시스』와 같은 방식으로 구성하며, 이를 통해 IMF 이후 전혀 새로운 국가로 변해버린 남한이라는 사회의 자본주의적 모습과 주인공의 모든 도주와 저항을 부처님 손바닥 위에서 벌인 손오공의 몸부림처럼 보잘 것 없는 것으로 만들어버리는 관료주의적 시스템에 대한 탐색을 통해 탁월한 문학적 성취를 이룩하였다. 이는 기존 문학의 우세종이었던 민족주의와 문학의 결합에 대한 패러디와 저항이고, '자본=네이션=스테이트'의 결합체인 국민국가의 복합적 구조에 대한 탐색이며, 이에 대한 새로운 미학적 재현이라고 볼 수 있다. 흥미로운 것은 민족문학 계열에서 높게 평가하는 정도상의『찔레꽃』연작이나, 전성태의『늑대』에 담긴 몽골 연작도 네이션의 미학적 재현에 있어 두드러진 성과를 보이고 있다기보다는 더 이상 네이션의 단독적 재현이 의미 있는 것으로 여겨지지 않는 시대에 한국문학이 놓여 있음을 알려주고 있다는 사실이다. 다르게 말하자면 이들의 문학적 성취는 네이션의 재현에 성공하고 있는 것이 아니라, 역설적으로 그것에 실패하고 있음으로 인해 네이션이 스테이트와 자본의 복합적 구조를 가지고 있다는 것을 밝혀주고 것에 있다.

정도상의 『찔레꽃』 연작은 기본적으로는 외부적 힘에 의한 가족의 해체와 고통스런 재결합의 양상으로 읽힌다. 이는 쉽게 민족문학의 대표적 서사인 가족 이야기의 외양으로 보인다. 하지만 등장인물의 현실과 실존의 모습을 세밀하게 담으려는 리얼리즘적 자세로 인해 이들 소설에는 기본적 서사를 충족하고 남는 잉여의 세목들이 존재한다. 이러한 잉여를 정치적으로 읽을 때 『찔레꽃』의 가족주의적 서사는 역전된다. 충심이 가족을 회복하려는 시도를 실행할수록 고통은 가중되고, 삶은 참혹한 지옥과 같은 것으로 변한다.

전성태의 『늑대』는 어떤가? 여기에는 "근대적 자의식"이라고 할 수 있는 '자본'과 '국가'에 대한 사유를 통해 정치해지고 깊어진 네이션의 미학적 재현이 담겨 있다. 이는 과거와 같은 산재한 것들을 하나의 중심으로 모으고 결합시키는 융합적 상상력 아니라, 모인 것들을 산개하고 숭고한 것들의 외양을 찢어 그 처참한 실재를 드러내는 방식이라고 할 수 있다.

아직도 '민족'을 사유의 중심에 놓고 문학의 의미를 찾는 문학종사자들의 순박한 바람과는 달리 네이션의 미학적 재현은 기존의 민족문학에서 중요하게 설파한 중심 서사에 대한 패러디와 탈신비화로 진행될 것이며, 네이션이 은폐하고 있는 자본과 국가 시스템의 문제에 대한 심층적 고찰을 통해 이들의 견고한 결합에 균열을 가하는 방식으로 진행될 것이다. 그런 의미에서 네이션의 미학적 재현은 이후 한국문학의 중요한 과제라고 할 수 있다. 國

서희원
1973년생. 문학평론가. 동국대 강사. 2009년 《문화일보》, 《세계일보》 문학평론 당선.
mazegaze@naver.com

<우리 시대의 상상력>에서 언급했던 작가들

2호(2004.11) ::::: 소설가 김 훈
3호(2005.06) ::::: 소설가 천운영
4호(2005.12) ::::: 소설가 박민규
5호(2006.06) ::::: 소설가 공선옥
6호(2007.01) ::::: 시 인 김신용
7호(2007.08) ::::: 소설가 공지영
9호(2009.04) ::::: 소설가 이승우

이승우

김 훈   천운영   박민규   공선옥   김신용   공지영

우리 시대의 상상력
소설가 전성태

소설가 전성태

1969년 전남 고흥 출생.
1994년 〈제1회 실천문학신인상〉에 단편 「닭몰이」로 등단.
1997년 중앙대학교 문예창작학과 졸업.
1999년 대산창작기금을 수혜, 소설집 『매향(埋香)』 출간.
2000년 신동엽창작상 수상.
2003년 평전 『김주열』 출간.
2005년 소설집 『국경을 넘는 일』 출간, 장편소설 『여자 이발사』 출간.
2006년 3인르포집 『길에서 만난 세상』 발간.
2009년 제비꽃서민소설상 수상, 소설집 『늑대』 출간.

'전성태'에 대해 알 만큼 안다고 생각하신다면

참석자 : 전성태 이선우

전성태 : 소설가(jstroot@hanmail.net)
이선우 : 문학평론가, 본지 편집동인(damdam328@naver.com)

일시 : 2009년 9월 23일
장소 : 중앙대 흑석동 연구실

左 : 이선우, 右 : 전성태

소설집 해설을 쓴 사람이 해당 작가와 대담까지 진행한다면, 그 작가에 대한 애정이 지나치다고 생각될까? 2009년 9월 23일 3시 45분, 그를 기다리다가, 뒤늦게 그런 생각을 했다. 해설을 쓰면서 궁금했던 점도 많았고 이런 저런 이유로 해설에 쓰지 못했던 이야기들도 적잖아서 한번쯤은 작가와 만나 이야기를 나누고 싶었다. 그런데 역시, 너무 쉽게 생각했던 것일까?

한 번 그런 생각이 들자, 온갖 소심한 걱정들이 다 몰려들었다. 『늑대』(창비, 2009) 출간 이후 그는 이미 여러 매체들과 인터뷰를 진행한 바 있는데, 혹 그가 다른 곳에서 이미 했던 이야기들만 골라 내가 다시 물어보는 것은 아닐까. 새로운 관점은 하나도 제시하지 못하고 해설에서 했던 이야기나 우려먹으면서 하나마나한 대담이나 진행할 바에는 지금이라도 다른 사람에게 대담을 부탁해야 하는 것은 아닐까, 손톱을 깨무는 찰나! 그가 도착했다. 그리고 알았다, 나 혼자 괜한 걱정을 하고 있었다는 것을. 오늘 대담의 주인공이, 다름 아닌 소설가 전성태라는 것을 잊고 말이다.

질문지는 필요 없다고 그가 사전에 말했음에도 불구하고 나는 A4지 열 장 분량의 질문을 준비해놓고 있었다. 순서와 체계가 있었고 강약과 템포, 주제와 변주가 있었다. 물론, 그가 아니라 나를 위한 것들이었다. 그 질문지가 무용지물이라는 것을 깨닫는 데는 오랜 시간이 걸리지 않았다. 그는 내가 정한 순서와 체계에 상관없이, 스스로 강약과 템포를 조절하며, 훨씬 더 풍부한 주제와 소재들로 자연스럽고 진솔하게 이야기를 이끌어갔다.

내가 준비한 첫 질문은, 매우 식상한 것이었다. 그 일단을 옮기면 대략 다음과 같다. '스물다섯 젊은 나이에 작품 활동을 시작(1994년 「닭몰이」로 『실천문학』 신인상에 당선)했으니 올해로 등단 15년차에 접어든 중견작가다. 그 사이 펴낸 책은 소설집 세 권[1]과 경장편소설 한 권.[2] 일 년에 단편소설 두 편 꼴이니 과작(寡作)이라는 평가가 많다. 다른 일이 많았던 건가, 소설에 대한 자기 검열이 심했던 건가.' 의외로 그는 자신의 게으름을 털어놓았다. 단순했지만, 미처 생각하지 못했던 대답이었다. 그의 작품들은 대개 밀도가 높은 편이라고 생각했기 때문일까, 솔직하다는 생각보다 이상하다는 생각이 먼저 들었다. 게으를 수밖에 없었던 어떤 이유가 있었던 것은 아닐까. 다시 질문이 이어졌다. 그렇게 세 시간, 이야기가 오갔다. 시간이 우리를 말리지 않았다면, 끝없이 계속되었을 그 이야기들을 두서없이 여기 옮긴다.

---

1) 『매향』(실천문학사, 1999), 『국경을 넘는 일』(창비, 2005), 『늑대』(창비, 2009).
2) 『여자 이발사』(창해, 2005).

1. 과정으로서의 글쓰기

전 항상 그런 상태에 놓여 있다고 생각했어요. 지금은 방황의 시기고, 새로 몸이 만들어져서 진짜 작가로서 내가 할 수 있는 작업이 뭔가 있을 것 같다고. 그런데 그게 아니라는 거죠.

이선우 게으름에도 이유가 있을 법한데요.

전성태 사실은, 작가가 되고 나서 뭔가 해결해야 할 과정들이 계속 있었는데, 『늑대』 낼 때까지, 아니 지금까지도 그 과정인 것 같아요. 작가가 되면 본격적으로 뭔가를 써야 되겠다, 그런 작심으로 작품을 쓰지도 않았지만, 작가가 되자마자 늙어버린 느낌, 내가 필요한 작가인가? 이런 당혹스런 자의식을 갖게 되었어요. 당시 시대적인 분위기가 있었지요.

이선우 지난 세대에 속한 작가라고 생각하신 건가요?

전성태 그렇죠. 80대식 리얼리즘의 자장 안에서 집단창작팀에서 공부도 하고 그랬는데, 내가 등단을 하자마자 시대가 바뀌었잖아요. 94년이니까. 한창 신세대문학에 대한 논의도 있었고. 그래서 내가 주류가 되느냐 마느냐 하는 고민보다 내가 진짜 필요한 작가인가, 내가 써야 할, 쓸 수 있는 이야기들이 이 시대에 필요한 것인가에 대한 고민이 하나 있었어요. 또 어떤 고민이 찾아왔느냐 하면, 나 자신의 정체성을 진짜 고민해야 됐어요. 훈육이 잘된 모범생이라는 자의식이 들었지요. 대학에 입학하기 전까지는 제도교육에 훈육이 잘 되어 있었고, 대학에 와서는 그것에 저항하고자 했던 운동권 논리에도 훈육이 잘 되었어요. 그래서 등단하고 나서 나 자신을 이루는 것들을 분리해내야 했어요. 어떤 것이 내 것이고, 어떤 것이 주입된 것인지 알아야 했으니까. 의식이나 무의식에 있는 모든 것들을 다 털어봐서 거기서 제 진짜 모습을 찾아야만 될 것 같았지요. 그것이 문학적으로는 나 자체가 낡았다, 내가 너무 낡았다는 자의식으로 작용했어요. 사실 제 입장에서는 그런 과정이, 그것을 털고 나가야만 그 다음에 내가 진짜 쓰고 싶은 글을 쓰는 작가로서 새로 태어난다는 생각을 가졌어요. 그러다 보니까 본격적으로 달려들지 못했죠. 그때는 작품을 쓰면서 길을 찾는다, 이런 생각은 못했던 것 같아요. 어쨌든 작가의 길을 놓지 않아야 한다는 생각을 가지고 있었지만, 쓰는 과정에서 내 길을 찾을 수 있다는 의식은 명료하지 않았던 것 같아요.

이선우 『늑대』까지가 정체성 찾기였다는 말씀이시군요? 소설적으로는 『국경을 넘는 일』에 그런 고민들이 많이 표출되어 있는 것으로 보이는데요. 그래서 그 후 몽골에 가셨던 게 아닌가 싶었어요, 뭔가 계기를 마련하기 위해서.

전성태 그러면 좋겠지만, 몽골 갈 때는 진짜 쉬고 싶었어요. 그즈음엔 결혼하고 애까지 태어났고, 뭔가 굉장히 떠밀려서 왔다는 답답증이 강렬했어요. 한번 끊어주지 않으면 안 되겠다는 생각이 들었죠. 또 저는 여행지에 가서 경험한 여행담을 소설로 쓰는 일에 대해 거부감을 갖고 있었어요. 소설에서 객관화할 수 없는, 거리를 둘 수 없는 것이 여행이라는 형식이다, 아마 이런 고전적인 관념에서 여행을 소설화하지 않겠다는 생각이 있었던 것 같아요. 그런데 몽골에서 전혀 예기치 않은, 제가 가지고 있었던 문제의식들을 흔드는 풍경들이 계속 눈앞에 펼쳐진 거죠.

이선우 어떤 풍경들이 기존의 문제의식들을 그렇게 뒤흔들던가요?

전성태 몽골은 거의 70년을 사회주의 국가로 있다가 1990년에 접어들어 시장경제를 도입한 나라예요. 두 체제에 대한 실감이 몽골인들의 기억과 도시의 유산으로 남아 있었지요. 저는 많은 몽골인들에게 시장경제로 갈아탔을 때 어땠는지 묻고 다녔어요. 저로서는 몽골이 체제를 상징하는 시험장처럼 다가왔어요. 이십대 이후 지속된 고민이었으니 저로서는 눈이 확 뜨일 수밖에요. 몽골은 뒤늦게 근대화를 하느라 아주 발 빠르게 움직이고 있는데, 그 혼란스런 사회상이 제게는 우리의 근대화 기억과 겹쳤고요. 저는 오래 전부터 개인과 집단, 농촌과 도시, 기억과 망각, 표준어와 방언 같은 문제들을 근대화의 자장 속에서 들여다보려고 했지요. 그리고 현실 사회주의 국가들의 실패가 마치 자본주의의 압승으로 선전되는 신자유주의체제에 우리가 살고 있다고 봤을 때, 신자유주의체제의 허울이나 악몽을 몽골에서 목격하기도 했어요. 한때 흔히 제2세계라고 했던 구 사회주의국가들이 맥없이 신자유주의체제에 빨려 들어가는 모습이 훤히 보였지요. 몽골이 한국이나 일본, 혹은 중국과 다른 근대화 모델을 세웠으면 하는 아쉬움이 드는가 하면, 지금 세계를 싣고 가는 세계체제는 어떤 약소국가에게도 불가항력적이지 않을까 하는 무력감도 들었습니다. 그리고 북한 식당을 드나들고, 남북을 동시에 겪은 몽골인들과 접촉하면서 저는 어쩔 수 없이 분단국가의 시민이라는 정체성에도 시달려야 했어요. 뿐만 아니라 몽골 초원이 주는 강한 자극이 대지, 욕망, 질서 따위를 근본적으로 생각해보게 했던 것 같아요.

이선우 처음 계획대로 재충전 하는 시간은 좀 보내셨나요?

전성태 글쎄요. 작가한테 재충전이라는 것은 휴식이 아니라 자극이지요. 지금 와서 생각해보니까 글을 쓰면서 재충전하는 게 맞는 것 같아요.

이선우 와, 진짜 작가다운 답변이시네요.

전성태 (웃음) 제가 아까도 정체성을 찾기 위해서 계속 몸부림쳤다고 했잖아요. 그런데 분리가 과연 가능한가, 요즘 그런 생각이 들어요. 자기부정이라는 성찰의 과정을 거치기는 해야 하지만, 관계 속에 놓인 개인이 과연 개인의 몸, 사회의 몸으로 명쾌하게 분리될 수 있느냐. 불가능하지 않겠는가 하는 생각이 들어요. 제가 지금껏 준비라고 여겼던 과정이라는 게 결국 평생 가지고 갈 제 문제의식이거나 정체성이 아닐까 하는 생각이 든다는 거지요.

이선우 방황이 정리가 된 게 아니라, 고정된, 완결된 하나의 정체성을 찾는다는 일 자체가 불가능하다는 것을 깨달았다는 말씀이시군요.

전성태 그 과정 자체를 쓰자, 이게 내 세계인가 보다. 그런데 그렇게 마음을 먹고 나니까 3부작을 하나 쓰고 싶은 게 생겼어요. 장편을 세개 묶어서.

이선우 그리고 보니 본격적인 장편소설이 없어요. 『여자 이발사』도 경장편이죠?

전성태 작가가 자기 작품을 부정하면 안 되지요. 그러나 저는 이 작품을 부정하고 싶어요. 어떤 기획 하에서 밀어내듯이 쓰고 말았는데, 많이 아쉬워요. 장편으로는 두 번째 소설쯤으로 쓰고 싶었던 작품이었는데 형편없이 쓰고 말았으니 독자들에게 부끄럽지요.

이선우 어떤 점이 그렇게 후회스러웠나요?

전성태 뒷부분을, 누가 화장실 문을 두드려서 얼른 나온 사람같이 썼어요. 원래 한 삼백 매를 더 나갔어야 하는 소설인데 말이죠. 뒤에 개작할 거예요. 독자들에게 예전에 실망을 끼쳐드려서 죄송하다고 사죄한 다음에.

이선우 그렇다면 아직 본격적인 장편은 없다고 봐도 되겠네요. 앞으로 나올 장편소설들을 기대하고 있겠습니다. 소설은 미리 계획을 완벽하게 하고 쓰시나요, 쓰면서 생각하시나요?

전성태 경우에 따라 다른 것 같아요. 어떤 작품은 결말의 한 문장에 이끌려 쓰기도 하죠. 예를 들면, 「매향」 같은 경우는 "요것들도 지들끼리 서로 정을 떼느라고 요렇게 차가운갑다"라는, 눈[雪]의 속성과 가족의 사별을 얘기하는 결말의 이 한 문장을 쓰려고 이야기를 끌어왔던 거고, 어떨 때는 대충 어떤 이야기를 쓰고 싶다는 기분으로 시작했다가 그 안에서 만들어져요. 오에 겐자부로 선생의 글이 위안을 주더군요. 오에 선생은 장편도 그렇게 쓰더라고요. 앞의 것들을 고치고 고치는 과정에서 스스로 소설이 자기 길을 찾아간다는 말이 만년 3부작과 산문에 나오던데, 참 위안이 되는 말이에요. (웃음)

2. 소설을 쓸 수 없었던, 문예창작학과의 학생

그래서 밑천도 없었고, 마치 폐간호에 등단한 작가가 된 것 같은 그런 느낌이었죠.

이선우 아까 집단창작팀에서 공부하신 적이 있다고 하셨는데, 중앙대 문창과의 '진군나팔' 말씀인가요?

전성태 네. 대학시절 진군나팔이라는 동아리에서 집단창작을 했어요. 집회를 하면 장편 서사시를 공동작업으로 창작해서 검은 광목천에 옮겨 집회장을 두르지요. 진군나팔이라는 데가 『실천문학』 89년 봄호에 「피어린 산하」라고, 남한 최초의 집단 창작 서사시를 발표했어요. 그 작품은 북침을 주장한다고 해서 공안정국의 탄압을 받았는데, 제가 입학하기 전에 창작되어서 저는 참여를 안 했어요. 진군나팔은 그 작품 창작 후에 문창과 내에 만들어졌어요.

이선우 집단창작에 대해서 선생님은 어떻게 생각하시나요?

전성태 저는 많이 못했어요. 사회과학과 문예이론 학습은 많이 했는데 1학년이라 집단창작에는 두어 번밖에 참여하지 못하고 군대로 도망갔어요.

이선우 우리 사회에서는 집단 창작에 대해 상당히 비판적이잖아요. 학교에서도 북한의 집단창작은 개인의 창의성을 저해한다고 가르치고. 저는 집단창작을 해 본 적도 없고 사회주의 리얼리즘도 제대로 공부하지 않았지만, '6.9 작가선언문'을 쓰는 과정이 일종의 집단창작 아니었나, 그런 생각이 들더군요. 선언문 치고는 꽤 뛰어났다고 생각하는데, 최대한 많은 작가들의 동의도 이끌어냈고. 집단 창작이 불가능한 영역도 분명히 있지만, 그 과정을 겪으면서 집단창작도 무조건 비판할 것만은 아니다 싶더군요.

전성태 예술의 창의성에 대해 보는 시각이 다르잖아요. 사회주의 리얼리즘에서 보는 창의성과 우리가 일반적으로 생각하는 창의성이 다른데, 그 당시에는 사회주의 리얼리즘에 입각해서 최고의 창작 방법이라고 생각했던 거고. 제가 가입한 계기는, 돌이켜보면 선배들한테 낚인 경우인데, 그런 것을 몰랐죠. (웃음) 제가 입학한 88년 말에 잠깐 북한 책들이 해금되었어요. 『꽃 파는 처녀』, 『민중의 바다』(원제: 피바다), 『한 자위단의 운명』 같은 북한 고전들. 제가 입시를 끝내고 그 『민중의 바다』를 읽고 있었어요. '집체창작'이라는 말이 책머리에 나와요. 그런데 마침 신입생 오리엔테이션 가는 버스에서 어느 선배가 집단창작에 대해 아느냐고 물었는데 손을 들고 보니 저만 들었더라고요. 사회를 본 선배한데 저 친구는 '진군나팔'에 들어야겠다는 소리를 들었어요. 그 후 진군나팔에 가입해 공부를 많이 했죠. 대학 1학년 때는 아주 혼란스러웠어요. 총학생회장인 이내창 씨가 의문사를 당했거든요. 1학년 여름방학부터 2학기 내내 용산 중대병원 영안실이나 진상규명투쟁 집회에 참여하느라 거의 강의를 듣지 못했지요. 그래서 1학년을 마쳤을 때는 심신이 그로기 상태에 놓였어요. 군대에 다녀와서는 1년간 휴학을 하고 추모사업회 실무자로 일하기도 했어요. 아직도 저에게는 그 죽음이 숙제입니다.

고등학생 때에는 혼자 문학을 열심히 하는 학생이었어요. 자취방에서 단편소설을 서른 편 정도 썼으니까. 그때는 문학을 해야겠다는 의식이 강했던 것은 아니고, 출구로서 방편이었던 것 같아요. 모범생이어서 탈선은 못하고, 견딜 수 있는 방법은 자취방에서 일기와 소설 쓰는 일이었어요.

이선우 절에 들어가서도 소설을 쓰셨다면서요?

전성태 절에도 공부하러 갔죠. 성적이 잘 안 나오니까, 외인구단들이 외진 데서 단련해서 짜잔, 하고 등장하듯이 몰아서 공부하려고 『맨투맨』이랑 『수학의 정석』이랑 싸들고 갔는데, 결국 공부는 안 하고 소설만 쓰다가 왔지요. 공모전에 낸 것도 아니고, 그렇다고 누가 소설을 지도해준 것도 아니었는데 들린 듯이 쓴 것 같아요. 친구들 네 명과 〈다릿돌〉이라는 동인 활동을 했어요. 네 명이 자필로 쓰고 프린트 제본을 해서 열 부 정도 만들어 밤에 제과점에 모여 합평회를 하고 그랬어요. 지금 보면 웃겨요. 목사가 되겠다는 친구는 설교문, 정치가가 되려는 친구는 '한국 청년에게 고함', 나는 말도 안 되는 시와 소설 올려놓고 그랬지요.

이선우 그랬는데 막상 대학에 가서는 혼란을 겪으면서 소설을 제대로 못 쓰셨군요.

전성태 소설 한 편, 글 한 줄 제대로 못 썼어요. 대학 와서 공부했던 것과 새로 눈떠서 바라보는 사회, 내 아버지 어머니가 이런 곤경에 놓인 사람이었구나, 내 가족이 이런 계층에서 이런 처지와 조건에서 살아왔구나, 개벽을 했다고 할까, 장님이 눈 뜬 것 같은 그런 느낌이었어요. 그런데 고등학교 때는 내가 이상李箱이나 한하운韓何雲과 같은 비극적인 작가들, 그 또래가 다 그렇지만 천재, 자살 같은 비극적 형식들에 굉장히 매료되었어요. 그래서 시도, 「이성불능의 법칙」이라고 해서 세숫대야에 사람 꽂아놓고 물만 주고 관찰하는 그런 시들을 쓰기도 했거든요. 어떻게 보면 예술지상주의, 탐미주의에 경도되어 있었어요. 그런데 대학에 와서 펜과 문장은 아직도 그쪽으로 나가는데 의식은 그것을 부정해야 하는 상황이라 글을 한 줄도 쓸 수가 없었어요.

1학년 겨울방학에 충정로에서, '집체학습'이라고 말 그대로 심화학습을 했어요. 그때 주체문예이론의 선봉인(웃음) 김형수 선생이 외부 강사로 왔는데 저는 그때 이미 선배나 동료들 몰래 입대희망원을 내놓고 영장을 기다리고 있었어요. 도망간 거나 다름없지요. 군대 갈 때 심정으로는 학교로, 문창과로 다시 돌아올 수 없을지도 모르겠다는 생각이었어요. 문학을 하려고 왔는데 안 되니까 절망이 컸던 것 같아요. 그런 고민을 하면서 군대를 갔어요. 그런데, 그때 문예이론 학습 시간에 김형수 선생이 '민족적 형식의 민중적 내용'이라는 강연에서 이문구 선생의 소설의 한 대목을 예로 들어주었는데 그게 오랫동안 기억에 남았어요. 1989년 그 시절에는 아무리 문창과라도 제도권 작가들은 몇 사람 빼놓고는 취급을 안했던 분위기였어요. 등단마저도 굉장히 터부시하는 분위기였고요. 그래서 80년대 당시 문학에 재능이 있던 많은 선배들이 작가의 길로 가지 않았어요. 제도권 작가가 된다는 것은 세상과의 타협이라고 생각했고, 그게 아니면 운동의 방편이라고 생각해야만 용납되는 분위기였어요. 그런데 김형수 선생이 읊어준 이문구 선생의 문장들은 입대해서도 계속 뇌리에 남더라고요. 그리고 입대 바로 전에 고향에서 죽은 동네 형의 장례를 치루고 갔는데, 그것이 오랫동안 기억에 남아서 「닭몰이」라는 소설이 되었죠. 군대 다녀와서 두 번째 쓴 소설이었고 등단작이 되었어요.

이선우 그 전에는 작품을 한 편도 못 쓰시다가 전역 후 두 번째 쓴 소설로 바로 등단을 하셨다고요?

전성태 네. 그래서 밑천도 없었고, 마치 폐간호에 등단한 작가가 된 것 같은 그런 느낌이었죠.

3. 문학은 사회 변혁의 무기라는 믿음

> 저는 자기 관심과 고민을 이웃과 사회에 확대해 가면서 성찰을 지속해나가는 사람이 작가라고 생각하는데, 그런 영향 관계에서 문학이 무엇인가 사회에 기능하는 부분이 있을 거고, 그랬을 때 문학도 사회 변혁의 무기라는 식의 말을 할 수 있겠죠.

이선우 소설이 '사회 변혁의 무기'라는 생각은 등단 이후에도 계속 가지고 계셨나요, 그 이후에는 바뀌셨나요?

전성태 지금도 저는 그렇게 생각을 해요. 학교 다닐 때 운동이라는 것에 대해서 몇 가지 의문점들은 있었죠. 예를 들어 '좋은 세상이 오면 개인의 모든 실존적 문제들이 해결된다'는 명제가 있어요. 그런데 내 실존적 문제들이 과연 해결이 될까 하는 문제는 계속 의문이었어요. 하지만 그때마다 오히려 나를 더 단련시켜야겠다는 생각을 했어요. 나는 왜 이렇게 소시민적인 근성을 버릴 수 없을까 자책했죠. 지금도 작가로서 개인과 집단이 조화롭게 만나는 길은 없을까 늘 고민이지요.

이선우 '문학이 사회변혁의 무기'라는 말이 '문학의 도구화'라는 혐의로부터 자유로울 수 없는 것은 사실이지만, 표현의 수위나 바라보는 관점에 다소 차이가 있을 뿐 작가든 독자든 실은 대부분 문학의 위상이라든가 효용성을 염두에 두고 창작과 독서에 임하고 있을 거라고 저도 생각합니다. 하지만 좋은 사회가 만들어지면 개인이 안고 있는 모든 실존적 문제들이 해결된다는 명제에는 쉽게 동의가 안 되는데요. 비록 유토피아라 해도 그 사회가 지상에 있는 한에는.

전성태 물론 당연합니다. 운동했던 사람들이 우스갯소리로 하는 말이 있잖아요? 옛날에 자신이 만들려 했던 세상이 왔다면 아마 자신은 1순위로 숙청되었을 거라고. 어쨌든 저도 문학이라는 것은 예술로서의 미의식이 최대한 고양되었을 때 힘이 있다는 사실을 일찍이 깨닫고 있었어요. 저는 자기 관심과 고민을 이웃과 사회에 확대해 가면서 성찰을 지속해나가는 사람이 작가라고 생각하는데, 그런 영향 관계에서 문학이 무엇인가 사회에 기능하는 부분이 있을 거고, 그랬을 때 문학도 사회 변혁의 무기라는 식의 말을 할 수 있겠죠.

이선우 사회변혁의 무기일 뿐 아니라 자기 개인을 변혁시키는 무기이기도 하겠죠. 저도 평론이 하기 싫고 힘들 때도 많은데, 그래도 내가 이 일을 하니까 인간과 사회를 이해하기 위해 이나마 노력하는 거다 싶어서 다시 책상 앞에 앉곤 합니다. 힘들고 어려운 일을 겪고 났을 때 일반적인 반응은 잊으려고 하는 거거든요. 그런데 문학하는 사람들은 반대로, 그 기억들을 끄집어내어 들여다보고 후벼 파고, 오래 곪은 상처에는 비록 제 몸일지라도 칼까지 들이대죠. 그래서 그 과정들이 힘든 것이고 더 의미가 있는 것 아닌가 생각합니다. 사회적으로나 개인적으로나 그것이 진짜 치유의 과정일 테니까요. 방금 "자기 관심과 고민을 이웃과 사회에 확대해 가면서 성찰을 지속해나가는 사람이 작가"라고 말씀하셨는데, 실제로 선생님 작품을 읽어보면 작가로서의 그런 문제의식들이 많이 느껴져요. 『늑대』만 해도, 한 권을 다 읽으면 우리 사회의 굵직한 문제들은 얼추 다 고민하게 되거든요. 그런 말씀, 많이 들으시죠?

전성태 거부감이 있는 사람은 '이슈 선점주의자' 같은 인상도 가질 수 있어요. 저는 작가가 크게 두 가지 방식으로 작업을 한다고 봐요. 소설은 이야기라는 생각으로 끊임없이 이야기를 만들어내는 작가가 있고, 그보다 자기 문제가 해소되는 방식으로 작업을 해내는 작가가 있는 것 같아요. 그런데 사실은 한 작가도 두 방식을 왔다 갔다 하죠. 제 경우는, 『매향』 때는 이야기에 빠져 있었던 같은데, 『매향』을 쓰고 나서도 전혀 제 자신이 해소가 되지 않는다는 불만을 느꼈어요. 그래서 『국경을 넘는 일』부터는 저를 들여다보는 글쓰기로 옮겨가지 않았나 싶어요.

이선우 그런데 자신을 들여다보는 글쓰기가 동시에 민족과 국가를 고민하는 글쓰기이기도 합니다. 그러니까 선생님은 개인의 고민과 사회의 고민이 일치하는 분이 아닌가, 하는 생각이 들더라고요. 조국과 민족을 위해 사사로운 고민 따위는 하지 않는 위대한 작가다, 뭐 이런 말이 아니라(웃음) 사회학적 상상력이 아주 뿌리 깊게 자리 잡은 작가라고 해야 할까요.

전성태 사회적 상상력이라고 한다면, 대학시절에 가졌던 문제의식들이 지금껏 남아 있는 거겠죠. 벗어날 수 없는 것 같아요. 그때 가진 고민들 있잖아요.

이선우 네. 그렇다면 선생님은 작가의 위상에 대해서는 어떻게 생각하시는지요? 한때 작가는 시대를 이끄는 지식인의 대표였고, 그래서 작가에게 종종 대사회 발언이 요구되기도 했었는데—물론 여전히 그렇게 생각하시고 행동하시는 분들도 계시지만, 요즘엔 '작가란 말 그대로 글 쓰는 사람일 뿐'이라고 생각하는 작가들도 많은 것 같아요. 작가들의 이런 위상 변화를 김종철 선생 같은 분은 꽤 비판적으로 바라보시던데요.

전성태 저는 등단한 후 지금껏 그 두 가지 위상에 대해 계속 고민을 해야 했어요. 90년대 이후부터 다양한 개인에 대해 말을 하고, 내면을 드러내고, 요즘에 와서는 다양한 형식 실험들이 이루어져 개성적인 작품들이 풍부하게 나오고 있어요. 그런 것들이 가볍다고도 하지만, 크게 보았을 때에는 이야기꾼으로서 소설가들의 활약이 두드러지지요. 그걸 저는 부정하지 않았어요. 문학사의 큰 흐름에서 일정하게, 한국문학이 좀 경직된 부분이 있다면, 사회는 잘 들여다보지만 개인을 잘 들여다보지 못하는 그런 섬세함이 부족했다면 그런 부분을 깨줘야 한다는 생각은 가지고 있었고, 1990년대 2000년대 넘어오면서 다양한 목소리가 나오는 것들도 나는 그 과정에 일조하고 있다고 생각해요. 그리고 언젠가는 그것이 반동원리에 의해서 분명히 수렴되는 과정이 있을 것이다, 그 때 문학이 다시 한 번 도약하는 순간이 올 거라는 기대를 가지고 있지요. 그런 기미가 요즘에 보이는 것 같아요. 이번에 '6.9 작가선언' 하면서, 기존의, 나름대로 운동성을 가졌던 작가들 말고, 어떻게 보면 문학주의자라는 느낌을 가졌던 작가들이 굉장히 진정성을 가지고 이 시대를 발견해 가는 과정이 저는 경이로웠어요. 자생적이라는 느낌. 자생적이어서 건강하다는 느낌. 그리고 굉

장히 진정성이 있어 강하다는 느낌을 받았죠. 이제 그것이 작품으로 수렴되어 나올 거란 말이죠. 그래서 나는 '6.9 작가선언'이 아주 의미 있는 사건이란 생각이 들어요. 하지만 제가 그 안에 포함되진 못해요. 왜냐하면 저는 '발견'과 '동조' 말고는 무력증 속에서 역할을 못했어요.

이선우 '6.9 작가선언'이 정말 의

미 있는 사건이 되기 위해서는 그런 고민과 행동들이 작품으로도 제대로 형상화되어야 할 텐데요. 그런데 사실 '6.9 작가선언'에 참여한 많은 작가들이 한동안 글을 쓸 수 없었다고들 해요. 저도 그랬고. 올해는 작가로서 살아가기가 참 힘든 해가 아니었나요?

전성태 그렇죠. 요즘엔 KIA 프로야구밖에 안 봐요. 그쪽에 마음을 다 걸어버린 것 같아요. 굉장히 허전한 것은 사실이에요. 야구에 열광한 적이 없었는데 요즘에는 야구하는 여섯 시 반만 기다리면서 살고 있어요. 낮에는 여섯 시 반을 기다리는 거고, 여섯 시 반 이후에는 야구 중계를 계속 복기하면서 그 맛을 다시 느끼고 잠자리에 들고. 그렇게 살고 있어요.

이선우 선생님뿐 아니라 많은 사람들이 알게 모르게 그런 공허감, 절망감에 빠져 있는 것 같아요. 그래서 더 현실을 외면하고 싶고. 하지만 그런 무기력증 속에서도 끊임없이 질문하고 의심하는 게 작가가 아닌가 싶어요. '6.9 작가선언'뿐 아니라, 최근 '문학의 정치'에 대한 담론들이 새롭게 떠오르고 있는데 이런 변화도 돌파의 한 방법이 아닌가 합니다. 하지만 문학사적으로 주목할 만한, 상당히 의미 있는 변화라는 생각이 드는 한편으로, 역설적으로 작가들의 현실 참여를 강제하고 있는 MB 정부의 행보와 최근 잇따른 사태들을 참담한 심정으로 다시 돌아보게도 됩니다. 이러한 참담함은, 문학 안에만 갇혀 있던 작가들보다 적극적으로 현실문제에 관여하면서 오랜 세월 사회 변혁을 위해 힘써 오신 분들이 더 뼈저리게 느끼고 계시지 않을까 싶은데요. 여기에 더해, 혹시 어떤 소외감이나 열패감, 혹은 피로감 같은 것까지 느끼고 계신 건 아닐까 하는 생각이 조심스레 들었습니다. 정작 현실에 깊이 관여하면서 오랫동안 고민하고 참여했던 작가들은 그분들인데 언론이나 문단에서는 최근의 담론이나 젊은 작가들의 새로운 행보에 보다 발 빠르게 반응하는 경향이 없지 않으니까요. 물론 새로운, 젊은 동지들을 얻어서 힘을 얻는 부분도 있겠지만.

전성태 그렇죠. 작가들 한 사람 한 사람이 정부라고는 하지만, 발언력이라는 게 다 다르잖아요. 어떻게 보면 계속 운동에 관심을 가지고 작품 활동도 하고 대외 활동도 하셨던 분들은, 뜬금없이 주목을 그쪽에서 다 받아버리고 또 자기들은 뒷전인 것 같은 피해의식과 열패감 같은 마음이 들 만해요. 있을 수 있어요. 그런데 더 넓게 보면 그곳에 가 있는 사람들이 사실 바란 게 그런 것 아니었을까요. 동지들이 많이 늘어나는 것, 그걸 바라셨을 것 같아요. 단순히, 김종철 선생 말씀처럼 사회의식이 높은 작가, 지식인적인 작가, 이런 위상들을 지금 똑같은 방식으로 요구할 수 없는 것 같아요. 지식인의 위상 자체가 달라진 시대잖아요. 고고한 메아리만 울리고 있다고 생각되는 순간을 참을 수 없는 존재들이 작가들이기도 해요. 또한 사회의식만 높다고 해서 좋은 작품이 나오는 것도 아니죠. 오히려 저는 사회의식만 높고 덜 된 작품보다, 미의식, 탐미성에 빠져 있더라도 완성도 높은 작품들이 더 힘이 있다고 봐요. 그런 측면에서 봤을 때, 앞으로 작가들한테 어떤 작품들이 나올지 몰라요. 각자 출발선에서 가졌던 자기 미학들을 가지고 거기에 뭔가가 더 실리는 작품들을 내놓지 않을까요. 그런 흐름으로 수렴되고 갱신되지 않을까요.

이선우 저도 이 작가들이 어떤 작품을 써낼지 기대가 됩니다. 당장 나오리라고는 생각하지 않고, 당장 나오기를 바라지도 않지만. 잘 묵혀서 좋은 작품들이 나오기를 기대합니다.

4. 작가와 생활

누나가 저보고 그런 이야기는 하더라고요. 저는 그런 생각 한 번도 안 해봤는데, 어느 날 "대견하다. 작가가 되어서도 식구들을 먹여 살려 가는 게, 전씨 집안 아들 같다." 그래요.

이선우 최근에 강의를 많이 하신다고 들었어요.
전성태 어쩌다 보니 많아졌어요. 일주일에 삼 일.

이선우 글 쓰는 데에 방해되는 정도는 아니신가요?

전성태 소설은 부업으로 하는 것 같아요. 너무 힘들어요. 글 쓰는 시간과 잠자는 시간이 부족해서.

이선우 그렇겠네요. 수업은 대개 창작수업인가요?

전성태 대부분 창작수업이고 하나는 창작과 이론의 중간 정도로, '픽션'이라는 과목인데 저도 배우면서 하는 재밌는 수업이에요.

이선우 요즘 학생들은 어떤가요?

전성태 시와 소설보다는 미디어 관련 장르들에 관심 있는 친구들이 많지요. 소수이긴 하지만 생각했던 것보다 굉장히, 여전히 치열한 학생들이 있어요. 그런데 나는 왜 글을 쓰는가 하는 질문들이 문창과라는 공간에서 무뎌지는 것 같아 안타까워요. 다들 글을 쓰는 분위기에서, 어쨌든 과제로든 뭐로든 작품을 쓰고 있고 그래서 창작이 당연한 것이 되어버린단 말예요. 작품에 자기 고민, 혹은 세대의 고민과 맞닥뜨리는 지점들이 잘 안 보여요. 에세이를 쓰라고 하면 굉장히 잘 쓰는데 소설을 써내라고 하면 또 달라요. 왜 글을 쓰는가 하는 질문을 자신에게 가혹하게 하지 않아서 그런 것 같아요. 아까 말한 그런 고민이 안 된 사람은 소설의 이야기가 외부에 있고, 그걸 가져다가 가공하는 것이라는 의식을 갖게 되죠.

이선우 선생님으로서는 어떠세요?

전성태 글쎄요. 저는 체질로나 자질로나 선생의 그릇은 아닌 것 같아요. 몇 년 전에도 강사생활 하다가 그만둔 적이 있는데 그때도 그런 생각이 있었어요. 수업 끝나고 나오면서 드는, 뭔가 사기 친 것 같은 느낌 있잖아요? (웃음) 그 느낌을 못 견디겠어요. 내가 말한 것, 이 정답 없는 문학을 정답이 없다고 말하는 것도 사기고, 또 뭔가 정답을 말해 주려고 하는 것도 사기고. 하여튼 그런 자괴감. 뭔가 말할 때마다, 이것이 나한테 해결된 문제인가, 이런 자괴감도 들고. 그래서 강의가 견디기 힘든 것 같아요.

이선우 그래도 강의는 계속하실 거죠?

전성태 아니오. 욕 안 먹을 만큼 하다가 그만 두어야죠.

이선우 그러면 전업작가를 꿈꾸시는 건가요?

전성태 따지고 보면, 저는 지금껏 전업작가로 살아왔어요. 그런데, 전업작가라면 원고료로 벌어먹고 살아야 하는데 그게 아직 안 되니까 전업작가라 하기에도 곤란하군요. 그런데 저는 지금까지 전업작가라 믿고 살았어요. 따지고 보면 한 번도 직장생활을 하지 않았어요. 물론 출판 기획도 해보고 어디 실무자도 해보았지만 아르바이트로 잠깐씩 한 거죠. 대학 때 등단을 해서 졸업하면서 직장에 대한 고민도 없었고요. 문학단체 실무자도 잠시 동원된 거지 직장이라고 할 수는 없는 거니까.

이선우 그래도 어떤 식으로든 가족들의 생계를 책임져오셨잖아요?

전성태 누이가 있는데 저보고 그런 이야기는 하더라고요. 저는 그런 생각 한 번도 안 해봤는데, 어느 날 "대견하다. 작가가 되어서도 식구들을 먹여 살려 가는 게, 전씨 집안 아들 같다." 그래요. 우리 집안사람들이 생활력이 강하거든요. 우리 집 형제들이 위화의 『허삼관 매혈기』에 나오는 허삼관 아저씨 같은 캐릭터들이거든요. 한편으로는 아, 내가 총각 때는 그렇게 무능해 보였었나, 그런 생각도 들어요. 누나가 나를 그렇게 규정해 놓았으니 이제 나약한 모습은 못 보이겠구만, 더 열심히 살아야겠네, 그런 생각도 들고요.

이선우 부인도 문학을 전공한 분이라고 들었습니다. 선생님 소설도 다 찾아 읽으시겠군요.

전성태 네. 처음에는 보여주다가 싫은 소리해서 이제는 안 보여주는데 내가 외출하고 나면 책상에 놓인 걸 찾아 읽나 봐요. 가끔 '괜찮더라'고 문자메시지를 보내주는 걸 보면 말예요. 용기를 주느라 그러는 거겠죠.

5. 글 쓰는 몸

매일 글을 쓰는 몸을 만들지 못한 게 제일 후회스러워요. 쓰는 가운데 보람을 느끼는 작가가
못 되었어요. 아직도 책상 앞에 앉기가 힘들고, 소설 쓸 때 그만 두고 싶은 마음이 굴뚝같고
그렇죠. 지금까지 15년을 그 몸으로 살았으니 아직 작가가 못 된 거죠.

이선우 글은 매일 조금씩 쓰시는 편이세요, 아니면 한꺼번에 몰아서
쓰는 편이세요?

전성태 몰아서 쓰는 편이에요. 매일 글을 쓰는 몸을 만들지 못한 게
후회스러워요. 쓰는 가운데 보람을 느끼는 작가가 못 되었어요. 아직
도 책상 앞에 앉기가 힘들고, 소설 쓸 때 그만 두고 싶은 마음이 굴뚝
같고 그렇죠. 지금까지 15년을 그 몸으로 살았으니 아직 작가가 못
된 거죠. 지금 이 정도 됐으면 작품이 되든 안 되든 써 나가면서 뭔가
보람도 찾고 성장하고 그래야 하는데, 그런 몸을 못 만든 게 후회스
러워요. 아마 우리 세대 작가들 중에는 김연수 씨가 그런 몸을 만든
것 같아요.

이선우 스타일상의 문제는 아닐까요? 모든 작가가 매일 꾸준히 작품
을 쓰지는 않을 텐데요.

전성태 이건 경지의 문제예요. 오에 선생의 작품들을 최근에 깊이 읽
었는데, 그런 자세를 배웠어요. 작가는 쓰는 가운데 보람을 느끼고
쓰는 행위에서 고민하고 성장하는 존재이지, 따로 고민하고 나서 책
상에 앉아서 풀어내는 존재는 아니라는 거죠.

이선우 공감이 되는 말씀입니다. 오에 겐자부로 선생에 대해 말씀하
셨는데, 다른 글이나 인터뷰에서도 그분 이야기를 많이 하셨어요. 그
만큼 심취하셨다는 이야기일 텐데, 어떤 점이 선생님을 그렇게 사로
잡았나요?

전성태 오에 선생은, 작가들을 위한 작가라는 생각이 들어요. 그 분
의 텍스트에는 작가들이 갈 수 있는 길들, 창작과정에서 부딪치는 고

민들, 작가로서 살아가면서 만나는 문제들이 풍부하게 들어 있어요. 작가로서의 고민들이 몸에 고슴도치처럼 뾰족뾰족 나 있다면, 그 사람 텍스트를 통과할 때 그 모든 촉각들이 반응하지요. 예를 들면, 작가란 어떤 존재인지, 작가와 텍스트는 어떤 관계인지, 작가가 소설이라는 것과 어떻게 관계를 맺어야 하는지, 자기 텍스트를 되짚으며 만년까지 작가로 살아간다는 일이 얼마나 멋진지…… 사실 예전에 저는 마흔 넘어서 쓰는 소설은 새로운 게 없을 거다, 뭔 멋이 있겠나, 자기 이름 가지고 따 먹는 거다, 그렇게 생각했어요. 그런데 오에 선생의 작품을 보면서 늙어가면서 소설을 쓰는 게 얼마나 위대하고 멋진 일인지 알게 되었어요. 소득 없이 마흔을 맞아서 자기합리화하자는 건가. (웃음)

이선우 그래서 『늑대』 후기에도 '나는 아주 오래 쓸 것이다'고 쓰신 건가요?

전성태 아니오. 그건 저한테 거는 주문인데, 제가 작년에 몸이 안 좋았어요. 그러니까 자식들이 애비 없이 살까봐 우선 그게 걱정되고, 또 회한 같은 게 남더라고요. 작가로서 너무 게을렀다, 내가 써야 할 몫이 있는데 빨리 써야지, 얼마 안 남았다. 그런 자각이 들어서 마지막 문장은 나를 위해서 주문을 걸어놓았죠. 조금이라도 건강할 때 많이 써야 한다! (웃음)

이선우 제가 몇 년 전에, 저는 평론가로서의 야망 같은 건 없다는 식의 말씀을 드렸던 적이 있었죠. 겸양도 아니고 위장도 아니고 그냥 주제 파악이었던 것 같아요. 실패를 줄이기 위해 목표 자체를 낮춰 잡는 다소 비겁하고 소심한 아이가 내 안에 있었던 것도 같고요. 그런데 선생님께서는, 진지하게 눈빛을 빛내시면서 이렇게 맞받아치시더군요. "나는 아주 훌륭한 소설가가 될 거예요. 꼭 그렇게 되고 싶어요." 그때 속으로 깜짝 놀랐었는데, 자기 입으로 저런 말을 하고 다니다니 하고. (웃음) 그런데 웃을 게 아니라, 그런 생각을 하는 작가라야 진짜 훌륭한 작가가 될 수 있는 게 아닌가 싶어요. 물론 예외도 있겠지만, 자기 지향점을 높이 둬야 계속 앞으로 나아갈 수 있는 것 같더라고요.

전성태 그건 맞아요. 문학사를 인식한다는 것이 그래서 중요한 것 같아요. 어떤 문제든지 진전된 이야기의 끝을 알아야지 거기에 한 마디를 보탤 수 있는 거죠. 깊은 맛을 본 사람은 그 맛보다 높은 맛을 지향하게 되는 것처럼. 그러니까 항상 자기 위치가 어디인지 알아야 해요. 그런데 그때 내가 그런 말을 한 것은, 그야말로 주제 파악이었어요. 나는 아직까지 내 정체성을 확립 못해서, 분명 내가 잘 할 수 있는 장기가 있을 거고 내 이야기가 있을 텐데 아직 내가 그것까지는 본격적으로 할 때가 안 됐다, 내가 그 문제를 극복해서 앞으로 좋은 작품을 쓰고 싶다, 부끄럽다. 그런 말이었을 거예요.

이선우 제가 듣기로는 어떤 자부심이 느껴지던데요. 나는 조금 쓰다마는 작가, 대충 쓰는 작가가 아니라 한국문학에 이름을 남기는 작가가 될 거라는 다짐이자 동시에 포부. 이런 것들이 다 느껴지더라고요. (웃음) 이후 『늑대』를 쓰셨는데, 그 때의 그 다짐과 포부가 전혀 근거 없는 것은 아니라는 생각도 듭니다.

전성태 정말 훌륭한 작가가 될 것 같아요? (웃음) 사실, 내가 요즘 재밌는 깨달음을 하나 얻었어요. 어떻게 하면 작가가 될까, 하는 질문을 문학도들이 많이 하잖아요. 내가 생각하기엔, 일단 자기 자신과 가족을 팔아먹으면 작가가 될 수 있어요. 아까 말했듯이 소설이란 장르를 자기 삶의 형식으로 가져올 수 있는 사람이 작가가 되는 것이거든요, 이야기를 만들 수 있는 사람이 작가가 되는 것이 아니고. 그보다 더 큰 작가, 작가들 중에서도 문학사에 흔적을 남기는 사람, 이런 큰 작가는 국가와 민족을 팔아먹으면 되는 것 같아요. 자신의 처지와 조건을 강제하는 많은 모순들을 찾다보면 국가와 민족을 만나지 않을 수 없지요. 그런데 진짜 대문호들은, 인류를 팔아먹어요. 우스갯소리 같지만, 맞는 말이에요. 그런데 이것이 단계별로 따로 있는 게 아니라, 한 사람의 문제의식을 동시에 관통해 가는 문제들인 거죠.

예민하게 의식을 하고 있어야만, 골짜기 이야기를 하면서도 세계에 대해 발언하는 소설이 나오는 거죠.

이선우 선생님은 어느 단계까지 가신 것 같은가요, 국가와 민족까지?

전성태 저는 어떤 문제를 내놓아도 잘 안 팔리죠.

6. 가족을 팔아먹지 못하는 작가

> 자기 문제를 문학 행위를 통해 자기 삶의 형식으로 가꾸는 사람들이 작가가 돼야 하는데 나는 안 된 상태에서 작가가 되었단 말예요.

이선우 그런데 국가와 민족 이야기를 하느라고 정작 가족 이야기는 별로 하지 않으셨어요. 물론 자전소설도 있고, 다른 소설에도 군데군데 가족이 드러나긴 하지만 가족을 본격적인 테마로 다룬 소설은 없다 싶은데요.

전성태 자기 자신과 가족을 팔아먹을 수 있는 사람이 작가가 된다고 했는데, 그 말은 뭐냐면, 나는 신인 작품을 뽑을 때 작가를 해야겠다, 라는 진정성이 문맥에 읽히는 사람에게 호감이 가요. 그게 안 되어 있는 사람은 그냥 글을 멋들어지게 잘 쓰는 사람들이고요. 그게 단순한 문제가 아니에요. 글 안에 자의식을 드러낸다고 해서 그런 의식이 읽히는 것이 아니니까 말이죠. 하지만 '왜 내가 글을 쓰는가'에 대한 고민을 거친 사람들은 아무리 남의 이야기를 써도 글에 묻어나요. 작가로서의 진정성 말이에요. 그런데 저는 등단할 때 그런 의미의 작가가 아니었어요, 스타일리스트로 된 거지. 그래서 작가가 되자마자 나는 왜 쓰는가? 하는 문제에 맞닥뜨렸어요. 문학에 자기를 투영하고 자기와 화해하거나 자기 상처를 들쑤시거나 어떤 식으로든 문학 안에서 자기 삶의 형식을 만들고 가꾸는 사람들이 작가가 돼야 하는데 나는 안 된 상태에서 작가가 되었단 말예요. 예를 들면 이런 질문을 던져서 자기가 그 몸이 됐는지 안 됐는지 알 수 있어요. 누구한테도 말하지 못한 콤플렉스가 하나 있을 수 있어요. 그걸 지금 쓸 수 있느냐? 쓸 수 있는 사람은 작가가 될 준비가 된 사람이에요. 그런데 저는 아직 못 써요. 몇 번을 시도했는데 안 돼요. 그래서 아직 저는 자기 자신과 가족을 팔아먹지 못한 작가랍니다. 그러고 보니 이도 숙제군요.

이선우 언젠가 다시 시도는 하실 계획은 있으시고요?

전성태 잠깐 어디다 우회적으로 담긴 했어요. 아무도 눈치 못 채게, 아주 우화적으로 만들어서 더 모르게. 글쎄, 부모님 돌아가시면 한번 해 볼 것 같아요. 그러면 남은 가족들이 용서할까? 아니, 내가 용서할 수 있을까? 저는 소설을 쓰면서, 누군가를 아프게 하면서까지 써야만 하는가, 이런 고민들이 많았어요. 하지만 언젠가는 쓰겠죠, 정면으로.

이선우 네. 기대하겠습니다. 사실 가족이야기처럼 뻔하고 지겨운 게 없는데, 한편으로는 또 가족이야기만큼 잔혹하고 슬프고 흥미진진한 이야기가 없단 말입니다. 저는 개인적으로, 한국문학이 이제는 가족의 테두리에서 좀 벗어났으면 좋겠다고 생각합니다만 그렇다고 가족서사 자체가 필요 없다고 생각하는 것은 아니에요. 인간이 태어나서 제일 처음 경험하는 사회가 가족일 뿐 아니라, 가족이야말로 우리 사회의 온갖 모순이 응축되어 있는 축소판이기도 하니까요. 특히 습작

기에는 대부분 가족서사에 몰두하는데, 그건 반드시 필요한 과정이라고 생각해요. 지독하게 다 써내고 나서, 그 세계를 넘어서야 하니까요. 문제는 그 다음인데, 설령 가족을 이야기할지라도 가족 너머를 함께 볼 줄 아는 눈이 필요한데 우리의 가족서사는 그동안 너무 개

인에만, 가족 안에만 갇혀 있지 않았나 싶거든요. 그러다보니까 가족 간의 애증도 뛰어넘지 못하고 문체도 자꾸 무거워졌던 게 아닌가, 아직도 습작기에 머물러 있는 것처럼. 그런데 그런 시기를 거치고 그 세계를 넘어서고 나면 훨씬 가볍게 쓸 수 있을 거라고 생각해요. 요즘엔 작가들이 무거운 얘기를 가볍고 경쾌하게 쓰는 경향이 있는데, 그래서 저는 그게 능력이라고 생각합니다. 가벼움 자체가 우리 문학이 지향해야 할 가치는 아니겠지만, 그 가벼움이 그냥 나온 게 아니라 지난한 어떤 과정들을 거친 것이라고 생각하거든요. 물론, 예외도 있겠지만.

전성태 제가 해학을 발견한 것도, 희극의 세계를 발견한 것도 그것과 연관이 있는 것 같아요. 말은 해야겠는데 정면으로는 못 하니까 희극이라는 형식을 가져오게 되었죠. 희극은 비극을 감당하는 형식이에요.

이선우 그래서인지 선생님 작품에서도 「아이들도 돈이 필요하다」처럼 가장 해학적인 장면들, 가장 해학적인 작품들이 가만히 보면 가장 슬픈 작품들인 경우가 많아요. 울다가 웃어야 되고 웃다가 울어야 되는. 창작방법론과 관련해서 그 질문을 드리려고 했어요.

전성태 글쎄요. 웃음을 줘야겠다는 의식이 있었던 것은 아니고. 「닭 몰이」쓸 때는, 김지하 선생이 뒤에 한 단어로 만들었더라고요, "흰그늘"이라고. 죽은 동네 형을 묻는, 정말 초라한 장례식이었는데, 마음은 더없이 슬픈데 날은 눈부셨어요. '백주대낮'이란 말이 딱 맞을 정도로 아주 환한 날이었어요. 군대에서 계속 그 괴리적인 느낌을 가지고 있었는데, 이문구 선생의 문장이 마음에 남았다고 했잖아요, 그게 서로 만난 거죠. 어두움은 흰 색깔로 채색되었을 때 더 훤히 드러난다, 이런 고민으로 초기 문체가 나온 것 같아요.

이선우 슬픔을 해학적으로 표현할 수 있는 것은, 정말 어떤 경지죠. 전 도저히 안 되더라고요.

전성태 김유정도, 소설만 보면 사람이 굉장히 천진난만하고 밝고 유쾌한 사람인 것처럼 보이지만 전혀 그렇지 않았다고 하거든요. 그의 문학 형식은 그가 결국 삶을 살아내고 견디는 방식이었던 것 같아요.

7. 농촌을 떠나 도시로

내가 다루었던 것들이 처음에는 내 정체성의 근원이고 전부인 줄 알았는데 뒤에 봤더니 이것들은 내가 창조해낸 세계일 뿐, 지금 내가 발 디딘 세계는 아니라는 생각이 들었어요.

이선우 『매향』으로 대표되는 초기 작품세계부터 평단으로부터 꽤 주목을 받으셨어요. 벌써 십여 년 전이지만 그때도 이미 농촌소설이 대세가 아니었기 때문에 오히려 더 소중하고 의미가 있었던 것은 아닐까 하는 생각도 드는데요. 아까 "작가가 되자마자 늙어버린 느낌" 때문에 힘드셨다고 하셨는데, 다르게 생각하면 모두 다 하는 도시문학, 신세대문학이 아니어서 역으로 전성태라는 이름을 알릴 수 있었던 것은 아닌가, 첫 작품집에서부터 자기만의 세계를 구축하는 게 쉽지 않은데 그걸 하신 거라고 볼 수도 있고. 그런데 거기 안주하지 않고 계속 변화를 시도하셨어요.

전성태 결과적으로는 변화되긴 했는데, 한 편 한 편 내 작품세계가 어떤 단계를 밟아간다는 의식은 없었어요. 계속 헷갈리고, 어느 지점에 서 있는지 제 스스로도 판단이 안 되는 상태에서 더디게나마 소설을 계속 썼어요. 『매향』을 쓰고 나서는, 아까도 말했지만 내 이야기가 아니라는 느낌이 확연히 들었어요. 고향을 떠나온 지도 너무 오래되었고, 더 이상 쓸 수도 없었고, 내가 전혀 해소되지도 않았지요. 내가 다루었던 것들이 처음에는 내 정체성의 근원이고 전부인 줄 알았는데 뒤에 봤더니 이것들은 내가 창조해낸 세계일 뿐이지 지금 내가 발 디딘 세계는 아니라는 자각이 들었어요.

이선우 그런데 『늑대』에도 보면, 「누구 내 구두 못 봤소?」나 「아이들도 돈이 필요하다」 같은 작품들은 『매향』의 세계와 이어지거든요. 『국경을 넘는 일』의 「소를 줍다」나 「환희」 같은 작품들도 그렇고요. 그런 작품들을 볼 때면, 선생님이 아직 고향, 농촌에 한 발을 걸치고 있다는 생각이 들기도 해요. 그래서 반가운 마음도 들고. 그 작품들이 선생님께는 어떤 의미가 있는지 모르겠지만, 저는 농촌과 함께 농촌소설도 사라져가고 있는 게 안타까웠거든요. 선생님도 저도 도시에서 살고 있고 우리 사회 자체가 다 도시화되고 있으니까 도시소설들만 나오는 게 당연하긴 하겠지만, 안 팔리고 안 읽혀도 누군가는 농촌소설을 써야 하는 것 아닐까 싶기도 하고. 농촌공동체의 회복을 통해 우리 사회가 당면한 여러 문제들을 극복할 수 있다고 믿고 계신 분들도 있는 것 같던데, 선생님은 농촌에 대해 어떻게 생각하세요?

전성태 어떻게 보면 끝났죠. 농촌 인구가 7퍼센트 이하라고 해요. 한때는 70~80퍼센트였는데. 이문구 선생 「관촌수필」 때와는 확연히 다르죠. 더구나 지금 농촌에 남아 있는 분들은 대부분 노인분들이죠. 그래도 농촌소설이 나와야 한다면 지금 농촌에서 살고 있는 사람들에게서 나와야 한다고 생각해요. 예를 들면, 전태일문학상 받은 최용탁 작가라든가 『누가 말을 죽였을까』를 쓴 이시백 선생 같은 분들이 있어요.

이선우 이문구 선생의 「관촌수필」처럼 문학사에 남을 만한 농촌소설을, 선생님이 장편으로 한 번 써주기를 기대하는 평자들도 있던데요. 사실 『늑대』에서도, 선생님 특유의 문체가 빛을 발하는 것은 「아이들도 돈이 필요하다」나 「누구 내 구두 못 봤소?」 같은 농촌소설 계열의 작품들이거든요.

전성태 그게 가능할까요? 농촌공동체가 가진 문명 대안적 삶이라든가, 그 세계 언어의 미의식과 같은 문제는 어떨지 모르지만 농촌 사회의 풍정이라든가 벼랑에 내몰린 농촌사회에 대한 실감은 더 담아내기 힘들지 싶어요.

이선우 실은, 농촌소설이 계속 나와야 한다는 것은 관념이고, 실제로는 저도 농촌소설을 많이 안 읽어요. 실감을 못해서이기도 하겠고, 제가 일상에서 부딪히는 문제들과 거리가 있기 때문이기도 하겠지요. 저도 그러니…….

전성태 그런데 시세가 있느냐를 따져서 자기 작품세계를 일구는 작가는 극소수일 거예요. 절박한 문제면, 자기가 가지고 있는 세계면 쓰는 거고 아니면 안 쓰는 건데, 그 농촌이라는 공간 자체가 자신의 삶의 터전이거나 이 문제가 절박한 사람들은 쓰겠죠.

이선우 그러고 보니 중학생 때까지 농촌 지역에서 사셨고, 이후 농촌을 떠나 25년 넘게 도시에서 사신 거군요. 지금은 천안에 계시고.

전성태 네. 하지만 저한테 천안은 그냥 주거공간이지 다른 곳하고 똑같아요. 천안이라는 도시의 정체성이라든지, 문화라는 것에 대해서 저는 전혀 몰라요. 부모님이 서울에 계시다가 그곳으로 옮겨가셨는데, 어머님이 편찮으셔서 주거이동이 비교적 자유로운 제가 가까이 옮겨가게 되었을 뿐이에요. 언젠가는 또 떠날 거예요.

B. 교과서에 나오는 소설 같은

> 문학이라는 것은 언어를 가지고 구축하는 세계지만 동시에 언어를 무너뜨려야 도달할 수 있는 부분이 있어요. 문학은 어느 순간 형식이 딱 지워지고 삶이 그 안으로 치고 들어와야 하는 부분이 있거든요.

이선우 주위 사람들에게 읽어보라고 『늑대』를 선물한 적이 있어요. 그런데 그 중 한 명이, 문학에 별로 소양이 없는 평범한 회사원인데, 정말 재밌게 잘 읽었다고 하더라고요.

전성태 희한하네, 그분.

이선우 혹시 어렵거나 주제가 너무 무겁지는 않더냐고 물었더니 자기는 이런 소설을 좋아한다고 해요. 그래서 '이런 소설'이 어떤 소설이냐고 물었더니, "교과서에 나오는 소설 같은 소설"이라고 하더군요. 같이 웃었지만, 한편으론 그것이 핵심을 찌른 말이라고 생각했습니다. (웃음)

전성태 그것이 뭔 뜻일까? 너무 꽉 짜인 소설이란 말인가?

이선우 주제의식도 분명하고, 문장이나 구성도 탄탄하고, 읽고 나면 뿌듯한 교훈도 얻고. (웃음) 문학을 모르는 사람들도 정확히 보는구나 싶더군요. 사실 선생님 소설이 평론가들이 말하기에 좋은 소설이거든요. 여기저기 깔린 복선을 찾는 맛도 있고, 주제의식이 분명하니까 사회적 담론을 끌어들여 할 얘기도 있고.

전성태 난 거꾸로 생각했어요. 참 내 소설은 할 말 없겠다, 단순해서. 멜랑콜리한 것도 없고.

이선우 아, 물론 그런 면도 있죠. 그런데, 직선적으로 선명하진 않거든요. 그런 것들을 찾아내는 재미도 있어요. 더구나 현실은 결코 선명하지 않으니까요. 하지만 한편으로는 갑갑한 느낌이 드는 것도 사실이에요. 구성과 인물, 주제와 문장이 꽉 짜여 있어서 다른 해석의 여지가 없는 소설도 있고, 짧은 단편 하나에 서사의 밀도가 너무 높지 않나 싶은 작품도 있어요. 이런 점이 작품을 오히려 작위적으로 보이게도 하는데요, 소설에 대한 어떤 강박이 있는 것 아닌가요.

전성태 있겠죠. 그것을 벗어나려고 노력하고 있어요. 문장에 갇히지 말자, 소설이라는 형식에 매이지 말자. 문창과는 똥 누는 훈련을 시키는 곳이잖아요. 그렇잖아요? 그것을 벗어나려고 하는데. 또 오에 선생 이야기를 하게 되는데, 그분이 이런 이야기를 많이 하잖아요, 자기가 왜 악문이 되었느냐, 고착어라는 일본어의 성격 탓에 계속 덧대다 보니까 문장이 그렇게 됐다고 하는데, 그걸 또 돌려놓고 말하면, 문학이라는 것은 언어를 가지고 구축하는 세계지만 동시에 언어를 무너뜨려야 도달할 수 있는 부분이 있어요. 어차피 문학이란 것이 그 안에서 다 해소하는 것이 아니라, 문학은 사회의 것들을 반영하는 것이기 때문에 어느 순간 소설이란 것이 딱 지워지고 삶이 그 안으로 치고 들어와야 하는 부분이 있거든요. 또 문학예술이란 것이 언어 이전의 영역이 있어요. 오에 선생은 그 길을 가고 싶어서 자신을 한번 무너뜨린 거라는 생각이 들거든요. 그래서 그가 멋있는 건데, 저도 요즘에 그런 고민을 해요. 좀 망가져야겠다. 시간에 쫓겨서 망가지는 것 말고.

9. 언어 이전의 언어, 문학

> 나는 깜짝 놀랐어요. 북한 여자가 죽었다고 읽어버리면 소설이 아무 것도 아닌 게 돼버려서. 내가 잘못했지. 좀 더 썼어야 했는데, 북한 여성에 대해서.

이선우 마감은 잘 지키시는 편인가요?

전성태 미리미리 쓸 때도 있지만, 소설이 진짜 안 될 때가 있어요. 그러면 미리 안 된다고 하면 될 것을 할 수 있을 것 같고 해 줘야 될 것만 같아서 계속 잡고 있다가 결과적으로는 편집부 직원들한테 못할 짓을 하죠. 그래서 새벽에 편지 쓰는 짓을 많이 해요. 미안합니다, 도저히 안 되겠습니다. 욕할까봐 핸드폰도 못 꺼놓고, 그러면 연락이 와서 마감을 더 연장해줘요. 그럼 또 해 볼게요, 그러면서 또 그 짓을 반복하죠. 그러다 보니 올해는 『늑대』 이후 네 편을 발표했는데, 다 죽 쒔어요. 아, (한숨) 그렇게 하면 안 되지. 올해 한 해 농사는 실농했어요.

이선우 「두 번째 왈츠」가 좀 모호한 부분이 있는데, 올해 『창작과비평』 여름호에 실린 「로동신문」도 모호한 채로 끝나버려서 저는 그게 선생님 소설의 변화인가 했어요.

전성태 「두 번째 왈츠」를 비평해 놓은 글을 보고 놀랐는데, 평론가들 중에서도 북한 여성이 진짜 죽은 것으로 받아들이는 사람이 많더라고요.

이선우　냐마가 인터뷰한 그 할머니가 실은 북한 여성인 거지요?

전성태　네. 그렇게 되면 모호함이 많이 해결될 텐데……. 북한 할머니가 냐마와 다를 바 없는 인물이고, 그 삶을 벗어나려고 몽골로 왔을 테니까, 냐마한테 네 삶을 찾으라거나 혹은 운명의 굴레는 벗기 힘들더라, 그런 식의 조언을 했을 거란 말예요. 나는 그런 걸 읽어줄 줄 알았는데.

이선우　(웃음) 제대로 되려면 그렇게 되어야 하니까 아마도 의도는 그렇지 않았을까 생각은 했어요. 하지만 소설에서는 읽히지가 않아요. 냐마의 욕망과 행동, 눈물이 잘 이해가 안 되어서 몇 번을 읽었는데도 추측만 할 수 있었을 뿐이지 그걸 확신할 수 있는 실마리가 없었어요.

전성태　그렇죠? 그런데 이혼의 아픔을 겪은 여자분들은 이해를 하더라고요. (웃음)

이선우　저도 「두번째 왈츠」가 오랫동안 기억에 남는 작품이긴 했습니다. 개인적으로는 모호한 작품에 더 매력을 느끼는 편이기도 하고요. 그래서 『늑대』로 묶으면서 이번에 너무 선명하게 만든 작품들의 경우는 저에게는 매력이 다소 반감되었어요. 그런데 「두번째 왈츠」의 경우는, 그 할머니가 북한 여성이라는 것도 잘 알 수 없게 처리해놓았지만, 그밖에도 냐마의 심리를 제대로 이해할 수 없도록 덫까지 치셨어요. 우선 "몽골은 미망인이 연애하고 재혼하는 걸 큰 흠으로 여기지 않는 사회"라는 구절이 있고, 여러 상황들 때문에 냐마 스스로 '조국의 여자'가 된 것은 아닐까 하고 작중화자가 의심하는 장면이나 박물관 장면 등이 있긴 하지만 그것만으로는 좀 부족하다는 느낌이에요. 더구나 작중화자가 자신의 마음을 내비치자 냐마는 '사랑하는 순간에도 고독한 것을 견딜 수가 없다. 차라리 사랑 없이 혼자 고독을 감당하는 게 낫다'는 식으로 말하잖아요.

전성태　반어법이지요. 냐마는 갈등하고 있는 존재인데. 하여튼 나는 깜짝 놀랐어요. 북한 여자가 죽었다고 읽어버리면 소설이 아무 것도 아닌 게 돼버려서. 내가 잘못했지. 좀 더 썼어야 했는데, 북한 여성에 대해서 말예요.

이선우 한두 줄만 더 썼어도 달라졌을 것 같아요.

전성태 「로동신문」에 나오는, 걸리지 않는 전화번호도 모호하죠? 그 로동신문이 영정 싸가지고 나온 신문이잖아요. 처음에 나는 그 전화번호를 표구사 번호로 설정했었는데, 그래도 헷갈린다고 해서 나중에는 아예 무의미한 번호로 만들어버렸어요. 그런데 최근의 어떤 독자분의 암시로 개작의 실마리를 잡았어요.

이선우 저도 표구사 번호거나 누군가 그냥 메모해 놓은 번호거니 했어요. 계속 전화하는데 안 받으니 궁금하긴 하지만, 표구사에서는 어떻게 그 로동신문으로 영정을 싸게 됐을까 그런 것도 궁금하고. 하지만 「로동신문」에서 중요한 건 그런 게 아니니까요. 로동신문 한 장 나왔다고 벌벌 떨면서 신고를 하느니 마느니 법석을 떨고, 끝내 그걸 버리지 못하고 고이 접어 보관하는가 하면 거기 적힌 번호로 수차례 전화까지 거는 천씨의 행동 그 자체가 문제적인 거죠. 우리도 크게 다를 바 없으리라는 게 더 큰 문제고. 저는 재미있게 읽었어요. 그런데 참, 이청준 선생님 좋아하세요?

전성태 네. 오에 선생 공부가 끝나면 공부하려고 하죠. 평생 쓴 사람, 쓰는 일이 호흡이었던 작가를 만나고 싶어요.

이선우 저도 이청준 선생님 작품을 아주 좋아하고 존경하는데, 때로는 알 수 없는 저항감이 생기기도 해요. 완벽함, 아니 견고함에 대한 반감이라 할까, 아무튼 독자에게 자유를 주지 않잖아요. 전 선생님 작품세계와는 전혀 다르지만, 혹시 선생님도 그런 것에 영향을 받지는 않으셨나요?

전성태 저는 이청준 선생님 작품은 많이 읽지 못했어요. 저에게 답답한 틀 같은 게 있다면 그건 문학교육의 영향 탓일 거예요. 어렸을 때 모더니즘을 이해하기는 굉장히 힘들어요. 모더니즘의 포즈는 쉽게 따라할 수 있겠지만 자아를 핍진하게 통과하는 모더니즘의 정신은 갖기 힘들어요. 자의식을 관통하면서 형식이 붕괴돼도, 붕괴되면서 얻을 수 있는 것들이 있다고 누군가 말해 주었더라면, 내가 일찍이 좀 더 고민했을 텐데, 그런 부분들에 대한 고민이 늦었어요. 스스로도 답답함을 느껴요. 아까 완벽한 소설은 다시 안 읽게 된다고 그랬잖아요. 어떨 때는 내 소설을 한 번 읽어봐야지, 하는데 내 소설을 통 읽기가 싫어져요. 그런 게 있어요. 이문구 소설도 완미하지만 다른 방식으로 완미해요. 이문구 소설이 가지고 있는 곁가지 있잖아요. 한참 삼천포로 빠지다가 각설하고 돌아오는. 난 그것도 굉장히 중요한 것 같고, 고은 선생 시에서 어법이 굉장히 뒤틀리면서 그 뒤틀리는 힘으로 어떤 지점으로 도약하는 경지들이 있죠. 그걸 해내야 한다고 생각해요.

이선우 어법 이야기가 나와서 말인데, 「존재의 숲」이 "나는 이 이야기를 문지방에 기대어 들었다."는 문장으로 시작하잖아요. 그런데 '문지방에 기대다'는 표현을 여러 사람이 문제 삼고 있더군요. 문지방을 벨 수는 있지만 문지방에 기댄다는 건 말이 안 된다고.

전성태 저도 그 지적들을 접했어요. 제가 경험했다고 해서 리얼리티가 획득되는 건 아니니 일견 수긍이 가요. 그러나 문지방이 다 똑같은 게 아니에요. 특히나 제 소설의 문지방은 뒷문 문지방이거든요. 강원도는 추운 지방이라 뒷문이 작고 문지방도 깊어요. 그래서 이렇게 앉아서 기댈 수 있는 거예요. 다른 지방 뒷문도 비슷하지 않나요? 아마 양반집들도 그럴 걸요. 그래서 나는 그 문장을 고치지 않았어요.

이선우 언어의 문법을 파괴하면서 새로운 의미를 획득하려고 했던 것이 아니라 오히려 리얼리티에 가까운 거였네요.

전성태 그 말의 재미는 있었지요. 불경에 나오는 여시아문如是我聞의 변주라고 할 수 있어요. 나는 이렇게 들었다.

10. 아시아에 대한 관심, 너머

제가 『늑대』를 내고 제일 두려운 것은, 이게 몽골의 진실인 양 비춰지는 거예요. 나는 그냥 내 문제를 쓴 것인데, 워낙 몽골을 무대로 한 국내작품이 별로 없어서 혹여 내가 본 몽골로 몽골의 이미지가 고착될까봐.

이선우 몽골에 다녀와서 작품을 많이 쓰셨는데, 최근에 선생님 말고도 아시아로 눈을 돌리는 작가들이 상당히 많습니다. 특히 김남일, 방현석, 김인숙, 오수연 등 이른바 민족문학 진영의 작가들이 아시아에 대해 깊이 고민하고 있는 것 같아요. 그래서일까요, 아시아적 연대감의 산물이기도 하겠지만 한편으로는 민족문학 진영의 또 다른 돌파구처럼 보이기도 하는 게 사실입니다. 서유럽에 대한 낭만적인 시선과 동경으로부터는 비판적 거리를 확보했지만 역으로 아시아를 미화하는 시선들이 보이기도 하고요.

전성태 전체적으로는 해외여행이 자유화되어서 작가들이 외부세계와의 접촉이 많아진 것이 사실이고요. 민족문학 진영에서 그런 문제들이 나온 것은 같은 문제의식을 가지고 길 찾기를 한 것 같아요. 통로죠. 여기서는 해결 안 되는 부분들을 추스르는 과정에서 나왔다고 생각해요. 그러다보니 어떤 점에서는 낭만적으로 보이기도 하고. 문제의식이 좀 다른 거죠. 우리 사회는 왜 이 모양이냐, 이런 식으로 생각하다보니 상대적으로 그쪽이 낭만화되는 거잖아요. 그러나 한편

으로 그런 과정들을 다 치르고 나야지 진짜 '우리가 소통, 연대할 수 있느냐'는 문제에 이를 수 있겠죠. 오수연 씨는 그걸 시도했어요. 통증으로써 서로 연대하는 방식에 대해서 고민했던 것 같고. 시공간을 지워가면서 했던 것들이 동시

대성을 획득하려고 하고 보편화하려고 하는 과정이었던 것 같아요. 그런 작업이 되어야 하죠. 그런 측면에서 제가 『늑대』를 내고 걱정되는 점은, 혹시나 남들 눈에 이게 몽골의 실체인 양 보일까 하는 거예요. 나는 그냥 내 문제를 쓴 것인데 워낙 몽골을 무대로 한 국내작품이 별로 없어서 내가 본 몽골로 몽골의 이미지가 고착될까 봐 걱정이었지요. 나는 몽골에 대해 잘 몰라요. 6개월 살았는데 어떻게 알겠어요. 그렇지 않아요? 이 소설은, 명확히 하자면 몽골 사회를 이야기하려고 한 소설은 아니었다는 거죠.

이선우 네, 『늑대』에서 몽골은 결국 우리를 더 잘 들여다보기 위한 장소겠지요. 일테면 북한과 남한의 제3지대로서의 몽골이라든가. 그래서 자연스럽게 남북문제도 많이 다루고 계신데, 「목란식당」이나 「남방식물」에서는 남과 북의 정치적 만남이라든지 그 과정에서 정치권력에 희생당한 북측 화가와 그로 인해 붓을 꺾은 남측 화가 이야기로부터, 북한식당이라는 이유로 식당에서까지 온갖 추태를 부리는 남측 사람들의 모습과 탈북자에 대한 남측 사람들의 경직된 사고 등을 잘 그려내고 있습니다. 「두번째 왈츠」에서도, 몽골 사람들을 통해 서로의 이야기를 들으려 했던 남과 북의 사람들에 대해 이야기하고 있고요. 그래서 막상 몽골 사회 그 자체는 제대로 탐구되고 있지 않은데……. 그런데 어디로 떠나든 우리는 결국 우리를 볼 수밖에 없는 것 아닐까요?

전성태 내 정체성에 대해 늘 고민하다 보니까 그렇게 되는 것 같아요. 실제로 국내에서는 흐릿한 분단현실이, 국경을 벗어나 외국인을 만나면 바로 또렷해지는 경우를 경험하곤 했습니다. 그럴 때면 마치 북한하고 우리가 쌍둥이인 것처럼 느껴져요. 제가 첫 베트남 여행에서 홍콩친구를 만났는데, 어디서 왔냐고 해서 한국에서 왔다고 하니까, 당시에는 북한도 베트남과 교류가 많았을 때니까 남한에서 왔냐, 북한에서 왔냐 이렇게 묻더라고요. 당혹스러웠어요. 몽골에는 또 북한식당이 있어요. 나이든 몽골인들 중에 한국어를 잘 구사하는 분들

가운데는 평양 유학파들도 있고요. 몽골은 한때 북한과 아주 친밀한 관계였고, 지금도 몽골에는 북한대사관이 있고 북한 주민들이 나와 있지요. 그래서 나이 드신 몽골인들 중에 「두번째 왈츠」에 나오는 쟈르갈 시인처럼 쌍둥이에 대한 이야기를 하는 사람들이 있는 거죠.

이선우 「두번째 왈츠」에 보면 남과 북이 서로에게 품고 있는 마음이 그리움이냐 호기심이냐 하는 이야기가 있잖아요. 저는 솔직히, 우리 세대는 호기심 아닌가 생각했어요. 요즘에는 호기심도 없는 사람들이 많겠지만.

전성태 저한테는 그리움이라는 게 있는 것 같은데, 혹시 이것이 가짜 마음이 아닌가, 내가 너무 그런 쪽에 관심을 갖다보니까 생긴 그리움이 아닐까 하는 의심도 들어요. 그러나 그리움도 있는 것 같아요.

이선우 남북문제뿐만 아니라 『늑대』를 보면 정말 여러 가지 사회 문제들을 고민하고 계신 흔적들이 보입니다. 이산가족, 통일, 북한 인권, 탈북자, 새터민 문제 등 분단현실과 관련된 고민들이 한 축을 이루고 있다면 전지구적 자본주의의 전일화 속에서 파행적으로 진행되고 있는 세계화라든가 일그러진 근대화 과정에 대한 성찰이 겹쳐지면서 또 한 축을 이루고 있습니다. 우리 사회에 깊이 뿌리 내려져 있는 군사문화라든가 몰락하는 농촌의 현실, 또 그야말로 전성태표 소설이라 할 수 있는(웃음) 「이미테이션」에서는 혼혈인에 대한 차별이나 외국인에 대한 이중적 잣대 등을 풍자하고 있기도 합니다. 대충 나열만 했는데도 굵직한 주제들이 꽤 많은데, 앞으로도 이런 고민들을 계속 소설로 써낼 생각이신가요?

전성태 지금 계획하고 있는 장편은 그런 문제는 아니에요. 앞으로 쓰고 싶은 장편은, 현대사를 제 나름대로 재구성해보는 그런 소설이 되었으면 해요. 단편 역시 내가 구축했던 형식들을 좀 무너뜨리는 그런 단편 쓰기를 할 것 같아요. 이런 문제들도 보이면 물론 쓰겠지만.

이선우 그렇군요. 최근 월경의 상상력에 대한 논의가 분분한데, 선생님 작품은 사실 경계를 훌쩍 넘는 경지를 보여준다기보다 끊임없이 경계 넘기의 지난함만을 보여주고 계시잖아요. 그게 진짜 우리의 모습인데,『국경을 넘는 일』에서도 그렇고『늑대』에서도 그렇고 쉽게 극복하지 못하면 극복하지 못하는 채로, 하지만 그렇기 때문에 계속 싸우고 고민할 수밖에 없는 우리들의 현실을 보여줍니다. 소설의 본령이 자명한 것에 질문을 던지고 이 세계를 계속 의심하게 만드는 것이라고 할 때, 거기에 상당히 충실하신 것 같아요.

전성태 독자들에게는 그게 불만일 수도 있어요. 하지만 제가 모르는데 어떻게 쓰겠어요.

이선우 그런 걸 다 아는 작가들이 얼마나 있겠어요. 안다고 생각해도 생각이 다를 수도 있고, 해결책까지 제시하면 재미도 없을 것 같은데요. 독자의 몫이 전혀 없어지니까.

전성태 그래도 작가들한테 기대하는 바가 분명히 있을 거예요. 어떤 문제의식을 가졌으면 그 다음에 그 답이 뭔지 작가들이 내놓기를 기대하죠.

이선우 고민 자체에 어느 정도 답이 들어 있기도 하죠. 그러니까 진짜 좋은 작품은, 멋진 답을 제시하는 작품이 아니라 누구도 생각지 못한 질문을, 제대로 한 방 던지는 작품 아닐까요. 그런 의미에서, 교과서에 실음직하다거나 논술시장에 내놓을만하다는 세간의 평가는 선생님 작품에 대해 상반되는 입장을 드러내는 것일 수도 있겠다는 생각이 듭니다. 그만큼 우리 사회의 여러 모순을 잘 짚어내고 있다는 말도 되지만, 한편으로는 비판의 수위가 그다지 높지 않다는 말은 아닐까, 말하자면 체제 내로 수용 가능한 정도의 비판이 아닐까 하는 겁니다.

전성태 한 번도 생각해보지 못한 문제인데요. 비판의 수위라……. 그런데 요즘도 망명 작가가 탄생하나요? (웃음)

이선우 「이미테이션」은 이번에 황순원 문학상 후보작에 오르기도 했습니다. 아쉽게도 수상하지는 못하셨지만 수상작품집에는 실릴 텐데요. 『실천문학』 2000년 가을호에 실린 대담을 보니까 역사적 검증이 제대로 되지 않은 작가의 이름을 딴 문학상, 구체적으로 말씀드리면 미당문학상과 상업적인 목적과 전략 하에 출간되는 각종 수상작품집들에 대해 조목조목, 상당히 비판적인 논의를 펼치고 계시던데요. 좀 길지만, 선생님께서 그때 하신 말씀 중에서 이와 관련되는 부분들을 좀 인용해 볼게요.

"아무래도 상업적 타협이라는 것이 기본적으로 작가들이 먹고살 수 있는 제도적인 방편이 취약하다는 데에서 오고, 그러다 보니 고도의 상업전략에 의해 제정하고 또 적당한 작가를 끌어와서 상을 수여함으로써 판매고를 높이고, 작가들은 또 어쩔 수 없이 그 상이 어떤 상이건 간에 황금과 타협할 수밖에 없는 것이죠. 그곳에서 작가가 판단할 부분이 생기는 거죠. 문학상을 제정한다고 나무랄 수 있겠는가 생각하겠지만, 그 대상이 작가들인 만큼, 상을 받을 때 어떤 이름의 문학상인지, 과연 그 이름을 높이 기리면서 자기도 거기에 부합하는 작가가 되겠다고 생각하면서 받을 수 있는 상인지 따져볼 필요가 있는 것 같아요. 그래서 합당치 못한 문학상이라면 문인들이 기꺼이 거부할 수 있었으면 좋겠습니다. 이것이 작가들의 지위와도 관련이 있고, 또 그런 것들에 침묵하는 것이 작가적 자긍심을 포기하는 과정인 것 같아요. 지식인적인 역할과도 맞물리는 부분이죠."

"문학상이라는 게 사실은 경제적인 측면이나 격려의 측면에서 작가들에게 아주 유익하고 중요한 거예요. 하지만 김영하 씨의 말씀대로 그런 형태의 상과 수상집은, 일종의 상 받는 작가들이 동료들에 대한 윤리의식으로 접근해야 할 문제인 것 같아요. 나머지 작가들은 들러리로 이름이 올라가고 작품이 실리고, 그래서 돈 몇 푼 더 받는다는 것은 있겠지만 그럼으로써 독자들이 다른 책들 사 보지 않게 되잖아요. 그것만 읽으면 올해의 문제작들을 다 읽었다고 생각하죠."

이선우 황순원이 미당처럼 역사적 비판을 받아야 하는 작가는 아니지만, 문제는 황순원문학상도 미당문학상과 함께 중앙일보가 주최·

주관하는 상이란 말이죠. 매년 수상작품집도 발간하고. 황순원 문학상 후보로 오른 것이 이번이 처음은 아니시죠?

전성태 서너 번 올랐을 거예요.

이선우 2000년 이후, 어떤 입장의 변화가 있었던 것인가요?

전성태 1회 때 후보 수락 여부를 묻는 연락을 받고 앤솔러지 때문에 후보 안하겠다고 했어요. 그런데 관계하시던 분이, 앤솔러지 많이 나가지 않는다. 사람들이 앤솔러지를 읽고 그 사람 작품집은 안 읽을 것이라고 생각하는 것 같은데, 그렇지 않다. 그건 데이터도 있다. 그리고 건건이 당신은 앤솔러지 문제로 후보가 되는 것을 거부할 것이냐, 앤솔러지가 쉽게 없어지지는 않을 텐데. 이런 이야기를 해서 제가 수긍을 했어요. 앤솔로지 문제에 대해서는.

이선우 타협처럼 보일 수도 있지만, 어쨌든 생각은 그렇게 변하셨다는 말씀이시군요.

전성태 네.

이선우 언론이 주관하는 문학상 문제뿐 아니라 작가에게 언론과의 문제는 참 쉽지 않은 문제잖아요.

전성태 굉장히 어렵죠. 심사위원들과의 관계도 있거든요. 심사위원 선생님들이 문단 선배님들이고 개별적으로는 존경할 만한 분들도 있는데, 그분들이 이해한다고 해도 후배 입장에서는 그분들까지도 부정하는 꼴이 되니까. 그렇지만 언론 문제는 사회적으로 아주 중요한 문제이고 작가들로서도 뜨거운 감자예요. 언론과의 관계 문제는 개별 작가들이 판단하고 행동하도록 맡겨놔야 한다고 생각해요. 저도 특정 연대의 틀에 가담했지만 문학상을 거부하느냐, 마느냐 이렇게 쉽게 이야기할 성질이 아니에요. 거부하더라도 여러 층위에서 고민과 대응 방식이 존재해요. 거대한 연대의 흐름을 만들고 싶은 유혹은 있겠으나 개별 작가들이 자신의 양심에 따라 선택하도록 해야 한다고 생각해요. '6.9 작가선언'에 참여한 작가분들의 진지한 고민과 논의를 보면서 그런 마음이 더 들었어요.

11. 여자, 제일 이해하기 힘든 타자

이것도 잘못된 환상일지 모르겠는데, 아무리 들여다봐도 여자들은 남자들보다 고차원적인 존재인 것 같아요. 같은 인간으로 분류해선 안 될 것 같아. 정신세계가, 굉장히 해석하기 힘들어요.

이선우 여자가 등장하지 않는 것은 아닌데, 선생님 작품을 읽으면 왠지 여자가 등장하지 않는다는 인상을 받곤 했습니다. 그런데 어느 인터뷰 기사를 보니까 '이전 작품들과 달리『늑대』에서는 여성에 대한 탐구가 이루어지고 있다'고 직접 말씀하셨더군요.

전성태 본격적인 것은 아니고. 예전에 내 작품에 나오는 여자 인물들은 다방 아가씨 정도였어요.

이선우 그리고 아이 아니면 할머니죠. (웃음) 물론 재한 일본인처 문제를 다룬『여자이발사』가 있지만, 이 작품에서도 여성보다는 국가와 민족에 더 무게가 실리고 있고, 「연이 생각」이나 「국경을 넘는 일」에도 여성이 주요한 인물로 등장하긴 하지만 마찬가지로 여성 문제를 다룬 소설이라고 할 수는 없죠. 이번 작품집에서는 「두 번째 왈츠」가, 물론 역시나 '조국의 여성'이긴 하지만 그나마 여성에 대해 좀 이야기하고 있는 작품이라 할 수 있는데, 앞서 이야기했듯이 이 작품은 상당히 모호하죠. 사랑을 제대로 그리고 있는 것도 아니고. 혹시 여성에 대해 쓰다 보니까 모호해진 것은 아닐까요? (웃음) 왜 그렇게 소설에 제대로 된 여자들이 없나요? 연애소설도 없고.

전성태 몰라요. 왜 그런지도 모르고, 여자 역시 몰라요. 잘 모르겠어요. 여자에 대해 콤플렉스가 있는 것 같아요. 아무리 들여다봐도 여자들은 남자들보다 고차원적인 존재인 것 같아요. 같은 인간으로 분류해선 안 될 것 같아요. 같은 종은 아닌 것 같아. 뭔가 정신세계가, 굉장히 해석하기가 힘들어요. 이번 장편에서는 그런 여성캐릭터를 한번 써보려고 하는데, 남자를 파멸시키는 여성상, 또는 가부장적 세계를 강화시키는 여성상(일테면 종갓집 맏며느리같이 억압을 받으면서도 그 체제를 수호하려는 그런 여성), 성을 넘어서서 어떤 구원의 세계로 향하는 여성상을 그려보고 싶어요.

이선우 그런 생각 자체가 이미 여성에 대한 강한 편견을 드러내는 것 같은데요.

전성태 나름대로 이해해보려는 시도라고 봐주시면 안 되나요? 여자는 제일 이해하기 힘든 타자예요. 끝없이 동경하지만 이해할 수 없는 타자 같아요. 잘 모르겠어요. 이십대 때 연애를 하다보면 상대들이 내가 여자를 환상적으로 보는 것을 견디질 못했던 것 같아요. 자기 자신을 있는 그대로 바라보지 않는 것에 대해서.

이선우 「늑대」에도 그렇게 고착화된 이미지의 여성이 등장하죠. '한국-문명-자본-남성' VS '몽골-시원-초원-여성'의 구도를 취하셨어요. 끝내 남성의 힘에 굴복되지 않는 여성성을 동성애적 코드로 그려내기도 했지만, 거기에도 남성적 편견이 가득합니다.

전성태 큰일이야. (웃음) 거기에서 동성애 모티브는 그것 자체로 거대한 자연의 질서라는 뜻으로 그려보고 싶었어요. 용서해 주세요.

이선우 연애소설도 드문데, 사랑을 못 믿으시는 건 아닌지?

전성태 (웃음) 사랑을 믿고 안 믿고 이렇게 말하는 것은 거짓말 아니에요? 믿을 때도 있고 안 믿을 때도 있지.

이선우 사랑에 빠지면 사랑을 믿고?

전성태 그렇지요!

이선우 사랑을 안 믿으면 사랑에 잘 안 빠지는 것 아닌가요? 호감을 가지는 것 하고 사랑에 빠지는 것 하곤 다르잖아요.

전성태 빠져야겠다고 해서 빠지는 건 아니잖아요.

이선우 그런 가능성들을 차단시키는 사람들도 있잖아요.

전성태 그건 제대로 화학작용이 안 일어났을 때 그런 거죠. (웃음)

이선우 사랑에 대해 부정적인 견해를 가지고 있는 건 아니네요.

전성태 네, 그런 건 아니에요. 오히려 여자를 공경하고 존경하고, 그런 생각도 문제라고 하면 할 말이 없지만 저는 좀 그런 축이에요.

12. 작품의 완성도와 작가의 의도

> 그러다가 '늑대'라는 이미지를 잡은 거예요. 작가가 오랫동안 들려 있던 것들이 작품이 되었을 때 작품의 성공여부와 관계없이 애정이 가는 것 같아요.

이선우 평소에도 퇴고는 많이 하시는 편이시죠?

전성태 퇴고를 많이 하는 편은 아니에요. 그런데 발표할 때 급하게 썼던 소설들 있어요. 예를 들면, 「누구 내 구두 못 봤소?」 같은 경우는 끝도 못 맺고 발표를 했어요. 그런 것들은 손을 좀 봤고, 「중국산 폭죽」도 처음 발표했을 때는 죽은 여자 아이, 교회당 찾아온 그 아이가 별로 부각이 안 됐어요. 근데 뒤에 갑작스럽게 죽는 걸로 나오니까 그 부분을 좀 보충했지요. 「강을 건너는 사람들」 같은 경우는…….

이선우 「강을 건너는 사람들」 같은 경우는 고치기 전이 느낌이 더 좋았던 것 같아요, 저한테는. 제가 해설 쓰고 나서도 좀 고치셨던데, 그 전에는 불투명했던 것들이 좀 더 선명해지면서, 뭐랄까, 「강을 건너는 사람들」 특유의 아우라가 좀 사라졌어요. 소설이 훨씬 현실적으로 변했다고 할까요.

전성태 정확히 어떻게 고쳤는지 기억은 안 나지만, 내가 계속 문제를 가졌던 게 있어요. 내가 서두에 인용해 놓은 D.H 로런스의 소설 「국화 향기」에 나오는 구절이 있지요. '어머니는 그녀의 자궁이 거짓으로 끝난 느낌을 받았으며, 그녀 자신이 부정당한 느낌이었다.' 어머니가 아들의 죽음을 바라보는 심정, 그것이 사실 내가 이 소설을 쓰게 된 동기와 상통하는 문제의식이에요. 그 부분을 잘 드러내지 못해서 그걸 보충하려고 끝까지 손을 봤어요.

이선우 그러기에는 탈북 현장이라는 소재가 너무 강했던 것 아닌가 싶습니다. 더구나 작품을 고치면서 북한의 참담한 현실이 좀 더 선명하게 드러나서, 북한의 인권문제에 대해 발언하려고 했던 것처럼도 읽히는데요. 그런데 길잡이가 아이를 강 건너에 묻는 이유는 뭔가요?

전성태 시체가 훼손되고 있으니까. 아이들을 바꿔먹기 하고 있잖아요.

이선우 그러니까 그 부분하고도 연결되는 이야기인데, 죽은 아이를 이웃끼리 바꿔먹는다고 청년이 의심하니까 사내가 '직접 보지 않은 건 믿지 말라'고 하잖아요. 그래도 계속 의심하니까 나중에는 때리기까지 하고. 전 그 부분이, 인간에 대한 사내의 믿음을 드러내는 거라고 봤어요. 소문은 흉흉하지만, 내 이웃들이 설마 그럴 리는 없다고. 인간에 대한 최후의 믿음인 거죠. 사실 우리도 그런 소문들은 이미 알고 있잖아요.

전성태 확인할 수는 없어요.

이선우 네, 맞아요. 그냥 소문일 수도 있어요. 그만큼 어렵다는 것을 드러내는 것일 뿐일지도. 수정 전에는, 사내에게도 비록 불안함이 드러나지 않은 건 아니지만 그런 소문을 믿지 않으려는 의지가 엿보였어요, 인간에 대한 믿음에서 나오는. 그런데 책이 나온 뒤에 보니까, 그건 그냥, 현실을 인정하지 않으려는, 두려움에 가득 찬 몸부림일 뿐이더군요. 그러니 독자도 그 소문을 사실로 받아들일 수밖에 없을 것 같고.

전성태 그래서 북한을 명시적으로 비판하는 것이라는 생각이 들었어요?

이선우 인간성의, 최후의 보루마저 무너지고 말았으니까요. 물론 그렇게 된 데에는 미국을 비롯한 강대국들의 저열한 논리와 자본주의의 극심한 탄압이 있다는 것을 작품에서 분명히 비판하고 있지만, 자국민들을 그렇게까지 내몬 북한 당국도 비판을 피해갈 수는 없으리라 봅니다. 또 그 전에는 작품이 어떤 느낌이었느냐면, 사람들이 계속 이야기하고 있긴 하지만 왠지 침묵하는 느낌이었어요. 그런데 이상하죠, 고쳤다 해도 겨우 몇 마디 더 했을 뿐인데, 제가 느꼈던 그

침묵이 깨어졌어요. 고치기 전에는 하나의 이미지나 풍경 혹은 아주 느리게 흘러가는 흑백 무성영화처럼 다가왔다면 이제는 그게 칼라 영화로 바뀐 느낌이라고 할까요?

전성태 저는 전혀 느끼지 못했던 부분이에요. 어떻게 수용됐는지를 전혀 모르니까 나는 미흡하다는 쪽으로만 자꾸 생각을 했어요.

이선우 아, 이건 정확히 분석한 결과가 아니라, 그냥 단편적인 느낌일 뿐이에요. (웃음)

전성태 북한의 인권 문제에 대해 남한의 작가들이 발언해야 한다는 주문에 대해서 저는 나름대로 입장을 가지고 있어요. 우선 그게 용기의 문제일까요? 북한은 이미 동네북인데요. 그리고 극우의 목소리와 동일하게 취급된다는 우려에 발언을 아낀다는 비판도 우습지요. 인권에 대한 문제제기의 요지는 뭐지요? 실질적으로 개선되어야 한다는 거지요. 지금의 남북문제를 깊이 고려하면 남한 작가의 인권문제 제기가 실질적인 힘이 있나요? 메아리거나 자위행위 아닌가요? 저는 북한의 인권이 신장되려면 북한 사회가 한반도에 얽힌 여러 힘들을 뚫고 국제사회로 나오게 되었을 때 실질적인 진전이 가능해지라 봐요. 북한 인권 문제를 작가에게 발언하라고 주문하는 것은 남북문제를 추상적으로 보고 있거나 지나치게 문학중심주의에 빠져서 바라보는 시각이라고 생각해요. 물론 작가는 구체적인 영역에만 발을 디딘 존재는 아니죠. 그러나 저는 남북문제에 관한한 최대한 실질적이게 접근해야 한다는 생각을 가지고 있어요. 그리고 저는 나름대로 문학적으로 그 길을 탐색하고 있는 중이고요.

이선우 일리 있는 말씀입니다. 「늑대」에 대해서는 평가가 좀 엇갈리는데, 오리엔탈리즘적 시선과 관련해서 저도 아까 비판을 좀 했고. 그런데 그 작품을 표제작으로 선택하신 이유가, 작품의 완성도와는 상관없이 제일 마음에 드는 작품이고 또 몽골을 가장 잘 드러내는 작품이라고 생각하셨기 때문이라고요?

전성태 어떤 소재들이 다 똑같은 중량감으로 자기 몸에 안기는 게 아닌 것 같아요. 몽골에서 두 가지 이미지들을 마음으로 계속 좇았죠. 하나는 몽골 대지의 이미지. 시원, 농경사회와 유목사회의 이질성에서 오는 당혹스러움. 그 몽골 대지의 이미지에 강렬하게 끌리는 이미지가 있었고, 또 하나가 사회주의에서 자본주의로 넘어가는, 계속해서 자본의 침탈을 받고 있는, 신음하는 몽골의 이미지. 이 두 개의 이미지가 강렬해요. 마치 초원과 도시의 대비처럼. 그 이미지에 들려 있었는데, 고민이 깊었어요. 소설로는 쓸 수 없는 부분일지도 모르겠다는 생각도 들었어요. 그러다가 '늑대'라는 이미지를 잡은 거예요. 작가가 오랫동안 들려 있던 것들이 작품이 되었을 때 작품의 성공여부와 관계없이 애정이 가는 것 같아요. 사실 「국경을 넘는 일」이라는 작품도, 실패한 작품이거든요. 그 작품을 표제작으로 삼으면 안 된다는 주위의 만류를 무릅쓰고 표제작으로 삼았던 것은 그 작품에도 제가 오랫동안 붙들려 있었던 탓이죠.

이선우 두 작품 다 상당히 매력적이고 문제를 던져주는 작품이긴 합니다. 「늑대」는 화자가 계속 바뀌는 게 부적절하다는 비판도 있고, 앞서 말했듯이 여성에 대한 관점이라든가 선명한 양분 구조 등에서 한계가 분명히 드러나는 작품이지만 매력은 또 매력이니까요. 늑대까지 화자로 등장하는 건 좀 과하지 않나 싶기도 하지만, 미리 깔아 놓은 복선들이 독자의 예측을 배반하며 전개될 때, 어떤 쾌감이 있죠. 선생님 작품들이 그런 게 있어요. 허를 찌르는 전략들.

전성태 그것도 버려야 해요. 반전이라는 것이 굉장히 위험한 장치거든요. 작품 전체를 짊어지고 나서 한번 엎으면 괜찮지만 못 짊어지면서 엎으면 안 하느니만 못한데, 그것도 소설형식에 대한 강박인 것 같아요.

이선우 그럼 소설을 창작할 때 가장 중요하게 여기는 것은 어떤 부분인가요?

전성태 인물이라고 생각해요. 이야기에 복무하는, 동원된 인물이 아니고, 이야기를 만들어내는 인물을 만들어야 하는데, 이야기를 스스로 창출하는 인물, 그게 잘 될 때도 있고 안 될 때도 있어요.

이선우 좋아하는 작품 말고 가장 성공한 작품이라고 생각하는 작품은 뭐라고 생각하시나요?

전성태 『늑대』에는 사실 성공한 작품이 없어요. 진담이에요. 내가 내 책을 못 읽어요. 예전에 『매향』은 누우래질 정도로 삼사십 번은 읽었던 것 같아요, 나오자마자. 그런데 지금은 『매향』은 아예 들춰보기도 싫고, 『늑대』는 오탈자 잡으려고 한 번인가 봤어요. 못 읽겠더라고요. 작가는 바느질한 것까지 다 보이잖아요, 독자에게는 안 보이겠지만.

이선우 제가 제 평론을 읽기 싫은 것과 마찬가지로군요.

전성태 어디를 짜깁기하고 어디를 들어내고 했는지 다 보이잖아요.

13. 소설가로 살아간다는 것

> 작품이 잘 안 될 때는 몸을 만들어가는 방식으로 다른 사람들 작품을 읽는 게 도움이 돼요. 두 가지 방식으로 도움이 되는데, 하나는 이 정도는 나도 쓰겠다, 시작할 용기를 얻게 만들어줘서. 하나는 나도 이런 거 한번 써보고 싶다, 그런 마음을 갖게 해 줘서.

이선우 작가가 되길 참 잘했다 싶을 때는 어떤 때인가요, 반대로 후회가 들 때가 있다면?

전성태 가장으로서 생활을 해 나가야 하는데, 사실은 외나무다리 건너는 기분이 거의 계속되죠. 아이들이 가져야 하는, 누려야 하는 행복을 아비로서 못해 준 것 같다는 절망감이 들 때가 가장 고통스러운 것 같고. 좋은 것은, 사실 내가 염세주의자라 어떻게 사나 똑같다는 생각인데, 그럼에도 왜 이렇게 살까 하는 것을 이렇게까지 고민하면서 살 수 있게 된 것, 그것에 대해서는 후회하지 않을 것 같아요. 왜 사람 몸 타고 났는가, 그런 후회는 안 할 것 같다는 생각.

이선우 다시 태어나도 소설가가 될 생각은 있으세요?

전성태 원래는 우주과학자가 되는 것이 꿈이었어요. 처음으로 외부 백일장에 나가서 상을 받은 것도 우주과학자가 되겠다는 꿈 이야기를 써서 받은 거예요. 그런데 우주과학자는 안되고 소설가가 되었는데. 지금 다른 공부를 한다면 과학 공부를 해보고 싶어요. 조종사는 할 나이가 지난 것 같고. 중학교 2학년까지 한 일이 소망연구소라고, 굴 파서 거기서 책 읽고 그러면서 놀았어요.

이선우 후배들이나 자녀들이 문학을 하는 것에 대해 반대하지는 않으시죠?

전성태 우리 아이들이 문학한다고 하면 반대하지는 않을 거예요. 엉터리로 사는 것은 아닌 것 같아요, 소설가로 사는 것이.

이선우 계속 오에 선생 이야기를 하셨는데, 선배 작가들 가운데 특히 영향 받은 작가는 있으신가요?

전성태 이런 질문은 어려운데요. 이문구 선생 영향을 많이 받았고, 언어의 감옥에 대해서 고민이 깊은 박상륭 선생에게도 영향을 받았고. 오에 선생의 『회복하는 인간』에 그 이야기가 나오죠. 아마추어 지식인. 대학원에 진학 안 하고 3년 단위로 독학을 해 왔다고 하잖아요. 지금껏 열여섯 번인가 졸업했다는데, 제가 그걸 시작했어요. 오에 선생이 첫 번째 과정이에요. 저는 2년씩 하려고요. 3년까지는 못하겠고.

이선우 멋진 계획이시군요. 작품 쓸 때 다른 작품도 많이 읽는 편이신가요?

전성태 작품이 잘 안 될 때는 몸을 만들어가는 방식으로 다른 사람들 작품을 읽는 게 도움이 돼요. 두 가지 방식으로 도움이 되는데, 하나는 이 정도는 나도 쓰겠다, 시작할 용기를 얻게 만들어줘서. 하나는 나도 이런 거 한번 써보고 싶다, 그런 마음을 갖게 해 줘서. 나는 좀 읽는 편인 것 같아요.

이선우 어떤 작품을 읽고 '나도 이런 거 한번 써보고 싶다'는 마음이 드셨는지 궁금한데요.

전성태 몽골에 머무를 때 김남일 선생이 방문해서 오르한 파묵의 소설을 주고 가셨어요. 재미있게 읽었지요. 동양과 서양의 접경이라는 터키의 위도가 매력적이었고, 그것을 포착해 작품화한 오르한 파묵의 능력이 놀라웠어요. 제 고민의 한 지점들이 펼쳐져 있는 느낌이 강렬했지요. 제가 구상하는 장편 중 하나는 그의 작품에서 영감을 받았어요. 『눈』이라는 작품 말이에요. 뒤에 구체적인 제 생산물을 놓고 세세하게 이야기할 날이 왔으면 해요.

이선우 예. 기다리고 있겠습니다. 앞으로도 계속 좋은 글 많이 쓰셔서 선생님 자신뿐 아니라 한국문학사를 한 단계 도약시킬 수 있는 작가가 되시기 바랍니다. 장시간 좋은 말씀 고맙습니다. 🔳

상실과 부재의 언저리에서-경계를 향한 글쓰기

전성태론

이소연

1. 실향한 상주, 더딘 애도의 기록들

고향에 이르는 길은 언제나 조금씩 늦다. '고향'은 우리가 등지고 나온 어떤 것, 그리움과 아쉬움을 반추하게 하는, 상실의 기표로서 회고되며, 그나마 자주 오인된다. 더구나 90년대 이후 작가군에 포함되는 전성태를 포함해서 이른바 젊은 세대에게 있어서 고향의 의미는 사뭇 다를 수밖에 없다. 아무리 전성태의 소설이 잊혀 가는 농촌의 모습을 생생하게 복원했고, 공들여 연마한 고향의 언어를 알뜰하게 구사했다 해도 마찬가지다. 전성태의 소설 속에 등장하는 고향은 결핍의 대상으로서, 더디게 애도되기 위해 그 자리에 존재한다. 이러한 결핍은 이중적이다. 첫 번째 소설집 『매향』에서 작가가 어린 시절을 보냈던 고향은 70년대 이후 근대화의 거센 바람에 휩쓸려 본 모습을 상실하고 변형되어 가는 모습으로 그려지면서, 동시에 작가가 극복해야만 하는 어떤 것, 성숙을 위해 벗어버려야만 하는 부담스러운 원형질과 같은 것으로 지목되기도 한다. 작가가 굳이 우회하지 않고 "실향민 의식"(「歌手」, 218쪽)이라고 정확하게 집어 말한 정조는, 『매향』에서뿐만 아니라 근작을 묶어낸 『늑대』에 이르기까지 도저하게 전성태의 작품 밑자락을 떠받치고 있다. 잃어버린, 잃어버려야 할 고향을 향해 품은 충심은 질기고도 집요하다.1)

"상주(喪主) 노릇"은 작가가 자신의 더딘 발걸음을 가리켜, 스스로를 타박하기 위해 만들어낸 또 다른 말이다. '실향 의식'의 대상이 '고향'이라는 공간이라면, '상주' 의식의 대상이 되는 것은 사람이다. 작가 후기에 적힌 말로 미루어보아 "영안실 앞에서 서성거리다가 이십 대 한 시절을 다 보내버렸다는 피해의식"(『매향』, 317쪽)은 청년들을 잇달아 죽음으로 내몬 혼란스러운 정국에서 기인한 것으로 보이지만, 기실 소설 속에서 그 상실과 부재의 의미는 더 넓은, 혹은 다소 다른 방향으로 확장된다. 그리운 고향, 그리고 애틋한 한 사람을 잃어버렸다는 의식으로 인한 격절감은 대개 동일시되거나 중첩되어 서로의 비감을 더욱 증폭시킨다. 이 때 '고향'은 출생과 성장을 함께 한 가족, 또는 공동체에 대한 환유로, 또한 '조상弔喪'의 대상은 의인화된 공간, 또는 한 시대로 해석할 수도 있음은 물론이다. 따라서 "실향"과 "상주"라는 두 단어를 연거푸, 혹은 겹치면 동어반복이 된다. 하지만 이러한 반복은 불필요한 것이 아니다. 한 가지 현실은 다른 차원의 현실에 걸쳐 있고 여러 층위의 불행과 궁핍함을 재생산하기 마련이 아닌가. 국경을 넘어가는 사람들이 고향과 함께 죽은 아이를 묻는 일, 타향에서 동향친구를 잃은 이가 병까지 든 몸으로 한 시대를 조상하는 일, 자본의 물결에 퇴색해 가는 농촌을 지키던 친구의 주검을 염습하는 일, 그리고 그 가는 길에 실연까지 당하는 일……. 전성태의 소설 속에서 하나의 위기는 또 하나의 불행을 불러오고 그 불행은 또 다른 상실의 이면임이 속속 밝혀지면서 한 개인의 아픔은 공동체의 것으로, 세계의 균열을 증거하는 징후로, 전이된다.

이러한 고통스러운 삶의 정황을, 독자는 작가의 고백에서보다 먼

---

1) 대상으로 삼고 있는 작품은 다음과 같다. 『매향』(실천문학사, 1999), 『국경을 넘는 일』(창비, 2005), 『여자 이발사』(창해, 2005), 『늑대』(창비, 2009), 「로동신문」(『창작과비평』 2009년 여름호), 「장수 만세」(『현대문학』 2009년 10월호). 이하 인용할 경우 본문에 작품명과 쪽수만 표시한다.

저, 더욱 여실하게 독자는 소설에서 만나고, 그 세계의 징후를 언어와 텍스트가 벗은 몸처럼 드러낸다. 등단작인 「닭몰이」에서 가장 최근작인 「장수만세」에 이르기까지 전성태의 작품을 차례대로 다시 걸터듬어 보면, 정작 '실향한 상주'처럼 떠나고, 헤매고, 앓고, 인내해 온 것은 바로 그의 몸속에 든 언어들이 아니었을까. 그 언어가 자신의 상실을 추스르고 더디게 몸을 갖춰 일어나는 애도의 주기에 맞춰, 그의 글쓰기도 더디게 나아간다.

> 고향의 언어는 끝이 몽글고 품이 넉넉하여 말 다루는 사람을 매혹하는 바 있었다. (…중략…) 고향의 언어는 그런 연장이었다. 그런 언어를 입은 자는 세상을 어떻게 대할까? (「작가의 말」, 『국경을 넘는 일』, 233쪽)

> 나는 때로 내 옷이 누추하다고 느끼곤 했다. 언어에서 몸에 이르기까지 나의 믿음들이 진실일까 회의했다. (「작가의 말」, 『국경을 넘는 일』, 234쪽)

그렇다면 작가는 이러한 인식 끝에 어떤 선택을 내릴 것인가? 누추하지만 자신을 따뜻하게 감싸주고, 외부의 충격으로부터 보호해주던 넉넉한 옷을 벗어던질 것인가? 정녕 몸을 바꿀 것인가? "농촌적이고 토속적인 삶에 뿌리박은 표현"[2]을 섬세하게 구사하는 작가라는 세간의 상찬, 김유정, 이문구의 적자로서 견실한 가계의 말석을 버리고 일어날 것인가? 『매향』에 담긴 일부 소설들, 『국경을 넘는 일』, 『여자 이발사』, 『늑대』 등에 담긴 소설들은 이러한 질문들에 대한 답을 각자 자신에게 부과된 운명대로, 다양하게 선취選取하고 있다.

이는 작가 자신의 깨달음에서 온 것일 수도 있고, 시대적인 요청에 부응한 것이라고 볼 수도 있다. 이 두 가지 필요성은 딱히 나뉘어서 생각해야 할 성질의 것도 아니다. 어찌됐던 이는 작가에게 "몸의 문

---

2) 방민호, 「소멸해 가는, 몰락해 가는 것들의 가치」, 『매향』, 303쪽.

제"였고, "실존의 문제"였으며, "모든 걸 새로이 극복해야 했"기에 힘 겹기 짝이 없고 여기 저기 터져 나오는 "균열"을 때로는 헛것과의 싸움처럼 감당해야 했기에 더욱 모질어야 했을 것이다. 때로는 말의 미망에 휩쓸려 "글자가 사라지고 이야기만 남는 글"(「존재의 숲」, 11쪽)에 대한 소망을 품은 채 존재의 숲을 홀린 듯 헤매고 다니는 일도 서슴지 않았을 것이다. 『매향』에서 보여주었던 고향 농촌의 정취, 잘 조화된 방언과 풍자가 빛나는 언어, 어머니의 품과도 같은 고향과 일체가 된 듯이 살아가는 순박한 주인공들의 넘치는 개성들은 『국경을 넘는 일』이후로 변모 또는 변용된다. 한 평자의 말처럼 "존재하지도 않는 고향의 삶과 언어를 그리움 속에서 환기하려는 스스로의 자의식과 싸우"[3]는 일, 이는 어머니의 세계와 자신의 이야기세계를 불식간에 일치시켰던 상상적 상태에서 벗어나는 일이다. 프로이트 식의 고전적인 설명을 빌리면 자신의 존재와 언어의 몸 한가운데 자리한 내밀한 국부 한 조각을 떼어 내는 일이기도 하다.

　작품 속에서 생명을 부여받은 등장인물들에게 운명이 있듯이 텍스트에도 운명이 있고, 또한 그 텍스트의 운명은 그 안에서 작가의 운명을 내비친다. 그 운명이 서로의 진실을 반영하고 되쏘고 분광시키는 행복한 접합점을 찾을 때 독자는 잠시 그 신비로운 존재의 집 안에 머문다. 마치 이들을 오랫동안 알아왔던 것처럼, 그 안에서 편안하게 대화하고 그 거처에 자신의 운명 한 가닥도 조화롭게 입사시킨다. 글을 쓰는 작가의 무의식적 욕망과 의식적 노력이 텍스트의 결과 짜임에 반영되고, 그러한 작가의 실천이 텍스트의 진실과 만나 언어의 실존에 조응하는 상태. 이런 집은, 서두른다고 쉬이 만들 수 있는 것이 아니다.

---

3) 정홍수, 「고향 없는 세대의 언어를 위하여」, 『소설의 고독』, 창비, 2008, 278쪽.

2. 타자라는 심연, 실패하는 연인들

조짐은 무성했고 시도는 예견된 것이었으며, 결말은 아직 도래하지 않았다. 『매향』에는 이미 자신이 떠나온 고향과의 상실과 거리감을 현재형으로 체험하고 있는 몇몇 화자가 등장한다. 고향에서의 어린 시절, 깊은 인상을 남겨주었던 여자 정애를 찾아 외딴 섬까지 찾아가는 주인공 '나'의 그리움은(「歌手」), 멀고 먼 타지의 사막을 헤매고 다니며 유목민이 된 북한 여인을 찾는 인물의 기이한 인연(「두 번째 왈츠」)으로 이어진다. 두 사람 모두 자신이 찾는 대상이 부재함을 확인하기 위해, 아니 이미 예견되어 있던 부재를 지연시키기 위해 먼 길을 떠난다. 몽골의 초원은 남방보다 훨씬 넓기에 떠돌 수 있는 길도, 미지에 가려진 그리운 대상들도 더 많을 것인가.

「존재의 숲」에서 이미 작가는 남을 웃기지 못하는 개그맨이 잃어버린 해학을 찾아 깊은 골짜기의 숲으로 들어가는, 여정을 그린 바 있다. 스스로를 "곧고 휘고 돌고 엎어지는 말의 묘미를 좇아 사"는 사람으로 자처하는 개그맨—작가는 문지방에 기대어 들은 촌로들의 이야기 속에서 "풍성한 은유와 비유"(10쪽)의 성찬을 발견한다. 자신이 말할 수 없었던 것, 언어 이면의 언어를 발견하기 위해서는 스스로의 한계와 대면하는 "캄캄한 삶"의 국면을 피할 수 없는 법. 살아있는 사람들인지 허깨비인지 알 수 없는 것들과의 만남을 통해 삶과 죽음, 존재와 비존재의 경계를 엿본 주인공은 그 언저리에서 일찌감치 북방의 국경을 향해 그리움의 촉수를 내어민다.

나는 가본 적 없는 지구 북쪽의 침엽수림대를 오랫동안 동경하며 지냈다. 뽀드득거리는 눈길과 코끝이 쨍할 정도로 차가운 공기 속을 걸어 들어가 고개를 쳐들면 시퍼런 하늘을 찌르고 선 전나무를 보게 될 것이다. 정신마저도 고드름처럼 예봉을 세우는 침엽수의 숲, 그 숲으로 간다면 나는 힘이 솟을 것 같곤 했다. (26~27쪽)

아마도 작가는, 몽골을 배경으로 한 일련의 작품들을 쓰기 이전부터, 이미 여러 번 마음으로 국경을 넘었으리라. 「국경을 넘는 일」에는 실제로 태국과 캄보디아의 국경을 넘는 여행길에 오르는 인물이 등장한다. 이 작품 속에서 주인공의 주위를 둘러싸고 있는 것은 인간인지 비인간인지 모를 허깨비 같은 존재들이 아니라 살과 피를 가진 인간들이지만, 서로 속을 잘 알 수 없고 말도 쉬 통하지 않는다는 점에서 낯설긴 매한가지다. 차라리 뒷문을 활짝 열어놓거나 수박 한 쪽을 건네는 일만으로 모르는 척 섞여들어 갈 수 있었던 때가 좋았으련만, 현실은 언제나 한 발자국씩 더 가혹한 곳에 있다.

작가는 이 작품의 배경이 되는 상황이 당시 젊은이들 사이에 유행되었던 일종의 "기획여행"(136쪽)임을 밝히고 있는데, 그러다보니 이를 다루는 작품마저 '기획소설'의 느낌이 드는 것은 어쩔 수 없을 것이다. 여러 국가에서 온 사람들과의 만남이라는 설정도 그러하고, 이들 사이에서 오가는 현실감이 떨어지는 듯한 대화 내용도 그러하다. 게다가 여행길에서 만난 이국여인과의 짧은 만남과 헤어짐이라는 스토리마저 어쩐지 여행자의 환상을 자극하는 상투적인 이야기들에서 간간이 마주쳤던 것과 비슷하다. 특히나 다음과 같은 대화에서 볼 수 있는 시대착오적인 직접성, 서투른 전언의 개입 등은 독자의 몰입을 방해할 뿐만 아니라 참기 어려운 불편함까지 안겨준다.

"일본을 어떻게 보십니까?"
구로다의 질문은 허리가 펴질 정도로 직접적이었다. 박은 서로의 짧은 언어 때문이라고 생각했다.
"글쎄요."
박은 난감했다.
"반일감정을 두고 하시는 말씀이라면 요즘 젊은 세대는 과거에 비해 자유로운 편입니다. 그렇지만 한국인들은 일본의 존재를 식민지 기억과 떼놓고 생각할 수 없습니다."

"저는 한국이나 중국의 입장을 잘 이해하지만 동양이 너무 내셔널리즘에 빠져 있다고 생각합니다. 동아시아의 저력이 소모되는 것 같아 아쉽습니다."

어느덧 언어는 영어로 돌아가 있었다.

"그건 일본 영향 탓이 가장 큽니다. 한국의 내셔널리즘은 방어적이라고 할 수 있습니다. 가해자였던 일본의 실체가 여전히 위협적이기 때문입니다. 솔직히 당신 나라는 제국의 욕망을 그대로 가지고 있지 않습니까? 그런 의미에서 일본의 내셔널리즘은 더 위험하다고 봅니다. 왜 당신들은 아시아인의 정체성을 갖고 있으면서 아시아인이기를 거부합니까?" (148~149쪽, 강조는 인용자)

작가에게 있어서 국경을 넘는 일은, 기실 몸과 함께 '마음'을 넘는 일에 관련된 것이었으리라. 그러나 서로의 '마음'을 넘어서기 위해 우리가 극복해야 할 것은 공간적인 거리, 선입견, 관습 무엇보다 '언어'의 문제와 관련된다. 이른바 '지구촌', '세계화'의 시대에 우리 삶의 전위는 이미 국내, 내국인에 머무르지 않고 외국과 이방인이라는 타자로 관심을 옮겨간 지 오래 되었다. 따라서 전성태가 사유의 극한 지점에서 낯선 이국이라는 무대로 달려간 것은 아마도 또 다른 한계 속에서 자신의 언어를 시험하고자 하는 진정성에서 비롯되었을 것이다. 그러나 '타인'은 언제나 '지옥'만큼 까다로운 법, 잘 모르는 곳에서 잘 모르는 사람들에 대해 쓸 수밖에 없는 상황은, 소설 속에서 낯선 곳, 낯선 이들과 조우하는 인물들이 맞닥뜨리는 당혹감과 조응하면서, 작가 역시 그들의 실패를 반복하게끔 만든다. 이것은 바로 '말할 수 없는 것을 말해야 하는' 지점에 이르렀을 때, 작가들이 일으키는 균열 또는 징후와 닮아 있다. 외국인들을 마주섰을 때, 그, '말할 수 없는 것을 말해야' 하는 상황은 관념적인 수사나, 형이상학이 아닌 몸의 상황이고 생존과 관련된 '실전'인 것이다. 「코리언 쏠저」에서처럼 낯선 땅에서 얼어 죽지 않으려면 손짓, 발짓을 동원하고 아파트 담벼락에 매달리는 일까지 감수해야 한다. 국경에서 한 걸음 벗어나면 전위는 어디에나 있다. 몽골의 초원에도, 시장 골목에도, 그리고 사람의 마음속에도.

그런 의미에서 언어의 균열, 심하게 말해 퇴행을 무릅쓰고라도 익숙한 고향의 언어를 버리고자 하는 작가의 모험은 위태로워 보인다. 위태로운 만큼 용기가 필요했으리라. 낯선 광야의 길목에서 이야기를 줍기 위해서는, 다른 사람의 언어에 몸을 섞어야 하고, 그러기 위해선 자신의 말을 조금씩 버려가야 했으리라. 『매향』을 비롯해 「소를 줍다」, 「아이들도 때로는 돈이 필요하다」와 같이 친숙한 농촌을 배경으로 한 작품들이 유창한 언어의 구사와 생동감을 보여주는데 반해 『국경을 넘는 일』과 『늑대』에 실린 몇몇 작품들이 이에 못 미치는 것은, 어쩔 수 없는 선택일지도. 작가는, 기로에 서서 찬탄대신 의심의 길을, 소통대신 불통의 길을 선택한 것일는지도 모르겠다. 그것이 진정성에 의한 것이든, 유혹에 굴복한 것이든 간에 말이다.

낯선 땅에서 만난 초면의 외국인들끼리, "허리가 펴질 정도로 직접적"인 질문을 주고받는 순간의 낯 뜨거움을 생각해보라. 계몽기 소설의 한 부분을 연상케 하는 이들의 대화 내용은, 과연 새로울 것도, 고차원적인 것도 아닌 진부한 수준의 담론에 머무르면서, 당사자들과, 작품을 읽는 독자들을 곤혹스럽게 만든다. 그러나 이러한 작품의 결여가 일차적으로 작품이 다루는 세계의 결여에서 비롯된 것이라면? 작품에서 곳곳에서 돌출하는 투박한 상황과 이로 인해 유발되는 불편함이 기실은 세계 속에서 우리가 경험하는 좌절에 대한 미메시스라면? 작품을 읽는 사람을 자주 걸려 넘어지게 만드는 미숙함, 거칠고 서투른 언술, 어색하기 짝이 없는 상황설정 등이 바로 우리가 처해있는 비현실적인 현실의 어리석은 균열을 그대로 텍스트의 효과로 전이시킨 결과라면? 이 자리는 한 평자가 최근 소설에 자주 등장하는 낯선 타자들의 출현을 가리켜 "이질적인 것, 특이한 것, 안 통하는 것, 이를테면 외국인, 타자, 유령 등이 문학의 언어에 틈입하는 자리"4)라고 지적한 바로 그러한 균열이다. 여하튼, 이러한 질문에 답하면서 「국경을 넘는 일」을 다시 한 번 읽는 일은 전성태 소설 전체를 꿰는 새로운 시선을 제공해준다는 점에서 의미가 있다.

예컨대 소설의 결을 따라가면서 다시 한 번 이렇게 되물어보면 어떠한가, 실제로 우리가 "기획"에 의해 짜 맞춰진 인위적인 만남을 통해 낯선 이방인들과 조우할 때, 나눌 수 있는 대화는 이런 수준을 벗어날 수 있을까. 난데없이 들려온 낯선 호각 소리에 놀라 뛰는 사람을 보고, 분단된 국가, 군대 체험 등을 연상시키는 이방인들에게 개인의 내밀한 진실을 전달하는 일은 애초에 불가능한 일일지도 모른다. 게다가 이들은 서로의 언어에 대해 너무도 무지하지 않은가. 우리는 경계를 넘어서기를 원하되 언제나 제자리에서 같은 결여의 주위를 돌고 있다. 주인공이 계속해서 모래가 자신의 눈동자들 긁고 있다는 이물감에 시달리면서 눈을 제대로 뜨지 못하는 상황은, 따라서 매우 상징적이다. 아니, 오히려 한 세계와 다른 세계가 경계를 허물고 상호침투하는 과정에서 경험하는 외상을, 그 과정에서 더욱 더 고통스럽게 물화되는 과정을 드러냈더라면 더 좋았을 것이다. 여러 가지 면에서 독자를 혼란스럽게 하는 작품 「늑대」에서는 언어가 '삶을 밟지 못한' 채 착란하는 징후가 조심스럽게 시작된다. 그런 의미에서 이 작품에 대해서는 좀 더 할 말을 남겨두어야 할 것이다. 그러나 전성태는 적지 않은 경우, 아니 생각했던 것보다 자주, 그러한 균열에 빠졌을 때, 쉽게 자신을 드러내고 빠져나온다. 서투른 관념의 덫에 걸리기도 하고 인간 내면에 대한 깊이 있는 탐색이 필요한 곳에서는 서둘러 발을 빼고 달아나기도 한다. "대체 우리가 끝내 알 수 없는 것들을 다 무어라 불러야겠는가?"(「두 번째 왈츠」, 137쪽)와 같은 장탄식을 왜 서둘러 발설해야 했는지. 개그맨은 남을 웃게 만들게 하기 위해 자신은 웃으면 안 되는 법, 차라리 작가는 더 그 균열 속에서 허우적거리고 실패를 거듭하면서 독자로 하여금 절로 장탄식을 하게끔 만드는 것이 좋지 않았을까? 아마도 물화된 세계의 심연, 침묵의 아

---

4) 백지은, 「지금 만나러 갑니다」, 『세계의 문학』, 민음사, 2008년 가을호, 298쪽.

포리아를 견뎌내지 못했기에, 등장인물들로 하여금 마음에 품었던 애인을 그렇게 쉽게 떠나보내게 만들었던 것일까? 사랑이 그예, 미치지 못했던 것일까?

3. 국경 넘기, 그 외상의 기억

경계를 넘어서는 일은 내 자신 안에 있는 상실과 타자 속에 있는 결핍을 마주보게 하는 일이다. 감추고 싶은 내 안의 환부를 타인의 시선이 들어와 파헤친다. 나 역시 타인의 마음속에 있는 외상의 흔적을 더듬어 찾아낸다. 그 과정에서 상처만 덧들여놓고 물러나기 일쑤여도, 타자를 향해 다가서는 일을 피할 수 없다. 그들을 향해 끊임없이 나아가고 더듬거리는 언어로 서투른 교신을 시도한다는 것, 그 불가능한 노력은 타자에 대한 윤리와 반복되는 욕망의 실현 사이를 매번 저울질한다.

「강을 건너는 사람들」은 이러한 경계 넘기의 힘겨움에 대한 냉혹한 기록이다. 차안의 상실을 견디다 못해 목숨을 걸고 국경을 건너는 사람들이 발견하는 것은 결국 피안의 결핍일 뿐. 벗어나려고 해도 결국 상실과 부재의 언저리를 배회할 수밖에 없는 운명을 타고난 이들은 살아났다고 해도 의미가 없고 죽었다 해도 살아있을 때와 별반 다르지 않다는 모진 사실을 깨닫게 된다. 죽어서 땅에 묻힌 아기의 젖을 먹고 겨우 살아남은 아이들에게 물려줄 희망이란 거의 없는 현실 속에서도 사람들은 목숨을 걸고 또 새로운 땅을 찾아 떠날 것이다. 죽은 아기를 등에 업고 사람들을 실어 강을 건네주는 여자 뱃사공의 운명은 글쓰기의 숙명을 받아들일 수밖에 없는 작가의 운명과 병치된다. "어머니는 그녀의 자궁이 거짓으로 끝난 느낌을 받았으며, 그녀 자신이 부정당한 느낌이었다"(180쪽)라는 참담한 제사題詞는 두 가지 의미로 읽힌다. 하나는 무익한 노력을 계속할 수밖에 없는 자신의 운명에 대한 질문이요, 다른 하나는 그럼에도 불구하고 멈출 수 없는 삶의 충동에 대한 무의식적인 수락이다.

결국 거리의 문제가 아니다. 배를 타고 하룻밤이면 건너갈 수 있는 길에도 역사, 자본, 정치적인 상황이 겹겹이 장애물처럼 가로막고 있으므로, 이러한 정황 가운데서 우리는 같은 민족인 북한마저도 남의 나라에서, 타자 속의 타자로 만날 수밖에 없다. 그리하여 전성태는 가장 가까운 타자인 아시아를 사유하기 시작한다. 유폐되지 않으려면 돌파해야 하는데, 항상 몸이 먼저 떠난 뒤에야 마음이 뒤늦게 쫓아온다는 것이 문제다. 몽골에 진출한 북한 식당인 '목란식당'을 배경으로 한 두 편의 소설 「목란식당」과 「남방식물」에서, 중심을 이루고 있는 것이 바로 이러한 시차에 관련된 내용이다. 낯선 땅 몽골에서 목란식당을 찾아오는 사람들은 입으로 "정갈하고 입에도 닿"는 음식을 먹고 눈으로 종업원들의 공연을 즐기면서도 이념이라는 틀 속에 넣고 못질해버린 마음은 꺼내오지 못한 것이다. 이들의 마음속에서 목란식당은 분단된 현실의 상징, 가장 가까우면서도 멀리 있는 적대적 타자의 기표일 뿐이다. "분단 장사"를 하고 있는 식당이나, 그곳에서 추태를 부리는 남한의 손님들이나 줄 수 없는 향락을 약속하고 얻을 수 있는 것 이상의 것을 요구한다는 점에서 힘겨운, 불가능한 조우를 하고 있는 셈이다. 그들이 제공하고 또 저들이 맛보고자 하는 냉면을 만들어줄 "공훈 요리사"의 도래는 지연되고 마음이 닿지 않는 어긋나는 만남은 계속된다. 「남방식물」에서 또 한사람의 주인공이 마주치는 "난경"도 이와 크게 다르지 않다. 호텔에서 제공하는 음식이 입에 맞지 않아 점심때마다 찾곤 하는 목란식당에서 주인공은 명화라는 이름의 북한 종업원에게서 한 통의 편지를 건네받게 된다. 그는 이 편지가 자신의 탈북을 도와달라는 내용을 담고 있을 것으로 지레 짐작하고 봉투를 열어보지도 않은 채 편지를 몽골식 성황당인 어워에 묻어버린다. 명화 처녀의 발신과 주인공의 수신 사이, 그 사이에 놓인 시차만큼이나 이들의 거리는 좁혀지지 않고 소통은 지연된다. 결국 명화가 식당을 떠난 것을 확인한 후에 어워로 달려가 허겁지겁 편지를 찾아내 읽은 주인공은, 그 편지가 명화 자신이 아닌 동료 몽골 여성을 위한 도움을 부탁하는 내용을 담고 있다는 사실을 알게 되고, 이윽고 아연해진다.

　　바람이 낚아채듯 편지를 빼앗아갔다. 그는 휘청하여 손을 뻗었으나 편지는
　　바람을 타고 허공으로 너울너울 날아갔다. 그것은 발마의 의지도 편지의 의
　　지도 아닌 마치 병섭 자신의 의지 같았다. 그는 가만히 빈손을 내려뜨렸다.
　　(「남방식물」, 88쪽)

「남방식물」에서 북한 처녀와 주인공 간에 놓여 있는 불소통의 심연은, 남방에서 자라는 고구마와 북방이라는 풍토 사이의 부조화, 아내를 배신한 주인공과 남편을 타국으로 쫓아 보낸 아내 간의 불화와 포개지면서, 다시 한 번 독자들로 하여금 타자성에 대해 캐묻게끔 한다. 결국 어떤 방식으로 저들과 만날 수 있겠는가. 한 쪽이 다른 쪽을 일방적으로 돕거나 이용하는 관계도, 낯선 풍물을 대하듯이 향유하는 관계도, 상대에 대한 부담 때문에 외면하는 태도도 모두 고통이다. 이래서야 타자를 대할 때 서로 상처밖에 주고받을 것이 없다. 몽골 청년 돈 얼과 북한 처녀 명화, 가족과 떨어져 낯선 땅에 온 자신들 모두 오연한 유목민의 땅을 "절뚝거리며 걷고 있는 여자"처럼 척박한 삶에 뿌리를 내리고자 하는 생명임에 매한가지가 아닌가. 북방의 매서운 바람 앞에 맥을 못추는 고구마 줄기처럼 엄혹한 북방에서의 삶에 시달리면서도 살아남아야 하는 현실, 게다가 인간의 얼굴을 하고서. 이러한 난경을 헤쳐 나가기 위해서는 아무래도 실낱같은 희망이라도 갖지 않을 수 없다. 「중국산 폭죽」과 「코리언 쏠저」는 이러한 요청에 대한 소박한 답변과도 같다. 두 작품 역시 몽골에서 경험하는 낯선 문화와의 만남과 곤경이라는 주제를 다루고 있지만, 「코리언 쏠저」의 경우 독자들을 희미하게나마 미소 짓게 만드는 해학이 있다는

점에서, 「중국산 폭죽」의 경우 상호이해의 미광을 보여준다는 점에서 다른 어떤 작품보다 낙관적이다.

물론 「코리언 쏠저」의 주인공이 겪는 시련만큼은 다른 인물들이 겪은 것 이상으로 가혹하기 이를 데 없다. 시장에서는 강도들을 만나 옷을 찢기는 물건까지 털리는가 하면, 기분전환을 위해 방문한 인터넷 카페에서는 불량배들의 사냥감이 될 위기에 처하고, 칩거한 아파트에서는 열쇠를 잃어버려 별안간 밖에서 얼어 죽을지도 모르는 상황에 놓이기까지……. 급기야 전선줄에 몸을 의지해서 아파트 담벼락에 위태롭게 매달리는 지경에 처한 것은 역시 낯선 땅에서 겪는 소통의 부재에서 기인한 것이리라. 이 이야기는 연달아 닥쳐오는 시련을 불굴의 의지로 이겨내는 영웅담의 현대적 버전이며, 군대를 전역한 지 이십년이 넘은 주인공은 희화화된 반영웅의 모습이다. 몽골군 장교로부터 "우리는 친구다, 코리언 쏠저."(123쪽)라는 우호적인 인사를 받는 장면에 교차하는 기막힘이란. 오해와 과장으로 범벅이 된 것일지언정 낯선 이들로부터 받는 환대는 작품 전체에 낙관성을 부여하는 힘이 있다. 비록 목숨을 허공에 내어놓는 절박함에 값하는 것일지라도, 더불어 「중국산 폭죽」의 견고한 전망은 타인을 향한 후의를 결심한 성직자의 시선에서 비롯된 것이기에 가능했을 것이다. 거리의 아이들을 서둘러 현관에 들여놓았다가 "이 지저분한 아이들을 거실로 들여놓을 수도, 그렇다고 다시 내보낼 수도 없는 처지"(160쪽)에 놓인 목사의 곤경은 낯선 언어로 경계의 글쓰기를 지속해야 하는 작가의 망설임, 어정쩡한 태도와 지극히 닮아 있다. 목사가 이들을 위해 베풀 수 있는 호의란 집안의 쓰레기를 모았다 내어주고, 가끔씩 빵과 푼돈을 안겨주는 정도의 일이지만 이러한 사소한 일에서마저 그는 매번 한계를 실감한다. 그야말로 '시험에 들지 않게 구하소서'라고 기도해야 할 판국이다. 그러나 "직업상" 인내하는 일을 통해, 거칠고 투박할 것으로 짐작됐던 이들의 세계에 나름대로의 엄정한 '윤리'가 있다는 진실에 조금씩 접근하게 된다. 죽은 친구를 위해 새해 첫날에 인민궁전에 모여 폭죽을 터뜨리는 의식을 지켜보며 "불꽃이 솟구치는 중심을 향해 더욱 단단하게 모여드"(177쪽)는 저들의 모습에서 보이는 것은 비록 찰나이지만 시대와 공간을 초월한 인간으로서 느끼는 공감이다. 그러한 공감은 이해와 설명을 초월하는 것이기에 진정으로 '아름답다'라고 말할 수 있는 것이리라. 이러한 광경을 미약하나마 '희망'의 조짐으로 해석한다면, 성급한 것일까.

4. 잠들 수 없는 혼, 꿈꾸는 일의 버거움

작가는 상실에 대해 발언하는 사람이라기보다 그에 대한 꿈을 꾸는 사람이어야 한다. 꿈을 꾸려면, 먼저 잠들어야 한다. 달콤한 잠은 자아를 빼앗고, 그 자리에 몽마들을 살게 한다. 검은 늑대와 같은, 인정사정없는 야성의 생물이나, 나오꼬와 냐마같은, 손에 잡으려 해도 잡히지 않는 매혹적인 이국의 여성들, 불현듯 나타나 사형私刑을 가하는 개도살꾼……. 그러나 '늑대'를 꿈꾸는 작가의 상상력은 외지의 위험에 맞서 깊이 잠들지 못하고 반은 잠들고 반은 깨어 있는, 유목민의 잠을 닮았다. 몽골의 초원이라는, 초월적인 존재감으로 압도하나 그 한계를 다 알 수 없는 세계에 대한 불안으로 인해 작가는 마음껏 꿈꾸지 못한 채, 섣불리 자신의 모습을 드러낸다. 「늑대」에서 검은 늑대의 존재가 상징하는 것은, 몽골 초원의 야성적인 생명력이면서 동시에 깨어 있는 작가의 불안한 혼이다. 그 둘은 '늑대'라는 하나의 존재 속에서 융화되지 못하고 섞여서 한 목소리로 각자 다른 말을 하고 있다. 「늑대」는 불안감에 붙들려 반쯤 눈 뜬 작가의 의식에 몽마들이 달려들어 어지럽게 엉켜서 뒹구는 치열한 목소리의 전쟁터이다.

늑대가 유럽에서 여전히 두려움의 대상이던 시절, 한 프랑스 저술가는 제보당 지역을 쑥대밭으로 만든 한 늑대의 모습을 다음과 같이 묘사했다고 한다. "제보당 늑대의 모습을 정확히 묘사할 수 있는 사람은 단 한 사람도 없다. 많은 사람이 그린 그림이 서로 달랐는데, 그것이 서로 충돌하기는커녕 오히려 추악한 면들만 모여 모질고 사나운 야수의 모습으로 강조되고 변모되었다. 완전한 괴물의 모습이 되고 만 것이다."5) "늑대 울음소리에 두려움이 증폭되어 두세 마리의 울음소리를 수십 마리의 울음소리로 착각하는 경우도 많다"6)는 증언처럼 늑대들을 향한 두려움은 과장되어 늑대를 거의 초자연적인 존재로 만들어버리기도 한다. 전성태의 「늑대」에 등장하는 검은 늑대가 바로 그러한 존재다. 「늑대」에는 여섯 명이나 되는 서로 다른 시점이 등장하지만, 이들은 모두 한 사람의 어조를 통해 진술되고 있다. 늑대라는 치명적인 욕망의 대상에 투영된 것은 기실 여러 사람들의 욕망의 얼굴이며, 이들 대신 말하고 있는 것은 늑대의 혼에 빙의된 작가의 목소리다.

"우리의 초원으로 서류 한 장과 함께 들어온 그 자본주의일까요? 나는 어렴풋이 그리리라 짐작하고 있습니다. 먹고사는 데서 놓여난 여유이겠고, 옛날식으로 말하면 잉여물을 독점한 자가 필연적으로 맞게 되는 퇴폐성이겠지요."(40쪽), "저 탐욕에 무슨 인과가 있겠습니까. 욕망과 힘에 무슨 죄가 있겠습니까. (…중략…) 나는 늑대 앞에 숙명적인 라이벌로 마주하기를 원합니다. 약육강식의 자연법칙이니 죄의식이니 연민이니 하는 것들이 없는 절대공간에서 독대하기를 원합니다."(45쪽), "이런 격정은 몸이 온전히 낯설었을 때만 오는 거겠지요. 이 순간이 끝나면 완전한 낯섦은 소멸하겠지요. 아무리 갈망해도 어쩔 수 없이 소멸하겠지요. 보름이 지난 달처럼 몸에서 지워져가겠지요."(61쪽) 작가는 낯선 것들에 대해 말해야 한다는 불안으로 인해 꿈꾸기에 앞서 서둘러 자신의 자의식을 이야기의 층위이 뒤섞는다. 작가의 실패는, 텍스트의 실패이며, 욕망의 승리를 뜻한다. 이런 식

5) 쓰시마 유코, 김훈아 옮김, 『웃는 늑대』, 문학동네, 2008, 14쪽.
6) 위의 책, 14쪽.

의 승부는 가능한 한 피하는 편이 좋았을 것이다. 「늑대」 정도의 짧은 소설에서 몸을 바꾸어가며 자신의 위력을 드러내는 욕망의 변화무쌍한 궤적을, 설득력 있게 드러낸다는 것은 아무래도 버거워 보인다. 각각의 목소리의 주인들의 얼굴이 채 형상화되기 이전이 다른 사람의 이야기세계로 서둘러 넘어가기 때문에, 독자들은 애초에 이들의 흐름을 단번에 따라잡기보다는 언어—화자—작가가 혼돈을 일으키면서 파국을 향해 재빠르게 달려간다는 인상을 받게 된다. 작가의 목소리가 돌출하면, 이야기세계 안에 거주하는 등장인물들은 그만큼 생명력을 잃고, 물화되어 갈 수밖에. 이들은 한쪽이 다른 한쪽 다리를 물고 있는 제로썸의 경쟁관계처럼. 연결되어 있는 존재인 것이다.

전성태의 소설 속에서 '북방'이라는 위상은, 공간적인 지역인 동시에 마음의 위치를 의미한다. 그곳에서 그는 모험의 미망에 붙들리고 실패할 때까지 한계를 시험해본다. 한편 다시 국내로 돌아와, 우리 내부의 타자성에 대해 이야기할 때는 좀 더 안정적일 뿐만 아니라 오히려 균열을 봉합하고자 하는 사뭇 다른 태도를 보여준다. 두 상반된 움직임은 무엇에서 기인한 것일까? 「이미테이션」의 주인공 게리는 한국인 부모에게서 태어났으면서도 외국인의 외양을 지닌, 그래서 스스로 혼혈인처럼 행세하며 살아가기로 결심한 사람이다.

> 게리는 자신의 인생에서 뭔가가 빠져 있다는 공허감에서 헤어날 수가 없었다. 한동안 그는 그것이 무엇인지 알 수 없었다. 어느날 문득 그는 텔레비전을 보다가 깨달았다. 불우함이었다. (276쪽)

게리가 스스로의 결핍을 또 다른 결핍으로 채우고자 결심한 순간 "그는 새로 태어난 듯 마음이 편해졌다"(278쪽). 그는 자신의 인생에 벌어진 균열을 '짝퉁'으로 봉합하고, 한국에 정착하기로 마음을 먹는다. 게리가 선택한 한국은 침엽수림이 아닌 "소나무 숲"이 펼쳐져 있는 인공도시이며 그 도시의 숲을 가로지들 때 이 때 게리가 느끼는 따뜻함은, 타국의 초원을 헤매는 여행자의 황폐함과 상반된 지점에 있는 감정이다. 자신의 공간을 선택하고 거주하는 자가 느끼는 안온함과 같은 것이랄까. 그것은 사회의 일그러진 욕망에 의해 부과된 왜상을 수락하고 이를 통해 '지속가능한 삶'을 누리는 수많은 정착민들의 도시에 섞여 들어가는 것을 의미한다. '늑대'보다 온순하고 길들이기 쉬운 "이미테이션"이라는 '숭고한 대상'을 통해 게리가 자신의 남루한 삶을 누벼가는 것처럼, 작가 역시 당분간 잠시 다시 찾은 고향의 언어에 잠시 머물 것이다. 그는 언제 다시 경계를 향한 글쓰기를 위해 자신의 몸을 밀어붙일 것인가. 그가 "나는 아주 오래 쓸 것"(「작가의 말」, 『늑대』, 301쪽)이라고 한 이상 알 수 없는 노릇이다.

최근에 발표한 작품 「로동신문」과 「장수 만세」에서 전성태는 삶을 봉합시켜 온 오래된 힘에 대해 좀 더 이야기를 계속하고 있다. '로동신문', '국기', '영정사진' 같은 위태로운 단어들을 살짝살짝 비켜갈 수 있게 해주는 "거시기"라는 토착어의 품은 얼마나 넉넉한가. 영정사진의 모난 액자를 덮어씌우기에 낡은 "로동신문"의 질감은 또 얼마나 적절한가. 아흔 살이나 넘은 노인에게는 "자식 죽은 줄 모르고"(99쪽) 남은 여생을 취해 사는 편이 낫지 않겠는가. 앞으로도 아주 오래 쓸 작가라면, 버거운 글쓰기의 모험을 마치고 꿈꾸는 일에 대해 이야기하는 것도 좋지 않겠는가. 그의 이야기를 벗 삼아 들어줄 수 있는 오래된 독자들이 남아 있다면, 그가 다른 '영도零度'의 지점으로 찾아가 글을 쓰기 시작할 때까지 함께 기다리는 일은 무료하지 않을 것이다.

5. 언저리에서, 더 한 걸음

그 순간 나는 어떤 극심한 외로움과 함께 부끄러움이, 그리고 두 여자를 두고 어떤 질투심마저 들었는데 그 심리상태가 어디에서 연유하고 딱히 무어라 명명할 수 있을지 알 수 없었다. 다만 나는 아주 오래전부터 그리워한 듯 그녀를 품에 안고 사랑할 자격이 있을까, 진심으로 자문했다. (「두 번째 왈츠」, 155쪽, 강조는 인용자)

　그가 한 여자를 사랑할 "자격" 같은 것을 두고 저울질하고 있는 것은, '진정으로' 원한 적이 없었기 때문이리라. 전성태의 인물들은 국외자의 입장에서 바라만 볼 뿐 욕망의 한 복판에 내던져져 뜨겁게 산화하는 법이 없다. 매력적인 몽골 여성 냐마와도 "제삼지대에 놓인 사람이었고, 역설적으로 그녀와 자유롭게 춤을 출 수 있는 사람"(「두 번째 왈츠」, 139쪽)으로서 금을 넘지 않는 범위 내에서 아슬아슬한 긴장감만을 즐길 따름이다. 몸까지 섞었던 나오꼬와의 관계에서도 하다 못해 늑대에게 빙의된 애매한 상황 속에서도, 치즈게와 허와가 불태우는 정염을 바라보기만 할 뿐 그 언저리에 머물러있는 국외자의 처지를 벗어나지 못한다. 이제, 직접 사랑할 때도 되지 않았을까. 여행자 또는 방문자라는 알리바이를 벗어던지고, "이미테이션"과 "거시기"로 가려진 진상을 똑바로 응시할 때, 비로소 이념과 제도와 같은 거대담론에 포획된 진실한 개인의 모습을 발견할 수 있을 것이다. 혹은, 적어도 죽은 뒤에라도 예를 갖춰 애도할 수 있으리라. 지금도 의문이다. "세속의 끈에 붙들려"(「장수 만세」, 101쪽) 가까스로 자신을 지탱하고 있는 노인이 바라는 것이 "만세"의 "장수"를 누리는 것인지, 비명횡사한 아들을 뒤늦게라도 옳게 조상하는 것인지. 삶이란 그렇게 해서라도 연명할 귀중한 가치인가, 진실보다 강하고 질긴 것인가. 전성태의 소설이 낯선 지역의 풍광을 여실하게 드러내는 '풍속지리지'에서 한걸음 더 일탈하려면, 국외자에서 당사자로, 애인도 아니고 정부도 아닌 어정쩡한 상태에서 연인으로, 남편으로 그리고 그 당사자의 심정으로 깊이 낙하해야 할 것이 아닌가. 타자는 아시아에만 있는 것이 아니라, 사람의 마음속에도, 자기 자신 속에도 있다. 다른 사람의 심정을 침범하지 않고 적당한 거리를 유지하고자 하는 예의만큼이나 긴요한 것은 침입자의 무례가 아니겠는가. 적어도 소설에서는 말이다. 전성태의 소설이 또 다른 경계를 향해 모험을 떠난다면, 다음에는 한 인간의 마음이라는 전인미답의 황무지에서 길을 잃어보는 것은 어떨까요, 라고 유혹해 보리라. 모든 인간의 마음은, 이미 처녀지가 아니던가. 다음번에 사랑을 느끼면, 자격 같은 것은 묻지 말고, 외국인이라는 사실에 스스로 장막을 치지 말고, 그녀의 손을 잡고 춤을 추라고 말이다. 상실의 언저리에서 나아가, 더 한 걸음. 뭐가 있는지, 한 번 와 보라고. 🔲

이소연
1971년생. 문학평론가. 공주교대 강사. 2009년 『현대문학』 평론 신인상. sodasu98@naver.com

변경의 상상력과 낭만적 리얼리즘

전성태론

최강민

1. 소외된 타자와 매향의 언어들

나는 대학교 선후배라는 덕분에 소설가 전성태와 친분이 있다. 친분이 있는 사람의 작가론을 쓴다는 것은 쉬우면서도 어려운 일이다. 주례사비평과 단절을 선언한 나로서는 대학 후배라고 무조건 칭찬만 남발할 수는 없다. 전성태 소설의 매력에 일정 부분 공감하고 있기에 비판의 칼날을 마구 휘두르기도 곤혹스럽다. 그래서 나는 이 글을 쓰면서 잠시 전성태와 결별한다. 굿바이, 전성태! 이제부터 나는 글을 마칠 때까지 전성태와 어떤 사이도 아니다. 나는 안면박대 한 채 최강민표 전성태론을 쓸 뿐이다(독자들이 최강민표가 무엇이냐고 물으면 특별히 대답할 말은 물론 없다). 이것이 나에게도, 전성태에게도, 독자에게도 모두 좋은 일이라고 생각하고 질주를 시작한다.

1969년생의 작가 전성태는 1994년 '실천문학 신인상'을 받고 등단한 이후 창작집 세 권과 경장편 한 권을 겨우 발간했다. 등단한 이후 15년 동안 불과 세 권의 창작집과 한 권의 장편소설을 썼다는 것은 이 작가가 과작의 작가임을 말해준다. 이것은 작가의 게으름과 낮은 노동생산성이 합작해 만들어낸 결과로 보여진다. 작가가 게으르다는 것이 무조건 나쁘다고는 볼 수 없다. 쓰레기 같은 소설을 대량 생산하는 것보다 양질의 소설을 생산하는 것이 더욱 효율적일 수 있다. 작가 전성태는 양보다 질에 우선권을 주고 그 동안 창작 활동을 해왔다. 전성태가 등단 이후 줄곧 주목을 받았던 것은 동세대의 젊은 작가들이 대부분 도시체험을 바탕으로 도시소설을 쓰는 데에 비해 실감 나는 농촌소설을 통해 차별화된 아우라를 보여주었기 때문이다. 특히 전성태가 구사하는 전라도 방언의 입말들은 다른 젊은 작가들이 손쉽게 흉내낼 수 없는 독보적 경지를 보여주었다. 전라남도 고흥 출신이라는 작가의 이력과 언어에 대한 끊임없는 문학적 자의식은 한 개성 있는 소설가를 등장시키도록 했던 것이다. 전성태의 소설 세계는 창작집을 기준으로 농촌공동체를 중점적으로 형상화한 첫 번째 창작집 『매향』(1999)의 농촌 세계, 농촌에서 벗어나 월경적 상상력의 징후를 보여준 『국경을 넘는 일』(2005)이라는 전환기적 세계, 월경적 상상력이 더욱 심화되거나 확장된 『늑대』(2009)의 탈국가적·탈민족적 세계로 크게 구분할 수 있다. 이런 변화에도 불구하고 전성태 소설을 일관되게 관통하는 것은 소외된 타자에 대한 따스한 관심과 애정이다. 1980년대 후반 학번인 전성태는 문학이 민중의 현실을 대변하고 그들을 옹호해야 한다는 민중문학론의 자장 속에 문학 공부를 해 왔다. 그는 군사정권 타도와 민주화 실현의 과정에서 희생된 많은 존재들에 대해 일종의 부채감 내지 상주의식을 갖고 있다. 이런 까닭에 전성태는 자신의 소설이 좀더 나은 역사와 현실을 만들기 위한 밑거름이 되고자 한다. 그의 소설은 실존적 자아의 내면세계보다 공동체적 현실 세계에 소설의 초점을 맞추고자 한다. 그렇지만 전성태 소설은 기존 리얼리즘 소설과 달리 공동체적 연대보다 연대의 해체 속에 개별화 된 존재의 고통과 절망에 더 관심을 보여왔다.

전성태를 만나보면 예의 바른 사람이라는 인상을 받게 된다. 이러한 작가의 자세는 그의 소설 언어에도 고스란히 반영되어 있다. 그의 언어들은 들개의 이빨같은 공격적인 직선의 언어와 거리가 멀다. 전성태의 소설은 이 땅에서 상처받고 소외된 타자(또는 존재)들을 위해 던지는 일종의 매향埋香이란 곡선의 언어들이다. 매향은 죽은 이를 위해 내세來世의 복을 빌기 위하여 향香을 강이나 바다에 잠가 두는 행위를 일컫는다. 그의 소설을 읽을 때면 종종 나는 매향의 아련한 향내를 맡으며 소설 속으로 자연스럽게 녹아든다. 전성태의 소설 언어는 현실을 비판하면서도 비판의 대상을 무차별적으로 파괴하는 죽음 충동인 타나토스의 언어가 아니다. 전성태는 비극적 상황에서도 주체와 타자가 상생하는 카니발의 세계를, 삶의 본능인 에로스의 언어를 추구한다. 이런 이유 때문인지 전성태의 소설은 '가진 자/못 가진 자, 강자/약자, 가해자/피해자, 내국인/외국인, 주체/타자' 등의 극한적 대립보다 양자가 공존하는 세계를 지향한다.

2. 암담한 농촌 현실과 낭만적 리얼리즘

농촌은 작가 전성태의 소설적 뿌리이다. 농촌에 대한 그의 접근법이 압축적으로 드러난 것은 첫 번째 창작집 『매향』(1999)이다. 전성태가 그리는 농촌은 전원적, 목가적 농촌이 아니라 자본주의적 일상이 지배하는 냉혹한 현실이다. 이때 전성태가 즐겨 사용하는 세대 언어는 유년 세대로부터 노년 세대까지 다양한 구질을 선보인다. 불과 20대 중반에 등단했음에도 불구하고 다양한 연령층을 자연스럽게 등장시킬 수 있는 그의 문학적 내공은 놀라움 그 자체이다. 작가가 자신이 경험하지 못한 연령층을 심층적으로 그려내는 것은 쉽지 않다. 문학적 상상력만으로는 빈틈을 모두 메울 수가 없다. 그런데 놀랍게도 전성태는 다양한 연령대를 소화할 수 있는 '천개의 유리가면'을 갖고 있다. 천개의 유리가면에서 나오는 자연스러운 작중인물의 형상화는 전성태 소설이 지닌 대표적 매력 중의 하나이다.

다양한 연령층의 등장은 다양한 작중인물과 일상사의 등장으로 이어진다. 농부, 아낙네, 노인, 탄광, 노름꾼, 금점꾼 등 다양한 작중인물들은 농촌이 직면하고 있는 현실의 다층적 풍경을 보여준다. 전성태의 소설에서 농촌은 희망찬 새벽종이 울리는 새마을이 아니다. 아무리 열심히 일해도 빚더미에서 헤어나기 힘든 궁핍함과 절망이 지배하는 세계이다. 「태풍이 오는 계절」에서 젊은 농민은 태풍 보상금을 얻기 위해 자신의 집을 스스로 파괴하고, 「새」에서 젊은 농민은 마을의 연대 보증 속에 빚더미에 올라앉아 야반도주를 엿보고, 「환희」에서 주정뱅이 아버지와 어린 아들은 쥐약을 먹고 동반 자살하고, 「닭몰이」에서 노총각 농민은 장가를 제때에 가지 못해 정신적으로 방황하고 있다. 이처럼 전성태의 농촌소설은 궁핍과 병 등으로 인해 힘겨운 농촌의 일상이 등장하는 소설(「소를 줍다」, 「누구 내 구두 못 봤소?」, 「가문 정월」 등)과 죽음과 같은 비극적 사건이 등장하는 소설(「길」, 「매향」, 「환희」 등)로 크게 나눈다. 이것에서 보듯 전성태가 그리는 농촌의 풍경은 전반적으로 잿빛 풍경이다. 이 중심에 일그러진 가족사가 자리한다. 전성태가 그리는 농촌 가족의 풍경은 남편이 술에 취해 아내에게 폭력을 남발하거나 중병에 걸리고, 아내는 바람이 나 가출을 하거나 자살하고, 부모의 역할 부재 속에 자식들은 생활고에 시달린다. 어디에서도 가족의 희망은 쉽게 발견되지 않는다.

전성태의 농촌 소설이 지닌 형식상의 특징은 극적 반전이다. 「태풍이 오는 계절」, 「새」, 「못난 부족이 그린 벽화」, 「금굴배미 형제」, 「사육제」 「도롱굴댁의 내훈」 「누구 내 구두 못 봤소?」 「아이들도 돈이 필요하다」 등은 극적 반전을 통해 독자에게 어이없는 웃음을 유발한다. 예를 들어 「태풍이 오는 계절」에서 무당집 아들인 노식은 주택 보조금을 노리고 태풍이 온다는 예보를 믿고 집을 파괴했으나 정작 태풍은 오지 않는다. 더욱이 노식은 어이없게도 집을 파괴한 것이 아니라 밭에 쌓아놓은 싸래기를 헤쳐 놓았던 것이다. 「새」에서 수동은 연대보증의 빚 문제를 해결하기 위해 과수원을 팔고 야반도주를 계획했으나 정작 팔지는 못한 채 마누라에게 바람 난 것이 발각되어

개망신을 당한다. 「금굴배미 형제」에서 작중인물들은 콩밭에서 금이 있는지 찾아보았지만 발견되지 않는다. 하지만 이 땅의 소유자인 선근은 금채굴 업자들이 금맥을 잡았다는 식으로 극적 반전의 거짓말을 해 땅값을 높인다. 극적 반전으로 웃음을 유발시키는 전성태의 소설은 선배작가 김유정의 소설과 상호텍스트성을 보인다. 이러한 극적 반전의 서사는 대개 어이없는 웃음을 통해 견고한 서사 구조에 균열을, 더 나아가 강고한 지배질서의 해체를 유도하는 아이러니를 보여준다.

농촌은 전성태에게 잿빛 절망과 죽음의 공간만은 아니다. 인적이 드문 농촌은 상처 받은 이들을 보듬어주는 재생과 치유의 시공간이다. 「길」에서 교도소 재소 경력이 있는 뜨내기 사내와 술집 여자는 자본주의적 도시의 일상을 떠나 외딴 '절골'에 두 사람의 보금자리를 건설한다. 이곳에서 둘은 세속의 때를 벗고 사랑을 오붓하게 키워나간다. 「존재의 숲」에서 인기가 별로 없는 개그맨은 별똥이 많이 떨어진 외딴 골짜기에서 성찰의 시간을 갖는다. 농촌은 이들 작중인물들에게 세속의 찌든 때를 세탁하고 상처를 치유할 수 있는 일종의 유토피아이다. 여기서 주목할 점은 유토피아로 설정된 공간이 도시적 일상이 지배하는 대도시가 아니라 외딴 농촌 지역이라는 점이다. 「길」에서 남녀 주인공이 외딴 절골에서 사랑을 키워나간다는 서사는 외딴 무인도에 표류한 소년과 소녀의 사랑을 보여준 영화 〈블루 라군〉(1980)을 떠올리게 한다. 물론 전성태는 이 소설에서 남자가 중병에 걸려 사망한다는 설정을 통해 현실의 공간에서 낭만적 판타지가 존립하기 어렵다는 것을 보여준다. 그럼에도 불구하고 「길」은 남녀의 순애보적 사랑이라는 낭만주의적 판타지를 물씬 풍기고 있다.

농촌을 다루는 전성태의 시선은 당대 자본주의적 모순 속에서 고통 받고 있는 농민상을 그려낸다. 하지만 그가 형상화하는 농민은 첨예한 사회적 문제의식을 보여주지 못하는 경우가 많다. 궁핍과 절망은 집단적 문제로 확산되지 않은 채 개별 주체의 불행으로 끝을 맺는다. 당대 사회의 구조적 모순으로 인한 고통을 함께 겪으면서 이것의 시정을 위해 함께 싸워나가는 연대적 농민상은 전성태의 소설에 없다. 그 대신에 전면화 된 것은 비극적 개별 사건과 암시적 형태의 상징이다. 전성태의 소설이 보여주는 리얼리즘의 세계는 소위 말하는 집단적 운동성과 목적의식이 강렬했던 1980년대판 리얼리즘 소설과 다른 육체를 지닌다. 전성태의 리얼리즘은 집단적 움직임보다 현실 모순 속에 괴로워하는 개별적 존재의 형상화에 더욱 골몰한다. 이러한 전성태의 리얼리즘은 리얼리즘의 새로운 진화형일까, 아니면 퇴행성 징후일까? 확실한 것은 전성태의 리얼리즘 소설에 낭만주의적 요소가 적지 않게 들어가 있다는 점이다. 그는 리얼리즘에서 냉혹한 현실을, 낭만성에서 따스한 희망을 발견한다. 이러한 혼종성으로 인해 전성태는 선배작가 이문구와 또 다른 문학세계를 보여준다.

문제는 그의 낭만성이 리얼리즘의 구체적 형상화를 때로는 훼방 놓으면서 텍스트의 미학성 추구로만 나아갈 때에 발생한다. 그 결과 전성태의 소설에서는 당대의 첨예한 현실 문제들이 중요하게 언급되지 않은 채 상징적으로 나타나거나 간략하게 처리된다. 또한 그의 농촌소설은 당대적 농촌이 등장하지만 과거 회상조 형태의 농촌도 심심치 않게 등장한다. 그렇다 보니 '지금, 여기'의 농촌이 지닌 구체적 문제점들이 생생하게 드러나지 못하는 한계를 노출한다. 이것은 그의 농촌소설이 단편인 이유도 있지만 리얼리즘의 시선이 현실의 대상을 심도 있게 꿰뚫어 보지 못했기에 발생한 현상이다. 그가 아직 농촌을 배경으로 한 장편소설을 탈고하지 못한 것도 이것과 무관하지 않다. 전성태는 단편에서 장편으로 체질을 바꾸기 위해서라도 구체적 현실을 좀더 세부적으로 포착해 형상화하는 작업이 필요하다. 요컨대 전성태 소설은 낭만성이 현실 극복 의지로 전이되고, 동시에 리얼리즘의 치열한 비판정신과 구체적 산문화가 결합할 경우 더욱 빛을 발할 수 있다. 그렇지 못하면 단편은 중·장편 같고, 중·장편은 단편 같은 암담한 상황에 직면할 수 있다. 전성태의 첫 번째 장편인

『여자 이발사』의 실패는 이것을 보여주는 좋은 예이다.

3. 탈국가적, 월경적 상상력과 몽골

한국의 민주화가 제대로 진척되지 않은 1980년대까지 소설가들은 자국의 문제에 집착할 수밖에 없었다. 물론 황석영, 박영한 등의 일부 작가에 의해 베트남 전쟁을 형상화한 소설이 등장하기도 했다. 그렇지만 이것은 자국의 문제를 해결하기 위한 우회적 통로의 성격이 강했다. 스쳐 지나가는 여행자의 시선이 아니라 꼼꼼하게 이국을 관찰하는 문학적 상상력의 본격적인 개화는 2000년대부터이다. 1990년대 중후반부터 한국인들은 경제적 여유 속에 배낭여행 등 다양한 방법을 통해 타국을 체험한다. 또한 한국의 노동력 부족 현상 속에 제3세계 출신의 노동자가 수입되면서 한국 작가들은 자연스럽게 타국으로 상상력을 확대할 수 있었던 것이다. 이러한 기반이 축적된 상황에서 탈국가적, 월경적 상상력을 자신의 주요 작품 주제나 소재로 활용하는 대표적 작가들은 황석영, 방현석, 전성태, 김재영, 강영숙 등이다. 이 중에서 특히 전성태는 두 번째 창작집인『국경을 넘는 일』부터 탈국가적, 월경적 상상력을 통해 맹목적 민족주의와 국가주의를 성찰하는 작업을 해 왔다. 그렇다면 작가는 한국의 농촌에서 낯선 이국으로 점프한 자신의 변신을 어떻게 설명할 수 있을까? 전성태는 전라도 방언이라는 입말의 문체로 농촌을 형상화해 주목을 받았지만 2000년대에 들어 한계에 부딪치고 만다. 그에게 주어진 길은 농촌의 서민적 일상사를 좀더 심층적, 총체적 시선으로 형상화 하거나, 아니면 새로운 영토를 개척하는 것이었다. 전성태가 선택한 길은 방랑자인 보헤미안이 되어 농촌이 아닌 낯선 이국의 땅으로 떠나는 서사적 여행이었다. 이것은 작가의 현실도피라기보다 자신의 문학적 한계를 낯선 이국이라는 우회로로 돌파하려는 것이었다. 전성태가 즐겨 다루었던 농촌과 새로 형상화하기 시작한 아시아 지역은 한국소설에서 주변부였다는 점에서 공통점을 갖고 있다.

전성태의 새로운 변신을 상징하는 작품은 표제작인 「국경을 넘는 일」이다. 이 소설은 일상화된 분단 문제와 국경을 넘나드는 청춘 남녀의 뜨거운 사랑을 함께 그리고 있다. 동남아를 여행하던 주인공 박은 공산권 캄보디아에서 태국으로 넘어가는 국경에서 갑자기 들리는 장난감 호루라기 소리에 놀라 자신도 모르게 비공산권 국가인 태국 쪽으로 정신없이 뛰어간다. 태국의 공안원은 이런 박을 밀수꾼으로 오해하고, 박은 자신이 호루라기 소리에 놀라 뛰었다는 것을 여러 번 말해야 했다. 박은 "우리에게 국경을 넘는 일은 죽음을 의미하지요. 아마 제 무의식 속에 그런 국경에 대한 공포가 잠재돼 있었던 모양이에요."(「국경을 넘는 일」)라고 다른 일행에게 말한다. 박의 돌출 행동은 분단 국가의 구성원으로서 무의식적 공포가 낳은 행동이다. 이러한 박의 행동은 군사정권 때라면 현실적 개연성을 충분히 획득할 수 있다. 그렇지만 형식적 민주화가 이루어진 2000년대에 박의 행동은 현실적 개연성이 약하다. 박의 돌출 행동이 개연성을 확보하려면 분단 체제와 관련한 박의 과거사가 함께 등장해야 한다. 박의 경력과 직업이 불분명한 상황에서 언어의 한계를 뛰어넘는 자유로운 의사소통은 작가의 개입으로 볼 수밖에 없다.

전성태는 「국경을 넘는 일」에서 '한국/일본'이라는 양자의 불편한 역사적 관계를 뛰어넘는 월경의 소통을 한국인 남성 박과 일본인 여성 나오꼬와의 사랑을 통해 시도한다. 남녀간의 본능적 사랑을 통한 양국의 장벽을 허무는 방식은 새롭다기보다 낯익은 공식이다. 남성들은 외국여행에서 낯선 외국인 여성과 만나 멋진 사랑을 나누겠다는 낭만주의적 판타지를 갖고 있다. 이때 흔히 작가 자신의 출신국은 남성 주인공으로, 이국에서 만난 낯선 존재는 여성 주인공으로 설정되는 도식성을 보여준다. 전성태도 예외가 아니다. 가부장제 사회에서 이러한 도식은 남성 우월적 권력을 확인시켜주는 역할을 한다.

'남성=한국, 여성=일본'이라는 구도는 일제 침탈이라는 역사적 기억을 갖고 있는 한국의 입장에서 허구의 공간을 통한 남성의 보상 욕망을 만족시켜준다. 이들의 사랑은 나오꼬의 남자인 고바야시라는 중년 남성의 존재 때문에 이별로 종결된다. 작가 전성태는 이 소설의 결말에서 '한국말'이라는 단어를 등장시켜 박과 나오꼬의 이별이 민족과 국가의 이질성으로 인한 이별이라는 점을 강하게 암시한다. 그러나 이것은 주요인과 보조요인이 뒤바뀐 꼴이라고 할 수 있다. 이 소설은 전성태가 변신하려는 몸부림을 보여주고 있다는 점에서 일단 긍정적이다. 하지만 이 작품은 작가의 과욕이 현실적 개연성을 뒷받침하지 못하면서 새로운 변신을 이루기에는 미흡했다고 보지 않을 수 없다.

우리는 언제 자신을 한국인으로 느낄까. 한국인이라는 주체의 발견은 이국인이라는 타자를 통해 쉽게 발견될 수 있다. 한국의 1960, 70년대적 농촌 풍경이 살아 숨쉬는 듯한 몽골은 전성태의 소설에서 한국의 과거를 떠올리게 하는 대표적인 타자의 거울로 사용된다. 전성태의 세 번째 창작집 『늑대』는 몽골을 배경으로 한 단편소설이 많다. 이 중에서 「코리안 쏠저」는 질 나쁜 몽고인들의 위협 앞에서 한국적 정체성을 새삼스럽게 발견하는 이야기를 그리고 있다. 소설의 주인공인 '그'는 대학교수로서 십년만에 안식년을 맞아 몽골로 온다. 그의 오랜 꿈은 "낯선 나라의 허술한 호텔방 하나를 잡아 머무르며 산책하고 독서하고 시를 짓는 일이었다." 누구도 자신을 잘 알아보지 못하는 낯선 이국의 땅에서 마음껏 시를 써보겠다는 그의 욕망은 일종의 낭만적 판타지이다. 이러한 낭만적 판타지는 얼마 되지 않아 산산조각난다. 그는 몽골땅에서 일련의 위협을 받으면서 홀로 있다는 무력한 고립감을 체감했던 것이다. 이 감정은 몽골인들의 위협에 맞설 수 있는 대타항을 호명시킨다. '그'는 몽골의 부당한 무력에 맞설 수 있는 한국군을 떠올리면서 자신이 예전에 한국군이었음을 상기한다. 그가 몽골에 온 이유는 개별적 '시인'이라는 정체성을 강화시킬 목적이었으나 엉뚱하게도 그 대신에 각인된 것은 집단적 '군인'이라는 기표이다. 시인은 개별적 자유가 최대한도로 보장된 존재를 상징하면다면, 국가에 귀속된 군인은 창조적 개성이 사라지고 집단적 의지와 단일함만이 강조되는 존재이다. 이런 점에서 시인과 군인은 극과 극의 존재이다. 소설의 결론에서 자신을 시인이 아니라 영원한 군인으로 칭하는 주인공의 모습은 북한이라는 큰타자의 위협속에 반공 주체로 살 수밖에 없었던 지난 시대의 우울한 기억을 떠올리게 한다. 개별 존재의 정체성은 주체의 의지만으로 결정되는 것이 아니다. 이 소설에서 보듯 타자에 의해 개별 존재의 정체성은 규정되기도 한다.

「코리안 쏠저」에서 악의적인 몽골인이 등장하지만 전성태의 소설에서 몽골인은 전반적으로 소박한 모습으로 그려진다. 타국에 정착해 살지 않는 상황에서 타국을 제대로 형상화하기는 상당히 어렵다. 대부분의 작가들은 여행자의 시선으로 낯선 타국의 풍경을 피상적으로 포착해낸다. 그런데 전성태의 소설에 등장하는 몽골은 여행자의 시선이 아니라 내국인과 유사한 지점에서 소설이 그려진다. 작가는 불과 6개월간 몽고에 체류했는데, 여행자의 시선을 극복하고 내부자적 시선에 가까워진 것은 놀라운 일이다. 몽골의 체취가 가장 잘 드러난 작품은 생태학적 상상력 속에 몽골 초원의 원시적 생명력을 찬양한 「늑대」이다. 전성태는 타국을 등장시킬 경우 대개 한국을 비추는 거울로 사용한다. 하지만 이 소설은 전성태가 군이 한국과 연결시키려는 강박관념을 거의 보이지 않는다. 이 소설에서 도시에서 써커스단을 하는 늙은 사업가는 몽골 초원에서 사냥꾼이 되어 검은 늑대를 쫓는다. 하지만 사냥감인 검은 늑대는 매번 사냥꾼의 손을 영리하게 벗어난다. 늙은 사냥꾼은 자신의 써커스단 단원이었던 허와를 사랑하나, 허와는 육체를 허락했지만 마음을 열어주지 않는다. 이 소설에서 검은 늑대와 허와는 늙은 사냥꾼의 침입을 허용하지 않는다는 점에서 같은 존재이다. 어디에서도 사랑을 느끼지 못했던 허와는 촌장의 딸인 치무게를 운명적으로 만나 동침을 하며 에로티시즘의 향연을 벌인다. 허와는 치무게를 통해 도시의 찌꺼기를 말끔히 제거하고 야생적 생명력에 도달했던 것이다. 하지만 이성애 중심주의라는 금기를 위반한 두 여자의 정열적 사랑은 늙은 사냥꾼에게 발각되고, 늙은 사냥꾼은 검은 늑대 대신에 허와를 사냥한다. 이때 늙은 사업가는 자본주의를, 검은 늑대·허와·치무게는 몽골 초원의 야생적 생명력을 상징한다. 결국 이 소설은 자본주의의 침입에 의해 순수한 몽골의 야생적 생명력이 파괴되고 있음을 보여준다. 전성태는 이것을 보여주기 위해 다양한 시점을 교차시킨다. 그렇지만 이것은 오히려 역효과를 보인다. 다양한 시점은 단편보다는 중·장편에 적합하다. 또 단편에 너무나 많은 이야기를 담으려고 하다 보니 심층적 형상화가 제대로 이루어지고 있지 못하다. 이것은 전성태 소설이 지닌 고질적 특징이다.

전성태의 소설에 등장하는 몽골은 기본적으로 한국을 비추는 거울이다. 하지만 이국취향이라는 엑조티시즘의 거울은 동시대적인 2000년대의 거울이 아니라 1960~70년대라는 과거의 거울에 가깝다. 전성태는 과거를 성찰해 현재의 정체성을 되짚어보는 방식을 흔히 취한다. 이것이 현재를 성찰하는 하나의 방법일 수는 있다. 하지만 이러한 방식으로 시종일관해서는 곤란하지 않을까. 독자들은 과거보다 현재에 벌어지고 있는 당대적 사건을 통해 오늘의 정체성을 형성해 나간다. '지금, 여기'의 좌표에서 전성태는 과연 우리에게 무엇을 보여주고 있는가? 전성태의 소설은 이 질문에 충분히 답변하지 못한다. 타국이라는 거울만이 아니라, 주체의 현실을 직시하고 형상화하는 작업이 병행되지 않으면 전성태의 소설은 절름발이 신세를 면하기 힘들다. 또한 몽골을 형상화 할 경우, 작가 전성태는 자신이 혹시 서구가 만들어낸 동양의 신비라는 오리엔탈리즘을 무의식적으로 차용하고 있는 것은 아닌지 반성적 질문을 끊임없이 던져야 한다.

4. 분단과 탈민족의 문제

　한국은 1980년대까지 남북통일에 대한 욕망을 어느 정도 강하게
지니고 있었다. 하지만 1990년을 전후로 한 현실 사회주의권의 몰락
과 냉전체제의 붕괴는 이전과 다른 양상을 집단적으로 낳게 한다.
1990년대 이후 한국인에게 중요한 것은 통일보다 내부의 경제적 번
영이다. 통일은 필수가 아니라 점차 선택 사항으로 밀려났다. 1998년
에 금강산관광이 시작되고, 2000년에 김대중 대통령과 김정일 국방
위원장이 만나 남북이 대화하는 역사적인 6·15회담이 개최되었다.
그 이후 남한과 북한은 화해 무드가 조성되었으나 체제수호를 위한
북한의 핵무장은 양자의 갈등과 긴장을 다시 고조시켰다. 이런 상황
에서 한국에서는 진보와 보수의 해묵은 갈등이 다시 발생했고, 지난
시대의 유물로 치부되었던 반공이데올로기는 좀비처럼 죽지 않고 강
한 생명력을 보여왔다. 이명박 정권이 들어선 이후 남북의 갈등과 대
립은 더욱 확대되는 양상이다. 남북 문제로 인한 갈등과 대립은 이전
보다 덜하지만 여전히 한국사회에 막대한 영향을 끼치고 있다. 이것
에서 보듯 분단문제는 우리에게 여전히 유효한 문학적 테마이다.
　전성태는 타국을 배경으로 한 소설에서 남북의 분단문제를 지속적
으로 다루고 있다. 『늑대』에 실린 「목란식당」과 「남방식물」은 모두
몽골을 배경으로 그곳에 소재하고 있는 북한식당인 목란식당을 통해
분단문제에 접근한다. 남북의 자유로운 왕래가 완전하지 않는 상황
에서 몽골과 목란식당은 남과 북을 연결하는 일종의 창구 역할을 한
다. 작가 전성태는 목란식당을 오가는 다양한 사람들의 모습을 조명
함으로써 남북문제가 과거 완료형이 아니라 여전히 현재 진행형임을
보여준다. 북한을 다룬 전성태의 소설 중 인상적인 작품은 북한과 중
국이 맞닿아 있는 국경 지대를 그린 「강을 건너는 사람」이다. 이 소
설에는 북한에서 굶주림 때문에 탈북의 길을 선택한 북한인들의 절
박한 모습이 생생하게 그려져 있다. 북한은 미국의 경제봉쇄와 가뭄

이 겹치면서 식량난에 시달려야 했고, 수많은 북한 사람들이 굶주려 아사했다. 이러한 북한의 문제는 당시에 여러 매체를 통해 소개되기도 했다. 전성태는 뉴스나 다큐멘터리가 보여줄 수 없는 심층적인 부분을 소설로 형상화한다. 이 소설에서 탈북자들은 국경 탈출 과정에서 사람들이 굶주림 때문에 죽은 아이의 무덤을 파헤쳐 인육을 먹은 흔적을 발견하고 경악한다. 탈북자 중에서 안경잡이 사내의 아내가 걸린 야맹증은 작중인물들이 처한 현재와 미래의 불확실한 상태를 의미하는 상징적 기호이기도 하다. 탈북자들이 설사 북한을 탈출해 중국에 성공적으로 도착했다고 하더라도 모든 문제가 해결되는 것은 아니다. 국경을 넘는 월경은 북한 당국의 직접적 감시망에서 겨우 벗어났다는 의미일 뿐이다. 생존하기 위해, 더 나은 삶을 살기 위해 탈북자들은 지금보다 더 많은 노력을 경주해야 한다. 작가 전성태는 이 소설에서 이념과 체제가 다르다는 이유만으로 인도주의적 지원마저 끊어서는 곤란하다는 휴머니즘의 정신을 보여준다. 이러한 전성태의 생명존중 사상은 자연과 함께 살아가는 농촌소설에서 터득한 삶의 윤리와 도덕이다.

월경적 상상력의 작가 전성태는 "자의식이 작동하지 않는 민족주의는 괴물"이라고 말하면서 내적 성찰을 강조한다. 전성태는 이 내적 성찰을 위해 현재에서 과거로 떠나는 서사 여행을 자주 한다. 장편 『여자 이발사』는 가해국 출신의 피해자인 일본 여성 야마다 에이코의 파란만장한 삶을 조명해 민족 내부의 성찰을 이끌어낸다. 가난했던 에이코는 게이샤가 되기 위해 교육을 받던 중 조선 사내와 눈이 맞아 임신한 채로 해방된 조선에 온다. 그렇지만 믿었던 조선 사내는 에이코를 버리고, 에이코는 경성의 요정에서 샤미센을 연주하는 게이샤로 변신해 아들을 키운다. 한국전쟁 후 에이코는 게이샤의 삶을 그만두고 평범한 이발사로 생활하지만 단일민족의 신화가 강조되는 한국에서 소외되는 타자의 삶을 살아야 했다. 그의 아들 정호도 에이코를 이해하지 못한 채 친아버지 곁으로 가버린다. 에이코는 1990년까지 청계천에서 이발관을 하다가 대장암에 걸려 한많은 인생을 마감한다. 일본인 에이코는 식민제국의 국민이었기에 가해자였지만 조선 남성에게서 버려지고 한국인들에게서 차별과 냉대를 받았다는 점에서 피해자이기도 하다. 전성태는 한국에서 대부분의 삶을 살았으나 한민족의 범주에 포함되지 않은 에이코라는 이방인을 통해 민족의 문제를 성찰한다. 피의 혈통에 근거한 민족주의라는 강고한 이데올로기의 호명 속에 에이코 같은 이들은 한국인이었으나 한국에 의해 타자로 취급되었고, 일본인이었으나 여러 가지 이유 때문에 정작 일본에 가지 못했다. 에이코는 양국 어디에도 소속되지 못한 채 부유하는 경계인으로 살 수밖에 없었던 것이다.

장편 『여자 이발사』는 전성태의 첫 번째 장편소설이지만 독자들의 기대에 부응하지는 못했다. 소설의 제목은 '여자 이발사'인데 실제 이 소설을 읽어보면 여자 이발사로 살아왔던 삶은 짧은 분량에 불과하다. 이 소설에서 에이코의 중심적 이미지는 일본인 게이샤로 표출된다. 이런 점에서 소설의 제목과 실제 핵심 내용과는 괴리를 빚고 있다. 이것은 작가 전성태가 여자 이발사로서 한국에서 어떤 삶을 살았는지 충분히 보여주지 못한 채 다소 급하게 소설을 마무리하면서 발생한 현상이다. 그는 왜 이렇게 소설을 서둘러 마무리 했을까? 그 비밀은 단순하다. 이 소설은 청계천 복원을 기념해 출간하도록 청탁을 받고 쓰여진 글이기 때문이다. 그래서 전성태는 좀더 곰삭혀서 에이코의 삶을 형상화할 여유가 없었던 것이다. 그 결과 전성태는 단편적 체질을 제대로 벗어버리지 못한 채 에이코의 삶을 주마간산격으로 스치듯이 형상화한다. 전성태는 『여자 이발사』에서 자신의 단편적 체질을 장편적 체질로 바꿀 수 있을 좋은 기회를 아깝게 놓쳤던 것이다.

작가 전성태는 한국인의 입장에서 보면 다소 이국적인 외모를 갖고 있다. 이러한 이국적 외모 탓에 그는 혼혈인으로 오해 받은 적도 있다고 한다. 단일민족의 신화가 왕성하게 작동하는 한국사회에서 혼혈인으로 간주된다는 것은 배타적 차별과 냉대를 겪는다는 것을 의미한다. 한국인 부모에게서 태어났음에도 불구하고 약간 다른 외모로 인해 작가가 겪어야 했던 마음 고생은 훗날 '민족/탈민족'의 문제에 천착하도록 한다. 작가의 사적 체험이 반영된 「이미테이션」은 이국적 외모의 문제를 통해 단일민족의 신화에 대해 날카로운 질문을 던진 작품이다. 작가 전성태가 한국인이면서도 한국인 같지 않은 주인공의 외모를 특이하게 설정한 것은 피의 순수성에 기반한 민족주의의 기만적 허구성을 폭로하기 위해서이다. 주인공 게리 존슨은 영어학원에서 미국 출신의 원어민 영어강사로 행세하고 있지만 본래 한국인이다. 게리는 전형적인 한국인 부모 사이에서 태어났지만 일종의 돌연변이가 발생해 이국적 외모를 소유했던 것이다. 게리는 다른 한국인과 다른 이질적 외모 때문에 성장하면서 양키 아니면 튀기로 놀림을 불리면서 배타적 차별과 냉대를 받아야 했다. 초등학교 6학년 때 국사 선생은 게리를 혼혈로 오해하면서 한민족이 타민족을 살갑게 포용하는 민족임을 강조하기도 한다.

"니 혼혈이라고 와 진작에 말 안했노? 마, 니 겉은 아는 더 독심 묵고 잘해야 쓸 거 아이가. 넘들보다 찐한 애국심을 갖고 살란 말이다. 민족은 핏속에 있는 기 아이라 이 가심에 있는 기라. 우리 민족은 원래가야 통이 큰 민족 아이가. 니가 똑바로 살믄 다 보듬아준다. 우리 민족은 사백사십구번이나 침략을 받았으이 또 틈바구에서 태난 아이노꼬는 얼마나 많았겠노. 남으 새끼들을 다 받아서 결국에는 용광로맹이로 녹여낸 민족이 우리 아이가. 오늘 니 미와서 글캤다 맘묵지 마라. 니한테 민족으 혼을 심어줬다, 이리 생각캐라. 자, 힘내라, 짜석." (「이미테이션」, 『늑대』, 창비, 2009, 275~276쪽)

게리의 본질은 한국인이지만 현상적으로 보면 외국인 내지 혼혈인으로 비쳐진다. 기존의 민족주의 시선으로는 이것을 제대로 분간할수 없다. 강력한 민족주의가 작동하는 곳에서는 모든 것을 '민족/비민족'이라는 이항대립체계로 분류하기 때문이다. 제3의 지대를 용납하지 않는 것이 강력한 민족주의이다. 이런 현실에서 게리는 한국적 정체성을 부정하고 미국계 혼혈로 자신을 규정하고 영어 과목만 열심히 공부한다. 배타적 민족주의의 시선 속에 혼혈이라고 왕따를 당했던 게리는 자신의 이름을 게리 존슨이라고 개칭하고 미국인으로 살아가면서 이전과 달리 편안한 삶을 살아간다. 게리 존슨은 민족주의의 대척점인 식민지적 종속성을 통해 마음의 안식을 찾았던 것이다. 이 소설에서 한국인이었던 게리 존슨의 원래 이름은 찾을 수 없다. 한국인 이름 대신에 미국적 정체성을 상징하는 게리 존슨만이 있을 뿐이다. 한국인이라는 원본이 짝퉁으로 취급되고, 미국인 짝퉁이 미국인 영어강사라는 원본으로 유통되는 한국적 현실은 성찰 없는 민족주의와 미국에 대한 식민지적 열등콤플렉스가 낳은 아이러니이다. 작가 전성태는 이 소설에서 게리의 삶을 통해 민족의 정체성을 만드는 것이 피의 순수성이 아니라 당대의 지배적 환경에 의해 재구성된 것임을 보여준다. 베네딕트 앤더슨은 민족은 상상의 공동체라고 언급한 바 있다.

5. 이야기꾼의 서사와 액자소설

전성태의 소설은 주인공 시점의 서사보다 화자가 등장해 다른 사람의 이야기를 들려주는 식의 서사가 많다. 이것은 전성태의 소설이 한국적 서사 전통과 근대소설의 문법을 창조적으로 계승 변용했음을 의미한다. 전성태의 이야기 형태의 소설은 크게 주인공이 자신의 과거 삶을 회상하며 이야기를 들려주는 방식과 화자가 관찰자가 되어 제3자의 삶을 이야기하는 방식을 취한다. 전자의 소설은 도롱굴댁의 삶을 그린 「도롱굴댁의 내훈」, 잃어버린 소를 찾아 잠시 키운 적이 있었던 과거 어린 시절을 회상하는 「소를 줍다」, 치매에 걸린 어머니를 돌보는 아들이 과거를 회상하면 쓴 「이야기를 돌려 드리다」 등이 있다. 후자의 소설은 고향 사람인 정애의 삶을 그린 「가수」, 자살한 친구 연이의 삶을 회상한 「연이 생각」, 걸개그림의 창시자인 화가 김대호의 삶을 형상화한 「한국의 그림」, 두생이의 삶을 회상하는 「못난 부족이 그린 벽화」 등이 있다. 이런 이야기꾼의 서사는 대개 액자소설의 형태를 취한다. 액자소설은 외부 이야기라는 액자 속에 하나 이상의 내부 이야기가 사진처럼 끼워져 있다. 이때 외부 이야기보다 내부 이야기가 핵심이다. 외부 이야기와 내부 이야기는 별도의 몸이 아니라 한몸이다. 상호 연관성이 부족한 내부와 외부의 이야기는 액자소설에 치명적인 균열을 가져온다. 전성태 소설 중에서 민중 예술가인 김대호의 삶을 그린 「한국의 그림」을 보자. 이 소설에서 화자인 '나'는 부모님의 이삿짐 쌓기를 도와주다가 창고에서 걸개그림을 발견한다. 그것은 목수인 아버지를 따라다니던 새끼 목수 김대호가 그린 것이다. 그러면서 소설의 서사는 점프를 하여 '내적 이야기'인 김대호가 어떻게 해서 목수에서 민중예술가로 변신했는지를 보여준다. 그리고 결말 부분에서 다시 이삿짐을 쌓는 장면으로 서사가 돌아와 종결된다. 이처럼 이 소설은 외부 이야기가 내부 이야기와 긴밀하게 연관되지 못한 채 내부 이야기를 도입하는 차원에서 잠시 등장할 뿐이다.

전성태 소설 중 이야기꾼의 이야기 욕망을 가장 잘 보여주는 작품은 최근작인 「이야기를 돌려 드리다」(2009)이다. 이 소설은 치매에 걸린 어머니와 얽힌 과거를 회상하는 아들의 이야기가 담겨져 있다. 이 소설에서 이야기는 문학평론가 김현이 말한 것처럼 미지의 세계인 죽음을 알고 싶은 인간의 욕망이 숨어 있다. 이야기를 하는 사람이나 이야기를 듣고 싶은 사람들은 이야기를 통해 죽음을 간접적으로 체험하면서 삶을 가급적 더 오랫동안 연장하려고 한다. 이 소설에서 이야기는 삶 속에서 죽음을, 죽음에서 삶을 발견하려는 인간의 무의식적, 의식적 본능이 만들어낸 것이다. 소설 속에서 어머니는 아들에게

"얘기를 너무 좋아하면 가난하게 산단다"라고 말한다. 소설은 삶과 죽음을 인문학적으로 성찰하게 만들지만 이해타산에 둔감한 인간을 만들기 쉽다. 그래서 어머니는 이런 걱정을 한 것이다. 다음의 지문은 어려운 시집살이를 하며 가족을 지켜나간 주인공 도롱굴댁의 삶을 회상조로 그린 「도롱굴댁의 내훈」이다. 전성태는 이 소설에서 텍스트에 어떻게 이야기 형식을 도입하는지 명료하게 보여준다. 독자들은 특별한 부담감없이 자신의 이야기를 자연스럽게 들어달라는 식이 전성태가 흔히 사용하는 수법이다.

아무튼 한 아낙의 시시콜콜한 세상살이를 들먹임으로써 옛 어미들의 인내의 덕을 에누리없이 받들자는 시대 착오적 의도는 추호도 없다. 단지 남정네들이 감 놔라 배 놔라 해싸며 밖으로 설치던 현대사의 언저리에서 도롱굴댁역시 동시대인으로 살면서 그런 역사의 질곡을 아우르는 한편으로, 한 꺼풀더 덤터기를 써 집구석과 사내들로부터 모진 핍박과 설움을 받았다는데 어디그 이야기를 한 번 들어보자는 것이다. 아마 그 질곡의 삶이 그저 예사롭지만은 않을 것이다. 일러 '도롱굴댁의 내훈'이라 칭할 만한데, 그것도 거추장스럽다면 그저 예스런 드라마 한 편 덤으로 더 본다는 셈쳐도 무방하리라. (「도롱굴댁의 내훈」, 『매향』, 실천문학사, 1999, 263~264쪽)

이야기 형태의 소설은 화자가 제3자이다 보니 심층적인 이야기를 충분히 전달하지 못한 채 피상적 수준에서 서사가 종결될 위험성이 있다. 「연이 생각」에서 화자인 나는 25세에 자살한 연이를 떠올린다. 중학교 동창이자 대학교 동창인 연이는 내가 군대에 가 있을 때 정보장교와 연애를 했고, 연이의 애인이 프락치로 오인을 받아 학내에 감금되는 일이 발생했다. 그 후 연이의 삶은 어긋나기 시작해, 분신정국의 끝 무렵인 1995년에 연이는 자살을 한다. 제3자로서 화자인 '나'는 연이가 왜 자살했는지 정확히 알지 못한다. 그러나 그녀의 자살은 내게 일종의 상주의식을 갖게 했고, 살아남은 자로서 무엇인가 해야 한다는 강박관념을 심어주었다. 그렇지만 연이의 자살 원인을 구체적으로 알지 못하는 상황에서 나의 상주의식도 막연할 수밖에 없다. 이러한 막연함은 서사에서 그대로 드러나 연이가 체험한 심층적 진실에 도달하지 못한 채 서사가 종료된다. 이것은 깊은 내막을 알 수 없는 이야기꾼 서사의 맹점이 대표적으로 드러난 경우이다. 독일의 비평가 발터 벤야민은 이야기꾼이 "지닌 재능은 그의 생애와 그의 품위, 아니 그의 전 생애를 이야기할 수 있는 능력인 것이다. 이야기꾼이라는 그의 삶의 심지를, 조용히 타오르는 그의 얘기의 불꽃에 의해서 완전히 연소시키는 그런 사람"이라고 말한 바 있다. 전성태의 소설도 벤야민이 말한 연소의 경지에 도달하려면 무엇보다 지금의 방식에서 벗어나 심층적으로 이야기할 수 있는 방식이 필요하다. 「퇴역 레슬러」처럼 작중인물의 내면 깊숙이 들어가 실체적 진실을 전달하는 방식이 전성태에게 있어 새로운 출구가 될 수 있다.

이야기식 전성태의 소설은 흔히 과거의 풍경을 이야기한다. 과거의 풍경은 기억의 형태로 흔히 등장한다. 이때 전성태의 소설에 등장하는 기억의 풍경은 대개 낭만적 그리움, 기만적 신화나 우상의 해체, 비극적 과거 현실의 환기라는 세 부류로 나타난다. 「소를 줍다」에서는 비록 과거에는 어렵게 살았지만 고진감래 했었다는 식의 낭만적 그리움으로 과거가 등장한다. 프로레슬러 김일을 모델로 한「퇴역 레슬러」와 1980년대 시골 초등학교 풍경을 그린 「아이들도 돈이 필요하다」에서는 군사정권 시절의 우상화와 획일적 국가주의에 대한 비판적 접근을 보여준다. 아버지와 아이의 자살을 다룬「환희」에서는 비극적 과거의 풍경이 충격적으로 등장한다. 기억은 전성태에게 망각을 거부하고 끊임없이 진실을 재생시키는 녹음기들이다. 전성태는 잊혀졌던, 아니 잊혀지고 있는 과거의 기억을 상기시킴으로써 현재를 반성하고 앞으로 나아갈 수 있는 동력을 얻는다. 그러나 지나친 기억에 대한 집착은 현재의 현실을 제대로 파악하지 못하도록 하거나 새로운 미래를 설계할 수 없도록 한다. 전성태에게 지금 필요한 것은 과거가 축적된 기억의 서사보다 당면한 현실의 서사이다.

6. 총체적 서사와 늑대의 언어들

전성태의 길 떠남은 처음 농촌에서 출발되었다. 전라도 입말에서 뿜어져 나오는 자연스러운 농민의 자화상은 그의 소설이 지닌 거부할 수 없는 매력이다. 전성태의 농촌소설은 김유정, 방영웅, 이문구의 계보를 이으면서 후대 작가인 김종광, 손홍규, 이시백에게 일정 정도 영향을 주었다. 전성태는 농촌에 계속 머무르지 않고 거대서사의 경계선을 넘는 탈국가적, 탈민족적 월경을 시도해 소설의 지평을 아시아라는 공동체로 확대시켰다. 농촌, 국경, 몽골로 요약되는 전성태의 서사 여행은 당대의 중심에서 소외된 타자를 복원시키려는 변경의 상상력으로 요약될 수 있다. 이때 전성태는 과거의 리얼리즘 작가와 같이 거대서사를 내세우기보다 미시적 일상의 풍경에 거대서사를 투영시킨다. 이런 점에서 그의 리얼리즘은 이전 시대와 다른 리얼리즘의 진화형이라고 볼 수 있다.

하지만 이것으로 만족해서는 곤란하다. 오늘의 새로움은 곧 낯익은 구태로 전락할 수밖에 없는 운명이다. 전성태가 보여준 방식은 이제 새로움보다 매너리즘의 그림자가 어른거린다. 전성태 소설은 농촌소설, 탈민족적·탈국가적 소설, 액자소설, 이야기꾼의 서사, 기억의 서사 등으로 요약될 수 있다. 특히 이야기꾼의 서사는 전성태가 즐겨 사용하는 서사의 기본적 공식이다. 이야기꾼의 서사방식은 존재의 성찰을 유도했지만 현재 한계에 부딪혀 있다. 객관적 시각의 확보라는 이야기꾼의 방식이 오히려 당면한 현실에 개입하지 않고 회피하려는 작가의 안이함으로 해석될 수 있다. 작가 전성태에게 지금 필요한 것은 이야기꾼의 매개항이 아니라 직접 서사의 중심으로 뛰어들어가 실체적 진실을 규명하는 것이다. 주체인 한국의 현실을 효과적으로 보여주기 위해 타자인 이국으로 떠나는 서사 여행도 마무리할 필요성이 있다. 이국인 타자의 거울을 통한 주체의 성찰은 어느 정도 그 목적이 달성되었다고 볼 수 있다. 전성태는 비정규직의 확대, 유사 파시즘의 도래, 열악한 농촌 현실, 이주노동자의 문제 등 이 땅에서 벌어지고 있는 현실의 풍경을 다시 직시해야 한다. 그렇지 못할 경우 전성태의 월경적 상상력이란 당면한 현실을, 주체를 제대로 그릴 수 없는 현실을 면피하기 위해 이국적 엑조티시즘으로 도피했다는 비판에 직면할 수 있다. 물론 그의 변화는 지금도 계속되고 있다. 아쉬운 것은 그것이 아직 미흡하다는 사실이다.

전성태는 지금까지 단편에서 자신의 능력을 유감없이 보여주었다. 그러나 오늘날 단편은 당대의 많은 독자들과 소통하기에는 부적합한 양식이다. 전성태는 단편에서 장편으로의 체질 전환이 시급해 보인다. 이것과 관련해서 전성태가 보여줄 수 있는 장편의 세계는 크게 보아 농촌의 현실이거나 아니면 탈국가적·탈민족적 현실이라고 볼 수 있다. 이 중에서 개인적으로 내가 먼저 추천하는 것은 일단 자신의 뿌리였던 농촌의 현실을 제대로 깊이 있게 파고 들어가라는 것이다. 작가는 자신이 더 이상 농촌에 살지 않기에 당대의 농촌 현실을 그리기 어렵다고 말한다. 그렇다면 전성태가 그릴 수 있는 것은 과거를 이야기하는 회상조의 농촌소설밖에 없다는 말이 된다. 이문구 이후 농촌이 직면한 현실을 제대로 그려낸 작가가 별로 없는 상황에서 전성태가 감당해야 할 몫은 당대의 농민이 직면한 각종 어려움을 대변할 수 있는 장편의 창작이다. 농촌에 대한 정보가 부족하다면 취재를 해서라도 그 공백을 메우면 된다. 혹시 전성태는 장편을 쓴다고 하면서 가만히 앉아서 쓰기를 바라는 것은 아닌지? 전성태의 소설에는 도시를 배경으로 한 소설이 거의 없다. 설사 전성태가 도시소설을 쓴다고 해도 다른 작가와 차별화된 개성을 보이는 것은 쉽지 않아 보인다. 그렇다면 그가 가장 잘 아는 농촌을 배경으로 해서 장편을 창작하는 것이 좋지 않을까? 그 다음에 전성태는 탈국가적, 탈민족적 장편을 창작해보는 것이 어떨지. 냉정하게 말해 단편에 집착해서는 전성태의 성장을 더 이상 기대할 수 없다.

독특한 개성과 문체를 보여주었던 전성태의 소설은 현재 2%가 부족한 상태이다. 이 2%의 결핍을 메우기 위해 전성태는 이야기꾼의 장막으로 숨지 말고, 서사의 한복판으로 뛰어들어가 총체적 서사를 구현해야 한다. 문학사에 등재될 정도의 작품을 만들려면 지금의 방식으로는 더 이상 발전하기 힘들다. 나는 전성태에게 말한다. 고함을 지른다. 마구 뒤흔든다. 한발, 더 한발 나아가라! 이것을 위해 문체와 미학적 구성에 대한 전성태의 민감한 자의식도 잠시 중단해도 좋다. 죽은 자를, 소외된 타자를 애도하는 매향의 언어만이 아니라 지배체제에 저항하는 길들여지지 않는 늑대의 언어도 구사할 수 있어야 한다. 왜 전성태의 소설에서는 이 땅에서 현재 소외된 서민들의, 노동자들의 울음과 분노 등이 생각보다 크게 들리지 않는 것일까? 이 물음에 성실하게 답변하는 과정에서 전성태가 현재 직면한 낭만적 리얼리즘이라는 매너리즘의 벽도 허물어질 수 있다. 전성태에게 지금 필요한 것은 기존의 방식을 파괴하면서 질주하는 늑대의 광란이다. 늑대는 애완견이 아니라 들판을 가로지르는 야생이다. 나는 전성태가 늑대로 변신하기를 열망한다. ▨

최강민
1966년생. 문학평론가. 2002년 《조선일보》 신춘문예 문학평론 당선. 본지 편집동인. 경희대 학술연구교수. 평론집으로 『문학 제국』 등이 있음. c4134@chol.com

<이 작가를 주목한다>에서 언급했던 소설가와 시인들

2호(2004.11) ::::: 소설가 이명랑, 시인 이원
3호(2005.06) ::::: 소설가 김지우, 소설가 한지혜
4호(2005.12) ::::: 소설가 손홍규
5호(2006.06) ::::: 소설가 김이은, 시인 이승희
6호(2007.01) ::::: 소설가 김윤영, 소설가 김애란
7호(2007.08) ::::: 소설가 심윤경, 시인 이병률
9호(2009.04) ::::: 소설가 이시백, 시인 진은영

진은영   이시백

이명랑   김지우   손홍규   이승희   김애란

이 원   한지혜   김이은   김윤영   심윤경   이병률

이 작가를 주목한다

소설가 김미월

1977년 강원 강릉 출생.
2000년 고려대 언어학과 졸업.
2004년 서울예대 문예창작과 졸업.
    ≪세계일보≫ 신춘문예에 단편 「정원에 길을 묻다」 당선.
2007년 소설집 『서울 동굴 가이드』 출간.
2009년 장편소설 『여덟 번째 방』 출간 예정.

위무慰撫의 수사학, 그 이중적 효과에 대하여

김미월론

강희철

1. 위로받는 타자들

대중소설을 읽는 행위에는 단지 지루함이 엄습할 뿐, 이론서적을 보는 것처럼 이해의 한계에 부딪치는 곤혹스러움은 없다. 그리고 정말 계획적인 의도가 아니라면 독자와의 공감대를 형성하기 위한 창작전략에 작가가 매진하기에 언어의 불투명한 벽을 보는 일이란 소설에서 그리 흔한 일이 아니다. 그러나 이렇게 소설이란 창작물의 형태가 '대중'적이기만 하지 않았다는 것을 우리는 잘 알고 있다. 이해의 불투명성을 오히려 조장하는 것에 우리는 '문학'이라는 광휘를 입혀오기도 했다.

이제 그렇게도 불투명해 보였던 문학이 종언終焉을 맞이한 시대라니, 그것은 지식인 스스로도 이해할 수 없는 일이라 억척스럽게 문학의 종언을 의심하는 논의들도 아직도 계속해 이뤄지고 있다. 이것은 분명 '대중'문학의 소비성과 다양성이 소진되리란 예측이 아니다. 이미 비대해진 '제도'문학의 억척스런 실천에 대한 종언인지도 모른 체 문학의 죽음을 애도하지 못하고 있다. 그래서 실체가 이렇게 명확히 눈앞에 보이는데 죽었다고 말하는 것은 억측이라 주장하며 제도문학은 언제나 개진될 여지가 있다고 말한다. 그러나 사실 제도문학은 대중문학을 닮아가고 있다. 그것이 제도문학의 종언의 한 형태가 아니고 무엇인가? 선도하는 것이 아니라 따라가는 것, 오히려 몇몇의 선도가 지지부진한 형태까지 띠는 것은 비대해진 제도언론이 자신의 덩치불리기를 해왔던 모습과 별반 달라 보이지 않는다.

더 심각하게 의문해 보자면, 비대해진 제도언론은 이제 새로운 실천의 모색을 잊은 채 '미디어 악법'의 떡고물을 기다리며 침을 흘리고 있는 시대상황에서 이 제도언론이 개진의 여지가 없는 죽은 언론의 형태가 아닌 무엇이라 적절히 지칭할 수 있을까? 이와 제도문학은 얼마나 달랐던가?

이제 문학가로서 창작을 한다는 것은 결국 문학의 개진 가능성이라는 것의 실패를 미리 예감하면서도 계속해야 하는 실천성으로 기능하는 바가 더 크다. 소설가 혹은 독자들은 스스로 알고 있다. 스스로가 쓰게만 되는, 스스로가 읽게만 되는 그런 소설만이 있다고. 그러니 굳이 그렇게 소설이 지닌 진정성을 전달하기 위해 갖은 전략과 전술의 피나는 노력들 해온 것을 대중들이 이해해 주리라 믿는 것은 경계해야 한다. 그들은 이미 자신들의 독서 '취향'을 통해 과거만큼이나 암울했던 시기가 아닌 만큼 대중 스스로가 이제 문학가를 위무할 여지가 없다고 말해왔었다. 저급해 보이는 취향이 오히려 기존 문단문학이 지닌 참여문학의 성격에 조롱을 가하는 위대한 힘처럼 보일 정도로 그들의 경고는 강력하다.

대중들은 점점 비대해지는 메크로폴리탄metropolitan에서 중심과 주변의 끊임없는 확장과 차별 속에서도 천재지변과 같은 경제적 공황들을 청산하며 살아 온 삶의 진정한 경험자들이자 상처를 스스로 극복하는 강인한 신체의 소유자들이다. 자본주의적 세계의 부패한 윤리는 그러한 그들을 위로하기는커녕 개발과 발전이라는 명목으로 그들의 삶의 터전을 뒤엎고 주변부로, 주변부로 끊임없이 내몰아왔다.

이런 자본주의의 현실 안에서 진정 위로의 달콤함을 아는 것은 오히려 문학인들이 아니었는지 자문해보아야 할 것 같다. 문학의 위기는 사실 작가들이 대중들을 위무慰撫하는 법을 개진하지 않았다는 지점도 함께 한다. 어떤 점에서 아직까지도 오래된 관습, '가족로망스'를 통해 심심치 않은 위로를 하여왔던 것은 도시 속의 파편화된 삶의 상처와 고름들이 고약(가족로망스)을 통해 터트려져 해소될 수 있다고 작가들이 믿어왔기 때문일 것이다.

이제 살펴보게 될 김미월의 소설들이 지닌 텍스트를 모두 정제해 일괄된 성격으로 묶을 수는 없겠지만, 지금까지의 해왔던 그만의 대중을 위무하는 방식과 그 위무의 서사가 왜 가족서사를 배제하고 있는지는 확인해 볼 수 있을 것이다. 김미월의 소설에서는 결코 어떤 희망적인 가족상家族像을 가지고 삶의 의미를 복원하려 하지 않는다. 그러나 온전한 가족서사를 배제하고 있다고 하여 김미월의 작품들이 '가족로망스'를 적대적으로 바라보고 있다고 과도한 예측을 할 필요는 없다. 작가 스스로 마치 가족을 대하듯 타자들을 어떠한 따뜻한 위무감 속에서 표현하고 있다고 여겨지기 때문이다. 이러한 일관된 위무 형식을 내보이고 있다면, 작가 김미월이 지향하는 세계관이나 윤리관을 곧바로 포착하는 노력을 하지 않아도 그의 모든 소설을 관통하고 있는 이러한 일정한 형식자체가 그의 작가론과 세계상을 자연스레 구현해 줄 것이라 생각하게 된다.

'위무'는 그 대상으로서 '상처'를 동반시킨다. 이 이중적 성격이 김미월 소설에 포착된 타자들을 쉽게 연민하는 마음으로 바라 볼 수 없게 한다. 소설은 사실 타자들의 상처를 위무하기 위해 쓰여진 것이 아니라 이 형식을 통해서 타자들의 모습을 구현해낼 수밖에 없는 작가적 현실이 반영된 것이다. 그래서 김미월의 작품들에서 우리는 타자를 구현하는 특정한 방식이 만들어내는 이중적 효과를 살필 수 있게 될 것이다. 표현하면서 감추어지는 것, 그것이 특정한 포착을 감행하는 모든 형식적 실험들이 가진 이중적 효과에 다름 아니므로.

2. 자기만의 방이란 타자들의 최소 공간

소설가 아델린 버지니아 울프Adeline Virginia Woolf는 차별적인 사회적 여건에서 여성이 그러한 현실에 마주서기 위해 생계유지 비용과 자립할 수 있는 최소의 공간, '방'이라는 물질적 조건을 중요한 점으로 피력했다. 김미월의 작품들을 보면, 이 '방'이라는 도시적 공간의 가장 작은 편린, 그 최소 공간에서 삶을 재충전하며 살아가는 타자들을 담고 있다는 점에서 버지니아 울프가 외쳤던 "지적 자유는 물질적인 것에 달려있다"는 삶의 명제를 잘 이해하고 있는 것처럼 보인다.

우리는 너무나 당연히 아주 오래된 장소 혹은 공간으로서의 'home'이라는 엄청난 동일적인 내포, '집-가정-고향-고국'이 우리의 삶과 자유를 보장하는 원천으로 상정해왔다. 그런데 단순한 '쪽방' 정도가 우리의 지적 자유를 보장해 줄 수 있는 물적토대라니! 이것은 단순히 가족로망스를 실현시키는 이데올로기를 비판하기 위한 전략으로서만 기능하는 하나의 억척스런 주장이 아닌가 의심되기도 한다. 그러나 작가 김미월이 창작해 온 일련의 소설들을 보면, 이러한 방이 가족이데올로기를 부수기 위한 전략으로 기능하는 것이 아니라 다양한 대중들의 삶과 역사를 담고 있으며 그들만의 미시사가 분명히 이루어지고 있는 물적토대임을 분명히 드러내 보여주고 있다.

그의 첫 소설집 『서울 동굴 가이드』(2007년, 문학과지성사)의 소설들을 보면, 「너클」에서는 PC방이란 유동적 삶의 공간을, 「유통기한」에서는 위안부로 끌려갔던 할머니들의 거주 공간과 자신의 자취방을, 「수리수리 마하수리」에서는 3명만 살고 있는 조그만 절간을 찾은 한 여인의 거처를, 「가을 팬터마임」에서는 친구끼리 사는 거주공간을, 「골방」에서는 신문배달을 하며 먹고사는 주인공이 알게 된 도벽 있는 한 여인의 거주공간을, 「정원에게 길을 묻다」에서는 남의 글을 대신 써주며 사는 한 여자아이의 자립적 공간을 보여주고 있고, 『실천문학』(2009년 93호)에 실린 「29,200분의 1」에서는 할아버지와 소녀만이 사는 공간을, 『현대문학』(2009년 5월호)에 실린 「정전(停電)의 시간」에서는 모르는 사람들이 서로 마주하는 절이란 공간을 그려내고 있다. 그리고 『세계의 문학』(2008년 127호~129호)에 연재했던 장편소설 「여덟 번째 방」에서는 경험적 실체로서의 몸과 삶의 최소 공간인 방에 대한 서사를 확장해 주인공이 살기 이전에 자신의 자취방을 살았던 한 여자의 삶에 대한 고고학적 탐사를 '일기'의 형식을 빌려 진행하기까지 한다.

작가 김미월이 이렇게 '방'에 집착하는 이유가 단순한 호기심이 아니라, 그의 삶 자체가 '방'이었기 때문이라는 것은 『세계의 문학』(2007년 126호)에 실린 최하연의 「투명한 큐브 속의 그녀」란 인터뷰 답변에서 확인해 볼 수 있다. 고시원을 전전하고, PC방 아르바이트를 하고, 신문배달을 했으며, 슈퍼마켓 아르바이트를 하며, 최소의 생계비용을 벌면 '자기만의 방'의 생활 속에서 소설을 써온 삶의 자취를 밝히고 있다.

그렇다고 그의 소설들은 자기만의 방에 안착해 있는 면모로 고정되지 않는다. 언제나 바깥의 삶과 연동해 많은 사건들을 만들고 자기와 같이 '방'들을 전전하며 사는 인물들의 삶을 조명해낸다. 'home'에서 'room'으로 삶의 토대를 옮긴 소설의 주제의식은 분명 자본주의 안에서 파편화된 삶을 너무나 잘 알고 있는 통찰에서 비롯된 것이다.

버지니아 울프가 물질적 토대로서의 방을 긍정적으로 사유하면서도 자살에 이르는 길에 접어들었던 것은 이러한 물질적 토대조차 권력적 시선 안에 노출된 '장소'임을 부정할 수 없기 때문이 아니었을까 생각해본다. 방이란 대상적 공간을 통해 타자를 표출시키는 서사는 그런 점에서 쉽게 긍정적으로만 판단할 수는 없다. 최소의 자립공간이란 어쩌면 일종의 '환상'이다. 그러나 이것마저 타자를 위한 서사를 만들려는 조건의 진정성을 획득할 수 없다면 우리에게 환상 아닌 무엇으로 타자를 그려내 볼 수 있단 말인가?

작가는 어쩔 수 없이 이렇게 방의 물질성에 집착한다고 보이기도

하지만, 작가로서 자신의 '울림'과 '공명'을 만들 수 있는 최소공간은 분명 강력한 무기가 된다고 할 수 있다. 여성작가로서 김미월은 유기적 세계관을 부수는 단세포덩어리, 스스로 방의 물질성을 기반으로 유입되고 유출되는 대상들을 통해 수많은 상황들을 연출하는 매혹적인 공간을 창출한다. 심지어 「너클」에서는 PC방이란 곳이 다시 온라인이라는 개개인의 행복한 방을 창출하는 곳으로 변화시켜 놓는다.

> **왕궁에서 무도회 초대장이 왔습니다.** 오호, 올 것이 왔군. 최종 단계인 12레벨 진급이 눈앞에 있었다. 출입문이 열렸다. 담배 냄새가 섞이지 않은 바깥의 찬 공기와 함께, 야구모자를 눌러쓴 청년이 카운터로 왔다.
> "제 MP3 플레이어 어딨어요?"
> 야구모자가 시비조로 물었다. 빈말로도 인상이 좋다고는 할 수 없는 얼굴이었다. 저절로 긴장이 되었다. 켕기는 구석은 물론, 있었다.
> ─「너클」(『서울동굴가이드』, 16쪽, 강조는 인용자)

이렇게 오히려 게임을 빠져나오면, 물건을 도둑질 하게 되는 찝찝한 일상들만이 주인공을 맞이하고 있다. 또한 작가는 화자의 입을 통해 PC방을 그나마 자유로운 곳으로까지 서술하고 있다.

> 따지고 보면 피시방만큼 남의 눈으로부터 자유로운 곳도 드물었다. 이곳은 오늘 사람들을 모니터 밖의 세상에는, 칸막이 너머의 인간에게는 관심을 가질 여유도 이유도 없었다. 네트워크 세상에서 그들은 저마다 왕이고 전사(戰士)며 공주이자 요정이었다. 악의 무리를 응징하고 제국을 건설하고 이웃나라 왕자들의 구혼을 받아주어야 했다. 할 일이 너무 많았으므로 남에게 신경쓸 겨를이 없었다. 타인에 대한 무관심이 당연한 것으로 간주되는 이 피시방 특유의 생리는 나와 잘 맞았다. 게다가 신시아를 만나고 있노라면 시간도 빨리 갔다.
> ─「너클」(12쪽)

이외에 안락한 공간은 자신이 방이 아닐 때도 있다. 방은 소유물이 아니라 유입되고 유출되는 통로로 적극적으로 활용될 때, 방의 물질성을 구지 소유하거나 집착하지 않아도 얻어지는 것으로 그려내기도 한다.

　이 집에 입주한 지도 두 달이 다 되어간다. 나는 하숙비를 내지 않는다. 대신 아들과 둘이 사는 주인 여자가 집을 비울 때마다 그녀의 아들을 돌봐준다. 말이 좋아 돌봐주는 거지 여자가 해놓은 밥을 챙겨주고 위험한 행동을 하지는 않나 살피는 게 고작이므로, 이 조건부 계약은 확실히 내편에서 남는 장사라 할 수 있다.

-「소풍」(『서울동굴가이드』, 151쪽)

김미월은 「소풍」에서 이렇게 우연히 얻게 된 행운을 그만큼의 불운으로 바꾸어 놓는다. 정신지체자와의 성욕과 맞닥뜨릴 줄을 몰랐던 것은 수컷 애완견을 안 키워 본 사람들의 첫 경험만큼이나 당혹스러운 것이기 때문이다.

　씨발, 기분이 아주 더럽다. 녀석의 운동자가 희번덕거린다. 신음 소리가 더 커진다. 씨발, 급기야 녀석의 눈알이 뒤집힌다. 헤벌려진 입에서 침이 떨어지는 것과 동시에 내 손아귀 안에서도 뜨거운 액체가 쿨렁거린다. 씨발. 끈적끈적한 정액이 내 손등을 타고 흘러내린다. 나는 욕실 세면대로 달려간다. 찬물에 얼굴을 처박자 맹렬하게 차오르던 욕지기가 천천히 가라앉는다. 소풍이 본격적으로 시작되지도 않았는데 벌써부터 지친다. 이대로 잠들고 싶다. 그러면 꿈에 그 소년이 나타날까.

-「소풍」(172쪽)

이렇게 살펴보면, 김미월의 소설에서 동물을 주소재로 삼는 경우가 없다는 것은 흥미로운 발견이 될지 모르겠다. 다만 「정원에게 길을 묻다」에서 식물적 이미지를 통해 하나의 낙원에 대한 환상을 제시하는 방식이 보일 뿐이다.

 허공에 떠 있는, 오직 나만을 위한 공중 정원, 그 안에서 내 손으로 심은 나무들이 지금 모처럼의 단비에 몸을 씻고 있다. 옥상의 쇠 난간 위로 떨어지는 빗소리가 청량하다.
　　　　　　　　　　　　　　　　−「정원에게 길을 묻다」(『서울동굴가이드』, 248쪽)

 「서울 동굴가이드」란 단편에서조차 인조 종유석 동굴이나 곤충들의 이미지를 제시하는 상상력을 보이면서도 유독 동물적 이미지가 드러나지 않는 것은 여성작가로서 대상에 대한 위무의 수사학을 펼치는 방식과 깊은 관련이 있어 보인다. 작가가 마련한 마치 단세포적인 '방'에서 벌어질 수 있는 관계란 인간과 인간 사이의 문제에 대한 성찰과만 관련된다. 그 삶의 미시사를 살피는 작업에 동물들의 출현은 서사방식을 근본적으로 변화되고 있음을 말해주는 징후로서 앞으로 새로운 작품에서나 발견될 수 있을 여지로 남는다.

3. 성대를 제거당한 권력적 주체들의 기이함

 김미월의 소설에서 주체가 우연히 타인의 방을 경유하거나, 타인의 삶에 개입하는 소설의 형태에서 타인과의 만남은 일종의 필연성을 전제로 한다. 어떤 것도 '우발적인 것은 없으며, 결국 만나거나 헤어짐 뒤에는 그 이유가 필연적으로 구성된다. 그런 소설에서 갑자기 의미 없이 죽거나 미쳐버리는 동물의 우발성을 다루는 일을 단세포적인 방의 필연적 사건에 기입해 넣는 것은 아직 가능하지 않은 일이 된다. 특히 작가 김미월은 죽음조차도 필연성의 세계에서 사유하고자 노력하고 있는 지점에서 우발적인 것을 소재로 삼는 일은 삶의 필연성의 성찰을 방해하는 요원한 것이 된다.

죽은 자는 말이 없으니 누가 진실을 알겠는가. 뺑소니 사고였으므로 죽음 전후의 모든 과정은 미제로 남았다. 분명한 것은 선배가 죽었다는 결과 하나 뿐이었다.

죽음의 원인에 대한 추측은 달라도 사람들은 똑같이 하나의 의문을 품고 있었다. 그것은 죽기 전 선배의 모습을 마지막으로 본 사람이 누구냐 하는 것이었다. 나만은 답을 알고 있었다. 답이 나였으므로. 하지만 밝힐 수 없었다. 그냥 그러면 안될 것 같았다.

그가 죽기 전날 밤. 나는 제이와 극장에 갔다가 그곳에 혼자 심야 영화를 보러 온 선배를 우연히 발견했다. (···중략···) 소소하게 웃긴 장면들에서 한 번도 웃지 않던 선배가 영화의 가장 웃긴 장면에서 혼자 눈물을 흘리는 것을 보고 말았기 때문이다.

─「모자 속의 비둘기」, 『작가세계』, 2009년 여름호, 199쪽

이렇게 뺑소니 사고까지도 단순한 우연으로 넘길 수 없는 인간의 삶이 지닌 필연성에 대한 고찰은 왜 소설적 대상이 인간이 아닌 사물들의 세계로 나아가고 있지 못하는 지를 잘 보여준다. 불교의 윤회과정과 관련한 우화들에서 잘 드러나듯 모든 사물들의 최종심급은 인간의 '업보'에서 비롯된 것으로 보기에 윤리적 주체의 타락화가 이 세상을 결국 윤회의 과정에서 다양한 사물들로 그 죄업을 배치시킬 뿐이다.

이것이 선善을 제시하는 불교적 윤리라면, 지금의 권력적 주체들의 목소리는 이미 동물적인 것이 되어버린다. 그들은 '환상'의 윤회과정이 아니라, 소설 속에서 실제적인 윤회의 결과로 도입된다. 타락한 권력적 주체들은 마치 시끄러운 애완견들처럼 그들의 성대가 과감히 잘려나간 상태로 대상화된다.

단편 「가을 팬터마임」에서 여성 주인공의 삶은 아버지가 하라는

데로만 하면 되는 것이었으나 그러한 삶의 부조리, 권력적 주체인 아버지의 비윤리적인 면모를 안 순간 그녀는 안락한 'home'를 뛰쳐나간다. 이 아버지는 이후 그녀의 삶에서 괴리된 유령이나 다름없는 존재가 된다.

> 버스를 기다리는 것이 아닌 듯했다. 아버지는 고개를 숙인 자세로 땅만 보았다. 눈발이 더욱 거세졌다. 바람이 휘몰아치고 정류장 앞 상점에서 내다놓은 입간판이 휘청거렸다. 그래도 아버지는 그 자세 그대로 쇼윈도 안의 마네킹처럼 꼼짝도 하지 않고 서 있다. 그는 몹시 추울 것이다. 구두도 젖었을 것이다. 발이 시릴 것이다. 그녀는 따뜻한 방 안에서 맨발로 서성였다. (…중략…) 그녀는 단호하게 커튼을 쳐버렸다.
> ─「가을 팬터마임」(『서울동굴가이드』, 194~195쪽)

이와 다르게 애완견의 발정처럼 자신의 욕망을 표출하는 남성적 대상들은 정신지체자 이거나 정신분열증자가 된다. 먼저 앞서 「소풍」에서 몸은 건장하지만 정신지체자인 주인공이 거북스럽게 표출하고 있는 자위행위, 그리고 그것을 어쩔 수 없이 도와주는 한 남성의 불편한 감정을 살펴 본 바 있다. 이 외에 자신의 성적 욕망을 충동적으로 실현시킬 때는 정상적인 남성이 될 수 없다.

> 버스 안이 일시에 여학생들의 비명으로 가득 찼다. 난 아니야. 괴물이 아니라구. 해명을 해야 했다. 당황한 기환의 두 눈이 더욱 따로 따로 놀았다. 그는 사람들을 헤치며 버스 뒤쪽으로 달아나는 단발머리의 뒤를 따랐다. 모세가 홍해 건너듯 만원 버스 안에 갑자기 길이 생겼다.
> ─「골방」(『서울동굴가이드』, 231쪽)

이런 서사들을 볼 때, 김미월의 소설에서 권력적 주체의 욕망은 현실적으로 실현되지 않는다. 그것은 '폭력'이기에 철저하게 검열되고,

심각하게는 비정상적인 인물로서만 이렇게 소설의 대상으로 포착되고 있다. 권력적 주체의 욕망하는 목소리들은 왜 제거되어야 했는지도 김미월 소설이 가진 위무의 수사학과 관련되었다고 할 수 있다.

그가 다루는 것은 권력적 주체에 의해 훼손된 삶을 사는 사람들에 대한 따뜻함이지 그 외의 것은 '방' 밖의 공포로서 차단되어 있다. 그래서 남성적인 욕망을 폭력적으로 사용한다면 그 만큼의 결격사유가 있어야 한다. 필연적으로 대상으로 포섭해도 이해될 만한 결격사유로 그는 정신지체자와 정신분열자에 대한 관용을 베풀고 있는 것이다.

이런 남성성 이외에 작가의 모든 대상들에게서 표출되는 성性적 목소리는 여성의 입장에서 발화된다. 어쩌면 김미월의 소설에서 모든 남성은 거세된 상태로만 제대로 등장할 수 있다고 보여진다. 작가가 그려내는 일상의 남성들을 살펴보면 그 의미를 좀 더 쉽게 이해할 수 있을 것이다.

그의 눈에는 꽃들이 요염하기보다 쓸쓸하고 고단해 보였다. 땅바닥에 나뒹구는 꽃송이들이 오히려 생기 있어 보였는데, 그것은 병태에게 훼손되지 않은 죽음, 아름다운 실패, 눈부신 절망, 이러한 역설적인 표현들을 떠올리게 했다.
　　　　　　　　　　—「정전(停電)의 시간」, 『현대문학』, 2009년 5월호, 88쪽

젖은 머리카락에 비누를 문질러댔다. 습기를 머금은 비누는 짓무를 대로 짓물러 있어 조금만 힘을 주어도 맥없이 으스러졌다. 입사 한 달 만에, 시작은 있으되 끝은 없는 잔인한 휴가를 통보받고 나서 달리의 뇌리를 퍼뜩 스친 생각은 사장이 한 말과 비슷한 말을 예전에도 한 번 들었다는 거였다. (…중략…) 상대를 존중해주는 척하면서 실은 자신의 힘과 지위를 재확인할 뿐인, 그럼으로써 상대에게 오히려 더 큰 모욕을 주는 언사를 한 번도 아니고 두 번이나 들었다는 자괴감이 그를 쓸쓸하게 했다.
　　　　　　　　　　—「현기증」, 『문예중앙』 119호, 2007, 164쪽

시인은 입가에 흐르는 침을 소매로 닦았다.

"최고는 나뿐이야. 나머진 전부 들러리지."

진호는 이곳을 나가고 싶었다. 침대 쪽을 흘깃거렸다. 곤히 잠든 팀장을 보니 비가 올 거라던 예보가 틀린 날 아침부터 챙겨온 우산을 보고 있는 기분이었다. 시인은 누구에게랄 것도 없이 이런저런 욕들을 퍼붓기 시작했다. 방 안의 공기는 시인의 입에서 나온 언어의 분비물로 질펀해졌다.

　　　　　　－「아무도 펼쳐보지 않은 책」, 『현대문학』, 2007년 11월호, 93쪽

작가가 3인칭이라는 시선의 마법으로 일관한 것은 이렇게 남성을 여성적 화자의 목소리로 다루기 위한 최선의 전략처럼 보인다. 그래서 그녀의 소설집 『서울 동굴 가이드』의 소설들에서 남성들은 거의 3인칭으로만 다루어진다. 이 소설집에서 일인칭으로 소설이 쓰여진 소설들은 먼저 등단작인 「정원에게 길을 묻다」, 그리고 소설집의 대표작인 「서울 동굴 가이드」, 「너클」 모두 1인칭을 쓰는 경우 주인공은 여성이 된다. 그러나 딱 한 가지의 실험적인 남성적 화자의 1인칭 소설이 있는데, 그 단편이 바로 앞서서도 계속 언급했던 「소풍」이다. 이 소설은 남성적 화자를 등장시키기에 남성적 주체의 권력적 목소리가 다른 소설과 다르게 발화될 수밖에 없는 무의식처럼 쏟아낸다.

나는 남자 어른의 목소리를 흉내 내 무슨 뜻인지도 모르는 말을 지껄였다. 허어, 요년 조갑지가 쓸 만하구나. 아이스크림처럼 맛있을 턱이 없으나 나는 우리의 놀이에서 주어진 역할을 성실하게 수행했다. 그것은 어린 마음에도 일종의 죄의식을 느끼게 하는, 그러므로 더욱 큰 흥분과 스릴을 가져다 주는 최고의 놀이였다.

　　　　　　－「소풍」(『서울동굴가이드』, 169쪽, 강조는 인용자)

그러나 이 소년이 커서 정신지체자의 몸을 돌보는 남성이 될 때, 남자는 오히려 여성적인 섬세함으로 정신지체자를 바라본다. 그리고

남성의 몸을 같은 또래의 남성이 돌보는 일이란 그렇게 흔히 상상할 수 있는 소설적 소재가 아니다. 그리고 앞서 보았듯 정신지체자의 자위행위까지 불쌍한 연민으로 이해하는 모습은 거의 가족이 아니면 가질 수 없는 타인에 대한 애정어린 이해가 아닐 수 없다.

이렇게 김미월 소설의 남자 주인공들은 권력적인 욕망의 향유를 할 수 없는 존재들이다. 그들은 다시 말해 아직 '소년'적 감수성을 유지하거나 '여성'적 감수성으로 사물들을 바라보는 '야오이' 만화와 같은 남성들이 등장한다.

작가 김미월의 소설이 가진 위무의 수사학은 이렇게 여성적 목소리를 구현함으로써 남성 주체의 목소리를 철저히 배제하는 효과를 낳고 있다. 그래서 소설의 여성들은 마치 '선머슴'같은 발랄한 여성주체의 환타지로 그려지기도 한다.

4. 동물원이 된 메크로폴리탄metropolitan과 우화적 서사의 독특성

최근 제주도에서 버려진 애완견들의 무서운 야생적 습성을 뉴스에서 보도한 바가 있다. 더욱 무서운 것은 이 '들개'들이 먹기 위해 가축들을 죽이는 것이 아니라 상처를 입혀 가축들을 흉한 몰골로 만들기도 한다는 사실이다. 이 애완견들이 야생화 된 것은 버려진 애완견들끼리 교미하여 다음 세대를 낳고, 또 다음 세대를 낳는 과정 속에서 완전한 '들개'의 습성을 지녔다는 데 있다. 이에 인간들은 자신의 가축을 헤치는 것에 분노하여 이 들개들을 총으로 학살하는 진풍경을 우리에게 뉴스거리로 보여주고 있다.

김미월의 소설에서 타자들은 공포스럽지 않다. 그러나 앞서 김미월의 서사방식에서 남성적 목소리를 철저히 배제한 측면으로 볼 때, 이 애완견처럼 다듬어진 남성 주인공들은 뭔가 기괴해 보인다. 남성들은 쉽게 말해 '동물화'되어 있다. 그래서 소설 속에서는 어떠한 동물도 등장할 필요가 없다. 이미 거세된 남성들이 심심한 볼거리를 제공하기 때문이다.

작가 김미월이 장편 소설에서 「여덟 번째 방」에서 학생운동을 한 여성이 '민중가요'나 불렀던 기억으로 희화화시키며 남성 주체들이 벌인 학생운동의 의미를 묻고 있는 것이나, 「아무도 펼쳐보지 않은 책」에서 자신의 위세만 주장하는 남성 시인의 폭력적 성격을 보여주는 것은 이 남성성이 지닌 '허세'의 세월을 잘 살피고 있는 역사적 감각에서 비롯된 것으로 보인다.

작가가 탐색한 도시성과 남성성의 면모는 그가 철저히 '메크로폴리탄'을 비판적으로 사유할 수 있는 지점에서 발생한 차이의 수사학이다. 그것이 곧 여성 스스로를 위무하며 남성성을 극단적으로 배제하는 한계에 머물렀다고 생각할지라도 도시의 남성들을 '동물화'한 소설의 우화적 성격은 앞으로 변화될 수 있는 서사의 가능성을 충분히 응축하고 있다고 보인다.

여성작가로서 여성이라는 주변부적 위치, 그리고 도시성의 바깥에서 도시로 기입되었던 특별한 유년시절의 경험을 바탕으로 '메크로폴리탄'이 지닌 자본주의적 포섭형태가 얼마나 우스꽝스러운 것인지 보여주고 있다. 그래서 사실 남성들만이 동물화된 것이 아니라 도시의 형태가 하나의 거대한 동물원이며 타자들의 삶은 '방'이란 우리에서 자신의 처지에 맞게 사육되고 있는 것처럼 보인다. 작가는 관람자의 위치에서 이 타자의 삶을 조망하고 있기에 타자들은 결코 따뜻한 작가의 시선에서 밖으로 도출되어 나타나는 경우가 없다. 하지만 씁쓸하다. 우리가 동물들의 모습으로 현실화 될 수밖에 없다니 말이다.

김미월의 소설뿐 아니라 많은 여성작가들이 '우화'적 성격에 기대어 대상들을 표현하고 있는지에 대해 고민할 필요가 있을 것 같다. 알튀세르가 보였던 '비판철학'의 성격을 상기해본다면, 기존 이데올로기의 편향된 굴절을 비판하기 위해 그와 다른 편향된 '구부리기'가 필요하다고 말했던 것은 좋은 비유가 될 것 같다. 그런 점에서 김미월이 현실을 제대로 포착하지 못했다거나 편향된 수사학에만 의존했다고는 말할 수 없다. 오히려 소박한 타자의 현실을 가지고도 제대로 구부리고 있다. 다만 위무의 수사학이 '공포'의 엄습에 무력하다는 것이 우리의 요원한 과제로 남는다. 우리가 길들여진 동물이 될수록, 자본주의는 더욱 더 날것의 공포로 우리를 혹독히 재단하려 들 것이기 때문이다. 🈔

강희철
1977년생. 문학평론가. 2009년 《부산일보》 신춘문예 평론 당선. 경성대 박사과정 재학중.
machinist@ks.ac.kr

시인 이근화

1976년 서울 출생
        단국대학교 국문과 졸업. 고려대 대학원 국어국문학과 박사과정 수료
2004년 『현대문학』 시 부문 신인상을 통해 등단
2006년 첫 번째 시집 『칸트의 동물원』 발간.
2008년 동시 『안녕, 외계인』 발간.
2009년 두 번째 시집 『우리들의 진화』 발간.
        제4회 윤동주상, 젊은작가상 부문 수상.

소울 메이트, '우리'라는 이름의 공동체

이근화론

고봉준

1. 감각

대상에 자아의 감정을 투여함으로써 완성되는 시가 있듯이, 대상이 환기하는 감각적 자극이 자아를 압도함으로써 씌어지는 시도 있다. 자아의 시에서 '감각'은 대상에 대한 주체의 느낌처럼 침해될 수 없는 주관성의 영역이지만, 감각의 시에서 그것은 인간과 세계가 마주쳐서 발생하는 사건의 영역에 속한다. 이근화의 시에서 '감각'은 후자이다. 시에서 감각은 인식의 보조수단이 아니라 세계를 경험하는 유일무이한 통로이다. 인식은 총체성을 지향한다. 반면 감각에서는 우연성과 사건성이 핵심이다. 인식에서 파편은 전체성의 감각을 통해서 극복되어야 할 대상이지만, 감각에서 파편은 그 자체로 하나의 전체가 된다.

생텍쥐베리는 비행기가 하늘을 나는 기계가 아니라 세계와 접촉하는 감각 기관임을 증언한 적이 있다. 자연 상태에서는 경험할 수 없는 시속 수 백 킬로미터의 속도로 하늘을 날면서 조망할 때, 대지는 여러 마리의 뱀이 뒤엉켜 있는 형상이 되고, 산들은 특유의 입체감을 잃어버리고 평면이 된다. 비행기의 속도와 높이는 대지의 깊은 주름들을 말끔하게 펼침으로써 특유의 질감으로 세계를 가시화한다. 이런 감각의 쇄신을 위해서는 '이상한 각도'(「이상한 각도」)가 필요하다. 마치 라깡이 홀바인의 〈대사들〉을 비스듬한 각도에서 응시함으로써 왜상anamorphosis으로서의 해골을 발견하듯이. 왜상이 삼차원을 작도하는 사실주의의 요소를 비틀어버림으로써 환상apparition을 발견한 것처럼, 이근화는 '이상한 각도'를 통해서 전통적인 작시법의 퍼스펙티브를 해체하고 세계를 도달할 수 없는 대상의 형상으로 그려낸다.

'이상한 각도'의 감각론은 세계를 "세계의 문들이 모두 반쯤 열려 있는"(「강물처럼」) 상태로 체험하는 것이다. 인식이란 실상 불변적 존재의 자기동일성에 대한 물음이고, 불변하는 것으로서의 '진리'에 대한 믿음이다. 고대의 철인哲人들이 그토록 예술을 증오했던 이유는 감각의 변화무쌍함이 아니었던가. 인식의 세계에서 '이것'은 '이것'이고, '인간'은 '인간'이다. 존재란 이 불변의 대상에 붙여진 이름이니, 인식의 세계에서 '이것'이 '저것'이 되거나, '인간'이 '인간 아닌 것'이 되는 경우는 없다. 그렇지만 감각의 세계에선 사정이 다르다. 우리의 감정이 그렇듯이, 감각은 시시때때로 바뀐다. 대지가 다수의 얽혀 있는 뱀으로 바뀌는 생텍쥐베리의 경험이 증언하듯이, 감각은 사물의 자기동일성을 부정하는 방식으로 사물의 경계를 넘어선다. 바뀌지 않는 감각은 이성의 지배를 받는 또 다른 인식이지 감각이 아니다. 감각의 세계에서 영원한 것은 없다. 감각의 제국에서 "같은 자리"에 서 있는 건 "강물처럼 그건 불가능한 일"(「강물처럼」)이다.

물론, 세계가 완전하게 열린 채로 존재하는 것 역시 불가능하다. 세계의 기원이 경계에서 비롯되기 때문이다. 시인에게 '감각'은 세계가 개방되는 순간을 몸으로 경험하는 일이며, 시를 쓴다는 것은 결코 언어화할 수 없는 그 경험을 언어화하는 작업을 뜻한다. 시인은 한 순간에 세계의 열린 문틈에서 세계의 다른 형상을 퍼낸다. 창작schaffen이란 곧 퍼올림schopfen이다. 이 지점에서 감각을 경유하여 세계의 다른 모습을 가시화하는 시작詩作은 보이지 않는 것을 가시화하는 클레P.

Klee의 회화에 근접하게 된다. "문이 열렸다 닫히면서/방은 더 매혹적인 공간이 된다/가구들이 먼지에 사로잡히고/점점 좋은 가구들이 될 때/방은 조금 더 잘 보인다"(「그림자 수집」) 문제는, 감각이 개방하는 세계의 형상裏面과 언어 사이의 좁힐 수 없는 간극이다. 감각될 수 있는 것과 말해질 수 있는 것은 다르다. 이근화의 시는 전체화의 의지를 갖고 있으므로 이 간극을 봉합해야 한다는 자의식을 드러내지 않으며, 그녀의 시에서 이미지들은 감각의 우연성을 증명이라도 하듯이 파편적인 형태로 흩뿌려져 있다. 때문에 그녀의 시에서 파편들을 모아서 하나의 전체를 만들려는 해석에의 의지는 무의미하다. 오히려 부분의 완결성에 만족하고, 그녀의 감각을 공유하려고 시도하는 것, 이것이야말로 느낌의 공동체를 형성하는 새로운 시의 독법讀法일 것이다.

2. 사이

칸트는 예술이 상상력의 작용이고 형식의 유희라고 선언했다. 우리가 외부 세계를 받아들이는 것이 곧 상상력이며, '형식' 없는 상상력은 불가능하다는 그의 형식미학은 문학의 중심을 '주제'라는 지성의 영역에서 '형식'이라는 감성의 영역으로 옮겨 놓는다. 시집 『칸트의 동물원』의 첫 페이지에 등장하는 무심한 대상들, 가령 일요일의 열두 시와 여섯 시에 한 번씩 울리는 종소리, "오토바이의 형식으로 달리"는 오토바이, "모래의 날들 위에 반짝"이는 모래는 상상력이란 곧 '형식'의 상상력이라는 칸트의 미학을 연상시킨다. "나는 이 형식을 벗어나서 휴식을 취할 수 없다"(「피의 일요일」) 이 진술은 모든 외부 대상은 '형식'을 벗어나서는 경험될 수 없다는, 하여 인간이 예술작품에서 아름다움을 느끼는 것은 그것의 내용이나 주제 때문이 아니라 구상력과 상상력 간의 유희 때문이라는 칸트의 복화술처럼 들린다.

'칸트의 동물원'이라는 시집 제목은 '칸트'와 '동물원'이라는 상반된 표상의 충격적 조합을 통해서 어느 하나로 귀결되지 않는 낯선 이미지를 도출하고, '칸트'라는 단일체 내부에서 '동물원'이라는 왜상을 포착하려는 의지의 표현일 것이다. 이 지점에서 이근화의 시는 칸트의 형식미학을 배반한다. 이근화의 시는 이미 주어진 경계를 넘나드는 '사이'의 감각에 의해 드러나는 왜상들이다.

이 집 만두와 저 집 만두 사이
배달통과 전화벨 사이
오토바이의 시간과
신호등의 시간 사이
깜박이는 눈동자와 떠오르는 낡은 추억 사이
배기통의 푸른 연기와 날아가는 헬멧 사이

처녀와 처녀가 빼문 붉은 혀 사이
신호등과 플래카드와 피켓과 예수회의 구원 사이

사이사이 사라지는 무한정 아름다운 꼬리와 단 하나의 꼬리 사이

귀신과 귀신의 출몰과 출몰의 이야기 속의
당신의 공포와 공포의 색깔 사이
웅크림과 웅크림 속의 푸른 알약 사이

잊혀진 손맛과
사라진 만두 사이
입맛을 바꾸어 가는 사람들과
신호등이 예비하는 발걸음 사이

당신의 무고함이 울리는 오랜 경적 소리, 소리들.

―「눈뜬 이야기」 전문

'사이'는 생성becoming의 지대이다. 뉴튼의 물리법칙에서 '운동'은 등속운동, 즉 두 점 사이의 거리를 시간으로 나눈 것이다. 그런데 이 공식을 적용하기 위해서는 운동 대상이 오직 정지 상태에 있어야 한다. 이것은 '운동'에 대한 사유이지만, 날아가는 화살을 점들의 연속으로 설명하는 논리처럼, '운동' 그 자체에 대한 사유가 아니라 운동에 대한 '표상'이다. '운동'을 정지를 통해서 사유한다는 것은 어딘가 이상하지 않은가? 운동은 정지의 패러다임 안에서 사유될 수 없다. 이근화의 시는 이 표상불가능한 지점에 주목한다. '사이'는 공간적인 의미에서의 중간이 아니라 고정된 존재들 틈에서 왜상이 드러나는 "이상한 각도"이다.

'사이'는 두 존재being의 중간이 아니다. 그것들의 결합을 불가능하게 만드는, 동시에 그것들의 단절을 찢으면서 잠시 등장하는 "이상적인 빈틈"(「잃어버린 고양이와 바다를 찾아 떠나는 여행」)이다. "보이다 말다 해도 나는 보았다고 생각해"(「본 적 있는 영화」) 잔상afterimage으로서의 사이는 동시에 발화된 "할 수 있는 말들과 할 수 없는 말들"(「검은 무지개」), "반은 어제이고 반은 오늘인 세계"(「크리스마스 캐럴」)처럼 '존재'와 '비존재'의 구분이 불가능한 지점에서 드러나는데, 이것은 운동이 '존재'라는 프레임으로는 포착되지 않는 것과 같은 이치이다. 이런 '사이' 감각은 두 번째 시집에서도 반복되고 있는데, 가령 "감정과 감정 사이에/식탁을 차려놓고", "운전과 운전 사이에/허름한 식당을 배치하고"(「입술 모르게」) 같은 진술이 여기에 해당한다.

3. 진화

"입은 본질적으로 코에 속합니다/중개하는 사과"(「도약하는 사과」) 이 것은 감각의 문법이다. 향긋한 사과의 향기가 입안에 침을 고이게 만 들 때, '입'과 '코'의 경계는 모호해진다. 이 진술을 이성(인식)의 문법 으로 바꾸면 '입은 본질적으로 입에 속하고, 코는 본질적으로 코에 속한다'가 될 것이다. 감정/감각으로 세계와 대면한다는 것은 사물을 '질감'으로 경험한다는 것이다. 질감의 세계에서 모든 것은 물렁물렁 한 액체상태가 되어 고유의 동일성을 상실한다. 이 질감의 경험을 언 어화할 때, 시는 오직 비유에 의지할 수밖에 없게 되며, 비유의 체계 안에서 사물은 우리가 익숙하게 알고 있는 것과는 전혀 무엇이 된다. 사물의 이 다른 것 되기를 일단 '진화'라고 말해두자.

> 코가 식물처럼 자라나기 시작했어요
> 한쪽 방향으로만 한쪽 방향으로만
> 콧속을 단순한 결로 채워갑니다
> 내 마음대로 주물러서 코의 형상은 바퀴
> 손잡이만 한 고리를 걸고
> 반성을 모르도록 코는 진화합니다
> 당신은 영원히 뒤를 밟겠지만
> 나는 사라지는 코를 붙잡죠
> 너무 많은 것들을 흘려보낸 뒤의 일이겠지만
> 아무것도 참지 못하도록 코를 뭉치겠어요
> 빠른 속도로 사라지면서
> 가까운 곳에서 코는 물이 되어가죠
> 가장 감상적이고 성난 코를 보내드립니다
>
> ―「코」 전문

'진화'는 변화의 세계이다. 이 변화는, 때로 '모호함'이라고 평가되지만 실상 그것은 감각/감정에 의해 사물을 질감으로 경험하는 데서 비롯되는 낯섦일 뿐이다. 그런데 질감의 경험은 시인의 의지와 상관없이 발생하며, 인식(이성)의 문법을 충실히 따르지도 않는다. 즉 논리적인 전체성을 재구성하기가 불가능하다. 이근화의 시에서 부분은 결코 전체의 일부가 아니라 그 자체로 전체성이며, 그 부분의 전체성들은 대개 비유들(대개는 직유!)에 의해 견인된다. "나의 기분이 나를 밀어낸다/생각하는 기계처럼/다리를 허리를 쭉쭉 늘려본다"(「청바지를 입어야 할 것」), 그리고 "나는 나로부터 멀리 왔다는 생각"(「따뜻한 비닐」) 등은 감정/감각의 주체가 '나'가 아님을 가리킨다. 감정/감각에서 가장 중요한 "게임의 룰"은 "중요한 순간마다 나를 놓치는"(「나나」) 것이다.

　이근화의 시에서 '변화'는 '진화'의 일반화된 표현이다. 인용시에서 식물처럼 자라는 '코'는 마음대로 주물러서 형상을 만들 수 있는 반죽이다. 진화하는 '코'는 '반성'을 알지 못한다. 반성이 이성의 대표적 기능이니 반성을 모르는 '코'란 곧 감각/감정을 뜻하는 것일 테다. 하여, 인식(이성)에 충실한 '당신'은 "영원히 뒤를 밟"지만, 감각/감정으로서의 주체는 "사라지는 코를 붙잡"으려 한다. 빠른 속도로 '물'이 되어 가는 코, 시인은 그것을 "가장 감성적이고 성난 코"라고 부른다. 감정/감각을 앞세운 변화의 일반적인 표현들은 이근화의 시에 셀 수 없이 많다. "코가 사라지고/입술이 녹을 때까지"(「쓸쓸한 포옹」), "조금 늙는다면 코가 영 점 오 센티미터 정도 길어지겠지요"(「내가 당신의 가족이 되어 드리겠습니다」), "안면근육 이상/코가 망가지기 시작했다/달콤한 것들이 눈으로 쳐들어와 입이 벌어졌다"(「우리의 우정은 언제부터 시작되었는가」), "텔레비전이 끓는 동안 사람들은 얼굴을 바꾸고 달콤해졌지"(「톰이여」), "헬륨을 마시고 가글거리는 소녀들은/아름답죠 목소리가 다 다르죠"(「만원 버스」) ……. 이근화의 시에서 이 모든 진화는 "늘어나는 감정"(「엔진」)에 의해 촉발되는 사건들이다. 그러나 모든 감각이 일률적으로 '진화'하는 것은 아닌 듯하다. 가령 「마로니에」에서 시인은 "귀청이 떨어질 듯 크게 음악을 틀어놓아도" 모양을 바꾸지 않는 귀와 "무서운 속도로 달려"도 '나'를 떠나지 않는 오래된 습관들에 대해서 이야기하고 있다. 어떤 감각들은 외부의 자극에 무감하며, 또 어떤 습관들은 설령 그것이 치명적이라 할지라도 쉽게 바뀌지 않는다. 습관이란 가치의 문제가 아니라 익숙함의 영역이기 때문이다. 「코」가 변화의 일반적 감각을 노래한다면, 「마로니에」는 변화를 부정하는 코드화된 감각의 세계를 노래한다. 이 시에서 꺾이지 않는 나무, 밤이 지나면 어김없이 찾아오는 도로 위의 아침, "응 애 응 애 정확히 우는 아이들" 등은 변화를 부정하는 '존재'의 형상이다.

시집 『우리들의 진화』의 표제작은 '진화'라는 사건의 시간성에 대한 해명을 담고 있다. 이 시에는 '사랑'의 대상이 세 가지 등장한다. 섭취한 영양의 대부분을 소비하는 '두 발', 멈추지 않고 자라나는 '열 개의 손가락', 그리고 '사라지는 골목'이 그것들이다. 시인에게 사랑은 곧 '진화'에 대한 사랑이며, 그것은 "나는 점점 더 차가워지고/나는 점점 더 물렁해지며 아무 냄새도 피우지 않는다"처럼 감각/감정의 '변화'를 뜻한다. 물론, 또 다른 '진화'를 상상할 수도 있다. "사람들의 팔과 다리를 잡아먹는/프레스기(機)의 진화"가 그것이다. 기계장치의 변화와 발달은 진화가 아니라 '진보'이다. 이근화의 시에서 '진보'는, 설령 그것이 변화를 함축하고 있다 할지라도 긍정의 대상은 아니다. 이것이 진화주의와 진보주의를 구분해야 하는 이유이다. 한편 진화의 시제와 관련해서는 "내 몸을 엉망으로 기억하는 이불에 대해/아무런 감정을 갖지 않기로 한다"라는 진술에 주목해야 한다. '이불'과 '기억'은 과거의 시간을 표상하며, 이미 발생한 사건을 보존하는 인식(이성)의 영역에 속한다. 때문에 그것들에 대해서 어떤 감정의 표출도 허락하지 않겠다는 것은 과거에 대한 부정이면서 동시에 인식(이성)과의 거리두기에 해당한다.

아직도 건너보지 못한 교각들 아직 던져보지 못한 돌멩이들
아직도 취해보지 못한 무수히 많은 자세로 새롭게 웃고 싶어

*

그러나 내 인생의 1부는 끝났다 나는 2부의 시작이 마음에 들어
많은 가게들을 드나들어야지 새로 태어난 손금들을 따라가야지
좀더 근엄하게 내 인생의 2부를 알리고 싶어
내가 마음에 들고 나를 마음에 들어하는 인생!
계절은 겨울부터 시작되고 내 마음에 드는 인생을
일월부터 다시 계획해야지 바구니와 빵은 아직 많이 남아 있고
접시 위의 물은 마를 줄 모르네
물고기들과 꼬리를 맞대고 노란 별들의 세계로 가서
물고기 나무를 심어야겠다

　　　　　　　　　　　　　　　　　　　　—「나는 내 인생이 마음에 들어」부분

'진화'의 시제는 미래형이다. 이근화의 시에는 유년의 고통스러웠
던 기억이나 가족서사와 같은, 서정시가 자주 활용하는 성장담이 없
다. '미래'를 향해 개방되어 있는 그녀의 시들은 종언된 1부보다는 새
롭게 시작되는 2부에 더 많은 관심을 표현한다. 인용시의 화자 '나'는
"아직 건너보지 못한 교각들"과 "아직 던져보지 못한 돌멩이들", 그리
고 "아직도 취해보지 못한 무수히 많은 자세"로 새롭게 웃기를 간절
히 바라고, "새로 태어난 손금들을 따라가"려는 의지를 표명하고 있
다. 이미 지나온 과거의 흔적을 반성하고 회상하는 것보다 가능성의
세계를 향해 펼쳐질 현재 또는 미래를 긍정하는 것이 이근화의 '진화'
의 시제인 것이다. 첫 시집에 실려 있는 「미래의 이야기」 역시 비슷
한 맥락에서 이해될 수 있다. 화자 '나'는 이야기 머신 앞에 앉아 있
고, 기계는 이야기를 더 듣고 싶다면 '동전'을 넣어야 한다고 주문한

다. 전통적인 의미에서 이야기는 이미 발생한 사건들을 기억에 의해 재구성하는 행위에 해당하는 반면, 이 시의 화자가 '이야기'에서 읽어 내는 것은 아직 발화되지 않은 "다음 이야기"의 미래적 성격이다. 그 렇다고 진화의 미래적 시제가 선형적인 의미에서의 미래와 동일한 것은 아니다. '변화'가 아직 발생하지 않은 사건의 시간이듯이, '미래' 는 과거나 현재와 대비되기보다는 미지의 변화에 열려 있는 개방성 을 뜻할 따름이다.

4. 비유

이근화의 시에서 부분의 전체성이 가장 두드러지게 드러나는 것은 '비유'이다. 그녀의 시는 대상의 공통성에 주목하는 유비의 발상이나 리얼리티의 원근법으로 보면 엽기나 환상의 요소들처럼 보이지만, '비유'의 측면에서 접근하면 비교적 분명하게 읽힌다. 가령 「버스여 안녕」을 펼쳐들면 아이가 버스 안에서 울고 있고, 버스는 아이의 울 음에 아랑곳 하지 않고 굴러가는 장면이 나타난다. 우리가 일상적으 로 경험하는, 따라서 다른 설명 없이도 충분히 상황을 떠올릴 수 있 는 풍경이다. 아이들은 이따금씩 대책 없이 운다. "아이가 울지만 아 무도 말릴 수가 없다 (…중략…) 졸음도 눈물도 구역질도 속도에 대한 반응"(「구역질도 0.5」)이기 때문이다. 아이는 울고 버스는 달린다. 그러 다 보면 어느새 아이의 울음이 버스의 소음에 묻히는 순간이 온다. 시인은 그 장면을 "아이의 목이 사라질 때까지/바퀴는 마음대로 굴러 간다"라고 쓴다. 이윽고 버스의 승객들은 아이의 울음에 한껏 예민해 져서 내리고 탈 것이다. 시인이 이 장면을 "귀가 커진 사람들이/버스 를 타고 내린다"라고 표현한다. 이 장면을 정직하게 읽으면 환상일 테지만, 실상 이것은 자극에 반응한 감각을 비유가 아닌 직설적 화법 으로 발화함으로써 만들어지는 시적 문법이다. 다만, 모든 시적 비유는 그것에 공명할 수 있는 독자의 능력을 요구하며, 그 능력의 정도의 따라서 울림의 강도가 결정된다는 사실을 간과해서는 안 된다. 사실상 이근화의 시는 감각적인 비유들로 직조된 언어 텍스트이고, 그녀의 시가 독자들의 관심을 붙잡는 지점 또한 생경하면서도 참신한 비유들에 있다. 메시지보다는 비유가, 세계에 대한 총체적 인식보다는 동물적인 감각으로 세계의 형상을 더듬어 나가는 과정이 그녀의 시인 것이다.

이근화의 시에는 꽤 많은 동물(?)들이 등장한다. 90년대 중반 식물성의 사유를 앞세웠던 생태학적 상상력과는 꽤 대조적이다. 그녀의 시에서 동물(동물이 등장하는 비유를 포함)은 대개 일의적인 의미로 포착하기 어려운 활동성과 발랄함을 상징한다. 그것들은 모두 변화와 진화의 달인들이다. 특히 변화와 관련해서 '고양이'가 집중적으로 등장하는 장면들은 매우 이채롭다. 가령 첫 시집의 「이중 모션」을 보자.

고양이는 뜻없이 멈추고 고양이는 뒤돌아본다 이 밤에 얼마나 배가 고플까 얼마나 길어질 수 있을까

고양이는 더럽고 고양이의 얼룩은 번지고 이 마을과 저 동네를 거쳐 고양이는 두 개의 다른 얼굴을 내민다

믿을 수 있어? 마시멜로는 지구 일곱 바퀴 반을 돌아도 끊어지지 않는다는 거야 이 밤에 얼마나 고독할까 고양이는

그렇다고 고양이가 시간에 대한 어떤 태도를 가지는 건 아니지 슈퍼맨이 댐을 막기 위해 안경을 벗었을 때 나는 그의 코스튬이 부러웠을 뿐

고양이는 한없이 길어지고 고양이는 어떤 태도를 감추고 있네 단숨에 뛰어넘을 수 없는 거리를 가졌지

슈퍼맨은 어지럽고 고양이는 감쪽같이 사라졌어 내 머리 위에서 돌아가는
저 어두운 별, 별.

떨어지는 하나의 별을 봤을 때 내가 기도했다고 생각해? 짧고 순간적인 꼬
리가 힘겹지 않아? 그 꼬리가 담장 하나쯤을 무너뜨릴 때

―「이중 모션」 전문

이 시의 키워드는 '고양이'와 '변화'이다. 이 말은 고양이 대신에 다
른 동물을 넣으면 동일한 진술이 나오지 않는다는 것을 뜻한다. 이
시에서 고양이는 길어지고, 두 개의 다른 얼굴을 내밀고, 감쪽같이
나타났다 사라지는, "짧고 순간적인 꼬리"로 존재하는 동물이다. 보
들레르가 "연정에 불타는 그 가슴으로 네 발톱 감추고,/금은과 호박
섞인 황홀한 눈 속에 나를 잠기게 하라."처럼 치명적인 관능의 상징
으로 사용한 고양이가 이근화의 시에서는 '꼬리'라는 독특한 기표가
되어 출몰과 변화의 상징으로 사용되고 있는 것이다. 주의 깊은 독자
라면 쉽게 알아챘겠지만, 이근화의 시에는 꽤 많은 고양이들이 등장
하고, 그것들 대부분은 분신들처럼 닮았다. 「눈뜬 이야기」의 "꼬리",
「본 적 있는 영화」의 "아침 창가의 이다", 「칸트의 동물원」의 "꼬리뿐
인 고양이", 「멍든 자국」의 "어지럽고 어려운 고양이"와 "붉은 꽃잎
같은 고양이", 「나나」의 "난간 위의 고양이", 「그해 여름」의 "치어 죽
은 고양이"……. 이 고양이들은 "얼마나 길어질 수 있을까요"(「나나」)
처럼 변화와 생 죽은 존재로 감각되고, "우편함에서 걸어 나오는 나
쁜 소식처럼"(「멍든 자국」) 급작스러운 사건의 형식으로 나타났다 사라
진다는 공통점을 지니고 있다. 더욱 흥미로운 것은 이 모든 고양이들
이 모두 첫 시집에 집중되어 있으며, 두 번째 시집에서는 동물·곤충·
새처럼 다양하게 변주된다는 것, 그것들이 비유의 형식으로 발화된
다는 점이다. 가령 첫 시집에서 고양이는 그 자체로 호명되지만, 두
번째 시집에서는 "고양이처럼 명상에 잠겨서"(「입술 모르게」) 같이 비유

적으로만 등장할 뿐 가시화되지 않는다.

'변화'의 상징인 고양이의 부재를 대신하는 것은 이제 다양한 형상의 동물들이다. 가령 「주말여행 계획서」에서 야유회는 "도마뱀처럼 활기차게" 진행되고, 「식사 시간」에서 "지붕 위로 떠오르는 가족들의 긴 꼬리"를 잡으려는 '나'는 "개가 썰매를 끌듯이" 날아오르며, 「박쥐처럼」에서 어둠 속에서 '나'에게 말을 걸러오는 그는 "박쥐처럼 거꾸로 매달려" 있다. 비유는 질감의 언어이다. 이해하기는 어려우나 공명할 수는 있기 때문이다. 이근화의 시를 산문의 형식으로 재구성하려 할 때 우리는 쉽게 난독에 빠지지만, 그녀의 비유들에 공명하려고 노력할 때 그녀의 시는 한층 구체적으로 다가온다. 질감의 언어는 비논리적인 언어가 아니라 논리와 무관하게 존재하는 논리의 외부이며 극한이다. 몇몇 사례들을 열거해보자.

"연통처럼 굴뚝처럼/늘어나는 감정"(「엔진」)
"너와 나는 다시 지퍼처럼/깜빡 잊어버리기 쉽고"(「옛날 버터 케익」)
"암술과 수술처럼, 우리는 독자적으로 아름다워지겠죠"(「박춘근 씨 밑에서 일하기」)
"감정적으로 구겨지지만"(「청바지를 입어야 할 것」)
"바나나처럼 고요한"(「바나나 익스트림」)
"기쁜 입술처럼 휘었지만"(「새우의 맛」)
"눈동자는 곧 사다리처럼 정직해지겠지"(「크리스마스 캐럴」)
"라면발처럼 위로가 되었다"(「출발 오 분 전」)

시집 『우리들의 진화』에서 무작위로 뽑은 비유적 표현들이다. 위의 경우들만 보더라도 그녀가 감각의 질감을 표현하기 위해 비유에 얼마나 각별한 관심을 기울이고 있는지 쉽게 알 수 있다. 감정의 변화를 연통이나 굴뚝에 비유하고, 만남과 이별을 '지퍼'에 비유하며, '우리'라는 단어가 함축하고 있는 균열을 암술과 수술의 관계에 비유한다. 청바지를 입으면 마치 감정적으로 구겨지는 것 같은 느낌을 받고, 죽은 새우의 등이 우리가 기쁨에 겨워할 때의 입술을 닮았고, 수면 위로 떠올라 노래하는 크리스마스의 물고기들의 눈동자는 사다리처럼 뻣뻣하게 변할 것이고, '나'의 왼손을 꿰매고 있는 의사 L의 덥수룩한 수염은 새벽의 허기를 달래주는 라면처럼 위로가 된다. 이처럼 이근화의 시에서 비유와 결합된 '감각'은 익숙한 풍경 안에서 낯선 풍경을 외삽外揷하여 특유의 모호한 분위기를 낳는데, 이 분위기는 종종 그것을 경험하는 주체의 경계를 모호하게 흐리는 기능을 연출하기도 한다. 「출발 오 분 전」에서 화자 '나'는 의사의 휴대폰 알람을 꺼주기 위해 그의 포켓에 손을 넣고 자신의 손이 마치 "그의 손" 같음을 경험한다. 「강물처럼」에서는 꿈속에서 '당신'의 손이 두드린 '나의 어깨'는 나의 것으로 느껴지지 않는다. 이런 예들은 그녀의 시에서 얼마든지 찾을 수 있는 바, 이것은 '감각'이 '나'의 소유물이 아님을 의미한다. 감각적인 사건이 발생하는 장소는 신체의 표면이다. 그것은 안(자아)이라고 말하기에는 지나치게 바깥에 가깝고, 바깥(대상)이라고 말하기에는 지나치게 안에 밀착되어 있다. 흔히 '경계'라고 일컬어지는 이 지점, 안도 밖도 아닌, 동시에 안과 밖이 넘나드는 그곳이 바로 감각의 장소인 것이다. 그곳에서 벌어지는 '사건'은 '나'의 소관이 아니다. 그러므로 '나'의 신체, 또는 내가 신체를 소유하고 있다는 것은 미신이다. 감각으로서의 신체는, 정확하게 '나'의 바깥에 위치하고 있다.

5. 우리

이근화의 시에서 '우리'라는 인칭대명사는 타자들을 배제하는 이데올로기적 호명방식이 아니다. 일반적으로 집합적인 정체성을 뜻하는 '우리'는 발화와 함께 '우리'와 '우리 아닌 것'의 경계를 구분하는 포함과 배제의 척도를 가리킨다. '우리'라는 대명사에서 전체주의의 폭력성을 느끼는 대다수의 예술가들이 그 대명사의 자리에 '나'라는 근대적 미학의 주체를 안착시키려고 노력해 왔음은 널리 알려진 사실이다. 그것이 바로 침해될 수 없는 주관성과 개성으로서의 미적인 것이었다. 그런데도 이근화는 두 번째 시집에서 천연덕스럽게 '우리'라는 대명사를 남발하고 있다. 여기에는 한 가지 중요한 사실이 전제되어 있는 바, 그것은 이근화의 '우리'가 배제를 의미하는 호명방식이 아니라 모든 타자들을 불러들이는 '우리'라는 공명의 형식을 취하고 있다는 사실이다. 알다시피 대명사로서의 '우리'는 '나'와 '나 아닌 것'을 함께 지칭한다. 편의상 '나 아닌 것'을 X라고 말해두면, 이데올로기적인 호명으로서의 '우리'는 '나'와 'X'의 차이를 동일화할 때에만 가능하다.

> 우리는 서로 다른 속도로 취하고
> 가로등이 두 개로 세 개로 무너지고
> 모서리가 둥글어지고
> 신발이 숨을 쉰다
> 우리는 같은 이름으로 자전거를 타자
> 바퀴를 둘리면 쏟아지는 달콤한 풍경들이
> 우리를 지울 때까지
> 우리의 이름이 될 때까지
>
> —「우리는 같은 이름으로」 부분

> 우리가 가족이라고 해서 감정을 통일시킬 필요는 없겠지요 당신에게서 흘러내리는 땀방울은 지구의 영 점 영영팔삼 퍼센트의 물속에 포함됩니다
> (…중략…)
> 감상적인 젤리피쉬의 헤엄은
> 감상적인 바다 속에서 내가

당신의 가족이 되어 드리겠습니다

　　　　　　—「내가 당신의 가족이 되어 드리겠습니다」 부분

　그런데 시인이 제시하는 '우리'의 모습은 우리가 알고 있던 '우리'의 관념에서 벗어나도 한참 벗어난다. 취하는 속도가 다르고, 취하는 속도가 달라 무너지는 가로등의 숫자도 다르고, 심지어 '우리'라는 같은 이름으로 자전거를 타지만 결국 바퀴 위의 풍경은 '우리'를 지워버린다. 그 뿐이 아니다. 이 '우리'는 종종 '가족' 관계에 비유되지만, 이들 가족에게는 감정의 통일과 같은 최소한의 공통점도 없다. 이것은 '우리'라는 인칭 대명사를 동일성이 아니라 차이의 시각에서 보고 있음을 뜻한다. '우리'라는 호명 속에서 'X'의 자리는 타자의 도래를 위해 열려 있는 공백 같은 것이다. 문제는 '우리'가 '나'와 'X'를 균열의 흔적 없이 봉합할 수 없다는 것만이 아니다. '우리'는, "공평하게 우리를 나눌 수 있을까/우리에게 정말 중요한 일인데/입술처럼 그것은 달콤한 일이 될까/먼지와 함께 엉기고 굴러서/하얗고 작은 공처럼 보이니까/우리의 미래를 그 공 속에 불어 넣고//마구 굴리면서 땀처럼 눈물처럼/우리를 만들어보자"(「그림자」)처럼 공평하게 나눌 수도 없다. 합칠 수 없는 것은 나눌 수도 없기 때문이다. 그러니 '우리'는 언제든 깨지기 쉬운 친구와 연인들의 세계를, 비밀을 나누는 무위無爲의 공동체에 해당한다. 무위의 공동체 내에서 친구는 또 한 사람의 '나'가 아니라 동일성 안에 내재적인 타자성, 동일한 것의 또 다른 변전이며, 우정은 가지에 대한 가장 내밀한 감각의 한가운데 있는 탈주체화이다. 우정이 타자와의 우정이듯이, '우리' 역시 '나 아닌 것'과의 관계일 수밖에 없다. 그러므로 이근화의 시에서 '우리'는 타자를 배제하는 이데올로기적 호명이 아니라 감각의 공유를 통해서 언제든지 'X'의 자리에 들어올 수 있는 타자, 즉 독자와의 정서적 공명을 의미하는 명칭이다. 이 'X'의 자리에 타자가 들어설 때, '우리'는 "우리는 이 세계가 좋아서/골목에 서서 비를 맞는다/젖을 줄 알면서/옷을 다 챙겨 입고"(「소울 메이트」)처럼 '소울 메이트'가 된다. '소울 메이트'란 이 세계가 좋다는 이유 외에는 어떤 다른 이유도 없이 함께 비를 맞을 수 있는 '우리'의 이름이다. 타자에 대한 개방이 없는 '우리', 그러니까 동일성을 강조하거나 타자의 배제를 통해서 형성되는 배타적인 관념으로서의 '우리', 어떤 틈도 용납하지 않는 '우리'는 '나'와 '너', 우리 모두를 가두는 우리cage일 뿐이다. '우리'의 존재론은 이렇다. 감정의 공명을 경험하기 이전과 이후에는 '우리'가 존재하지 않으며, 명시적으로 '우리'의 경계를 확정할 수 있는 '우리'도 존재하지 않는다. '우리'는 이미 존재하는 대상이 아니라 감정의 공명을 통해서 결성되어야 할 관계이며 '심연'에 의해 찢긴 채로 함께 존재하는 관계이다. '우리'는 지속 가운데 존재하지 않는다. 시인은 이 낯선 인칭 대명사를 발명하여 지금 우리들에게 조용히 말을 건네고 있다. 오래된, 그러나 불편한 그 편지를. 🔲

고봉준
1970년생. 문학평론가. 경희대 학술연구교수. 본지 편집동인. 2000년 《대한매일》 신춘문에 문학평론 당선. 제12회 고석규 비평문학상 수상. 평론집으로 『반대자의 윤리』와 『다른 목소리들』(2006)이 있음.
bj0611@hanmail.net *

원고 모집 안내

▌ 비판과 매혹의 공존을 지향하는 반년간지 『작가와비평』은 당대 문학에 대한 비판적 문제의식과 도전정신, 텍스트에 대한 뜨거운 애정이 담긴 원고를 찾고 있습니다. 특히 문학계의 문제점을 지적하고 대안을 제시하는 소장 평론가의 글을 기다립니다.

▌ 『작가와비평』은 기성 문인과 신인 모두의 글을 환영합니다. 그리고 원고 채택에서 학연, 지연 등을 단호히 배격합니다. 오직 글로써만 여러분들의 글을 평가할 것입니다. 문단 신인들의 많은 호응을 부탁드립니다.

▌ 원고는 가급적 이메일로 보내주시기 바랍니다. 수신 확인 이메일이 오지 않을 경우 『작가와비평』 공지게시판에 문의하시기 바랍니다. 보내신 원고의 채택 여부는 한 달 내에 이메일 답장이나 공지사항에 간략히 올리도록 하겠습니다. 채택된 원고에 한해 소정의 원고료를 지급합니다.

모집분야	문학평론(원고 70매 내외)
전자우편	writercritic@chol.com
우편주소	134-010 서울시 강동구 길동 349-6 정일빌딩 401호
유의사항	간단한 약력과 전화번호 필히 게재

문학의 특수한 정치와 문학적 민주주의 / 정의진
: 자크 랑시에르 『문학의 정치』 읽기

우리 시대의 이론 읽기 2

문학의 특수한 정치와 문학적 민주주의

자크 랑시에르『문학의 정치』읽기

정의진

1. 문학의 정치성을 다시 질문하기

'모든 문학은 근본적으로 정치적이다, 전적인 비정치성을 표방하는 일보다 더 정치적인 행위는 없다'라는 진술내지 주장은, '문학은 현실의 사회역사적 상황을 반영해야만 한다'라는 정치적 앙가주망의 윤리와 같은 것이 아니다. 전자가 작품의 직접적인 정치적 내용의 유무를 떠나서 모든 문학을 정치적인 것으로 규정한다면, 후자는 정치적 이념이나 사회적 대의 등과 의식적으로 연관관계를 설정하는 문학을 지향한다. 전자에 따르면 '비정치적인 문학'이라는 표현은 그 자체로 어불성설이나, 후자에 따르면 비정치적인 문학은 곧 현실도피적인 문학이라는 말과 동의어이다. 문학의 전적인 탈 이념적 순수성을 가정하는 입장을 일단 논외로 한다면, 문학의 정치성을 서로 다른 인식론적 스펙트럼에 입각해서 사고하는 다양한 경향들은 한국의 근현대 문학사에서도 이미 오래전부터 존재해 왔다.

그러나 한국문학사에서 발생했던 문학의 정치성에 관한 논쟁들이 특히 문학의 직접적인 정치사회성의 문제를 중심으로 진행되었었다는 점을 부정하기는 힘들 것이다. 일제강점기의 카프, 해방기의 좌우익 대립상황을 반영하는 논쟁들, 1960년대의 참여문학, 1970년대의 민족문학 논쟁 및 1980년대의 민중문학 논쟁 등은 그 대다수의 경우에 문학의 내용적인 정치사회성을 중심으로 하거나, 적어도 그것을 핵심적인 한 요소로 간주하면서 진행된 것이 사실이다. 한국적인 문학상황이 이러했던 만큼, 그것의 현실적인 타당성 여부를 떠나 순수한 서정이나 순수한 미학적 형식을 지향하는 문학들은 역으로 충분히 자신들의 존립근거를 확보할 수 있었다. 자의에 의해서든 타의에 의해서든 그들은 그렇게 분류되곤 했는데, 문학의 정치성이 지극히 협의적인 작품의 내용적인 정치사회성 및 그 계급적 지향성 등을 중심으로 규정된 만큼, 그 범주를 벗어나는 모든 문학들의 '순수성'은 하나의 '실체'로 존재할 수 있었다. 소위 순수문학을 표방한 문인들 가운데 상당수가 매우 혐오스럽고 비판받아 마땅한 지극히 직접적인 정치적 경력의 소유자들이라는 점은 엄밀히 말해서 또 다른 문제이다.

적어도 1990년대 초반까지도 상당수의 문인들 및 문학도들은 작품의 정치적 정당성과 작품의 문학성을 측정하는 기준사이에서 항구적인 딜레마를 경험하곤 하였다. 그리고 오늘날 작품의 내용적인 정치사회성을 저항적 민족주의 내지는 민주주의와 계급성의 관점에서 논의하는 비평은 드물기도 하거니와 그 자체로 다소 시대착오적인 것으로 간주되는 경향마저 있는 것이 사실이다. 한국 문학, 특히 소설의 매우 강한 리얼리즘적 전통을 고려하더라도, 그리고 오늘날도 여전히 이러저러한 사회적 이슈나 인간적 관계의 문제들을 매개로 한 작품들이 끊임없이 생산되고 있는 현실을 보더라도, 포괄적인 의미의 정치사회적 내용성이 한국문학에서 사라진 적은 없다. 그러나 그 이슈들이나 문학적 접근방식이 점점 다원화되었고, 비평 또한 한 비평가가 다양한 인식론적이고 방법론적인 패러다임을 활용하는 것이 일반화되기에 이르렀다.

그렇다면 한국문학의 상황은 창작과 비평 양 측면에서 공히 변화한 것인가? 이 질문에 비교적 온전한 대답을 내놓는 것은 현재 필자의 능력을 벗어난다. 직접적으로 현장비평에 헌신하고 있는 분들에 비해서, 필자는 불문학 전공에다 바쁜 수업일정을 핑계 삼아 어느 정도 인지도가 생긴 오늘날의 한국문학 작품들을 그저 따라가는 정도 이상의 일을 현재로서는 못하고 있다. 그런 상황에도 불구하고 단편적인 인상으로나마 오늘날 한국문학의 정치성에 대해서 이야기하라면, 아마도 근본적으로 바뀐 것은 없을지도 모른다고 판단하는 쪽에 가깝다. 그 이유는 다음과 같다. 장르문학의 활성화 문제, 역사소설의 유행, 청소년 문학 내지는 성장소설의 급부상 등 출판계나 문학계의 굵직한 이슈들은 과거와 다르지만, 그러한 논의들이 상대적으로 한시적일 수밖에 없는 '내용 중심'의 논의들이라는 점에서, 특히 한국문학 비평이 '작품 해제'의 역할에 한정되는 상황을 크게 벗어나지 못하고 있는 듯하다는 점에서 아마도 한국문학의 인식론적 습관은 바뀌지 않은 듯하다.

이러한 필자의 회의적 시각을 하나의 질문으로 치환하면 다음과 같다. "문학적 정치성을 사회적이거나 문화적인 당대의 이슈들과 등치시키는 습관은 과연 타당한가?" 오해를 피하기 위해서 미리 언급하자면, 필자는 특정한 역사적 시기에 특정한 사회정치적 문제들이 제기되고 이를 문학작품이 다양한 방식으로 내재화하는 현상 자체를 문제 삼으려는 것이 아니다. 인간적 역사와 한계를 초월하려는 형이상학적이고 종교적인 문학관조차도 특정시기의 역사적 산물이며, 그때 그 형이상학적이고 종교적인 문학적 주제들은 그 자체로 특정한 시대상황을 반영한다. 예를 들어 플라톤의 형이상학적인 이데아에 입각한 문학예술관은 그가 도모했던 공화국의 정치적 이념과 분리불가능하다. 필자의 질문이 내포하는 의도를 보다 명확히 하자면, 문제가 되는 것은 표면적인 당대의 정치적 이슈들이 아니라 그 이슈들의 근본적인 역사적 기원이며, 그 기원을 효과적으로 추적하기 위해서는 문학적 언어 자체의 문제, 작품의 담론적인 구성방식 자체를 문제

삼아야 한다는 점이다. 아울러 작품의 담론성 자체를 문학적 정치성의 핵심문제로 설정할 때, 역설적으로 일견 그다지 정치적으로 보이지 않는 작품들이 보다 근본적인 문학적 정치성을 내포하고 있음이 발견될 가능성 또한 생길 것이다.

위의 문제의식들은 물론 자끄 랑시에르의 문학에 대한 논의들 이전에도 다양한 방식으로 존재해 왔다. 랑시에르가 『침묵하는 말, 문학의 모순들에 대하여La Parole muette, essai sur les contradictions de la littérature』 (1998)나 『문학의 정치Politique de la littérature』(2007) 등 문학에 대한 그의 저서들에서 수행한 역사학적인 작업들은 프랑스 및 서구 작가들의 작품들에 내재하는 언어적 담론성의 정치성 및 이를 둘러싼 상반된 역사적 해석들에 대한 비판적 성찰이다. 『감각적인 것의 나눔Le Partage du sensible』(2000)이나 『미학 안의 불편함Malaise dans l'esthétique』(2004) 등 예술일반에 대한 그의 저서들에서도 예술작품의 특수성과 정치성 사이의 상관관계를 역사성의 관점에서 성찰하는 그의 방법론적 태도는 일관되게 유지된다. 그렇다면 우리가 랑시에르의 논의에서 주목할 바는 그가 문학적 담론성과 정치성의 상관관계에 대한 역사적 논쟁들을 성찰하면서 문학의 정치성이라는 문제를 새롭게 사고하는 방식이다. 사회역사적이고 문학사적인 문맥이 다른 프랑스의 정치철학자의 논의를 끌어들여 문학과 정치의 상관관계를 다시 사고해 보는 이유는, 물론 그 논의가 한국문학의 정치성을 다른 각도로 사고할 수 있는 기회를 제공하기 때문이다. 한국의 문학사를 포함해서 근대 이후의 세계 문학은, 그 제국주의적 폭력의 역사라는 부정적 측면에도 불구하고, 문화적 타자와의 상호작용을 통해서만 각자의 문화적 정체성을 발전시켜 왔다.

2. 문학의 역사적 탄생 혹은 발명, 그 발명 자체의 정치성

　문학의 정치성에 대한 랑시에르의 역사적 성찰을 연대기적 관점에서 본다면, 그 이론적 논의의 출발점은 고전주의에서 낭만주의로 문학적 이념이 변화하는 18세기 말엽부터 19세기의 사실주의에 걸쳐진 시기이다. 이러한 역사적 시간대를 가로지르는 랑시에르의 이론적 화두는 '문학'이다. 혹자는 문학에 대해서 사고하는데 그 핵심문제의식이 문학이라면 동어반복 아닌가라고 의아해 할 수도 있겠지만, 랑시에르가 우선적으로 강조하는 지점은 문학자체가 시대의 변화와 언어예술 영역의 자기갱신이 맞물린 역사적 과정 속에서 탄생한 새로운 담론 영역이라는 점이다. 문학이 처음부터 문학이라고 명명된 것이 아니며, 그러한 명명이 일반화된 지는 200여 년에 불과하다는 자명한 역사적 사실은 종종 망각되고는 한다.

　18세기 대부분의 시기까지도 프랑스에서 철학 및 인문학 그리고 자연과학 등과 구별되는 문필활동 영역은 '아름다운 언어belle lettre'로 통칭되었다. 이러한 명명이 절대적인 불변의 이상적 아름다움에 대한 이념적 지향과 아리스토텔레스의 시학을 다양하게 재해석한 제도적 창작규범을 아우르는 명칭임은 서구문학사의 상식에 속한다. 이러한 고전주의적인 창작규범은 예술적인 동시에 정치적인 것이었다. 절대적인 불변의 아름다움과 제도화된 창작규칙은 절대왕정체제의 정치적 영속성 및 안정적인 사회질서를 지향하는 지배계급의 권력의지를 반영하는 것이었다. 물론 고전주의 시대의 작품들을 구체적으로 분석해 보면 단순히 규범으로 환원할 수 없는 다양한 특수성들이 발견되며, 특히 오늘날의 관점에서 고전주의 시대의 걸작들을 평가하는 기준이 고전주의적 규범의 준수여부는 아니다. 고전주의 시대의 걸작들이 규범적 가치들을 상회하는 보다 깊은 정치성이나 인간관계은 서구들을 표현하고 있음에는 이론의 여지가 없다. 그럼에도 불구하고 이 시대의 작가들은 항상 '아름다운 언어'의 제도적 규범들을 의식하면서 창작활동을 수행하였으며, 그 주된 수용자들이 엘리트 계층이었다는 점은 분명하다.

이러한 규범들은 18세기 후반에서 19세기 초반의 낭만주의 시대에 이르러서 흔들리기 시작한다. 고전주의적인 규범의 균열을 알리는 프랑스 문학사의 가장 상징적인 사건은 빅토르 위고의 희곡작품 〈에르나니〉의 초연 때 벌어진 소동인데, 이 작품에서 그러나 위고는 고전주의적인 12음보 알렉상드랭의 운문규칙을 준수하였다. 그는 한 행 12음보를 6음보씩으로 나누는 운문규칙을 준수하면서도, 단지 의미론적이고 형태론적인 문법단위를 알렉상드랭의 음보와 일치시키지 않는 방식으로 알렉상드랭을 조롱하였는데, 고전주의적인 문학규범이 사회정치적인 제도적 질서를 반영하고 있었다는 점에서 위고의 이러한 도발은 예술적 도발인 동시에 정치적 도발이었다. 희곡뿐만이 아니라 시조차도 더 이상 정형률로 쓰지 않는 오늘날, 정형률을 파괴한 것도 아니고 겨우 그것을 비틀어서 조롱한 일을 가지고 칼부림이 벌어졌었다는 점은 그 자체로 희극적으로 보이겠지만, 19세기 전반기 프랑스 사회에서 그러한 위고의 문학적 행위는 체제에 대한 도전으로 간주되었다.

결국 18세기 후반부터 예술적인 언어활동과 관련해 '아름다운 언어'라는 명칭을 '문학'이라는 명칭이 대치하기 시작하였으며, 19세기 소설사의 사실주의 시대와 함께 이러한 명명은 돌이킬 수 없는 대세가 된다. 발자크의 소설은 지배계급의 정치적이며 신학적인 고뇌가 아니라 사회 모든 계급계층의 삶을 전혀 이상적이지 않은 일상어들의 활용과 자유로운 산문형식으로 표현하였다. 플로베르의 소설은 그 소재와 주제에 있어서뿐만 아니라, 고전주의적인 기준에 입각해서 판단할 때 무용하기 그지없는 무수한 사물들에 대한 집착에 가까운 정밀한 묘사들로 넘쳐난다. 그 소재와 주제뿐만이 아니라 그것들을 다루는 언어형식에 있어서도 고전주의적인 위계질서를 해체하는 역사적 시점에서 바로 문학이 시작된다.

따라서 문학의 시작을 1789년 프랑스 혁명을 기점으로 하는 공화주의 혁명과 민주주의 이념의 제도적 현실화과정과 분리시키는 것은 불가능하다. 모든 시민이 법 앞에서 평등하며 권력의 원천은 국민대중이라는 정치적 민주주의 이념의 사회적 현실화 과정은, 신학적이고 봉건적인 위계질서의 예술적 반영인 고전주의적 예술관을 점차적으로 시대착오적인 것으로 만들어나갔다. 발자크와 플로베르의 소설은 이러한 역사적 변화를 문학적으로 반영하고 있다. 그런데 이러한 지극히 일반론적인 거시적 문학사회학의 논의를 랑시에르가 부정하는 것은 아니지만, 그가 이러한 문학의 역사적 탄생과정에서 주목하는 것은 다른 지점이다. 간단히 말해서 랑시에르는 문학적 특수성을 사회학적 반영론의 입장에서 무화시키지 않는다. 이점을 구체적으로 입증하기 위해서는 그의 플로베르에 대한 분석을 예로 들어 살펴볼 필요가 있을 것이다.

　플로베르는 문학적 소재나 주제에 있어서 위계적인 우열관계는 존재하지 않으며, 문제는 그것을 표현하는 문체의 엄밀하고 절대적인 시적 아름다움에 있다는 자신의 문학관을 피력하였다. 이러한 플로베르의 문학관은 해석여하에 따라서 정반대의 결론이 도출될 수 있는 미묘한 양가성을 내포하고 있다. 소재나 주제의 위계질서를 부정하는 것이야 당연히 고전주의적인 문학규범에 배치되지만, 문체의 엄밀하고 절대적인 시적 아름다움에 대한 지향은 고전주의적인 이상의 잔영으로 간주될 수 있기 때문이다. 그러나 플로베르는 더 이상 고전주의 시대의 작가들처럼 정형률에 입각한 운문이 아니라 규범적 규칙이 해체된 산문으로 작업하는 소설가였다. 그렇다면 플로베르는 어떤 방식으로 운문에 버금가는 산문의 절대적 아름다움을 창조하려 했는가?

　전적으로 사소한 사물이나 대상의 단편적인 측면들을 감정이 배제된 차갑고도 중립적인 방식으로 집요하게 묘사하는 플로베르의 태도와 관련해서, 랑시에르는 우선 이를 반동적인 귀족주의적 절대미에 대한 추구로 해석한 사르트르의 논의를 상기시킨다. 플로베르가 정치적으로 민주주의와 대중에 대한 혐오감을 여러 번 피력하였다는 엄연한 사실을 상기한다면 사르트르의 해석은 일견 설득력을 가진다. 그런데 랑시에르는 이어서 플로베르 당대의 여러 평론가들의 플로베르 소설, 특히 그의 묘사에 대한 평가를 재론한다. 사르트르의 해석과는 달리, 다른 사람들이 아니라 당시의 왕당파에 속하던 평론가들은 플로베르의 소설을 변화된 시대상황에 오염된 지극히 민주주의적인 소설로 간주하였다. 그들은 모든 사물들을 지극한 감정적 무관심을 유지한 채 '평등하게' 묘사하는 플로베르의 소설을 결과적으로 가치의 위계질서를 파괴하는 행위, 따라서 고귀한 가치들을 추구하는 인물들의 생동감이 부재하는 퇴행적인 작품으로 간주하였다.

랑시에르에 따르면 결국 플로베르의 소설들은 그 안에 자기모순을 내포하고 있다. 귀족주의적인 이상적 절대미를 구현하기 위한 견고하고 차가운 플로베르의 묘사는 잡다한 사물들의 과잉과 충돌하고, 잡다한 사물들의 민주주의적인 공존은 과잉 통제된 건조하고 세밀한 묘사들에 의해서 그 일상성이 희석되어버린다. 플로베르의 왕당파에 친화적인 절대미의 추구는, 그것을 구현하기 위한 자기 자신의 묘사와 문체에 의해 소설내적으로 무산되어버린다. 더 이상 고전주의적인 '숭고미'나 '비장미'에 입각해 작품에 활력을 불어넣는 것이 불가능하다는 판단에 따라, 그러한 고전주의적인 정신적 가치를 유지하고 연장시키기 위해 플로베르가 전략적으로 선택하고 발전시킨 차갑고 견고한 문체와 묘사는, 역설적으로 플로베르의 정치적 의도를 배반하는 결과를 낳았다.

랑시에르는 플로베르의 미완성 유작인 『부바르와 페퀴셰』의 결론이 플로베르의 귀족주의적인 예술적 의도가 작품내적으로 좌절되고 플로베르가 스스로 자기모순에 빠지는 결과를 증거한다고 판단한다. 그저 사무적으로 기록하고 베끼는 너무도 범속하고 일상적인 필경사 직업을 버리고, 부바르와 페퀴셰는 무언가 이상적이고 절대적인 걸작을 쓰기 위하여 세상의 모든 지식을 탐욕스럽게 섭렵해나간다. 그러나 그들이 경험하고 섭렵하는 학문과 지식들은 항상 그들의 절대적인 이상과는 배치되는 면들을 가지고 있다. 거듭되는 실패 끝에 결국 부바르와 페퀴셰는 필경사 직업으로 되돌아간다. 만약 플로베르가 새로운 평등주의적 민주주의 사회에서는 그 어떤 이상적 가치의 추구도 불가능하며 민주주의는 무료한 범속함과 동의어라는 것을 『부바르와 페퀴셰』를 통해 증명하려고 했다면, 그가 치러야 할 문학적 대가는 너무도 치명적인 것이었다. 범속한 필경사로 돌아가는 부바르와 페퀴셰의 운명은 결국 문학자체가 불가능하다는, 예술적 글쓰기를 통한 또 다른 가치의 추구가 더 이상 불가능하다는 문학적으로 막다른 골목을 의미할 수밖에 없기 때문이다.

3. 문학의 정치, 문학의 민주주의

혹자는 랑시에르의 플로베르 분석을 접하면서 마르크스의 발자크에 대한 평가를 떠올릴 것이다. 정치적으로 왕당파였던 발자크의 반동적 세계관은, 자본주의적 사회현실에 대한 냉정한 사실주의적 관찰을 통해 역설적인 진보성을 표출하게 된다. 마르크스는 이를 세계관에 대한 리얼리즘의 승리라고 정식화하였다. 한국사회에서도 1980~90년대 마르크스주의 미학 세미나의 단골메뉴였던 마르크스의 이 테제는, 적어도 19세기 서구 리얼리즘 소설을 분석하는 데 있어서는 여전히 상당한 적실성을 가지고 있다. 그러나 랑시에르의 문학적 정치성에 대한 논의를 마르크스의 정치경제학적인 논의로 환원하기에는 큰 무리가 따른다. 무엇보다도 랑시에르는 다른 어떤 영역으로도 환원할 수 없는 문학 고유의 정치성이 있다고 판단하기 때문이다.

랑시에르는 문학이 작품에 내재하는 이질적인 요소들을 위계질서에 입각해서 배치하는 것이 아니라 평등하게 충돌하면서 논쟁적으로 상호 침투하도록 구성하는 방식 자체를 문학의 특수한 정치이자 문학의 근본적인 민주주의로 간주한다. 다른 학문영역이나 정치영역이 이성적으로 사물과 대상들을 분할하고 정돈하며, 그러한 분할과 정돈을 위해서 필연적으로 그 기준이 되는 상위의 위계적 가치나 범주를 설정하는데 반해서, 문학은 그러한 위계적 이성의 분할로부터 자유로운 '감각적인 것'의 영역이라고 랑시에르는 판단한다. 선험적인 이성적 판단의 개입이 최소화된 상태에서, 문학은 이질적이고 대립적인 가치와 주장들이 자유롭게 충돌하도록 허용한다. 문학은 이러한 감각적인 것의 정치를 무의식적으로 체화하면서 2세기 쯤 전에 탄생하였으며, 자신만의 고유한 감각적인 것의 정치를 더욱 세밀하고 방대하게 발전시켜 왔다. 문학은 자신 안에 모든 것을 허용하되, 동시에 모든 것을 민주주의적으로 검증한다. 만약 발자크나 플로베르의 반동적인 정치성이 자신들의 작품 자체에 의해서 무산되었다면 그것은 결코 우연이 아닌 것이다. 그런 의미에서 그들의 소설은 근본적으로 민주주의적이다.

이러한 논리에 입각해서 랑시에르는, 한글의 어감으로는 다소 막연할 수밖에 없더라도, '문학적 정치'와 '문학의 정치'를 구분한다. 문학과 정치를 연결지으면서 랑시에르가 '문학'을 실사적으로 분리시켜 거기에 독자적인 지위를 부여하는 의도는 명백하다. 문학의 정치성은 작품의 내용적 층위에서 드러나는 직접적인 정치관으로 환원되지 않는 근본적으로 민주주의적인 담론 형식에 기초하며, 그것에 기초할 때에만 문학의 지위를 부여받을 수 있고, 그러할 때에만 자신의 고유한 정치를 전개할 수 있다. 반면에 '문학적 정치'는 문학의 담론적인 풍요로움을 희생시키면서 이러저러한 이데올로기적이고 관념적인 의도들이 문학적으로 특수한 민주주의를 희생시키는 것을 허용한다.

이질적인 가치관과 담론영역을 논쟁적으로 상호공존하게 하는 문학적인 감각의 정치학은 필연적으로 복수적인 해석상의 '오해'를 유발한다. 다소 급진적으로 랑시에르의 문학의 정치에 대한 견해를 번역하자면, 오해의 여지가 없는 선명한 담론들은 문학이 아니다. 이때 오해는 '오독'과 동의어가 아니며, 문학의 정치성이 작동하는 근본적인 방식을 의미한다. 복수적인 오독은 작품에 대한 복수적인 견해를 의미하며, 문학작품의 복합적인 의미망은 복수적인 가치들의 충돌과정을 경유 하여서만 자신에게 고유한 민주주의를 역사적으로 진전시켜나간다. 따라서 문학의 정치는 일견 매우 비효율적이고 느린 정치로 간주될 수도 있겠지만, 동시에 모든 것을 추상적인 관념의 수위가 아니라 생생한 신체적 감각과 삶의 층위에서 확고하게 검증해나가는 정치이다. 따라서 문학의 정치는 추상적인 이념의 정치, 특히나 전체주의와 파시즘의 폭력적인 속도전의 정치와 비교해 볼 때 실질적으로 훨씬 빠른 민주주의적 정치이다. 민주주의와 공화주의가 200여 년 전에 미국과 프랑스에서 최초로 제도화된 이후에, 파시즘과 사회주의 및 공산주의, 극우적이거나 스탈린주의적인 전체주의를 모두 경험하면서 인류가 지불한 무수한 시행착오와 폭력과 희생들을 상기해본다면, 그리고 그 정치적으로 진보적이거나 반동적인 이상들이 점점 환멸과 냉소의 대상으로 화한 위에 냉소적으로 군림하고 있는 오늘날의 신자유주의와 약화된 민주주의를 상기해본다면, 문학의 복합적인 감각의 정치가 현재의 권력투쟁적인 냉소의 정치학을 시급하게 대체해야 한다고 주장하지 못 할 어떤 이유도 없는 것이다. 그런 의미에서 문학의 정치는 문학을 넘어서는 보편적인 가치를 내재하고 있다.

4. 김수영을 생각하며

다시 한국 근현대문학사의 문학적 정치성의 문제로 돌아온다면, 랑시에르의 문학적으로 특수한 정치는 한국적인 의미의 탈 이데올로기적인 순수문학관과는 무관하다. 예를 들어 순수한 서정이나 순수한 형식이라는 퇴행적인 '순수성'의 관념은, 랑시에르의 문학적 민주주의가 의미하는 이질적인 가치들의 복합적이고 감각적인 담론적 구성과는 정반대편에 위치한다. 랑시에르가 우선적으로 옹호하는 것은 문학적 담론성의 생산적인 '불순함', 나아가 '불온함'이다.

랑시에르의 문학의 정치성에 대한 견해를 접하면서 필자의 머리에 가장 먼저 떠오른 한국의 작가는 1960년대의 시인 김수영이었다. 그가 한국문학의 모더니티를 사유하면서 60년대 내내 줄기차게 옹호했던 시적 가치는 불온함과 불순함이었다. 정치적 진보성과 문학적 특수성 사이에서 팽팽한 긴장을 유지하면서, 그는 자신의 시에 온갖 '반시'적이고 '비시'적인 삶의 이질성을 언어적으로 도입하였다. 그에게 문학의 출발점은 문학이 끝나는 지점, 곧 문학에 대한 비역사적인 결정론적 관념들이 무화되는 지점이었다. 삶과 사회와 역사가 문학에 매번 새롭게 도입되고, 문학은 존재하는 모든 사소하거나 중요한 것, 미세하거나 거대한 것, 결정적이거나 우연적인 것, 진보적이거나 반동적인 것을 자신의 언어적 육체에 허용해야만 한다고 김수영은 주장하고 실천했다. 그의 이러한 시적 정치학은 과연 진보와 보수, 정치적 문학과 문학적 정치, 순수와 참여 양 진영을 망라해서 무수한 생산적 '오해'들, 심지어 의도적이고 전략적인 '오독'들을 양산했고 지금도 양산하고 있다.

문학이 근대적인 의미에서의 문학인 한, 문학과 정치와 민주주의는 일란성 삼생아이다. 그 문학이 정치적이냐 비정치적이냐 라는 질문은 따라서 성립될 수 없는 질문이다. 유일하게 가능한 질문은 어떤 문학작품이 얼마나 문학의 민주주의적 정치성을 극대화하고 있는가

이다. 따라서 김수영을 매번 강조하고 반복해도 지나치지 않는 이유는, 어떤 이들이 자유가 많다거나 지나치게 범람하고 있다고 말할 때에도, 문학은 항상 자유가 부족하다고 말해야 하기 때문이다. 그것이 문학의 특수한 민주주의적 정치학이다. 畏

정의진
1968년생. 문학평론가. 서강대, 관동대 강사. 『세계의문학』 2002년 겨울호에 「김수영과 시의 유토피아—시적 유토피아의 위상」으로 등단. 대표 평론 「폭력적 일상 안에서 피는 시적 환영의 꽃—이성복의 삶, 꿈, 언어」 등이 있음. ejjung213@hanmail.net

블로그에 소설이 어쨌다구? / 전성욱
: 동물화하는 한국소설

쟁점비평

블로그에 소설이 어쨌다구?

동물화하는 한국소설

전성욱

1. 기술과 예술

벤야민의 「기술복제시대의 예술작품」은 기술과 예술의 관계에 대한 깊은 통찰로 유명한 글이다. 그 글에서 벤야민의 관심은 "현재의 생산 조건에서의 예술의 발전의 경향에 대한 명제"[1]라는 구절로 압축되어 있다. 벤야민의 이 명제는 기술적 수준 내지 조건이 우리의 삶과 그 삶의 예술적 표현에 깊은 흔적을 아로새긴다는 사실을 강조한다.

"모든 예술형식의 역사를 살펴보면 거기에는 위기의 시기가 있기 마련인데, 이러한 위기의 시기에 이들 예술형식은 변화된 기술 수준, 다시 말해 새로운 예술형식을 통해서만 아무런 무리 없이 생겨날 수 있는 효과를 앞질러 억지로 획득하려고 한다."[2] 이처럼 벤야민의 역사유물론은 예술형식의 변화가, 예술의 위기를 당대의 생산력을 반영하는 기술의 혁신으로 역전시키는 과정에서 비롯되는 것임을 암시한다. 여기엔 예술이 기술에 의해 일방적으로 결정되는 것이 아니라

---

1) 발터 벤야민, 「기술복제시대의 예술작품」, 『발터 벤야민 선집』 2, 길, 2007, 100쪽.
2) 위의 글, 139~140쪽.

오히려 예술이 기술의 진화를 유인한다는 예술형식의 능동적 구성력에 대한 믿음이 깔려 있다. 그러므로 기술이 예술의 형식을 구성하는 중요한 바탕이라는 명제를 기술결정론적인 논리로 환원하는 식의 해석은 관계의 복잡성을 지나치게 단순화하는 손쉬운 비약이 될 것이다. 물론 그렇다고 해서 기술이 예술의 형식과 인간의 감수성에 미치는 절대적 영향력이 결코 축소되는 것은 아니다. 근대적 과학기술이 예술의 형식과 인간의 감수성에 미친 영향력을 고려하면서, 탈근대적 체제의 문화적 맥락을 사유하기 위해 먼저 중세의 시공간 속에서 쓰인 하나의 서신을 다시 읽어본다.

죽음에 임박한 날 서로 알아주는 사이로 어떤 사람이 있겠습니까? 다만 천리 밖에서 공허한 편지를 부칩니다. 생사가 영원히 갈리고 나면, 이 뒤에 어찌 다시 한 글자 서신을 통할 수 있겠습니까? 만나서 할 말을 잊은 것도 아닌데, 막상 편지를 쓰려고 하니 목이 메어 아무리 쓰려 해도 쓸 수가 없습니다. 돌이켜 다시 생각해도 내 마음을 알지 못하겠습니다. 그 때문에 붓을 던지고 눈물을 뿌립니다. 이런 노경에 이르게 되면 단지 '안부'(安否) 두 자일 뿐, 달리 물을 바가 없습니다.[3]

평생의 지기인 성운成運에게 보낸 남명의 서신에는 벗을 향한 그리움이 '천리 밖'의 먼 거리만큼 절실하게 담겨 있다. 여기서 '安否'라는 두 글자의 메시지는 인편을 통해야 겨우 전달될 수 있는 낙후한 미디어에 의존한다. 이 서신이 전달되어 읽혀지기까지는 오랜 시간이 걸렸을 것이다. 어쩌면 그 전언은 여러 불안정한 상황들로 인해 제대로 전해질 수 없을지도 모른다는 불안과 긴장 속에서 쓰였을 것이다. 그래서 또 다른 편지에서 남명은 그 불안한 심정을 이렇게 토로한다.

---

3) 조식, 남명학연구소 옮김, 「성 대곡에게 드림」, 『남명집』, 한길사, 2001, 220쪽.

양쪽에서 모두 소식이 끊어진 지 벌써 5, 6년이나 되었으니, 공과 나는 다른 세상 사람이 되었습니까? 길가다 만난 사람처럼 무관한 사람이 되었습니까? 말을 하자면 목이 메어 말이 나오지 않는다고 할 만합니다. 지난해 속리산으로 들어가는 승려가 있어 안부 편지를 띄웠는데, 도착했는지 어떤지 모르겠습니다.4)

오랜 시간 동안 서로 연락이 통하지 않아, 생사가 어떠한지조차 알 수 없는 상황에서 인편으로 보낸 편지의 답신이 없어 애를 태우고 있는 남명의 애틋한 마음이 절실하다. 남명의 이 애틋한 감성은 전근대적 기술의 한계 속에서 표현된 것이다. 고속철도와 비행기, 이메일과 휴대전화가 보편화된 현대의 삶에서는 저렇게 진한 그리움의 정서가 진귀한 것이 되고 말았다.

열악한 기술 수준이 열등한 삶의 근거가 되기는커녕, 오히려 그것은 감수성을 자극하는 강렬한 계기이자 사람이 맺는 관계의 깊이를 더하는 조건일 수 있다. 그러므로 남명의 서신이 전하는 '安否' 두 글자의 메시지는 결코 가볍지 않은 울림을 남긴다. 수천 마디의 말로도 다 풀어낼 수 없는 사무치는 마음을 저 두 글자에 오롯이 담으려 했던 남명의 저 편지는 그래서 한 편의 시에 육박한다. 근대적 우편제도와 통신기술의 미비는 소통의 절박함을 일깨우고 언어의 한계를 넘어서려는 의욕을 자극했다. 기술은 감성의 질을 변화시키고 그 변화는 삶에 아로새겨져 예술의 형식으로 표현된다. 『남명집』의 많은 시들이 벗에 대한 그리움과 초야에 묻혀 학문하는 것의 긍지와 자부심을 드러내고 있는 것도, 기술(생산 조건)의 남루함을 예술적으로 승화하는 비범한 삶의 능동적 표현이라고 할 수 있겠다.

남명의 저 서신은 편지의 물리적 질감으로 전해지는 '일회적 현존성'으로서의 아우라를 보존한다. 기술의 진보를 대하는 현대인의 유

---

4) 위의 책, 213쪽.

력한 정서중의 하나는 바로 저 아우라의 상실에 대한 비애감이다. 잃어버린 것에 대한 회한의 정서는 아득히 먼 것을 동경하는 낭만주의적 감수성이다. 지금 남명의 서신을 예찬하는 것은 근대의 기술문명으로부터 오염되지 않은 세계에 대한 동경이라는 위험스런 자연주의를 드러내고 있는 것일지도 모른다. 독일의 미디어 비평가 노르베르트 볼츠는 이 같은 퇴행적 사유를 적극적으로 비판한다.[5] 새로운 미디어의 탄생은 돌이킬 수 없는 현실이다. 기술의 진화가 가져다 준 환경의 변화는 '카오스'를 발생시키지만 볼츠에게 카오스는 질서의 대립물이 아니라 '질서의 이면이자 그림자'고 '발견되지 않은 가능성의 유희 공간'이다. 그러므로 '윤리'와 같은 전통적인 휴머니즘적 사고로 반문명론적 기술부정론을 내세우는 것은 시대착오로 규정된다. 볼츠는 기술혐오주의와 기술낙관주의라는 극단의 사유와 결별하고, 뉴미디어의 세계를 현실로 수리하면서 그 현실의 카오스를 능동적으로 컨트롤할 수 있어야 한다는 당위를 적극적으로 역설하고 있다. 인터넷과 휴대폰이 일상화된 뉴미디어 시대의 문학과 예술을 검토하는데 있어 볼츠의 제안은 중요한 의미를 갖는다. 문학과 예술이 디지털을 만날 때 그 만남이 어떤 방향으로 나아갈지 단정할 수는 없다. 문학과 예술은 소비주의에 중독된 대중들의 오락물로 전락할 수도 있고 아니면 기존 매체의 한계로부터 벗어나 표현의 신경지를 여는 계기가 될 수도 있다. 문제는 결과를 예측하기 힘든 이 상황을 어떻게 컨트롤 할 수 있는가, 우리 시대의 집단지성 그 역량에 달려 있다.

2. 소설과 매체

매체는 문학의 하부구조, 즉 물적 토대이다. 따라서 문학의 그 물

---

5) 노르베르트 볼츠, 윤종석 옮김, 『컨트롤된 카오스』, 문예출판사, 2000 참조.

적 기반을 탐구하는 것은 상부구조로서의 문학을 감싸고 있는 "신성한 베일을 벗겨내고 문학을 둘러싼 사회적 금기의 힘의 비밀을 폭로함으로써, 그런 금기로부터 문학을 해방"[6]시키는 일이기도 하다.

호메로스 시대의 음송에서부터 강담사와 전기수의 낭송과 구연에 이르기까지, 오랫동안 이야기는 눈으로 읽는 독물讀物이 아니라 들어서 감상하는 연행의 텍스트였다. 잘 알려진 것처럼 이야기의 감상을 '음독에서 묵독으로' 옮겨가는 과정은 곧 근대 독자의 탄생과정과 맥을 같이한다. 이 전환의 과정을 이끈 새로운 양식의 이야기가 바로 소설이다. "소설을 이야기와, 또 보다 좁은 의미의 서사시적인 것과 구별 짓게 하는 것은, 소설이 근본적으로 책에 의존하고 있다는 점이다."[7] 벤야민은 예리하게도 소설가가 이야기꾼과는 달리 스스로를 타인들로부터 고립시킴으로써 작업을 완성한다는 것을 잘 알고 있었다.

이야기꾼의 이야기는 공동체와 더불어 지속적으로 축적되어 가는 것이었지만, 소설가는 공동체를 의식하되 그로부터 자신을 고립시킨 상황에서 소설을 쓴다. 소설가가 스스로를 공동체로부터 이격시킬 수 있었던 것은 이야기를 청각이 아닌 시각으로 전달할 수 있는 매체의 등장 때문이었다. 인쇄매체를 통해 소설은 신문, 잡지, 동인지, 단행본 등의 형태로 공표될 수 있었다. 이로써 공동체 속에서 이야기를 읊조리며 함께 울고 웃던 이야기꾼과 달리, 소설가는 책이라는 매개를 사이에 두고 독자와의 거리를 확보하게 된다. 저자의 서명이 저작권과 작가의 권위를 표상하게 된 것도 바로 그 거리의 발명으로부터 비롯된 것이다. 소설은 독자와의 거리로부터 발생하는 단절감을 중화시키기 위해 새로운 장치를 고안해 낸다. '공감sympathy'을 불러일으키는 재현의 서사학이 바로 그것이다. 근대 리얼리즘 소설은 그 재현

---

6) R. 에스카르피, 민병덕 옮김, 『출판·문학의 사회학』, 일진사, 1999, 158쪽.
7) 발터 벤야민, 반성완 옮김, 「이야기꾼과 소설가」, 『발터 벤야민의 문예이론』, 민음사, 1983, 170쪽.

의 서사학을 통해 국가와 민족을 상상하게 하는 막강한 정치적 힘을 발휘하게 되었다. 소설은 "민족과 같은 상상의 공동체를 '재현'하는 기술적 수단"[8])을 제공함으로써 근대 국민국가의 성립에 적극적으로 개입할 수 있었던 것이다.

이제 국민국가가 황혼기에 접어들자 소설도 그 존재의미를 상실했다. 소설은 국가를 성립시키거나 혹은 그 권력구조를 무너뜨릴 수 있는 것으로 받아들여졌지만, 일국 단위의 주권국가의 논리가 그 유효성을 의심받는 우리 시대에 소설의 가치는 바닥으로 떨어졌다. 이 같은 상황 속에서도 소설은 여전히 쓰이고 읽혀 토론거리가 되고 있지만, 그것은 어디까지나 제도적인 문학의 장 안에 한정된 사정일 뿐이다.

정치적 힘의 구성력을 잃어버린 소설은 남겨진 반쪽의 가치, 그러니까 오락과 여흥의 수단으로써 그 치욕스런 목숨을 이어가고 있다. '근대문학의 종언'이라는 테제로 정식화 된 그 무시하기 힘든 파산의 선고에 대응해, 한국 비평계의 한쪽에서는 2000년대의 문학을 '뉴웨이브', '미래파', '무중력 공간' 등의 이름으로 호명하며 그 속에서 어떤 새로운 가능성의 징후를 발견하려 했다. 그들은 리얼리즘의 게으른 기율을 질타하며, 불편하고 기발한 상상력을 언어의 파열 그 자체로 표현하는 젊은 세대의 문학에 환호했다. 그들의 비평은 그 취향을 그대로 반영하는 듯 건조하고 매력 없는 마르크스주의의 개념어들을 버리고, 모호해서 추상적인 그래서 더욱 매혹적인 라캉과 지젝의 지적인 어휘들로 가득했다. 그리하여 우리 시대의 비평은 현실과 내면, 리얼리즘과 모더니즘의 이분법적 가름을 혐오하면서도 실은 정치경제학에서 정신분석학으로의 전향으로 급격하게 기울어갔던 것이다. 이제 "우리는 환상·욕망·분출이 기실은 주어진 질서의 일부분이라는 사실을—얼치기 해방주의자와 속류 포스트구조주의자는 받아들일

---

8) 베네딕트 앤더슨, 윤형숙 옮김, 『상상의 공동체』, 나남출판, 2002, 48쪽.

수 없는 사실이겠지만—받아들여야 한다."9)

대중에 반역함으로써 '대중의 반역'(오르테가 이 가세트)에 저항할 수 있었고, 이런 저항의 열정으로 대중들 속으로 파고들 수 있었던 소설의 위대한 시절은 저물어가고 있다. 이 틈에 역사의 기발한 소재를 쫓는 역사소설들이 범람하고, 하이틴 로맨스와 무협소설, SF와 판타지가 독서시장을 석권하고 있다. 어떤 이들은 이 우울한 현실을 '정전(순수문학)에 대한 반역'이라는 이름으로 수리한다. 대중문학과 순수문학이라는 자의적 구획에 대한 분노가, 폄훼되었던 대중문학의 가치를 복원한다는 그 논리가 왜곡되면, 저속한 상업문학을 전위적인 대안문학으로 오독하는 전도가 일어난다. 대중을 다중으로 또 집단지성으로 재사유하는 과정에서 대중들의 비루한 소비욕망은 망각되고, 그들의 소비문화는 보수적인 주류문화에 대항하는 하위문화로까지 오인될 수 있다. '스토리텔링'이나 '디지털 문화콘텐츠'라는 그럴듯한 이름을 단 명분으로도 문학의 상업화라는 노골적인 현실은 달라지지 않는다. 대중을 불편하게 하는 문학은 줄어들고 대신 대중의 오락에 복무하는 문학이 늘어나는 우리 시대의 문화상황을 어떻게 이해할 수 있는가.

포스트모던의 사회구조를 드러내는 서브 컬처에 대해 날카로운 분석을 보여주었던 아즈마 히로키의 오타쿠론은 오늘날 한국의 문학과 문화지형을 읽어내는 데도 큰 도움을 준다. 새로운 형식과 감수성의 출현으로 주목받고 있는 2000년대의 한국문학은 오타쿠계 문화의 여러 특질들을 두루 함축하고 있다. 오타쿠계 문화의 핵심적인 성격으로 지목되는 '시뮬라크르의 전면화와 커다란 이야기의 기능부전'은 최근 한국문학을 설명하는 '환상', '엽기', '팬픽', '칙릿'과 같은 키워드들의 의미 맥락과도 크게 어긋나지 않는다. 이들은 모두 포스트모던 사회의 문화적 특징을 단적으로 드러내는 현상들이다. 하지만 정말

---

9) 테리 이글턴, 이택광 옮김, 「자본주의와 형식」, 『뉴레프트리뷰』, 길, 2009, 508쪽.

중요한 것은 '이야기의 기능부전'에 대한 한국문학의 응대를 해명하는 것이다.

아즈마 히로키의 논의에서 주요한 논점은 근대의 세계상과 포스트모던의 세계상을 반영하는 문화구조로 '트리 모델'과 '데이터베이스 모델'을 구분하는 데 있다.10) 이 둘은 구조의 심층에 존재하는 이야기의 유무로 구분된다. 근대의 문화적 체계에서는 트리형 구조의 심층에 존재하는 이야기를 읽어내는 것이 중요했다. 하지만 포스트모던의 문화체계에서는 데이터베이스형 구조의 심층에 이야기가 존재하지 않는다. 포스트모던의 문화구조는 "작품이라는 시뮬라크르가 깃드는 표층과 설정이라는 데이터베이스가 깃드는 심층"11)의 이층구조로 구성되어 있다. 이제 이야기 대신 데이터베이스의 우열에 따라 문화의 질이 평가된다. 따라서 우리 시대 문화의 중심은 '이야기'가 아니라 '정보'에 있다. 배수아, 서준환, 한유주와 같은 소설가들이 전통적 서사구성을 거부하고 황병승, 김민정, 김이듬과 같은 시인들이 휴머니즘에 뿌리를 둔 서정으로부터 단절하는 것은 한국문학의 중심이 이야기에서 정보로 이동하고 있음을 뚜렷하게 보여준다.12) 히로키는 이런 이동을 코제브의 '역사종언론'에 기대어 '동물화'라는 개념으로 표현한다. 동물화란 현대사회의 심리구조가 '욕망'에서 '욕구'로 전화되고 있음을 가리킨다. 바라던 대상이 주어져 결핍이 충족되어도 채워지지 않는 것이 인간적인 '욕망'이라면, 특정 대상에 대한 결핍과 충족의 회로를 벗어나지 않는 것이 동물적인 '욕구'라고 정리할 수 있다. 타자와의 관계 안에서 우위의 자리를 차지하고 싶은 경쟁의

---

10) 아즈마 히로키, 이은미 옮김, 『동물화하는 포스트모던』, 문학동네, 2007의 2장 참조.

11) 위의 글, 71쪽.

12) 이들의 작품들이 자폐적이고 자족적인 세계에 대한 탐닉에 기울어 독자들과의 '소통'을 거부하고 있다는 식의 비평적 판단은 너무 나이브하다. '이야기'의 독법으로 '정보'를 읽어내는 이런 방식의 비판들은 '의사소통적 합리성'(하버마스)에 대한 지나친 믿음에 기초하고 있다. '공공성'에 대한 그들의 건전한 기대와는 달리 지금의 현실 자체가 공공성의 기초인 소통의 가능성을 봉쇄한다. 소통의 거부에 대한 책임을 작가들에게 물을 일이 아니다. 이들의 텍스트는 소통불능의 현실을, 그 불가피함을 징후적으로 표현하고 있을 따름이다.

욕망이 사라지고, 결핍의 충족에만 몰두하는 소비사회의 동물적 주체들은 이제 더 이상은 그토록 애절하게 인간이기를 요구하거나 원하지 않는다. '민중'이라는 이름으로 농민과 노동자 그리고 빈민과 소수자의 사람답게 살 수 있는 인간적 권리를 요구했던 산업시대의 문화적 지향은 휴머니즘이었다. 그러나 오늘날 우리의 문학과 문화는 그런 휴머니즘에 저항하면서 유니크한 '동물적 주체'의 형상을 그려내는데 집중하고 있다.

동물화하는 한국문학은 세계의 변형을 반영한다. 세계는 근대적 체제에서 탈근대적 체제로 전환되고 있다. 수목에서 리좀으로, 트리형에서 데이터베이스형으로, 욕망에서 욕구로, 이야기에서 정보로, 휴머니즘에서 뉴미디어의 세계로……. 인터넷을 비롯한 디지털 미디어는 이 거대한 전환을 매개하고 있는 핵심적 기반이다. 디지털 미디어의 등장, "그것은 근대 사회에서 우리가 알고 있고, 대대로 전달된 인간 경험의 기록을 아주 근본적으로 바꾸는 것이다. 시간과 공간, 육체와 정신, 주체와 객체, 인간과 기계들은 네트워크 컴퓨터의 실천에 의해 각각 급격하게 변형된다."[13]

먼저 컴퓨터의 등장은 글쓰기의 환경 자체를 크게 변화시켰다. 컴퓨터의 자판으로 글쓰기가 이루어지면서 작가는 자신이 쓴 글을 이전과는 아주 다른 방식으로 인식하게 되었다. 자신의 필적을 확인하면서 글을 쓰는 것과 모니터의 화면이나 프린터로 인쇄된 글을 보면서 집필을 하는 것에는 큰 차이가 있다. 이것은 단순한 인터페이스의 변화가 아니라 작가가 자기 글의 창작과정을 전혀 다른 방식으로 인식하도록 만드는 '필기구의 혁명'[14]이었다. 이런 변화가 문예창작의

---

13) 마크 포스터, 김승현·이종숙 옮김, 『미네르바의 올빼미가 날기 전에 인터넷을 생각한다』, 이제이북스, 2005, 14쪽.

14) 장경렬, 「컴퓨터로 글쓰기, 무엇이 문제인가」, 피종호 엮음, 『디지털 미디어와 예술의 확장』, 아카넷, 2006. 장경렬은 컴퓨터로 글을 쓰는 것이 글쓰기의 과정에 미친 변화들로 잦은 수정, 성취감의 박탈, 사고의 단편화, 동어반복, 완성도의 착각, 글의 비개성화를 지적한다.

메커니즘을 크게 바꾸어 놓았음은 주지의 사실이다.

디지털 미디어는 글쓰기와 더불어 글을 읽는 방식에도 획기적인 변혁을 시험하고 있다. 하이퍼텍스트 소설과 같이 인터넷의 기술적 진화를 소설의 창작에 그대로 옮겨, 독자가 '디지털 게임'을 유희하듯 소설을 감상하는 전혀 새로운 형식의 소설양식을 탄생시켰다. 하이퍼텍스트 소설은 독자가 스토리를 엮어가면서 읽기 때문에 능동적인 참여가 가능하고, 이로써 독자는 일종의 유저로서 편집적 독서editional reading를 경험하게 된다. 그러나 하이퍼텍스트 소설의 텍스트 개방성에 대한 높은 기대와는 달리 실제로 하이퍼텍스트 소설이 독자들에게 열린 독서의 놀라운 체험을 가져다주고 있지는 못하고 있다. 새로운 소설형식이 탄생했다는 사실 자체만으로는 큰 의미를 가질 수 없고, 하이퍼텍스트 소설이 하나의 장르로서 지속적으로 창작되고 읽히기 위해서는 명작으로 추앙받을 수 있는 작품들이 나와 작가나 독자들에게 전혀 새로운 형식의 문학적 체험을 불러일으킬 수 있어야 할 것이다.

어쨌거나 소설은 모든 잡스러운 것들을 끌어안을 수 있는 품 넓은 장르고, 디지털 매체는 소설의 그 혼종적인 개방성을 살릴 수 있는 기술적 바탕이다. 소설과 디지털 매체, 그 예술과 기술의 만남은 지금까지의 낡고 진부한 가치와 형식들을 혁신할 수 있는 기회가 될 수 있다. 하지만 그 만남에 이윤축적의 자본주의 논리가 끼어들 때, 예술은 기술의 노예가 될 것이며 소설은 대중들의 유희적 목마름을 해갈하는 한갓 소다수와 같은 것이 될지도 모를 일이다. 그런데 요사이 블로그에 소설을 연재하는 또 하나의 문예 공표의 방식이 자리를 잡아가고 있다. 블로그에 소설이 어쨌다는 것일까.

3. 블로그 소설

컴퓨터의 보급이 작가들에게 '필기구의 혁명'을 가져다주었다면, 인터넷의 일반화는 '공표의 혁명'을 불러왔다. 누구라도 인터넷의 게시판에 소설을 올릴 수 있게 되었고, 또 누구나 그 소설들을 마음껏 읽을 수 있게 되었다. 이는 까다로운 절차를 통해 대중들에게 전달되는 인쇄매체의 보수적이고 권위적인 공표방식과는 질적으로 다르다. 글을 써서 그것이 공표되기까지의 과정에 끼어드는 복잡한 절차들이 사라지자 놀라운 일들이 벌어졌다. 쓰기와 읽기가 거의 동시적으로 이루어지면서 조회수나 댓글의 형식을 통해 독자들의 반응을 바로 확인할 수 있게 된 것은 예전의 작가들에게는 상상하기 힘든 일이었다. 소설은 작가의 자기고립을 통해 대중들에게 권위를 확보할 수 있었는데, 인터넷은 작가를 광장으로 나오게 함으로써 신비화되었던 그들의 권위를 일종의 신기루로 의심하게 만들었다.15) 문인들을 문단이라는 그들만의 세계로 영토화하는 등단이라는 제도를 비롯해, 그 영토 안에서 다시 메이저와 마이너를 구획하는 기제들인 문예지와 문학상의 권위가 흔들리게 된 것도 작가의 탈신화화와 깊이 연루되어 있다.

문단 작가들의 권위가 의심받는 자리에서 장르 문학의 새로운 우상이 탄생한다. 하이텔, 천리안과 같은 초기의 PC통신에서 활약했던 『퇴마록』의 이우혁과 『드래곤 라자』의 이영도를 비롯해, 10대 여고생으로 인터넷 게시판에 『그 놈은 멋있었다』를 연재해 인기 소설가의 반열에 오른 귀여니를 시작으로, 『옥탑방 고양이』의 김유리, 『내 사랑 싸가지』의 이햇님은 이른바 '인터넷 소설'의 베스트셀러 작가로 떠올랐다. 문학에 대한 기성의 통념에 비추어 볼 때 이들은 대단히 이질적이고 기이한 존재들이다. 굳이 등단의 여부가 아니더라도 이

---

15) "연재 내내 백주 대낮에 광장에서 글쓰는 과정이 중개되는 것 같아 힘들었다"는 공지영의 토로는 이 같은 맥락에서 이해할 수 있다(≪한국일보≫, 2009.8.24.).

들을 작가라고 부를 때 그 의미는 기존의 작가 개념과 많이 다르다. 듀나와 같은 예외적인 경우도 있지만, 이들 대부분은 한국문단의 울타리 안으로 쉽게 들어오기 힘들다. 이런 배제와 외면은 누군가의 지적처럼 한국의 '문단문학'이 하나의 동질적인 공동체로 굳건하게 자리잡고 있다는 사실에서 비롯된다. 그러나 소설이 인터넷을 만났을 때 생기는 가능성의 벡터를 이우혁과 이영도, 귀여니와 이햇님을 근거로 점치는 것은 위험하다. 소설이 시장권력이나 국가권력의 논리와 결합하는 것을 예술과 기술의 만남으로 오해할 때 문학은 드디어 의도하지 않는 정치적 힘을 발휘하게 될 것이다. 그것은 벤야민이 우려했던 '정치의 예술화'라는 파시즘 논리와 연결된다.16) 벤야민은 이런 파시즘에 '예술의 정치화'로 맞서는 공산주의에 대해서도 언급했지만, 사실 예술을 정치적 수단으로 전락시키는 공산주의의 논리보다 무서운 것이 정치를 예술의 수준으로 고양시키는 파시즘의 전략이다. 레니 리펜슈탈의 〈의지의 승리〉(1935)가 보여주는 거룩한 열병식의 장관은 세속을 초월한 나치의 신성을 그대로 담아냈다. 파시즘은 예술 그 자체가 되었으며 나아가 모든 예술이 파시즘의 숭배에 가담하게 된다. 구찌와 프라다, 아르마니와 루이비통이라는 이름처럼 상품 그 자체가 예술이 되었고, 모든 예술은 시장의 권력을 위해 복무한다. 이른바 인터넷 소설의 그 놀라운 대중성이란 모든 예술이 시장권력에 봉사하는 우리 시대의 암울한 풍경을 반영하고 있는 것이다.

　이제야 블로그 소설에 대해 말할 수 있다. 그런데 도대체 '블로그 소설'이란 무엇인가. 고전소설, 근대소설, 민중소설, 노동소설, 농촌소설, 전쟁소설, 해양소설 그리고 인터넷 소설⋯⋯. 소설이란 낱말 앞에 붙어 있는 저 무수한 어휘들은 저마다의 이념으로 소설을 자기들 담론의 영토 안에 가두어버린다. 그렇다면 블로그 소설은 '블로그'

---

16) 발터 벤야민, 「기술복제시대의 예술」의 추기 참고.

의 이념으로 소설을 구속하는 또 다른 이름인가. 도대체 블로그에 소설이 어쨌다는 말인가. 이 물음에 답하는 하나의 방법은 '블로그 소설'이라는 것의 바로 그 이념을 파고드는 것이다.

2007년 박범신의 『촐라체』가 인터넷 포털사이트 '네이버'에 연재되어 100만 명의 누적 방문객을 기록하고, 이후 황석영이 『개밥바라기별』을 같은 포털 사이트에 연재했다가 책으로 출간해 40만 부 이상의 판매고를 올리면서, 블로그 소설은 우리 시대의 유력한 문화현상으로 자리 잡았다. 이우혁이나 귀여니와 같은 장르소설 작가들의 활동무대였던 인터넷 공간에 드디어 기성 문단의 작가들이 입성하게 된 것이다. 그 첫 발을 들여 놓은 작가가 최인호, 한수산과 더불어 1970~80년대 소설계의 트로이카를 형성하면서 대중들의 사랑을 받았던 박범신이라는 사실은 이채롭다.

> 연재를 시작하기 전 많은 사람들이 내게 인터넷 글쓰기의 부정적인 환경을 걱정해주었다. 나는 그때마다 웃으면서 "젊은이들에게 읽히고 싶어서요"라고 대답했다. 결과는 만족스러웠다. 여론은 내가 '패스트푸드'로 가득 찬 인터넷 포털사이트에 이를테면 '한식 정찬'을 차렸고 성공했다고 지적했다. 이른바 '악플'이 전혀 없었던 것은 아니었지만 수많은 덧글과 시시각각 숫자가 올라가는 클릭 수는 쓰고 있는 나를 생생하게 만들었다. 작가는 근본적으로 독재자이다. 나는 그럴수록 더욱더 클래식한 글쓰기 방식을 고수했으며, 그 대신 인터넷 문화가 만들어주는 생생한 환경을 내 상상력의 재고에 오히려 은밀하게 활용했다.[17]

'작가는 근본적으로 독재자'라고 믿는, 환갑을 갓 넘긴 이 초로의 작가에게 '인터랙티브 스토리텔링'이란 가당찮은 말이다. 이 독재자로서의 작가는 상호소통적인 방식으로 댓글에 반응하기보다는 댓글

---

17) 박범신, 「작가의 말」, 『촐라체』, 푸른숲, 2008, 11~12쪽.

과 조회수라는 독자들의 반응을 자기 동일성의 회로로 환원함으로써 스스로를 '생생하게' 만든다. 물론 그 결과는 '더욱더 클래식한 글쓰기 방식을 고수'하는 것이었다. 그럼에도 포털사이트 네이버가 박범신에게 연재를 청탁한 이유는 무엇이었을까. 박범신의 『촐라체』는 인터넷이나 블로그와는 거리가 먼 '클래식한' 작가들에게도 인터넷 공간이 독자들과 만날 수 있는 훌륭한 장소가 될 수 있음을 확인시켜 주었다. 문단의 원로이자 어느 정도의 대중성을 확보하고 있는 박범신이야말로 한국문학의 영역을 확장하는 첨병으로서의 임무를 떠맡을 수 있는 가장 적합한 작가가 아니었을까.[18]

박범신의 선전과 뒤를 이은 황석영의 성공으로 기성문단의 인터넷 진출은 상업적으로 중요한 가치를 인정받게 되었다. 이후 공지영의 『도가니』, 공선옥의 『내가 가장 예뻤을 때』, 박민규의 『죽은 왕녀를 위한 파반느』, 백영옥의 『다이어트의 여왕』, 김훈의 『공무도하』가 블로그 연재를 끝내고 책으로 출간되었고, 정이현의 『너는 모른다』, 이기호의 『사과는 잘해요』, 신경숙의 『어디선가 끊임없이 나를 찾는 전화벨이 울리고』, 구효서의 『랩소디 인 베를린』, 이제하의 『마초를 죽이려고』, 김선우의 『캔들 플라워』, 오현종의 『거대한 속물들』, 김이환의 『집으로 돌아오는 길』, 전경린의 『풀밭 위의 식사』, 정도상의 『낙타』, 김경욱의 『동화처럼』, 전아리의 『양파가 운다』, 강영숙의 『크리스마스에는 홀라를』 등이 연재를 마치고 출간을 기다리거나 계속 연재를 이어가고 있다.

블로그 소설의 탄생은 무엇보다 문단영역의 확장이라는 의미를 갖는다. 장편연재를 의욕적으로 시도하고 있는 문예지가 없는 것은 아니지만 유효독자는 거의 없고 게다가 그 공간은 너무 비좁다. 일간지의 연재 역시 독자들의 외면으로 점점 사라지고 있기 때문에 작가들

---

18) 물론 이전에도 인터넷 공간에서의 소설 연재라는 상업적 실험이 없었던 것은 아니다. 구효서·박상우·이인화·하재봉이 연재를 했던 'e-노블타운'이 2002년 10월에 소설연재 전문사이트로 개설되었다. 유료로 운영되었던 이 사이트는 운영의 문제로 2003년에 폐쇄되었다.

에게 새로운 발표지면의 확보는 절실한 문제였다. 여기에 포털사이트, 인터넷 서점, 출판사의 사업논리가 결합되면서 블로그 소설은 한국문학에서 하나의 실체로서 분명하게 자리 잡았다. 특히 출판사 '문학동네'는 상업출판의 대가답게 블로그 소설의 기획과 출간에 적극적으로 나서고 있다. (황석영, 공선옥, 백영옥, 김훈이 블로그 소설의 연재를 마치고 '문학동네'에서 책을 출간했고 정이현, 정도상, 전경린이 출간을 기다리고 있다.) '문학동네'의 이런 행보 자체는 블로그 소설의 상업적 의의를 단적으로 드러낸다. 블로그 소설이 기존의 인터넷 소설과 달리, 특정 작가들에게 편파적으로 지면을 할애하는 문예지들의 고답적인 행태를 반복하는 것은, 시장권력에 결탁한 문단권력의 여전한 영향력을 반증한다. 디지털 매체와 접속한 한국의 기성문단이, 문학의 질적인 변환에는 거의 관심을 두지 않으면서 발표지면의 확대에만 집착하고 있는 것은, 한국문학의 종언이 멀지 않았음을 더욱 실감하게 해 준다. 인터넷 공간에서의 연재를 통해 인쇄매체로부터 멀어진 젊은 세대들을 유효독자로 포섭하려는 시장권력(출판사, 포털사이트, 인터넷서점)의 기획에 동조하는 작가들의 행태는, 비판적 성찰의 역능을 상실한 한국문학의 타락한 현재를 핍진하게 드러낸다. 그리고 그것은 작가의 권위와 명성을 유지해주던 근대적인 물적 기반의 상실을 탈근대적 시스템 속에서도 계속 지속하려는 애처로운 열정의 반영이기도 하다. 문단정치의 패권은 역사의 뒤안길로 멀어져가고 있다. 그럼에도 그것을 놓아버리지 못하는 그들의 집착이란, 지금까지 그들이 누려온 패권이 얼마나 달콤한 유혹이었던가를 입증한다.

'문학동네', '창비' 등 십여 개의 출판사와 매출 1위 인터넷 서점인 '예스24'의 협력으로 만들어진 웹진 '나비'는 그야말로 시장권력과 문단권력의 합작이 이루어낸 대형 프로젝트라 할 만하다. 선택과 배제라는 필요악이 저 권력들의 자의적 기준에 맡겨질 때 또 하나의 불필요한 악이 탄생하게 되는 것이다. 차라리 정부의 산하기관인 한국

문화예술위원회의 지원으로 운영하는 문학웹진 '문장'은 비교적 소홀히 대접받던 의미 있는 작가들에게 기회를 주려고 노력해 왔던 것 같다. 문학은 이제 국가권력의 보호와 육성의 대상이 될 만큼 저항의 근력을 잃어버렸으며, 자본에 기생하야만 생존할 수 있을 만큼 타락했다.

예술가의 위선을 '예술은 사기'라는 등식으로 조롱하고, 기술에 대한 냉소와 멸시를 기술의 예술화로 역전시킨 백남준의 '비디오 아트'는, 자본주의적 소비재(상품)를 예술의 형식으로 다시 소비함으로써 예술이 자본주의의 종속으로부터 도주할 수 있는 길을 열었다. 그러나 예술과 기술의 만남, 소설과 인터넷의 만남을 창의적으로 전유하지 못하는 한국문학의 현실은 몰락이 오히려 최선의 윤리가 되는 비참한 상황에 도달했다.19) 데이터베이스형 구조의 매체인 인터넷에

---

19) '몰락의 에티카'를 부르짖는 한 문화귀족이 있다. 그는 문학의 파산이라는 의미에서의 '몰락'을 전혀 다른 맥락으로 전유한다. 문학은 스스로 몰락함으로써 세계의 부정성을 함께 몰락시킨다는 의미에서 문학의 몰락은 윤리적이라는 것이다. 이런 식의 문학주의는 '근대문학 종언론'에 대한 대응으로서는 대단히 위험한 것이다. 그는 창비의 300권째 기념시집 『걸었던 자리마다 별이 빛나다』를 평하며 이렇게 글을 마무리했다. "정치적으로 진보적인 문학인들이 미학적으로는 보수적인 틀을 고수해온 것은 한국 문학 특유의 현상이다. 구미 문학사에서 정치적 좌파와 결합(물론 애증 관계이긴 했으나)한 것은 과격한 아방가르드들이었다. 한국 문학사는 무자비한 전위를 많이 길러내지 못했다. 보수가 그들을 혐오한 것은 당연하다 쳐도, 진보조차 그들을 철없어했기 때문이다. 이 미학적 보수성이 한때는 '민중주의'라는 이름으로 옹호될 수 있었지만, 이제는 동일한 것이 '대중주의'로 비판받게 될 것이다. 예술에서 '진보'는 대중과 함께하는 데 있는 것이 아니라 대중을 창조하는 데 있기 때문이다."(신형철, 「졸업하고 싶지 않은 학교를 위하여」, 『한겨레21』 761호) 그는 '예술의 정치화'를 꾸짖고 있지만 스스로는 '정치의 예술화'라는 덫에 걸렸다. '대중과 함께'하는 예술의 정치화는 촌스럽지만 '대중을 창조'하는 정치의 예술화는 위험하다. 우리에겐 없어 아쉽다는 그 '과격한 아방가르드'가 기술주의를 옹호하고 속도와 기계를 찬양하다가 결국 파시즘으로 기운 것은 무슨 이유일까. 단행본의 한 귀퉁이에 제품의 사용설명서와 같은 숱한 해설을 써서 그 예술적 가치(그것은 결국 상품적 가치로 환원된다.)를 과장하여 문학의 자연사를 가로막는 그의 탐미주의적 비평은 그의 의도와는 관계없이 결국은 상업문학 예찬론으로 환수될 수밖에 없을 것이다. 신형철이 믿는 문학은 "스스로 몰락하면서 이 세계의 완강한 일각을 더불어 침몰"시키는 '몰락의 에티카'다(「책머리에」, 『몰락의 에티카』, 문학동네, 2008, 5쪽). 그가 말하는 '몰락'이란 얼마나 숭고한 아름다움인가. 그 언젠가 사쿠라가 하염없이 지던 날, 한 세대의 청춘이 몰락하는 그 장관을 떠올리면 나는 그저 먹먹할 뿐이다. 스스로 몰락하면서 더불어 침몰하는 세계란 과연 무엇이란 말인가. 나의 죽음이 근대의 초극일 수 있다는 망상이 멸사봉공의 전체주의를 정당화했다. 나는 지금 누군가를 비판하는 것이 아니라 '블로그 소설'의 이념에 대해 말하고 있는 것이다. 파산으로서의 몰락을 유예하는 저 탐미적 문학론은 자본에 복무하는 문학

트리형 구조의 서사를 풀어내는 지금의 '블로그 소설'은 기술과 예술의 어긋난 만남이 가져올 임박한 파국의 한 징후를 드러낸다.

4. 소설의 동물화

지금의 '블로그 소설'에서 기대할 수 있는 것은 거의 없다. 독자들의 댓글은 블로그에 올라온 유명 작가들의 소설을 읽고 칭찬이나 격려를 보내거나 단편적인 감상을 적은 것이 대부분이다. 작가와 작품을 향해 진지한 대화의 목소리를 남기는 댓글을 찾기 힘들다. "장편 연재소설은 통상 초고가 완성되고 난 후에 연재를 시작한다"(백영옥, ≪주간한국≫, 2009.9.11.)는 말이 사실이라면, 독자들의 적극적 개입과는 무관하게 쌍방향 서사의 가능성은 이미 닫혀 있다고 할 수 있다. 일주일치의 연재분을 미리 넘겨 웹 업무를 맡은 담당자가 블로그에 소설을 게시하는 지금의 연재방식은 블로그 소설의 형식적 실험이나 서사의 혁신을 가로막는다.

포털사이트들은 이제 기성의 문단 작가들 뿐 아니라 SF·판타지, 스릴러 등의 장르문학까지 포괄하는 블로그를 개설하고 있다. 예전부터 비교적 마니아들의 독립적인 사이트에 연재되었던 장르문학이 이제는 본격적으로 상업적인 콘텐츠로 관리되기에 이른 것이다. 얼마전 포털사이트 '다음'에『집으로 돌아가는 길』을 연재 완료한 김이환은 출판사 '위즈덤하우스'와 SBS, 영화투자배급사 '쇼박스'가 공동 제정한 1억원 고료 '멀티 문학상'의 첫 수상자다. 이런 사실들은 블로그 소설의 정체를 뚜렷하게 드러낸다. 블로그 소설은 문학의 종언론이 떠도는 시대에, 소설의 동물화를 단적으로 표현하는 하나의 현상적 실체인 것이다.

이다.

오늘날의 문예지들은 읽기 위해서 존재하는 것이 아니라 쓴 글을 싣기 위해서 발간된다. 그러니까 문예지는 독자들을 위해서가 아니라 작가들을 위해 발간되고 있는 것이다. 청탁을 통한 글쓰기의 종용과 발표지면의 제공은 작가들의 창작활동을 자극하는 문예지의 유력한 기능이다. 그러나 더 이상 독자들과의 생생한 만남을 중개할 수 없는 문예지의 기능부전은 읽기가 결여된 쓰기의 과잉을 불러왔다. 바로 여기서 결핍과 충족의 반복이라는 동물적 '욕구'의 회로가 형성된다. 쓰기의 과잉은 독자의 결핍에 대한 이상증후다. 이런 사정은 이제 '읽지 않아도 우리는 쓴다'는 폐쇄적 문학을 탄생시킨다. 쓸 수 있는 공간만 주어진다면 그것이 시장과 국가의 권력에 투항하는 것이라 하더라고 무조건 쓴다. 투쟁의 '욕망'은 사라지고 쓰겠다는 '욕구'의 충족만을 바라는 작가들이 늘어난다. 작가들은 동물화하고 소설도 동물화한다. 더 이상 그들의 욕구를 감당할 수 없는 일간지와 문예지의 한계는 인터넷 공간의 블로그를 통해 해소된다. 한국문학은 이렇게 욕구를 충족하는 가운데 탕진되고, 그 탕진의 결과는 자본의 이윤축적에 회수된다. 인터넷의 블로그는 독자를 잃은 우리 시대의 작가들에게 일종의 망명지다. 그러나 그것은 자본에 기생하는 치욕스런 망명이며 저항의 욕망을 상실한 반동적 망명이다.

　많은 독자를 만나는 것보다 좋은 독자를 만나는 것을 우선으로 여기는 작가는 드물다. 작품이 제대로 읽히는 것보다 많이 팔리는 것을 원하는 작가들이 넘쳐나는 사회의 문학에서 기대할 것은 거의 없다. 자본과 정치권력으로부터 독립할 수 있는 예술가는 얼마나 위대한가. 장 자크 베네 감독의 〈디바〉(1981)가 보여주는 것이 바로 그것이다. 기술과 자본의 유혹과 위협에 굴복하지 않는 위대한 예술은 감상자의 수가 아니라 감상의 수준과 질로 보상받는다. 블로그에 소설을 쓰면서 그 조회수에 의기양양한 이른바 한국의 유명작가들을 생각하면, 끝까지 음반제작을 거부하고 오로지 무대공연만을 고수하던 옛날 영화 〈디바〉의 프리마돈나 신시아 호킨스의 시대착오가 그립다. 예술과 기술의 만남이 빚어낼 전혀 새로운 형식의 서사는 아직 출현하지 않았다. 가짜는 진짜가 아니다. 그래서 나는 블로그 소설에 반대한다. 🈸

전성욱
1977년생. 문학평론가. 계간 『오늘의문예비평』 편집위원. 동아대·경성대 강사, jsw3406@hanmail.net

이카루스 멜랑콜리쿠스 / 류 신

투고평론

이카루스 멜랑콜리쿠스

류 신

*

우울한 피의 어머니인 나,
지상의 나태한 짐인 나,
내가 무엇이며,
내가 무엇을 말할 수 있는지를 말하리라.
나는 검은 쓸개즙,
처음에는 라틴어로 들었고,
이제는 독일어로 듣지만,
누구한테서 배운 적이 없다.
나는 광기로 멋진 시마저 쓸 정도이니,
모든 예술의 아버지
　　　　　　　　—안드레아스 체어닝, 「우울이 우울을 말하다」 중에서

　멜랑콜리가 이상과 현실 사이의 아득한 괴리감에서 비롯된 감정이
라면, 시인은 모두 멜랑콜리커이다. 멜랑콜리의 거처가 이제 더 이상
의미 없는 것들의 혼돈으로 이루어진 고독과 슬픔이라면, 시인의 기

본적 정서는 우울이다. 발터 벤야민이 『독일 비애극의 원천』에서 언급했듯이, 시인의 몸속에는 검은 쓸개에서 분비되는 우울한 체액, 이른바 후모르 멜랑콜리쿠스humor melancholicus가 흐른다. 다른 누구보다도 인간의 삶을 깊이 통찰하는 시인은 자신이 늘 불충분하고 불순한 세계, 폐허나 다름없는 현존재에 내던져져 있음을 예민하게 인식한다. 시인은 세계를 근본적으로 회의하는 자인 것이다. 벤야민은 "우울한 인간이 스스로에게 허락하는 유일한 쾌락은, 매우 강력한 것인데, 바로 알레고리다"라고 말한다. 알레고리는 토성의 기질을 타고난 '슬픈 사람un triste' 특유의 세상을 판독하는 방식이다.[1] 알브레히트 뒤러의 동판화 〈멜랑콜리아 I〉의 천사의 모습처럼, 단 하나의 의미로 환원되는 거대한 상징체계가 무너진 바로크적 폐허 속에서 의미심장한 파편들을 구원하려는 '깊은 상념Tiefsinn', 그래서 시인의 수심愁心은 깊다. 해체된 파편들을 알레고리적으로 인식하는 시인은 태생적으로 침울한 존재인 것이다. 파스칼의 『팡세』에 이런 구절이 있다. "인간의 영혼은 자신 안에서 자신을 만족시키는 것을 하나도 발견할 수 없다. 영혼을 생각하면 거기에는 영혼을 슬프고 우울하게 만드는 것밖에 없다." 시인의 심적 상태를 일컫는 말로 들린다. 여기서 흥미로운 측면은, 시인의 영혼에서 암약暗躍하는 '심오한 슬픔' 속에서 창조의 세계가 열린다는 것이다. 시인이란 어떤 존재인가. 바로크시대 독일 시인 안드레아스 체어닝Andreas Tscherning의 시구처럼 "우울한 피의 어머니"이자 "예술의 아버지"가 아닌가. 실패한 자의 정신 상태인 멜랑콜리가 바로 시적 상상력의 표징이며 독창성의 징표인 것이다.

　여기 '후모르 멜랑콜리쿠스'의 기질을 타고난 네 명의 젊은 시인,

---

1) 아랍의 천문학자들은 인간의 우울한 기질을 토성과 결부시키는 점성술적 상상력을 펼쳤다. 태양에서 가장 멀리 떨어진 외곽을 돌고 있는 토성의 차갑고 건조한 속성과 검은 쓸개즙을 연관지었던 것이다. 아랍인들은 토성 운을 안고 태어난 아이는 느리고 비활동적이어서 골똘한 사색에 잠기기 쉽고, 그래서 다른 사람보다 우울한 예술가로 성장할 확률이 높다고 믿었다. 발터 벤야민 역시 스스로를 우울한 멜랑콜리커로 규정하며 이렇게 고백한다. "나는 토성의 영향 아래 태어났다. 가장 느리게 공전하는 별, 우회와 지연의 행성."

우울의 신 사투르누스Saturnus의 아이들이 있다.

*

나는 기체의 형상을 하는 것들.

나는 2분간 담배연기. 3분간 수증기. 당신의 폐로 흘러가는 산소.

기쁜 마음으로 당신을 태울 거야.

당신 머리에서 연기가 피어오르는데, 알고 있었니?

당신이 혐오하는 비계가 부드럽게 타고 있는데

내장이 연통이 되는데

피가 끓고

세상의 모든 새들이 모든 안개를 거느리고 이민을 떠나는데

나는 2시간 이상씩 노래를 부르고

3시간 이상씩 빨래를 하고

2시간 이상씩 낮잠을 자고

3시간 이상씩 명상을 하고, 헛것들을 보지. 매우 아름다워.

2시간 이상씩 당신을 사랑해.

당신 머리에서 폭발한 것들을 사랑해.

새들이 큰 소리로 우는 아이들을 물고 갔어. 하염없이 빨래를 하다가 알

게 돼.

내 외투가 기체가 되었어.

호주머니에서 내가 꺼낸 구름. 당신의 지팡이.

그렇군. 하염없이 노래를 부르다가

하염없이 낮잠을 자다가

눈을 뜰 때가 있었어.

눈과 귀가 깨끗해지는데

이별의 능력이 최대치에 이르는데

털이 빠지는데, 나는 2분간 담배연기. 3분간 수증기. 2분간 냄새가 사라지는데

나는 옷을 벗지. 저 멀리 흩어지는 옷에 대해

이웃들에 대해

손을 흔들지.

— 김행숙, 「이별의 능력」 전문

이 작품은 두 가지 점에서 참신한 발상법을 보여준다. 먼저 시적 자아의 형태가 아주 새롭다. "나는 기체의 형상을 하는 것들." 이 시를 열고 있는 첫 문장이다. 시적 자아가 한곳에 정박해 있지 않고 점으로 존재하며 공기처럼 떠돈다. 물처럼 사물과 세계에 촉촉이 스며드는 기존의 서정적 자아와는 확연히 구별된다. 동시에 "것들"이란 표현에서 명징하게 드러나듯, 단수가 아니라 복수이고, 일인칭이 아니라 삼인칭이다. 삼인칭 복수라는 '4인칭'이 탄생하는 순간이다. "나는 여기에 있지 않아, 그것이 말한다/나는 거기에도 없어." 최근 독일시단에서 주목받는 젊은 시인 두어스 그륀바인의 시집 『두개골 베이스 학습』(1991)에 들어 있는 시구이다. 김행숙의 시를 읽자, 이른바 투과透過의 시학, 즉 '트란지트—포에지Transit-Poesie'의 정언명령과도 같은 그륀바인의 시구가 떠올랐다. 기체는 이것과 저것의 경계를 자유롭게 넘나든다. 모든 곳에 침투할 수 있는 것이다. "담배연기"도 되고 "수증기"도 된다. 시적 자아는 무한대의 복수로 분화되어 공중을 주유한다. 심지어 "당신의 폐로 흘러들어가는 산소"로 둔갑하는 요술을 부리기도 한다. 그리고는 당신 호흡의 먹잇감, 즉 당신을 태우는 연료가 된다. 당신의 "내장이 연통이 되는" 소이연은 여기에 있다. 당신에 대한 지독하고 폭발적인 사랑의 열정이 감지된다. 그러나 이 사랑이 결코 뜨겁지 않고 무덤덤하게 다가오는 이유는 무

엇일까. 대상으로 침투한 시적 자아가 잘게 분화되어 한없이 투명해졌기 때문이다.

두 번째로 이별에 대한 시인의 생각이 자못 흥미롭다. 사랑하는 대상과 헤어진다는 것은 정말 슬픈 일이다. 그래서 이별의 성공은 애도 mourning의 능력에 달려 있다고들 말한다(애도는 결별을 완성한다. 한용운의 어법으로 애도를 설명하자면, "아아 님은 갔고 나는 이제 님을 고이 보내드리웁니다"). 하지만 시인의 생각은 남다르다. "이별의 능력이 최대치"로 극대화되려면, 애도라는 울음의 통과제의를 치르기보다는, 이별이 낳은 일상의 멜랑콜리를 견뎌야 한다고 쓰고 있다. 이별의 아픔을 슬퍼하다가도 "2시간 이상씩 노래를 부르고/3시간 이상씩 빨래를 하고/2시간 이상씩 낮잠을 자고", 그리고 "2시간 이상씩 당신을 사랑"할 때, 말하자면 일상 속의 우울을 "하염없이" 받아들일 때, 이별의 능력은 최대치에 이른다는 것이다(멜랑콜리는 상실을 통해 대상을 소유한다. 한용운의 시구를 빌려 우울을 정리하자면, "아아 님은 갔지만 나는 님을 보내지 아니하였습니다"). 기체가 되어 "저 멀리 흩어지는 옷에 대해/이웃들에 대해/손을 흔들" 수 있을 때, 비로소 우리는 이별을 성공적으로 완수할 수 있다고 시인은 말한다. 이별은 진부한 신파극의 단골손님만은 아니다. 이별은 결코 절연絶緣을 통해 종결되지 않는다. 그저 평범하게 권태로운 일상의 삶을 영위하면서도, 당신을 하루에도 몇 시간씩 생각하는 우수. 당신에 대한 집착을 버리고, 초연히 당신을 자신의 삶의 질서 속으로 끌어들이기 위한 명상. 슬픔의 리비도를 사랑으로 치환하고, 이 사랑의 리비도를 다시 자잘한 일상의 지리멸렬함을 견디는 생의 에너지로 전환시키는 골똘한 사색. 멜랑콜리의 삼요소인 우수, 명상, 사색. 이것이 바로 김행숙이 말하는 진정한 이별의 능력이다.

*

사랑하는 연인과의 이별에 의해서만 우울의 정서가 촉발되는 것은 아니다. 멜랑콜리는 사적인 차원에서 언어의 영역으로, 일상의 공간을 넘어 세계적 차원으로 번져갈 수 있다. "세상의 모든 새들이 모든 안개를 거느리고 이민을 떠나"듯이, "기체"처럼, "공기"처럼 "연기"처럼, "구름"처럼 뭉게뭉게 퍼져가는 멜랑콜리의 아우라.

                                    *

내 언어에는 세계가 빠져 있다
그것을 나는 어젯밤 깨달았다
내 방에는 조용한 책상이 장기 투숙하고 있다

세계여!
영원한 악천후여!
나에게 벼락같은 모서리를 선사해다오!

설탕이 없었다면
개미는 좀 더 커다란 것으로 진화했겠지
이것이 내가 밤새 고심 끝에 완성한 문장이었다

(그러고는 긴 침묵)

나는 하염없이 뚱뚱해져간다
모서리를 잃어버린 책상처럼

이 세계 곳곳에서 사람들이 울고 있다!
심지어 그 독하다는 전갈자리 여자조차!

그러나 나는 더 이상 슬픔에 대해 아는 바 없다

공에게 모서리를 선사한들 책상이 될 리 없듯이

그렇다면 이제
인간은 어떤 종류의 가구로 진화할 것인가?
이것이 내가 밤새 고심 끝에 완성한 질문이었다

(그러고는 영원한 침묵)

—심보선, 「슬픔의 진화」 전문

　언어는 세계를 함축한 의미의 기호라고 생각한 시절이 있었다. 언어가 세계를 구원할 수 있다고 믿었던 때가 있었다. 이런 낙관의 시대, 시인은 자신만의 언어로 세계를 포착할 수 있다고 믿었기에 행복했다. 그렇다면 반대로 언어로 세계를 담을 수 없을 때 시인은 불행할 터이다. 그러나 심보선 시인의 슬픔은 다른 곳에서 오는 듯하다. "내 언어에는 세계가 빠져 있다." 애초부터 언어가 빈껍데기라는 서늘한 깨달음. 어떤 것도 온전히 담아 내지 못하는 언어의 동공洞空. 말과 사물 사이에 가로놓인 아아峨峨한 절벽. 시인이 우울한 첫 번째 원인이다. 텅 빈 언어로 시를 조탁하기 위해 고투하는 시인의 비애가, 시인의 방에서 조용히 "장기투숙하고 있는" 책상에 고스란히 투영되어 있다. 물론 시인은 자신의 영혼을 흔들어 깨울 "벼락같은 모서리"를 지닌 언어의 도래를 간구한다. 그러나 그런 충격의 언어는 세상 어디에서도 찾을 수 없다. 이 사실을 인식하는 순간, 그저 시인의 슬픔은 조금 진화될 뿐이다. 아니 슬픔이 누적되었다는 표현이 적확하다. 그래서 시인은 오랜 장고 끝("그러고는 긴 침묵")에 이렇게 고백한다. "나는 하염없이 뚱뚱해져간다/모서리를 잃어버린 책상처럼". 가구처럼 시나브로 딱딱해져가는 영혼, 즉 물화物化된 영혼의 군살을 감지하는 일은 실로 서글픈 일이다. 시인이 슬픈 두 번째 소이연이다.

여기서 시인의 '슬픔학 개론'은 또 한 걸음 발전한다. 세상 모든 사람들이 울고 있다고 진단하기 때문이다. 나의 사적인 슬픔을 세계적인 차원으로 확장하는 과감한 용기를 발휘한 것이다. 언어를 통해 인간과 세계를 온전히 이해할 수 없다는 환멸의 정서가, 인류가 공감하는 감정의 가장 큰 영역이라는 잠정결론에 이른 것이다. 이 순간 시인이 강의하는 '슬픔의 세계체제론'이 완성된다. 하지만 다시 시인은 겸손의 미덕과 체념의 지혜를 보여준다. "그러나 나는 더 이상 슬픔에 대해 아는 바 없다." 이 심드렁한 발언 속에 슬픔의 본질이 담겨 있다. 슬픔은 망각되는 것이 아니라 차곡차곡 쌓이는 것이다. 슬픔은 소비되는 것이 아니라 축적되는 것이다. 우리 영혼의 통장에 장전된 슬픔은 우리 삶을 지탱시켜주는 아주 중요한 비자금인 셈이다. 이제 시인의 밀실에 장기투숙하고 있는 책상의 비밀이 밝혀졌다. 그것은 (언어로 세계를 표현할 수 없다는 반성적 성찰에서 비롯된) 시인의 우울이 오랜 시간동안 퇴적되어 굳어진 슬픔의 결정체이다. 요컨대 시인의 정신 속에 내연內緣된 심오한 슬픔, 즉 멜랑콜리의 집적체가 책상의 실체이다. 이 책상 앞에 앉은 시인은 밤새 고심 끝에 우리에게 이런 질문을 던진다. "그렇다면 이제/인간은 어떤 종류의 가구로 진화할 것인가?" 쉽게 풀자면 이런 말이다. 멜랑콜리는 앞으로 어떻게 진화할 것인가? 물론 이를 위해서는 긴 침묵의 시간이 요구된다. 그래서 시는 이렇게 갈무리된다. "그러고는 영원한 침묵"

*

멜랑콜리가 없었다면, 시혼詩魂이 없는 시의 몸집은 마냥 뚱뚱해졌겠지. "이것이 내가 밤새 고심끝에 완성한 문장이었다." 그러고는 멜랑콜리에 대한 긴 묵상. 그럼 멜랑콜리가 발아되는 지점은 어디인가? "이것이 내가 밤새 고심 끝에 완성한 질문이었다."

*

그는 나를 달콤하게 그려놓았다
뜨거운 아스팔트에 떨어진 아이스크림
나는 녹기 시작하지만 아직
누구의 부드러운 혀끝에도 닿지 못했다

그는 늘 나 때문에 슬퍼한다
모래사막에 나를 그려놓고 나서
자신이 그린 것이 물고기였음을 기억한다
사막을 지나는 바람을 불러다
그는 나를 지워준다

그는 정말로 낙관주의자다
내가 바다로 갔다고 믿는다

— 진은영, 「멜랑콜리아」 전문

　멜랑콜리의 본질을 전혀 멜랑콜리하지 않게 포착한 이 시는 환상
적인 연애기담을 떠올리게 한다.
　과거: 우울한 검은 담즙atra bilis이 혈관을 어지럽히던 때였는지 모른
다. 그때 내 옆엔 '나'를 쥐락펴락 좌지우지 하는 '그'가 있었다. 그는
내 인생의 길을 제시했을 뿐만 아니라 아예 나라는 존재 차체를 설
계했다. 그러니까 나는 그의 피조물인 셈이다. 나는 그가 그리는 만
큼만 존재했다. 한번은 그가 나를 뜨거운 아스팔트 위의 아이스크림
으로 그려놓았다. 나는 그의 입 안에서 녹는 달콤한 아이스크림이
되고 싶었지만, 그의 부드러운 혀끝에 닿지 못한 채 딱딱한 아스팔
트 위에서 녹아 없어지기 시작했다. 나의 우울은 이렇게 흐물흐물
번져갔다.

현재: 지금 그는 나를 사막의 모래 위에 물고기로 그렸다고 기억한다. 축축하고 비릿하며 미끌미끌한 물고기. 순간 나는 비오는 날 물비린내 나는 아스팔트에 달라붙은 물고기 모양의 나뭇잎이 되었다고 상상한다. 무심한 행인들의 신발에 짓이겨져 찢기는 나뭇잎. 이제 바닥에 남는 것은 가시 같은 잎맥뿐이다. 앙상한 뼈만 남은 물고기. 아스팔트 위에 녹아 눌러 붙었던 아이스크림처럼, 태양이 작렬하는 모래사막 아래서 내 몸은 서서히 증발하기 시작한다. 가뭇없이 사라지는 나에 대한 그의 우울, 즉 "슬픔에 대한 오랜 환대"(진은영, 「거기」)는 이렇게 시작한다.

하지만 그의 멜랑콜리는 허무의 나락이나 자기비하의 수렁에 빠지지 않는다. 그는 믿고 싶은 대로 믿는 낙관주의자이다. 그는 모래밭에서 바싹 말라가던 물고기가 바람을 타고 바다로 갔다고, 그래서 이제는 내가 물속을 유영하며 자유롭게 숨 쉬고 있을 것이라고 확신한다. 그의 낙관대로 나는 힘차게 헤엄쳐 본다. 그러나 움직일 때마다 은빛 비늘로 반짝이던 내 몸은 긁히고 파인다. 온몸이 상처투성이다. 매끈하던 내 몸은 점점 푸석푸석해진다. 살은 갈라지고, 벌어진 틈새로 까끌까끌한 알갱이들이 밀려들어온다. 온 힘을 모아 지느러미를 움직여 더 깊이 내려가 본다. 실존적 사투이다. 하지만 바다인줄 알았던 이곳은 사막이다. 물방울이 아니라 모래알갱이들이 허파를 가득 메운다.

미래: 나를 모래사막에 그려놓고 내가 바다를 헤엄치는 물고기라고 기억하는 그의 낙관에서 쓸쓸한 비애가 묻어난다. 모래 무덤을 생명의 바다라고 믿었던 나의 철없는 희망 뒤에서 절망과 환멸이 슬쩍 비웃는다. 나의 희망이 실현되고 그의 기대가 충족되는 기적이 일어날 때, 멜랑콜리는 가뭇없이 사라질 것이다. 하지만 나와 그의 꿈의 실현은 끊임없이 유보되고, 나와 그가 고대하는 유토피아의 도래는 부단히 유예되리라. 유토피아는 다가서면 더 먼 곳으로 물러나 자리를 잡는 신기루이기 때문이다. 영원히 정복되지 않는 무서운 처

녀성, 곧 '성聖, 아무데도 없는 나라'가 바로 유토피아가 아닌가.[2] 멜랑콜리의 검은 꽃이 피어나는 장소의 정령genius loci, 그곳은 바로 희망이 절망으로, 열망이 환멸로 전환되는 유토피아의 그늘이다. 유토피아는 영원한 관념적 잠재태이다. 하지만 유토피아의 그늘은 엄연한 현실이다.

*

이 유토피아의 그늘에 신묘한 새 한 마리가 서식한다. 동양에서는 이 영조靈鳥를 찬란한 오색 깃털을 가진 봉황이라고 부른다면, 서양에서는 독수리 머리와 날개를 갖고 있고, 뒷다리와 몸은 사자인 그리핀griffin이라고 호명하며, 한국의 한 젊은 시인은 "그냥 새"라고 명명한다. 그런데 흥미로운 점은, 이 새가 멜랑콜리의 꽃을 먹고 산다는 사실이다. 유토피아의 세계를 온몸으로 체현하는 이 상상의 새의 먹잇감은 빛, 희망, 환희, 만족이 아니라 어둠, 절망, 비애, 상실이다.

[…] 이 세상의 모든 어둠과 그 어둠 속의 모든 통곡과 그 통곡 속의 모든 기도들이 모여 겨우겨우 꽃 하나 피우는 나무 그런 꽃나무가 꽃을 마악 피우려고 하면 재빠르게 그 꽃을 먹어 치우는 새가 있다지 까치도 아니고 비둘기도 아니고 참새도 아니고 제비도 아니고 두루미는 더더욱 아니고 간혹 슴슴한 이들은 붕이라거나 봉황이라거나 그리핀이라거나 후모라거나 그렇게들 부르곤 했다던데 그 새는, 그냥

---

2) 확고한 사회주의자였던 독일 시인 볼프 비어만은 독일통일 이후 이제 유토피아에 '지겨워' 한다. 그가 유토피아에 던지는 결별선언은 독특한 여운을 남긴다. "저 매혹적인 합성어 '유토피아'라는 말은 1516년 토마스 모어가 처음으로 세상에 불어 보냈다. 우리는 이것이 독일말로 무엇을 말하는지 누구나 다 알고 있다. '어디에, 아무데도 없는 곳'이라고. 그러나 우리는 이 말뜻을 한 번도 제대로 파악하지 못했다. 우리와 인류의 절반이 엉망진창이 되어가며, 이 칭송받는 '성(聖), 아무데도 없는 나라'를 찾았던 것이다."

새

이 세상의 모든 어둠과 통곡과 기도들이 극에 달할 무렵 그러니까 온 우주
가 그저 먹먹해질 때 死力으로 걷다가 死力으로 꽃 하나 피우려다 우두망찰해
져 버린 나무 그 나무의 혓바닥 위에 통째로 어둠과 통곡과 기도가 되어 우는
새 그냥, 새 […]

—채은, 「멜랑콜리」 부분

멜랑콜리의 꽃을 따먹은 이 유토피아의 새가 이제 "어둠과 통곡과
기도가 되어" 운다. 유토피아 왕국의 국조가 멜랑콜리의 화신으로 전
신轉身한 것이다. (유토피아는 인간의 비애와 절망을 먹고 살고, 이러
한 인간의 슬픔을 꿀꺽 집어삼킨 유토피아에서 다시 멜랑콜리가 부
화한다.) 여기서 이 우울한 새는 오비디우스가 『변신이야기』에서 묘
사한 비행飛行/卑行청년을 환기시킨다. 아버지의 충고를 무시하고 '태양
의 나라civita solis'를 향해 치솟다가 바다로 내리박힌 이카루스. 유토피
아라는 이름의 고열高熱로 녹아, 바다 위에 갈기갈기 흩어진 그의 촛
농날개. 독일 시인 귄터 쿠너르트Günter Kunert의 시구를 빌리자면, "완전
한 최후의/마지막 불안에/사로잡혀 흔들리는/생의 두 날개"(「유토피아
로 가는 중에 I」)를 힘겹게 퍼덕거리는 이카루스.

*

나는 이 공간의 끝과 복판을
찾아내려 했으나 헛일이었다.
뭔지 모를 어떤 불의 눈 아래서
내 날개가 부러지는 것을 느낀다.

그러나 아름다움을 사랑하다가 타 죽게 되어도,

내게 무덤이 되어줄 심연에

내 이름 남겨둘 만한

숭고한 영예도 갖지 못하리.

　　　　　　　　　　　　　　　　—보들레르, 「이카루스의 비탄」 중에서

　고래로 장인匠人 다아달로스의 아들 이카루스의 고공비행은 자유를 향한 가열한 의지와 결기, 부자父子 혹은 신구 세대 간의 갈등(아버지의 조언을 무시한 어리석고 반항적인 아들), 예술이 추구하는 수직적 탈지상성과 초월성, 중력을 거슬러 비합리적 도약을 감행하는 예술가의 자기 실현[3] 등으로 해석되어 왔다. 여기에 덧붙여, 보들레르는 이카루스가 주연한 비상과 추락의 이 숭고한 드라마에서 공허한 이상과 비루한 현실 사이에 위치한 예술가의 존재론적 비애를 읽어냈다. 천상의 극("불의 눈")을 향해 치솟다가 그 정점에서 지상의 심연으로 곤두박질한 이카루스의 낭패감과 상실감. 조躁와 울鬱의 상태가 숨 가쁘게 교차하는 롤러코스터를 탄 이카루스의 멀미와 혼돈. "이 공간의 끝과 복판을/찾아내려" 날아올랐으나, 종국에는 "내 날개가 부러진 것을 느낀" 이카루스의 절망과 우울. 기대지평과 경험공간의 차이와 분리가 잉태한 정신상태가 멜랑콜리라면, 이상과 현실의 메울 수 없는 간극이 발효시킨 감성의 분비물이 멜랑콜리라면, '고독한 단자' 이카루스는 분명 멜랑콜리의 신화적 모델이다.

　여기 두 명의 이카루스 멜랑콜리쿠스Icarus melancholicus가 있다.

---

3) 지상을 박차고 하늘을 향해 가파르게 비상하는 이카루스의 대담한 모습은 범속한 지상의 굴레에서 벗어나 미지의 세계를 향해 시적 모험을 감행하는 시인의 존재론적 여정을 떠올리게 한다. 예컨대 이카루스가 보여주는 작렬하는 정신의 급상승운동은 괴테의 『파우스트』 제2부에 나오는 오이포리온(Euphorion)을 연상시킨다. 파우스트와 헬레나 사이에서 태어난 시와 예술의 천재소년 오이포리온은 실제 날개는 없으나 상상의 날개로 비상을 꾀한다. 이런 대담한 도전을 방자스럽고 위험한 짓이라 질타하는 파우스트와 헬레나 앞에 오이포리온은 이렇게 외친다. "양쪽 날개가/활짝 펴집니다./저쪽으로! 무슨 일이 있어도 가야겠어요!/날 것을 허락해주세요!/(공중으로 몸을 던진다. 한 순간 옷자락이 그의 몸을 지탱한다. 그의 머리가 빛을 내고, 불빛의 꼬리가 길게 뻗친다.)"

*

1. 窓―날개

꿈을 꾸었어요 이카루스, 벽을 빠져나가는 꿈
눈감지 말아요 이카루스, 다가갈 수도 달아날 수도 없는걸요
천만분의 일도 식지 않는 몸의 열기를 벽에 묻었어요
날개 잃은 당신은 내게 의미 없으니까요
한 치의 미래도 안전한 비행이란 없네
벽에 아랫도리를 박아 넣고 두 손을 철쇄로 감았어요
몸이 조여질수록 멀리 튕겨져 오르는 두 눈,
사각 창문 너머로 들여다보이는 당신의 날개,
창문에 매달려 당신을 보는 천 개의 눈알,
소리도 없이 난사하는 무수한 비명, 하지만 눈맞추지 말아요
빨갛게 일렁이는 폭포수 같은 머리칼
거슬러 올라와 입술을 깨무는 허기진 당신
용수철처럼 늘어지는 두 개의 붉은 혓바닥은
미끄러운 유리벽 위에 엉겨붙는 두 개의 빗방울

2. 벽―迷宮

벽에 들이댄 쇠망치를 거두어요
오래 버틴 힘으로 벽은 무너질 줄 모르네
오래오래 묵은 힘으로 벽은 몸을 반으로 가르지도 못하네
미궁을 벗어나면 추락일 뿐이지
날개를 탓하지 말아요, 끝없는 날갯짓
오르기 위해서가 아니라 떨어지지 않기 위해 필요한걸요 당신을 잃고 싶지
않아 나는 노래를 불러요 배가 불러요

날마다 만삭이 되어요

해마다 벽 속에서 해산되는 탐스런 일곱 아이들

당신을 위한 제물이에요 벽 속을 궁금해하지 말아요

벽은 날개를 삼켰지만 당신과의 안전한 소통을 보장해 줘요

눈감지 말아요 이카루스, 끝없는 열기에 흔들려도

달아나지 말아요 다가오지 말아요

당신의 부릅뜬 눈이 좋아요 당신의 불안이 좋아요

—이민하, 「사각의 눈」 부분

프랑스 상징주의 화가 르동은 유독 눈을 그리길 좋아했다. 화폭을 가득 채운 외눈박이 거인 키클로페스의 사랑에 빠진 몽롱한 눈 속엔 멜랑콜리의 우수가 짙게 배어 있다면, 바다 위를 날아가는 열기구가 거대한 눈동자로 묘사된 목탄 드로잉 〈무한대로 여행하는 이상한 풍선 같은 눈〉에선 이상을 향한 동경과 미지의 세계에 대한 불안이 빠르게 직조되며 섬뜩한 아름다움이 분무되고 있다. 그리고 추락한 이카루스의 큼지막한 눈, 푸른색 바닷물에 물든 눈동자가 유난히 인상적인 그림 〈이카루스의 추락〉은 환상적이면서 어딘가 슬프다. 여기서 흥미로운 점은 이카루스의 날개가 어깨에 달려 있지 않고 머리에 돋아 있다는 점이다. 세계의 가장 깊은 심연 속으로 추락해 본 자만이 알고 있는 숭고한 정신의 날개. 이민하의 「사각의 눈」은 이 그림에 대한 시적 명상의 산물로 읽힌다. 우선 시인은 이카루스를 이렇게 묘사한다. "빨갛게 일렁이는 폭포수 같은 머리칼/거슬러 올라와 입술을 깨무는 허기진 당신/용수철처럼 늘어지는 두 개의 붉은 혓바닥". 이 뒤로 이카루스를 추락시킨 태양이라는 절대자의 후광이 자비로운 빛을 발산하고 있다.

따라서 이 시 속에는 네 개의 시선이 교차한다. 이카루스의 눈. 태양의 눈. 이 둘을 사각의 화폭에 가둔 르동의 눈. 그리고 이 사각의 틀을 바라보는 시인의 눈. 그렇다면 이 글 속엔 이민하의 눈을 주시

하는 나의 시선이 추가되었으니, 총 다섯 개의 시선이 공존하고 있을 터. 나의 시선이 멈춘 곳은 이 부분이다. "당신의 부릅뜬 눈이 좋아요 당신의 불안이 좋아요" 시인은 이상(태양)을 향해 비상하는 이카루스의 홉뜬 눈동자를 동경한다. 동시에 환멸의 나락(바다)으로 추락한 이카루스의 공포와 불안을 사랑한다. 시인은 그에게 "다가갈 수도 [그로부터] 달아날 수도 없"다. 그래서 시인은 이카루스에게 이렇게 청원한다. 나로부터 "달아나지 말아요 [내 곁으로] 다가오지 말아요" 그렇다면, 이민하의 시세계는 이카루스의 두 눈동자, 즉 열정과 환멸 사이의 아득한 격차가 빚어내는 '우울한 긴장' 속에서 만들어지는 것은 아닐까. 고래로 이카루스의 날갯짓(깃털로 만든 펜촉의 운동)은 시를 짓는 행위에 대한 맞춤한 알레고리로 기능했다. 하지만 시인의 관심은 날갯짓에 있지 않다. 시인에게 날개는 "오르기 위해서가 아니라 떨어지지 않기 위해 필요한" 것일 뿐이다. 시인의 초점은 이카루스의 눈, 서로 다른 세계를 응시하는 멜랑콜리에 젖은 눈동자에 맞추어져 있다. 그래서일까. 시인은 이카루스에게 이렇게 간곡히 부탁한다. "눈 감지 말아요, 이카루스."

*

시인의 소원대로 눈을 홉뜬 이카루스. 피곤한 그의 눈에 진달래꽃 빛깔보다 더 빨갛게 핏발이 돋아 있다. 그러나 난 "당신의 부릅뜬 눈이 좋아요 당신의 불안이 좋아요".

*

1

태양과 비와 구름을 빨아마시던, 수백의 나뭇잎들이 가미가제 특공대처럼 지상을 향해 출격한다. 부서진 날개들, 떨어져내리는 가을의 혓바닥, 그 뜨거운 이합집산 앞에 수수방관의 양력, 공중을 떠돌다 수직으로 떨어지는 파편들, 번득이는 저녁의 바람, 저녁의 불빛 속으로 문 열고 들어가는 자 누구인가. 그 속은 언제나 둥글고 꽉 차 있다. 목질의 혓바닥 같은, 코끝을 스치는 오래된 체취가 두렵다. 태성정밀 노동자들이 몰려나온다.

2

그들은 나뭇잎 날개를 달고 하늘로 날아오른다. 석양 속에서 나무의 깃털 붉게 부풀어 오른다. 천천히 돌기 시작하는 나뭇잎, 나무 환풍기, 일제히 눈 뜨는 수백의 눈동자, 충혈된 나뭇잎들.

—장석원, 「이카루스나무」 전문

이 시의 매혹은 비유와 묘사의 힘에서 발산된다. 서로 무관하듯 등을 돌리고 있던 두 세계가 시인의 상상력에 의해 기민하게 나포되어 새로운 전이의 계약을 맺고 동고동락한다. 이 전이의 고리는 숨 가쁘게 이어지며 시에 박력을 불어넣어준다. 낙엽들의 투신과 가미가제 특공대의 출격, 산산조각 난 비행기의 날개와 파편처럼 흩어지는 수많은 나뭇잎, "떨어져내리는 가을의 혓바닥"과 "목질의 혓바닥" 같은 "체취"(미각, 촉각, 후각의 공감각적 결합을 보라). 이렇듯 시인에게 나무는 이카루스의 화신에 다름 아니다. "석양 속에서 나무의 깃털 붉게 부풀어 오른다". 물론 여기까진 풍경에 대한 시적 묘사만 있을 뿐이다.
　정작 시적 사태는 이 가을저녁의 풍경 속으로 느닷없이 하루 일과를 마친 노동자 군단이 개입하면서부터 시작된다. "태성정밀 노동자들이 몰려나온다." 시인은 퇴근하는 이 근로자들을 이카루스에 비유하는 순발력을 발휘한다. 갑자기 돌풍이 불면서 하늘로 올라가는 낙엽들. 이 풍경 속으로 들어오는 노동자들. 시인은 이들이 나뭇잎을 달고 하늘로 올라가고 있다고 상상한다. 그렇다면 지상의 중력(현실의 굴레, 예컨대 척박한 노동환경)을 거슬러 비상하고픈 이들의 꿈은 무엇일까? 하지만 시인의 환상은 여기까지이다. 이제 풍경에 대한 묘사가 끝나고 비루한 현실의 고통에 대한 묵직한 성찰이 기동하기 때문이다. 바람의 소용돌이("나무 환풍기")로 인해 허공 속을 편력하기 시작한, 바싹 마른, 탈진한, 붉게 탈색한 낙엽들에서 시인은 삶에 지친 노동자들의 피곤한 눈빛, 이들의 피 맺힌 눈동자를 발견한다. "일제히 눈 뜨는 수백의 눈동자, 충혈된 나뭇잎들." 그럼 이제 이들의 꿈의 잎사귀는 어디로 추락할까? 인도에 떨어져 뭇 행인들의 신발에 짓밟힐까, 차도로 투신해 자동차 바퀴에 짓이겨질까? 바라건대 부디 이들이 희망과 절망의 변증법적 긴장이 빚어내는 멜랑콜리의 양력揚力에 몸을 싣고 "태양과 비와 구름" 속을 날아다녔으면 좋겠다. 현실원리와 결연히 작별을 공표하는 우울한 아나키스트, 반대로 표현하자면 '역동적 멜랑콜리커'가 되면 더할 나위없겠다.

역동적 멜랑콜리는 염세주의적, 허무주의적 세계관에 빠져 허우적거릴 확률이 높은 체념적인 우울이나 병적인 조울증과는 갈라진다. 역동적 멜랑콜리는 비애와 고독의 무기력한 진자운동에서 분사되는 이유 없는 권태나 체념적인 애상이 아니다. 그것은 환멸과 희망의 변증법적 자장磁場에서 분출되는 생에 대한 '우울한 열정', 생의 쓰디쓴 근기이다.

*

"실패가 눈앞에 있다……"(이준규, 「흑백2」) 2000년대 첫 십년, 한국 젊은 시단에 짙은 멜랑콜리의 그림자가 번져간다. 멜랑콜리는 실패한 인간의 절망적 상실감에서 비롯된 정신 상태이다. 이들이 실패한 것은 너무 많다. 삶을 해석하고 평가하는 바탕인 가치관도, 인생에 대한 계획도, 더 나의 삶에 대한 희망도 '실패'했다. 이들이 잃은 것도 부지기수다. 소품, 연인, 가족, 주체(시적 자아), 언어, 정체성, 길, 사춘기, 시간, 진리, 현실, 혁명 그리고 유토피아 등이 상실한 대상의 주요 목록이다. 하지만 이들은 애도라는 눈물의 제식을 통해 상실한 대상과의 분리절차를 주재하지 않는다. 잃어버린 것을 동경하거나 추억하는 낭만적 향수에 촉촉이 젖어드는 법도 없다. "이 우울한 시대를 패러다이스처럼 생각"(김수영, 「거대한 뿌리」)하지도 않는다. 오히려 이들 루저Loser들은 상실한 것을 멜랑콜리라는 주문으로 되살린다.

> 느린 음악에 찌들어 사는 날들
> 머리빗, 단추 한 알, 오래된 엽서
> 손길을 기다리는 것들이 괜스레 미워져서
> 뒷마당에 꾹꾹 묻었다 눈 내리고 바람 불면
> 언젠가 그 작은 무덤에서 꼬챙이 같은 원망들이 이리저리 자라
> 내 두 눈알을 후벼주었으면,
>
> —황병승, 「멜랑콜리호두파이」 부분

이 시구가 암시하듯이, 젊은 시인들이 가매장한 "원망들"(복수형에 주목할 필요가 있다. 즉 절망과 비애의 소산으로서의 원망(怨望), 바람으로서의 원망(願望), 먼 앞날의 희망으로서의 원망(遠望). 이 세 원망들의 집적체가 멜랑콜리이다)이 부활하여 이들의 영혼의 중앙정부("눈알")를 재차 점령해 들어간다. 멜랑콜리는 부메랑의 궤적을 따라 움직이는 것이다. 이들은, 김홍중이 멜랑콜리의 본질을 적시한 대로, "상실된 대상을 상실의 이름으로 불러내어 실체화하고, 현존하지 않는 '그것'을 존재의 영역으로 불러낸다." 말하자면 이들은 "무언가를 상실해서 우울한 것이 아니라, 우울하기 때문에 상실을 인지하고 상실을 회복하기 위해 세계 내 기호들을 삼키는 것이다."[4] 예컨대, 이별의 능력이 곧 사랑의 능력이라는 인식(김행숙), 말과 사물 사이의 간극과 물화된 영혼에 대한 각성과 반

---

4) 김홍중, 「멜랑콜리와 모더니티: 문화적 모더니티의 세계감 분석」, 『한국사회학』 제40집 3호, 2006, 20쪽.

성(심보선), 절망과 낙관 사이의 변증법적 밀월에 대한 성찰(진은영), 유토피아와 멜랑콜리의 역설적 관계에 대한 사색(채은), 시쓰기에 대한 자의식(이민하), 포스트—혁명 시대의 피곤함을 견뎌내는 우울한 열정(장석원) 등이 우리 시대 멜랑콜리커들이 소화한 '세계 내 기호들'이다. 이렇게 보면, 이들의 우울은 무기력하기보다는 생산적이고, 퇴행적이라기보다는 진보적이다. 이들을 "우울한 무관심의 결과인 권태"의 무게에 짓눌려 영혼이 딱딱하게 마비된 시인, 비유하자면 "안개 낀 사하라 복판"에서 "노래하는 늙은 스핑크스"(보들레르, 「우울」)로 보기 힘든 까닭은 여기에 있다.

*

권터 그라스는 『달팽이의 일기』에서 멜랑콜리의 역설적 기능을 이렇게 간파한 바 있다. "나는 멜랑콜리를 옹호한다. 진보 속의 정지靜止를 알고 존중하는 사람만이, 한 번, 아니 여러 번 좌절해 본 사람만이, 텅 빈 달팽이의 집에 앉아보고, 유토피아의 그늘 속에서 살아본 사람만이 진보를 가늠할 수 있다."5) 멜랑콜리는 더 이상 역사의 진보가 불가능하다고 믿는 패자들의 환멸의 정서에서 비롯된 것이지만, 동시에 멜랑콜리에 찬 회의의 태도를 견지하는 자만이 쉽사리 허무의 나락으로 떨어지지 않고 "불가능의 가능성"(권터 쿠너르트, 「이카루스 64」)을 암중모색할 수 있는 것이다. 꿈꾸기를 단념할 수 없는 '슬픈 사람'이 꿈 없는 현실과 독대한 후 품은 한줌의 분한憤恨, ressentiment. 상처받은 슬픈 영혼의 자기성찰이 낳은 미니마 모랄리아minima moralia. 완강한 세계 앞에 백기를 든 단독자의 검은 비장脾臟에서 새록새록 궐기하는 멜랑콜리. 2000년대 젊은 시단을 지배하는 하나의 또렷한 정서이다.

---

5) Günter Grass, *Aus dem Tagebuch einer Schnecke*, Göttingen 1997, p. 567.

"날자, 우울한 영혼이여."(정현종) 불가능한 꿈을 포기할 수 없는 '우울한 이카루스들'이 오늘도 황폐한 지상의 심연에서 흩어진 깃털을 주도면밀히 모아 또 다른 날개를 만들고자 애면글면하고 있다. 고립되고 분해된 파편들을 구원해 어떤 이질적인 것을 결합시키려는 이들의 '우울한 열정', 아니 '유일한 쾌락'(알레고리적 세계인식)을 엿보고 있으니, 멜랑콜리가 '죽음에 이르는 병'이라는 한 우울한 실존주의 철학자의 말이 아주 우울하게 다가온다. "멜랑콜리야말로 무사태평한 웃음 속에서 메아리치는 이 시대의 질병이며, 우리로부터 명령과 복종과 행동과 희망의 용기를 앗아간다."(키에르케고르) 關

류신
1968년생. 문학평론가. 중앙대 독문과 교수. 2000년 《경향신문》 신춘문예 평론당선. 저서 『다성의 시학』, 『이카루스, 다이달로스, 시시포스. 볼프 비어만의 저항의 미학』, 『통일독일의 문화변동』 등이 있음.
pons@cau.ac.kr

정기구독 신청 안내

정기구독은

2년을 기준으로 48,000원입니다.

정기구독을 신청하시는 분께는

저희 (주)글로벌콘텐츠출판그룹(글로벌콘텐츠, 세림출판, 경진문화, 컴원미디어, 글모아출판, 한국행정DB센타 등)에서 발행하는 전 도서를 25% 할인해드립니다.

정기구독 신청은

『작가와비평』홈페이지(http://use.chollian.net/~writercritic) 정기구독 신청란을 이용하시거나, 전화번호 02-488-3280으로 하시면 됩니다. 받으실 분의 이름과 연락처 구독기간을 메일이나 전화로 알려주시기 바랍니다. 입금할 금액과 입금계좌 등은 전화나 홈페이지를 통해 알 수 있습니다.

입금계좌: 799501-04-126265(국민은행, 예금주: (주)글로벌콘텐츠출판그룹)

주 소: 서울특별시 강동구 길동 349-6 정일빌딩 401호

전 화: 02-488-3280

팩 스: 02-488-3281

작가와 비평

통권 제10호(2009년 하반기)

인쇄일 ‖ 2009년 10월 15일
발행일 ‖ 2009년 10월 31일

발행처 ‖ 글로벌콘텐츠
발행인 ‖ 홍　정　표
주소 ‖ 서울시 강동구 길동 349-6 정일빌딩 401호
전화 ‖ 02-488-3280
팩스 ‖ 02-488-3281
전자우편 ‖ wekorea@paran.com

편집 ‖ 양　정　섭
편집동인 ‖ 고봉준 최강민 이경수 정은경 김미정 김정남 이선우
전자우편 ‖ writercritic@chol.com
홈페이지 ‖ http://user.chollian.net/~writercritic

값 15,000원
ISSN 2005-3754 10